BIANCA™

MICHELLE REID

LEGADO
DE PASIONES

Editado por Harlequin Ibérica.
Una división de HarperCollins Ibérica, S.A.
Avenida de Burgos, 8B - Planta 18
28036 Madrid

© 2024 Harlequin Ibérica, una división de HarperCollins Ibérica, S.A.
N.º 478 - 20.7.24

© 2011 Michelle Reid
Legado de pasiones
Título original: The Kanellis Scandal

© 2011 Carol Marinelli
Corazón del desierto
Título original: Heart of the Desert

© 2010 Susanne James
Escrito en el alma
Título original: Buttoned-Up Secretary, British Boss
Publicadas originalmente por Harlequin Enterprises, Ltd.
Estos títulos fueron publicados originalmente en español en 2011 y 2012

I.S.B.N.: 978-84-1062-964-6
Depósito legal: M-11930-2024
Impreso en España por: BLACK PRINT
Fecha impresión para Argentina: 17.12.24
Distribuidor exclusivo para España: LOGISTA
Distribuidor para México: Distibuidora Intermex, S.A. de C.V.
Distribuidores para Argentina: Interior, DGP, S.A. Alvarado 2118.
Cap. Fed./Buenos Aires y Gran Buenos Aires, VACCARO HNOS.

Capítulo 1

EL sonido constante de las llamadas de teléfono hizo que Anton Pallis se levantara de su escritorio con un gruñido de impaciencia y se acercara al gran ventanal desde el que tenía una vista privilegiada de Londres. En cuanto la sorprendente noticia de la muerte del hijo de Theo Kanellis había llegado a los titulares, el valor en Bolsa de su imperio económico, había caído en picado, y aquellos que lo llamaban en aquel momento pretendían que él siguiera el mismo camino.

–Aunque comprenda las implicaciones, Spiro –dijo al interlocutor de la única llamada que se había molestado en contestar–, no pienso unirme al pánico general.

–Ni siquiera sabía que Theo tuviera un hijo –dijo Spiro Lascaris, asombrado de no haber sido informado de un detalle tan importante y potencialmente peligroso–. Como todo el mundo, pensaba que tú eras su único heredero.

–Nunca he sido su heredero –dijo Anton, irritado consigo mismo por no haber desmentido los rumores cuando empezaron a circular, años atrás–. Ni siquiera somos familiares.

–¡Pero has vivido como si fueras su hijo los últimos veintitrés años!

Anton sacudió la cabeza, molesto por tener que dar explicaciones sobre su relación con Theo.

—Theo se limitó a cuidar de mí y proporcionarme una educación.

—Además de apoyarte económicamente con el grupo de inversiones Pallis —apuntó Spiro—. No dirás que sólo lo hizo por bondad.

Reprimió el impulso de añadir «puesto que no tenía corazón». Theo Kanellis se había ganado su reputación por destruir imperios empresariales de la competencia, no por apoyarlos.

—Admítelo, Anton —añadió—: Theo Kanellis te formó desde los diez años para que lo sustituyeras.

Anton se enfureció.

—Tu trabajo es acabar con los rumores que cuestionen mi relación con Theo, no alimentarlos.

Al instante se dio cuenta de que había ofendido a Spiro, su más cercano colaborador, pero era tarde para arrepentirse.

—Por supuesto —replicó éste—. Me pondré a ello enseguida.

La conversación terminó con frialdad. Anton colgó el teléfono y, aunque se puso a sonar de inmediato, lo ignoró. Todo aquél con algún interés en el mundo de las finanzas quería conocer de primera mano qué implicaba la muerte de Leander Kanellis, el hijo repudiado por Theo y recién descubierto por la prensa, para su posición en Kanellis Intracom.

Eso era lo que les preocupaba, y no su relación con Theo. Llevaba dos años al mando de sus asuntos, desde que el anciano se había retirado a vivir a una isla privada por la gravedad de su estado de salud, que por el momento habían logrado ocultar.

Y eso era lo único positivo a lo que podía aferrarse, porque las acciones de Kanellis no soportarían el golpe que supondría saber que Theo estaba demasiado enfermo como para seguir la marcha de sus negocios. Por esa misma razón, no se había molestado en negar los rumores de que Theo lo preparaba para dirigir su imperio cuando lo sucediera.

Maldiciendo, levantó el teléfono y llamó a Spiro para asegurarse de que no compartiría con nadie la información que acababa de darle y éste, sonando ofendido porque creyera necesario recordarle un principio tan básico, le prometió que jamás divulgaría información confidencial.

Anton colgó, se asentó en el escritorio y miró al suelo. Se sentía como un malabarista: una de las bolas que tenía que mantener en el aire eran los intereses empresariales de Theo y los suyos propios; la otra, su propia integridad y honor. Y surgía una tercera, mucho más impredecible, que representaba a Leander Kanellis, un hombre al que Anton sólo recordaba vagamente, que había escapado a la edad de dieciocho años de un matrimonio concertado, y del que no habían vuelto a saber nada.

Hasta aquel momento, en el que habían recibido la noticia de que había fallecido. Pero ni siquiera era eso lo que estaba causando el caos generalizado, sino el descubrimiento de que Leander había dejado una familia y herederos legítimos de Kanellis.

Alargando el brazo, Anton tomó el periódico sensacionalista que había dado la exclusiva y observó la fotografía que el periodista había publicado con el artículo. En ella aparecía Leander Kanellis con su familia en una excursión. En el fondo se veía un lago y árboles, y el sol brillaba. Sobre un deportivo antiguo había una cesta de picnic y delante del coche aparecía Leander, moreno, alto y muy atractivo, extremadamente parecido al Theo de varias décadas atrás.

Leander sonría a la cámara con expresión de felicidad, y orgulloso de las dos mujeres rubias que tenía a cada lado. La mayor, su esposa, era una mujer hermosa, con una expresión serena que contribuía a explicar la duradera relación de la pareja a pesar de las dificultades a las que se habían enfrentado en comparación con lo que habrían vivido si Theo no hubiera...

Anton cortó esa línea de pensamiento por la culpabilidad que despertaba en él. Desde los ocho años había recibido todo lo mejor que la riqueza de Theo podía proporcionar, mientras que aquellas personas habían tenido que luchar para...

Volvió a bloquear su mente porque todavía no estaba en disposición de analizar en qué medida le afectaría la nueva situación.

Prefería pensar en la felicidad de Leander, porque al menos eso era algo de lo que había podido disfrutar y que él apenas había atisbado esporádicamente. Una felicidad que irradiaban las tres personas que aparecían en la fotografía.

Anton se concentró en la otra mujer. Aunque la fotografía debía de ser antigua, puesto que no parecía tener más de dieciséis años, Zoe Kanellis ya apuntaba a convertirse en una mujer tan bella como su madre. Tenía la misma figura esbelta, su cabello dorado, sus ojos azules, y una sonrisa amplia y sensual.

«Felicidad». La palabra lo golpeó en el pecho. Otra fotografía acompañaba al artículo, en la que se veía la versión de veintidós años de Zoe, saliendo del hospital con el último miembro de la familia en brazos. El dolor y la consternación habían borrado la felicidad de su rostro. Estaba pálida y delgada, y parecía exhausta.

Zoe Kanellis, dejando el hospital con su hermano recién nacido, decía el pie de foto. La joven de veintidós años estaba en la universidad de Manchester cuando sus padres se vieron implicados en un fatal accidente de tráfico la semana pasada. Leander Kanellis murió al instante. Su esposa, Laura, vivió lo bastante como para dar a luz a su hijo. La tragedia tuvo lugar en...

Una llamada a la puerta del despacho hizo que Anton levantara la cabeza al tiempo que entraba su secretaria, Ruby,

−¿Qué pasa? −preguntó él con aspereza.

−Siento molestarte, Anton, pero Theo está en la línea principal y quiere hablar contigo.

Anton dejó escapar una maldición y por una fracción de segundo se planteó no contestar. Pero eso era imposible.

−Está bien. Pásamelo.

Anton rodeo el escritorio y se sentó al tiempo que alzaba el teléfono y esperaba que Ruby le pasara la llamada. Desafortunadamente, la llamada confirmó su principal temor.

−*Kalispera*, Theo −saludó amablemente.

−Quiero a ese niño, Anton −oyó la voz dura e irascible de Theo Kanellis−. ¡Tráeme a mi nieto!

−No sabía que fueras una Kanellis −dijo Susie, mirando con expresión asombrada el famoso logo de Kanellis Intracom que encabezaba la carta que Zoe acababa de dejar caer despectivamente sobre la mesa de la cocina.

–Papá quitó el «Kan» al apellido cuando se instaló aquí –«porque temía que el matón de su padre lo localizara y lo obligara a volver a Grecia», pensó Zoe. Pero a Susie le dio otra explicación–: Pensó que Ellis sería más fácil de pronunciar en Inglaterra.

Susie mantenía los ojos abiertos como platos.

–¿Pero siempre has sabido que eras una Kanellis?

Zoe asintió.

–Está en mi certificado de nacimiento –«y en el de Toby», añadió mentalmente–. Lo odio –dijo, conteniendo las lágrimas al recordar los dos certificados de defunción en los que estaba el mismo nombre.

–Olvídalo –Susie le apretó la mano afectuosamente–. No debería haberlo mencionado.

¿Y por qué no, si estaba en todos los periódicos gracias a un joven periodista que se había fijado en el apellido cuando cubría la noticia del accidente y se había molestado en investigar? Zoe pensó con amargura que la exclusiva le reportaría un ascenso o un mejor trabajo en uno de los grandes periódicos.

–Resulta extraño –dijo Susie, apoyándose en el respaldo de la silla mientras recorría con la mirada la cocina que hacía las veces de salón.

–¿El qué? –preguntó Zoe, parpadeando para contener las lágrimas.

–Que seas la nieta de un empresario griego multimillonario, pero vivas en un modesto piso al lado del mío en medio de Islington.

–Pues no pienses que esto va a ser un cuento de hadas en la vida real –levantándose de la mesa, Zoe llevó las dos tazas de café al fregadero–. Ni soy ni quiero ser Cenicienta. Theo Kanellis –Zoe jamás había pensado en él como su abuelo– no significa nada para mí.

–Pero en esta carta dice que Theo Kanellis quiere conocerte –señaló Susie.

–A mí no, a Toby.

Zoe se volvió y se cruzó de brazos. Había perdido peso durante las últimas semanas y su cabello, normalmente brillante y lustroso, colgaba mortecino de una cola de caballo que enfatizaba la tensión de sus facciones. Unas profundas sombras rodeaban sus ojos azules, y sus labios, que siempre habían tendido a la sonrisa fácil, habían adoptado una curva descendente que sólo se alteraba cuando tomaba a Toby en brazos.

–¡Ese espantoso hombre repudió a su propio hijo! Jamás quiso conocer ni a mi madre ni a mí. La única razón por la que ahora se muestra interesado es porque le avergüenza que la prensa esté hablando de ello. Y supongo que porque pretende moldear a Toby para convertirlo en un clon de sí mismo, ya que con mi padre no lo consiguió –Zoe tomó aliento–. Es un hombre frío, cruel y déspota; ¡y no pienso dejar a Toby en sus manos!

–¡Vaya! –exclamó Susie–. Se ve que guardas resentimiento hacia él.

«Ni te lo imaginas», pensó Zoe con amargura. Con un mínimo apoyo por parte de su padre, el hijo de Theo no habría tenido que pasarse veintitrés años mimando y reparando el antiguo deportivo en el que había huido a Inglaterra. Sólo durante las noches recientes, cuando se despertaba visualizando el espantoso accidente, se había dado cuenta de que su padre se aferraba a aquel estúpido coche porque era el único recuerdo que le quedaba de su hogar familiar. De haber sido su abuelo un hombre menos cruel, quizá, sólo quizá, su padre habría llevado a su madre al hospital en un coche más nuevo y seguro, que los habría protegido del impacto que les había costado la vida. Ella seguiría estudiando su posgrado en Manchester y Toby estaría durmiendo en la habitación que sus padres habían preparado para él con tanto amor.

–Aquí dice que a las once y media llegará su representante –dijo Susie, refiriéndose al contenido de la carta–. Debe de estar a punto de llegar.

Sólo sería una más de las decenas de personas que habían entrado y salido de la vida de Zoe en las últimas semanas: médicos, comadronas, trabajadores sociales de centenares de departamentos distintos queriendo asegurarse de que estaba en condiciones de cuidar de su hermano, cada uno de ellos con un interminable cuestionario sobre su vida privada. Claro que dejaría la universidad para cuidar de Toby. Por supuesto que estaba dispuesta a trabajar si el sueldo incluía facilidades para cuidar del niño. No, no tenía novio. No era promiscua ni irresponsable; claro que no dejaría Toby solo en casa mientras ella se iba de fiesta. Las preguntas se habían sucedido una y otra vez, una tras otra, cada una más estúpida que la anterior.

También estaba la gente de la funeraria, que con amabilidad y delicadeza la habían ayudado a tomar decisiones que a una hija sumida en el dolor le resultaban terriblemente complicadas. El entierro había tenido lugar tres días antes y su abuelo no se había molestado en enviar a ningún «representante» para ver cómo enterraban a su único hijo y a su nuera. Cualquiera que fuera el motivo, Zoe sólo sabía que él había preferido permanecer en su torre de marfil mientras los periodistas se colaban en el funeral como depredadores.

Y eso la llevó al final de la lista de gente con la que se había obligado a tratar las últimas semanas: las cucarachas que aparecieron por todas partes en cuanto la historia vio la luz. Las que habían llamado a su puerta ofreciéndole dinero para que les vendiera la exclusiva, las que habían acampado fuera de su casa para acosarla cada vez que salía… Periodistas que no estaban allí porque les importara su trágica pérdida, sino porque Theo Kanellis era un magnate que protegía su vida privada férreamente, y aquella historia era tan jugosa como un melocotón maduro que deseaban morder aun cuando el zumo fuera amargo y en el centro hubiera un repugnante gusano.

De hecho, incluso el gusano tenía un nombre atractivo para la prensa: Anton Pallis, el sex symbol, alto y moreno que dirigía el grupo Pallis y al que no parecía importarle aparecer en los periódicos ya fuera por trabajo o por placer. Zoe había leído sobre él a menudo y había deducido que era el hombre que se había beneficiado del exilio de su padre.

Sólo pensar en su nombre sentía que le hervía la sangre y más de una vez se había preguntado si el impulso destructor que la poseía y que la movía a alimentar el odio que sentía hacia él sería la manifestación de la parte griega de sí misma que hasta entonces nunca había reconocido.

El timbre de la puerta sonó y las dos mujeres se pusieron alerta.

–Puede que sea un periodista probando suerte –dijo Susie.

Pero Zoe intuyó que se trataba del representante de Theo. Eran las once y media en punto y los hombres adinerados esperaban que sus órdenes se cumplieran a rajatabla. Se cuadró de hombros, convencida de que por fin iba a averiguar qué pretendía Theo.

–¿Quieres que me quede?

Zoe miró a su vecina, que estaba en avanzado estado de gestación, y pensó que no podía pedirle más de lo que ya había hecho aquellas últimas semanas.

–Es casi hora de que vayas a buscar a Lucy –le recordó, consciente de que tenía que enfrentarse a aquello sola.

–¿Estás segura? –cuando Zoe asintió, Susie dijo–: Está bien. Me iré por la puerta de atrás.

El timbre volvió a sonar y las mujeres se movieron en direcciones opuestas. Zoe oyó cerrarse la puerta trasera en el momento que llegaba ante la puerta principal. Tenía la garganta seca y el corazón le latía aceleradamente. Se secó las manos húmedas de sudor en los vaqueros y, tras componer una expresión fría e impersonal, abrió.

Esperaba encontrarse con un hombre griego, bajo y robusto, con aspecto de abogado, así que cuando vio de quién se trataba, se quedó paralizada por la sorpresa

Alto y moreno, parecía un exótico príncipe vestido con un traje italiano. Sus facciones angulosas y sus ojos negros atraparon su mirada como un imán. Zoe no recordaba haber visto nunca unos ojos como aquellos, con el poder de hacerla temblar. Ni siquiera fue capaz de apartar de ellos la mirada cuando a su espalda oyó el griterío de los periodistas. Era tan alto que no podía verlos. Por su parte, él ni se inmutó, protegido como estaba por tres hombres con gafas oscuras que formaban un semicírculo a su espalda.

Cuando finalmente Zoe pudo apartar la mirada de sus ojos, la deslizó hacia una boca sensual que no sonreía. Un cúmulo de emociones la asaltó en un torbellino que no fue capaz de identificar. Estaba hipnotizada por el poder que emanaba de él, por sus anchos y relajados hombros, por la elegancia de su pose y por la seguridad en sí mismo que exudaba.

Por primera vez en tres semanas, fue consciente del aspecto desaliñado que presentaba, de que llevaba unos gastados vaqueros y una vieja rebeca roja, que se había puesto porque había pertenecido a su madre y su olor le recordaba a ella; y de que tenía el cabello sucio.

El hombre separó sus moldeados labios y dijo:

–Buenos días, señorita Kanellis. Si no me equivoco, me estaba esperando.

Su voz aterciopelada y un leve acento griego le recordaron tanto a su padre que Zoe sintió que se mareaba.

Anton le vio cerrar los ojos y al ver que se balanceaba temió que fuera a desmayarse. Presentaba un aspecto aún más frágil que el de la fotografía, como si un soplo de viento pudiera tirarla al suelo.

Mascullando algo, reaccionó instintivamente y alargó la mano para sostenerla, pero en ese momento ella abrió los ojos y dio un paso atrás como si repeliera a una serpiente.

La ofensa paralizó a Anton, que tuvo que hacer un esfuerzo sobrehumano para que su rostro no lo delatara. Consciente de que tenían detrás a la prensa, pensó con rapidez. Tenían que entrar en la casa y cerrar la puerta.

–¿Le importaría que…? –dijo en tono amable, dando un paso hacia dentro.

Una vez más, cuando fue a poner la mano en el picaporte para cerrar la puerta, Zoe retiró la suya precipitadamente para evitar que la tocara. Anton volvió a sentirse ofendido, pero se obligó a ocultarlo.

En cuanto se quedaron a solas, se hizo un profundo silencio. Zoe se alejó de él y Anton no pudo evitar pensar que parecía un pájaro atrapado.

Tenía unos increíbles ojos azul eléctrico y unos labios rojos como fresas. La parte inferior de su cuerpo se despertó al mirarla y Anton se reprendió por sentirse excitado en un momento tan inoportuno.

–Le pido disculpas por haber entrado en su casa sin ser invitado –dijo con voz grave–, pero no creo que quiera testigos de nuestra conversación.

Ella guardó silencio y se limitó a mirarlo con sus ojos de largas pestañas, aunque Anton tuvo la extraña sensación de que ni siquiera lo veía.

–Permítame que me presente. Mi nombre es…

–Sé quién es –dijo Zoe con voz temblorosa.

Era el hombre cuyo nombre había aparecido en la prensa casi tantas veces como el suyo; el hombre con el que Theo Kanellis había sustituido a su padre.

–Es Anton Pallis.

El hijo adoptivo y heredero de Theo Kanellis.

Capítulo 2

S E produjo un silencio cargado de animadver-
sión por parte de Zoe, que apenas podía ocultar el desprecio que sentía por Anton.

Éste esbozó una sonrisa.

–Así que ha oído hablar de mí.

Zoe le dedicó una sonrisa cargada de desdén.

–Tendría que ser sorda y ciega para haberlo evitado, señor Pallis –dijo, al tiempo que daba media
vuelta e iba hacia la parte trasera de la casa.

Anton aprovechó para mirar a su alrededor. La
casa era pequeña, una típica construcción victoriana
en cuyo vestíbulo había una estrecha y empinada
escalera y dos puertas de pino que daban a acceso a
otras tantas habitaciones. Estaba agradablemente
decorada y el suelo cubierto por una moqueta de
color beige, pero Anton jamás habría imaginado
que el hijo de un multimillonario hubiera acabado
viviendo así.

Sin mediar palabra, Zoe salió por la puerta del
fondo y, respirando profundamente, Anton decidió
seguirla. La encontró en una cocina sorprendentemente amplia que hacía las veces de salón, con un
rincón de estar en el que había un sofá y un sillón
azules. Una televisión ocupaba una esquina y, sobre
la mesa de café, estaban desplegados varios periódi-

cos. La otra mitad de la habitación la ocupaba una gran mesa de madera rodeada de muebles de cocina de pino. En los estantes se veía la parafernalia propia de un bebé, y junto al sofá, una cuna vacía.

—Está durmiendo arriba —dijo Zoe al seguir la dirección de su mirada—. El ruido que hacen los periodistas le altera —explicó—, así que lo he instalado en el dormitorio que da al jardín, que es el más silencioso.

—¿No ha llamado a la policía para que les impida acosarla?

Zoe lo miró perpleja.

—No somos la familia real, señor Pallis. Y los periodistas no atienden a razones. Ahora, si me disculpa...

Sintiéndose como si hubiera sido reprendido por su maestra, Anton la vio salir por la puerta trasera. Por una fracción de segundo, pensó que iba a huir, pero por la ventana vio que recorría el alargado y estrecho jardín hasta una puerta de madera y la cerraba. En ese momento se dio cuenta de que Zoe debía vivir como una prisionera en su propia casa, y al mismo tiempo no pudo evitar preguntarse si la última persona que había salido por allí, justo antes de que él llegara, habría sido un amante.

Por alguna extraña razón, imaginar a Zoe en brazos de un hombre lo perturbó. Los planes que tenía para Zoe Kanellis no incluían la molestia de tener que librarse de un amante.

Tras cerrar la puerta que Susie había dejado abierta, Zoe se tomó unos segundos para recuperar la calma. La aparición de Pallis y que su voz le recordara tanto a la de su padre la había dejado abatida y llorosa. Para darse más tiempo, descolgó la ropa que había tendido aquella mañana. No podía permitirse ser vulnerable. Estaba segura de que Anton Pallis estaba allí para hacerle una oferta que estaba decidida a rechazar, y para eso, tenía que sentirse fuerte.

Con ojos llorosos, invocó a su padre, deseando tenerlo a su lado, con su característica amabilidad, delicadeza y su discreta elegancia. Él habría sabido cómo tratar a alguien como Anton Pallis, sobre todo con el apoyo de su hermosa mujer.

Pero Zoe se recordó que no se encontraría en aquella situación si no hubieran fallecido, y que sólo quedaba ella para proteger a Toby de las garras de Theo Kanellis, cuyo emisario la esperaba en el interior.

Cuando entró en la cocina, Anton Pallin estaba guardando el móvil en el bolsillo. Su poderosa presencia hacía que el espacio a su alrededor se empequeñeciera. Todo en él era perfecto: el traje que lo envolvía sin formar una sola arruga, sus facciones equilibradas, su cabello negro y brillante, su mandíbula rotunda, inmaculadamente afeitada.

En ese momento la miró y, al sentirse descubierta observándolo, Zoe sintió un escalofrío.

–He organizado un servicio de seguridad para que mantenga a los periodistas a raya.

–¡Qué bien! –dijo Zoe, dejando la colada sobre la mesa–. Ahora Toby y yo vamos a ir rodeados de matones en lugar de periodistas. ¡Muchas gracias!

Al percibir la irritación que causaba en él su sarcasmo, se puso a doblar ropa.

–¿Quiere que haga algo más? –preguntó él.

Zoe se dio cuenta de que no era una pregunta retórica, sino una genuina oferta.

–No recuerdo haberle pedido nada –dijo, encogiéndose de hombros–. ¿Quiere un café antes de decirme lo que haya venido a decir?

Anton entornó los ojos, consciente de que se había equivocado al considerarla frágil. Aunque la desgracia la hubiera debilitado físicamente, Zoe Kanellis era una mujer fuerte y con una lengua muy afilada, lo que no debía sorprenderlo, puesto que, al fin y al cabo, era la nieta de Theo.

Además, era obvio que lo odiaba y que probablemente odiaría a Theo. Si, por otro lado, era tan inteligente como dejaba traslucir su currículum, debía saber por qué estaba allí y estaría preparada para pelear.

–Su abuelo…

–Un momento –Zoe se volvió hacia él, mirándolo fríamente–. Dejemos una cosa clara, señor Pallis, el hombre al que se refiere como mi abuelo no significa absolutamente nada para mí, así que es mejor que se refiera a él por su nombre,… O aún mejor, que ni siquiera lo mencione.

–Eso pondría fin a esta conversación sin siquiera comenzarla –dijo él con sarcasmo.

Zoe se encogió de hombros y siguió doblando ropa mientras Anton la observaba, preguntándose cómo enfocar el problema, dado el desprecio que ella sentía hacia un hombre al que ni siquiera conocía.

–Pensaba que enviaría a un abogado –dijo Zoe.

–Yo soy abogado –contestó él–. O al menos me gradué para serlo, aunque apenas he tenido tiempo para dedicarme a ejercer.

–¿Está demasiado ocupado haciendo de magnate?

Anton sonrió.

–Vivo aceleradamente –admitió–. Viajo demasiado como para poder hacer el ejercicio de concentración que exige la ley. Tengo entendido que su campo es la astrofísica… Resulta sorprendente.

–Al menos lo era –dijo Zoe–. Pero antes de que me cuente lo sencillo que me resultaría retomar mis estudios, permítame que le aclare que no pienso entregar a mi hermano ni por todo el oro del mundo.

–No tenía la menor intención de hacerle esa oferta, ni de explicarle lo que ya sabe.

–¿El qué?

–Que podría solicitar una beca para cuidar del niño mientras continua sus estudios. También sé que no puede continuar en esta casa porque el seguro de vida de sus padres no incluía el pago de la hipoteca.

Zoe lo miró indignada. ¿Quién le daba derecho a hablar de su vida privada?

–¿Le ha dicho su jefe que mencionara ese tema?

–¿Mi jefe? –preguntó Anton, enarcando una ceja.

–Theo Kanellis. El hombre que le ha proporcionado una vida privilegiada, convirtiéndolo en su chico-para-todo.

Zoe tuvo por fin la satisfacción de ver un resplandor de ira en los ojos de Pallis.

–Su abuelo está viejo y enfermo y no puede viajar.

–Pero no lo bastante viejo ni enfermo como para dejar de comportarse como un déspota –apuntó ella.

–¿No siente la más mínima compasión?

–Ninguna. De hecho ni siquiera me importaría

que hubiera venido a decirme que estaba a punto de morir –dijo Zoe con firmeza al tiempo que ponía agua a calentar.

Anton aprovechó para observarla y medirla como adversaria.

–Lo cierto es que en otras circunstancias no se habría molestado en ponerse en contacto conmigo, ¿verdad? –continuó Zoe, volviéndose en el momento en que Anton desviaba la mirada–. Ahora quiere poder moldear a Toby para que sea más digno de llevar el apellido Kanellis que mi padre.

Zoe vio que Pallis abría sus preciosos labios pero se arrepentía y volvía a cerrarlos. Contemplándolos como si la hipnotizaran, se preguntó cuántos años tendría y calculó que apenas superaría la treintena.

–Siente usted mucha amargura –observó Anton.

–En veintidós años no he oído una palabra de él –replicó ella–. Y no se le ocurra decir que la culpa la tiene mi padre o le echaré de esta casa.

Se hizo un silencio durante el que Zoe no pudo apartar la mirada del imperturbable rostro de Anton. Tenía el corazón acelerado y se le puso la carne de gallina mientras esperaba a su reacción. Cuando él dio un paso hacia adelante, ella alzó la barbilla en actitud desafiante, aunque era consciente de haber ido demasiado lejos.

–No me toque –dio un paso atrás, pero no pudo evitar que Anton la tomara por la muñeca.

Sólo se dio cuenta de lo que iba a hacer cuando alargó la otra mano para quitarle cuidadosamente el cuchillo que había estado blandiendo sin darse cuenta, y lo dejó sobre la encimera.

El movimiento lo aproximó a ella, haciéndola aún más consciente de su envergadura y permitiéndole aspirar su masculina fragancia.

–Está bien, señorita Kanellis –musitó él–. Partiendo del hecho de que nos caemos mal, le aconsejo que se limite a clavarme sus palabras y no un cuchillo. No le gustaría que se produjera un derramamiento de sangre.

Zoe se ruborizó.

–No pretendía…

–Me refería a la suya, Zoe –susurró él, mirándola con soberbia mientras la mantenía sujeta por unos segundos antes de soltarla y retroceder.

Zoe se sintió desconcertada al verlo relajarse y esbozar una sonrisa.

–Y ahora, le acepto el café que me ha ofrecido antes.

Aturdida por aquella demostración de seguridad en sí mismo, Zoe se quedó mirándolo mientras él se sentaba pausadamente en una silla, como si quisiera remarcar el contraste este sus corteses modales y la insolente brusquedad de ella.

Zoe apretó los dientes, enfadada consigo misma por haber perdido el control y concentrándose para recuperar la calma mientras preparaba dos cafés instantáneos.

–¿Leche y azúcar? –preguntó.

–No, gracias.

–¿Una galleta? –Zoe sonrió para sí, pensando en lo contenta que estaría su madre de que, a pesar de todo, se comportara como una buena anfitriona.

–¿Por qué no?

Zoe puso sobre la mesa las dos tazas y un plato

con galletas, y se sentó frente a él. El sol que entraba por la ventana se reflejó en la piel dorada de los dedos de Anton cuando rodearon la taza.

Zoe sentía un nudo en el estómago cuya causa conocía perfectamente: ella, que evitaba por regla general todo conflicto, parecía empeñada en provocar una pelea con Anton Pallis a pesar de que en el fondo sabía que él no era culpable de la situación.

—Chivo espiratorio —dijo Anton. Y Zoe alzó la cabeza, sorprendida. Él la miró fijamente y continuo—: Necesita descargar su ira en alguien y yo estoy a mano. Pero su lucha no es contra mí, sino contra Theo.

Zoe lo miró con desdén.

—Dígame, ¿qué se siente al ocupar el lugar de mi padre?

Anton comprendió la verdadera razón por la que ella lo odiaba tan profundamente, un sentimiento que había intuido desde el momento que le había abierto la puerta. Para ella, él era la causa de que su abuelo no hubiera hecho ningún esfuerzo por reconciliarse con su padre.

El llanto de un niño se impuso sobre la tensión que electrizaba el ambiente. Zoe se levantó de un salto y salió.

Una vez a solas, Anton se quedó pensativo. Zoe había pretendido insultarlo al mencionar que había sustituido a su padre, y la acusación contenía algo de verdad. Nunca sabrían que habría sucedido de no haber estado él para ocupar el vacío que dejó Leander.

Anton maldijo entre dientes la testarudez de

Theo, que lo colocaba en una situación tan incómoda y en tan mala posición para defenderse.

El dormitorio de Toby era casi tan pequeño como la cuna que ocupaba el centro, pero era bonito y confortable. Estaba decorado en blanco y azul, con algún toque de rojo intenso. Zoe había intentado convencer a sus padres de que lo instalaran en su dormitorio, puesto que ella estaba en la universidad la mayoría del tiempo, pero ellos habían insistido en mantenerlo intacto para ella.

Sus padres habían buscado tener aquel niño durante veinte años, y justo cuando se habían dado por vencidos, aquel ángel había sido concebido. Y Zoe lo amaba con todo su corazón.

Cuando lo tomó en brazos, estaba mojado e inquieto, pero se tranquilizó en cuanto reconoció la voz de Zoe.

–Nadie nos va a separar, cariño –le susurró ella.

Después de cambiarle el pañal, bajó con él. Al llegar a la planta baja se dio cuenta de que se había elevado el volumen del ruido procedente del exterior y se preguntó qué habría causado el revuelo.

La razón, se dio cuenta, estaba en la cocina, mirando por la ventana. Debía haber corrido la voz de que Anton Pallis estaba allí. Sólo faltaba que un helicóptero aterrizara en el jardín y de él bajara Theo Kanellis para que los sueños de los periodistas se hicieran realidad.

¡Encuentro de millonarios griegos en una modesta casa de Islington!, redactó como titular Zoe al tiempo que sacaba un biberón del frigorífico.

El millonario que estaba en su cocina hablaba en aquel momento por teléfono y una vez más ella sintió un hormigueo en el estómago al mirarlo, que se negaba a aceptar como atracción aunque no le costara admitir que era un hombre muy atractivo.

Apartando la mirada, le oyó hablar en griego. Parecía enfadado y, cuando se volvió al oírla, su rostro se contrajo en un gesto de impaciencia. Tras dar por terminada la conversación bruscamente, apoyó la espalda en el fregadero y marcó otro número.

En lugar de prestar atención a la conversación, Zoe se sentó en el sofá, puso los pies en alto y se concentró en dar el biberón a Toby.

Apenas hacía media hora que conocía a aquel hombre y, sin embargo, aquella escena le resultó de una inaudita naturalidad: ella alimentando al bebé mientras él daba instrucciones con firmeza en lo que sonaba a ruso.

«Una tierna escena doméstica», se dijo, sonriendo para sí con sarcasmo a la vez que tomaba la manita de Toby y la besaba.

Anton terminó de hablar y se hizo un silencio en el que se oyó el segundero del reloj de pared y el motor del frigorífico. Había una tensión en el aire que Zoe atribuyó a sus últimas palabras, de las que se había arrepentido al instante. No tenía derecho a acusar a aquel hombre de ser el hijo sustituto de Theo Kanellis. No hacía falta ser un genio para calcular que debía de ser un niño cuando su padre había huido. Y su padre siempre había dicho que se había marchado por voluntad propia y que no tenía el menor deseo de volver.

Anton no recordaba haberse sentido nunca tan incómodo como en la casa de Leander Kanellis. El comentario de Zoe lo había afectado profundamente.

–Usted y su hermano podrían tener todo lo que quisieran –se oyó decir, dejando que tomara las riendas el negociador que había en él.

Zoe lo miró por encima del respaldo del sofá.

–¿A qué precio? –preguntó por pura curiosidad.

Anton se acercó hasta el sillón que había junto al sofá y, tras pedir permiso con la mirada, que ella concedió con un encogimiento de hombros, se sentó. Pero antes de que hablara, Zoe se adelantó:

–Siento lo que he dicho antes. He sido muy injusta.

–No se disculpe. Tiene derecho a decir lo que siente. Además, sabe por qué estoy aquí.

–Quizá debería decírmelo claramente para que no haya malentendidos.

Aunque no se tratara de un cese de hostilidades, Anton lo tomó como una vía abierta a la negociación, un terreno en el que se sentía mucho más cómodo.

–Estoy aquí para negociar los términos en los que accedería a entregar a Theo a su nieto. Usted puede acompañarlo o, si lo prefiere, seguir con sus estudios.

–Dígale que se lo agradezco, pero que Toby y yo no vamos a ninguna parte.

–¿Y si Theo decidiera ir a juicio para conseguir la custodia del niño?

–Soy su tutora legal y dudo que a Theo le compense la mala prensa que le acarrearía enfrentarse a mí.

–¿Está segura? –preguntó Anton, mirándola fijamente.

–Desde luego.

Anton era de la misma opinión. Apretó los labios y buscó otro ángulo de aproximación.

–Theo no es un mal hombre. Es testarudo y a veces difícil, pero es honesto y jamás sería cruel con un niño.

–Pero no fue capaz de enviar un representante al funeral de su propio hijo.

–Porque usted lo habría echado.

–Es posible –dijo ella con un encogimiento de hombros.

En ese momento Toby gimoteó, y ella, dejando el biberón a un lado, lo colocó sobre su hombro al tiempo que le frotaba la espalda. Anton los observó y, al contemplar la fragilidad de ambos, se sintió como el mensajero del diablo, enviado para robar al bebé.

–Su abuelo está muy enfermo y no puede viajar.

Zoe echó por tierra un gesto que Anton interpretó como de compasión al decir:

–Se ve que lleva enfermo veintitrés años.

Anton no fingió no comprenderla.

–Su padre…

–¡Ni se le ocurra culpar a mi padre! –exclamó ella con ojos centelleantes–. No está aquí para defenderse, así que mencionarlo es despreciable.

–Le ofrezco mis disculpas –dijo Anton al instante.

–No las acepto –replicó Zoe, sintiendo que la sangre le hervía.

Toby emitió otro gemido y, tumbándolo de nuevo sobre el brazo, Zoe le ofreció el biberón.

Anton los observó fascinado por un instante. No tenía ninguna experiencia con niños, pero desde donde lo contemplaba, aquel bebé era griego de los pies a la cabeza: el cabello negro, la piel cetrina...

–Ese niño se merece la mejor vida posible, Zoe –Anton sabía por experiencia que era verdad–. Impedir que lo tenga porque se niega a perdonar los pecados de su abuelo es de un egoísmo extremo, además de una profunda equivocación.

–¿Por qué no cierra la boca y se marcha? –gritó Zoe a pleno pulmón, haciendo que Anton se sobresaltara y Toby rompiera a llorar.

Capítulo 3

L O odio –susurró Zoe a continuación antes de tomar aire para contener las lágrimas y calmar al bebé.

–Porque sabe que tengo razón –insistió Anton–. Sabe que no puede mantener esta casa y que tendrá que mudarse a una todavía más modesta.

Sonó su móvil y Anton, dirigiéndose hacia la cocina, lo tomó con gesto de impaciencia. Se trataba de Kostas, el jefe de su escolta, que le advertía de que los ánimos empezaban a calentarse en el exterior.

–Los vecinos están indignados –dijo Kostas–. No aguantan la manera en que su vida se está viendo afectada.

Sonó otro teléfono. Anton vio a Zoe contestarlo, y cómo palidecía a medida que escuchaba.

–Está bien Susie –masculló–. Sí, gracias por advertirme.

–Cada día es peor –dijo Susie, al otro lado de la línea–. No podemos aparcar en nuestra propia calle. Llaman a nuestras puertas. Nos acosan en cuanto salimos. Lucy se ha puesto a llorar esta tarde porque nos han zarandeado al llegar a casa.

Toby suspiró sobre su hombro y Zoe sintió que las piernas le temblaban. Con los párpados y el corazón pesados, intentó pensar en algo que decir a modo de disculpa, pero no lo encontró. Finalmente, agradeció que unas manos de dedos largos tomaran el auricular de su mano y colgaran por ella.

–Vaya a sentarse –dijo Anton, quedamente.

En lugar de discutir, Zoe volvió al sofá y le oyó a hablar a su espalda. Sonaba idéntico a su padre, y Zoe no pudo contener el llanto por más tiempo. Nunca se había sentido tan desesperada ni tan sola. Echaba de menos a sus padres. Echaba de menos a su padre llegando cada tarde con el mono de mecánico, siempre sonriente. Echaba de menos a su madre, que corría a recibirlo y a fundirse con él en un abrazo. Echaba de menos la alegría y el bienestar de estar sentados en el sofá, viendo la televisión. Pero sobre todo, echaba de menos el amor que habían compartido en aquella modesta y casi siempre desordenada casa. Un amor que Toby nunca llegaría a conocer.

El sofá se hundió cuando Anton se sentó a su lado, le pasó un brazo por los hombros y la cobijó contra su costado. Toby dormía profundamente.

–Escucha, Zoe –dijo él, dulcificando su tono y tuteándola por primera vez–. Sabes que no puedes seguir aquí. La situación es insostenible.

–Haz que se vayan –Zoe lloró sobre su hombro.

–Me encantaría poder hacerlo, pero no tengo poder.

–Tu presencia lo ha empeorado aún más.

–Entonces permíteme que te ofrezca ayuda. Tengo una casa aislada y protegida a la que podemos llegar en una hora. Es una oferta sin ninguna condición y sin compromiso de ningún tipo por tu parte

–aclaró cuando ella se separó de él–. Considérala como un refugio temporal mientras te recuperas antes de que sigamos negociando.

Anton supo que lo escuchaba a pesar de que no reaccionara, así que continuó:

–Piénsalo bien –le ofreció un pañuelo. Ella le proporcionó un primer pequeño triunfo al aceptarlo–. Esto no tiene nada que ver con Theo. Será tu refugio. Yo ni siquiera estaré porque me voy de viaje. Estarás sola con Toby.

Anton sabía que no estaba diciendo toda la verdad. Su instinto depredador había entrado en acción en cuanto Zoe Kanellis se había mostrado vulnerable.

Zoe intentaba convencerse de que no debía aceptar la oferta de Anton. Se odiaba por no haber contenido el llanto. Anton sabía cómo acorralar a su víctima. No era tan tonta como para confiar en su promesa de que le proporcionaba un refugio «sin compromiso» de ningún tipo. Tenía la seguridad de que la actitud compasiva que había adoptado era fingida, y de que lo que buscaba era hacerse con el control de la situación.

Pero tenía razón en que era imposible seguir en aquella casa sometidos al acoso de la prensa. Bastó que pensara en el mal rato que había pasado Lucy para que volviera a llorar.

–Tienes que prometerme que no me presionarás –dijo, secándose la nariz con el pañuelo.

–Te lo prometo.

–Y que no le dirás a mi abuelo dónde estoy.

¿Sería consciente de que por primera vez había pronunciado la palabra prohibida: «abuelo»?

–Eso va a ser difícil, pero lo intentaré en la medida de lo posible.

–Y cuando quiera volver a casa, no me lo impedirás.

–Palabra de boyscout –dijo Anton.

Zoe alzó los ojos y lo miró a través de sus humedecidas pestañas. Él respondió a su eléctrica mirada azul con un guiño, y Zoe estalló en una carcajada. Anton pensó que le gustaba Zoe Kanellis y su valentía frente a la adversidad. Y también le gustaba en otros sentidos, aunque debía ignorarlos por totalmente inadecuados.

Aun así, no pudo resistir la tentación de hacerle otro gesto afectuoso, retirándole un mechón de cabello tras la oreja. Zoe no se inmutó. Y Anton se dio cuenta de la ironía de que dos enemigos hubieran acabado sentados en el sofá, mirándose como si les resultara imposible romper el contacto visual.

Fue él quien primero desvió la mirada, y se puso en pie pausadamente.

–Dime qué hay que hacer –dijo con aire decidido y recuperando la capacidad de reacción.

Zoe lo vio mirar la hora y sacar el móvil del bolsillo.

–Tengo que reunir algunas cosas de Toby y mías, y necesito una ducha y cambiarme de ropa –dijo ella, imitándolo para ignorar la súbita confusión que la invadió.

–Ve y organízate –dijo Anton–. Yo cuidaré de Toby.

Zoe fue a poner en duda sus habilidades como canguro, pero Anton ya hablaba en el teléfono de nuevo. Encogiéndose de hombros, salió de la cocina. Una parte de ella cuestionaba la sensatez de ponerse en manos del enemigo, pero no se encontraba en condiciones de analizarlo más profundamente. Así que preparó el equipaje y se dio una ducha.

Para cuando volvió a la cocina, un hombre corpulento con traje negro acompañaba a Anton. Ambos callaron en cuanto ella entró. Zoe los miró alternativamente, pasando del rostro impasible del recién llegado, al de Anton, igualmente inescrutable. Hasta sus ojos parecían velados.

Aquellos ojos la inspeccionaron de arriba abajo, y Zoe creyó ver un nervio temblar en la comisura de sus labios, que se desplegaron en una breve sonrisa.

–Éste es Kostas Demitris, mi jefe de seguridad –dijo Anton.

Volviendo la mirada hacia el otro hombre, Zoe inclinó la cabeza a modo de saludo y él la imitó.

–Kostas se asegurará de que tu casa quede segura después de nuestra partida –continuó Anton, reclamando su atención–. Si hay algo que necesites y que no podamos llevar con nosotros, díselo y te lo mandará. Y será mejor que lleves contigo cualquier documento de carácter personal.

Zoe fue a pedirle una explicación, pero él se le adelantó.

–Por muchas medidas que tomemos, no podemos estar seguros de que no vaya a entrar algún tipejo en busca de una nueva exclusiva.

Zoe fue a protestar, espantada con la idea de alguien husmeara entre sus cosas, pero Anton volvió a adelantársele:

–Sólo es por precaución. Kostas es muy meticuloso.

Éste asintió con la cabeza y dijo:

–Anton está acostumbrado a este tipo de medidas. Es el inconveniente de ser una figura pública.

Los dos hombres la miraron en espera de su consentimiento y Zoe volvió a cuestionarse si hacía bien cediéndole el control, pero recordó a Lucy y, al borde de las lágrimas, asintió. Luego fue a por Toby y se alegró de que, al agacharse para levantarlo, el cabello le ocultara el rostro.

Anton aspiró el fresco olor a manzanas que ascendió del brillante cabello de Zoe y casi le resultó imposible mantener su libido bajo control, un ejercicio en el que había tenido que concentrarse desde el momento en que ella había entrado en la cocina.

La criatura pálida y abatida de hacía media hora no tenía ninguna similitud con la espectacular belleza que tenía ante sí. La fea rebeca, los vaqueros gastados y el cabello mortecino habían sido sustituidos por un vestido de punto gris que se deslizaba sobre su cuerpo y acababa a la mitad de sus torneados y esbeltos muslos. El resto de sus piernas estaban cubiertas por unas finas medias sin talón; y sus delicados tobillos se elevaban sobre unos zapatos negros.

–Espero que sepas lo que haces –masculló Kostas a Anton en griego, que con su aguda capacidad de observación había notado el efecto que Zoe tenía sobre él.

–Tú concéntrate en tu trabajo –replicó Anton.

–Es una…

–Creo que ha llegado el momento de decir que soy bilingüe –dijo Zoe en un fluido griego, clavando en ellos sus ojos azules como dos dardos–. Y espero que sepas lo que haces, Anton, porque si crees que me estás ablandando para doblegar mi voluntad, estás muy equivocado.

Zoe vio ensombrecerse el rostro de Kostas de soslayo, mientras que Anton, sin inmutarse, se apoyó en actitud relajada contra el fregadero y metió las manos en los bolsillos. El movimiento ajustó el traje a su musculoso torso, que cubría una inmaculada y reluciente camisa blanca de cuyo cuello colgaba una fina corbata de seda. Una sensual punzada atravesó el vientre de Zoe a medida que deslizó su mirada por sus caderas estrechas y sus largas piernas, que acababan en unos zapatos de cuero hechos a mano.

–¿Entonces no odias todo lo griego? –preguntó él divertido, obligando a que Zoe alzara la vista hasta sus ojos negros.

Desvió la mirada con la respiración ligeramente alterada.

–Eso significaría odiar a mi padre.

–Y a ti misma, puesto que eres medio griega –dijo él. Y sin cambiar de tono, añadió–: Kostas, ponte a trabajar.

Éste se puso en movimiento, y como si temiera quedarse a solas con un animal salvaje, Zoe se apresuró a preguntar:

–¿Puedo indicarle lo que hay que llevar? Está todo en el piso de arriba, junto con la carpeta con documentos personales.

Y salió detrás de Kostas, dejando a Anton, solo, con una sonrisa bailándole en los labios.

Todo rastro de humor lo había abandonado cuando se reunieron de nuevo en el vestíbulo media hora más tarde.

Kostas estaba ante la puerta mientras él se pegaba a la pared y observaba de soslayo a Zoe, que intentaba abrocharse con dedos temblorosos una chaqueta negra. Toby, ajeno a la tensión que lo rodeaba, dormía en su sillita de coche.

Anton sentía como un constante cosquilleo en los dedos el deseo de tocar a Zoe para tranquilizarla. Era evidente que actuaba en contra de su voluntad, que en la media hora que había transcurrido la había asaltado la duda y que la única razón por la que no cambiaba de opinión era la perspectiva de un refugio seguro.

Kostas habló brevemente por teléfono e hizo una señal a Anton. Éste asintió con la cabeza sin dejar de pensar que estaba mintiendo a sabiendas, pero excusándose en la convicción de que hacía lo mejor para Zoe y para el niño.

–Mi coche está aparcado delante de la puerta –dijo en tono tranquilo–. Mi gente abrirá un pasillo para que lo alcancemos. Supongo que los periodistas resultarán intimidantes, pero el truco es mantener la mirada fija en la puerta del coche y dirigirte a ella.

Zoe apretó los labios y asintió para darle a entender que comprendía.

–Intenta recordar que se marcharán en cuanto nos vayamos y que tus vecinos recuperarán la calma.

Tras mirar a Toby, que dormitaba en su sillita, Zoe volvió a asentir.

–¿Me permites que me ocupe de tu hermano? –preguntó Anton.

Ella lo miró y Anton vio que sus ojos ardían de

ansiedad y miedo. Sin poder contenerse, posó un dedo bajo su barbilla y le alzó el rostro.

–Confía en mí –dijo.

–Muy bien –dijo ella, temblorosa.

La expresión de Anton se endureció al tiempo que se agachaba para tomar la sillita de Toby por el asa. Al incorporarse, miró a Kostas, que tras dar unas instrucciones por teléfono, abrió la puerta.

Zoe sintió que el corazón se le iba a salir por la boca aun antes de salir. Kostas bloqueó la luz que se proyectaba sobre el porche; Anton le pasó un brazo por los hombros, la atrajo hacia sí y salieron juntos con paso decidido y la cabeza gacha. Zoe actuó como él le había instruido y se concentró en el hombre que abría la puerta de la limusina.

Vio flashes, se oyeron gritos y percibió una multitud arremolinándose.

–¿Qué se siente al ser la nieta de Theo Kanellis?

–Anton, ¿cuándo te enteraste de que no heredarías su fortuna?

–¿Es verdad de que Theo Kanelli quiere al niño?

Anton protegió le cuerpo de Zoe hasta dejarla sentada, luego dejó la silla de Toby y a continuación se sentó él. Su hombre cerró la puerta. Zoe abrió los ojos angustiada, y se sobresaltó cuando la gente empezó a golpear los cristales, volviéndose a un lado y a otro para evitar que las cámaras la cegaran.

El coche se puso en marcha y al mirar hacia adelante Zoe vio que lo conducía un chófer del que los separaba una mampara.

–¡Dios mío! –exclamó cuando oyó sonido de sirenas por delante y por detrás–. ¿Llevamos escolta policial?

–Era la única manera de salir –explicó Anton.

Zoe asió el asa de la sillita de Toby y miró a Anton con ojos desorbitados.

–¿Tan importante eres?

–Lo somos –le corrigió él.

Zoe comprendió por primera vez el giro que había dado su vida. Volviéndose, miró hacia atrás.

–La prensa va a seguirnos.

–No podrán una vez estemos en el aire.

–¿En el aire? –preguntó ella, desconcertada.

–Sí. Un helicóptero nos llevará a nuestro destino. Dime qué hay que hacer para que tu hermano viaje seguro…

«Maniobra de distracción». Anton no se sintió particularmente bien por usar tácticas de negociación empresarial, pero había tenido que renunciar a su sentido del juego limpio en el momento que había tomado la decisión de no dejar la casa sin Zoe y Toby.

Zoe se concentró en la tarea, centrando la silla del niño y pasándole el cinturón de seguridad.

–Es un niño muy tranquilo –comentó Anton, que observaba la maniobra.

–Sólo tiene tres semanas. Los bebés sólo comen y duermen a no ser que les pase algo –dijo ella, agachándose para besar la nariz del niño.

Anton admiró una vez más la calidad de oro líquido de su cabello y sus dedos largos y delgados.

–¿Quién es el hombre que hay en tu vida? –preguntó, dejándose llevar por la curiosidad.

Zoe se reclinó sobre el respaldo y se echó el cabello hacia atrás antes de contestar.

–¿Quién dice que hay un hombre?

–Has cerrado la verja del jardín detrás de alguien que se ha marchado precipitadamente, y me preguntaba qué hombre era capaz de huir en lugar de quedarse a protegerte.

Al pensar en Susie, Zoe sonrió. Aunque había tenido varios novios, no había mantenido ninguna relación importante ni había llegado a sufrir por amor. Pero no pensaba darle esa información a Anton Pallis.

–No creo que mi vida personal sea de tu incumbencia.

–Lo es si alguien puede vender una historia sobre ella a la prensa.

Zoe se dio cuenta de que se refería a la información que pudiera haberle dado a un amante sobre los secretos familiares.

–¿Y qué hay de la mujer con la que sales tú? –preguntó Zoe, contraatacando–. ¿Sería capaz de vender una exclusiva?

Anton sonrió con desdén.

–Yo no cuento secretos. Además, he preguntado primero.

–Yo tampoco –dijo ella, irritada con el efecto que aquella sonrisa tuvo sobre ella–. Y si hubiera algún hombre, creo que se consideraría desplazado tras verme subir en este coche contigo.

–¿Porque no podría competir con mi belleza y mi irresistible encanto? –bromeó él, aunque Zoe pensó que tenía ambas cosas en abundancia.

–Pensaba más bien en tu dinero y el de Theo. Tenéis demasiado como para que os surjan competidores. Aunque tengo que admitir –añadió–, que tus atributos físicos te hacen un adversario difícil.

Anton dejó escapar una profunda carcajada y Zoe se descubrió riendo con él.

Era la primera vez que reía desde el inicio de aquellas espantosas semanas y se sintió culpable.

–Te toca a ti –dijo ella, concentrando en él su atención–. ¿Sales con alguien?

–No.

–La prensa dice otra cosa. ¿Qué hay de la modelo de Nueva York?

Anton dio un fingido suspiro de resignación.

–Algunas mujeres adoran la publicidad. Rompimos después de que concediera esa entrevista.

–Mi padre siempre dice... –Zoe calló bruscamente y miró al suelo.

–¿Qué solía decir tu padre? –preguntó Anton con delicadeza.

Zoe iba a decir que su padre siempre decía que los bienes materiales no importaban, sólo el amor. Pero tenía un nudo en la garganta.

–Coincidí con él en un par de ocasiones –dijo Anton quedamente. Y ella alzó la cabeza–. Yo era muy pequeño y pensaba que él era muy mayor, aunque sólo tendría dieciocho años. Me llevó a jugar al fútbol, algo que no había hecho nunca nadie...

Zoe tragó saliva.

–¿Ni tu padre?

–Había muerto el año anterior. Apenas lo recuerdo. Viajaba demasiado por negocios y era demasiado importante como para jugar conmigo. Ya hemos llegado –dijo, sonando aliviado de tener una excusa para cortar aquella conversación.

Zoe miró al frente a tiempo de ver que el coche de policía que los precedía giraba hacia la derecha

al mismo tiempo que la limusina aminoraba la velocidad y cruzaba una verja. Mirando hacia atrás, vio
que los dos coches de policía bloqueaban el hueco
que dejaba la verja. Tras ellos, vio detenerse la ca-
ravana de periodistas que los había seguido y vio la
frustración reflejada en los rostros de éstos, que se
bajaban de sus coches protestando. Aliviada, se volvió hacia adelante. Pero el alivio desapareció al instante.

—¿Qué es esto? —preguntó, alarmada.

—Nuestro próximo medio de transporte —dijo Anton.

—¡Pero… es un avión!

Observando el aerodinámico perfil de su avión
privado, Anton contestó:

—Eso parece.

Capítulo 4

INTENTANDO dominar el pánico, Zoe murmuró.

–Has dicho que era un helicóptero. ¿Vamos a ir a tu casa en avión?

–Sí –confirmó él, mientras el chófer bajaba e iba a abrir su puerta

Al humedecerse los labios, Zoe notó que le temblaban.

–¿Dónde está tu casa?

Zoe se dio cuenta de que debía haber hecho esa pregunta con anterioridad. Anton permanecía inmóvil, pero su mirada de acero hizo que, intuitivamente, ella agarrara el asa de la sillita.

La tensión electrizó el aire.

Cuando el chófer fue a abrir, Anton pegó en el cristal con los nudillos para detenerlo, sin apartar la mirada de Zoe.

–Vamos a Grecia –dijo.

–¿A Grecia? –exclamó ella, poniéndose en guardia–. Pero dijiste que…

–No he dicho que mi casa estuviera en Inglaterra –dijo él, como si esperara que Zoe aceptara la situación sin presentar batalla.

Pero no fue así.

–Ni yo ni mi hermano vamos a ir a Grecia –dijo

Zoe al tiempo que intentaba soltar el cinturón de seguridad del niño.

—¿Y dónde piensas ir? —preguntó Anton.

—A casa.

—¿Cómo?

—¡Andando, si es preciso! —exclamó ella. Y mirándolo fijamente, añadió—: O quizá vaya a hablar con la prensa y les diga que eres un tramposo y un mentiroso, y que me has secuestrado.

Por primera vez Anton hizo un gesto de irritación.

—Puede que haya mentido por omisión —dijo entre dientes—. Pero ni he hecho trampa ni te estoy raptando.

Zoe siguió intentando soltar torpemente el cinturón de la sillita.

—¿Y qué es esto, unas vacaciones?

—Por ejemplo.

—¿Quién nos espera al final del viaje, Anton Pallis, Theo Kanellis?

La forma en que pronunció ambos nombres, como si la envenenaran, sacó a Anton de sus casillas.

—No —dijo, sujetando con firmeza la sillita por el lateral cuando Zoe por fin la soltó y agarró el asa—. ¿Quieres parar y escucharme?

—¿Para que me sigas mintiendo? ¿Crees que soy idiota? —Zoe cerró ambas manos alrededor del asa—. ¡Me pediste que confiara en ti y ya ves de qué me ha servido!

—Puedes confiar en mí —insistió Anton—. No vamos a casa de Theo. Te juro por mi honor que la oferta de un refugio era sincera.

Zoe lo miró despectivamente antes de soltar una mano y palpar la puerta a tientas, en busca de la manija.

–Debía haber sabido que tu amabilidad era una impostura –dijo con voz trémula–. Después de todo, eres su representante. No me extraña que mi padre os evitara a todos los de vuestra calaña

–Esto no tiene nada que ver con Leander.

–¡No oses pronunciar su nombre! –gritó ella–. Para ti es el señor Ellis. Ahora comprendo que no soportara llevar el apellido Kanellis.

–Yo no soy uno de ellos, Zoe –dijo Anton–. Reconozco que no te dije toda la verdad sobre nuestro destino, pero…

Dejó escapar una maldición al ver que Zoe se ponía a temblar como un volcán a punto de entrar en erupción y que había adquirido una palidez espectral.

–Escucha, Zoe.. ¡Maldita sea! –masculló Anton cuando Zoe abrió la puerta súbitamente y bajó del coche.

Anton bajó precipitadamente y la alcanzó cuando se agachaba para tomar a Toby.

Apretando los dientes, la ensartó por la cintura y tiró de ella antes de que pudiera asir el asa de la sillita. Ella se retorció y pataleó hasta que Anton la dejó en el suelo y sujetándola por los hombros la obligó a volverse.

–Escucha –dijo, entre enfadado y suplicante–. Siento haberte disgustado tanto.

¿Disgustarla? Zoe alzó la cabeza y lo miró con sus ojos azules tan llenos de rencor que supo que aquella palabra quedaba lejos de describir sus sentimientos.

–¡Te odio! –sollozó ella–. Mi abuelo y tú me habéis destrozado la vida, y si no me sueltas, voy a gritar pidiendo socorro.

Tomó aire y abrió la boca para cumplir su amenaza, pero Anton ahogó el grito apretando sus labios contra los de ella. Hasta él mismo se sorprendió de usar ese recurso para detenerla, pero una vez lo hizo, ni se le pasó por la cabeza retirarse. Los labios de Zoe estaban entreabiertos y temblorosos; sus lenguas se rozaron y se produjo un estallido de calor de una fuerza explosiva. Aunque Zoe seguía llorando, le devolvió el beso con una frenética urgencia, y Anton supo que actuaba de forma inconsciente.

Más allá de la pista, al otro lado de la verja, se elevaron varias cámaras telescópicas para capturar el beso. Su personal de seguridad permaneció impasible mientras veían a su jefe besar apasionadamente a la nieta de Theo Kanellis cuando acababan de verlos tener una pelea monumental. Y aun así, la pasión reverberaba entre ellos como si hubiera adquirido vida propia. Estrechó a Zoe contra sí, y la dureza de su cuerpo la hizo gemir con desmayo.

Separando sus labios bruscamente de los de él, Zoe lo rechazó con temblorosa decisión.

–¡Te has propasado!

–Pero tú has participado por voluntad propia –dijo él, que no se reconocía en aquel estado de descontrol.

–Eres… eres… –Zoe se quedó sin palabras

Sentía los labios hinchados y calientes. Sensaciones que desconocía recorrían su cuerpo, intensificándose en sus partes más íntimas, desde los pezones endurecidos hasta la pelvis, contra la que

Anton presionaba la evidencia de su respuesta física. La forma en que la miraba en ese momento, como si fuera a besarla de nuevo, le hizo sentir a un tiempo temor y deseo.

–Suéltame –susurró, rozando con su aliento el rostro de él.

Anton se sentía alerta, vigorizado. La nieta de Theo se había convertido para él en una obsesión en un tiempo récord, y se quedó desarmado cuando aquellos espectaculares ojos azules se llenaron de lágrimas.

–¿Por qué me haces esto? –gimió ella.

Al oír un ruido a su lado, se giró instintivamente. Espantada, vio que el coche, con las puertas todavía abiertas, se había alejado.

–¡Anton! ¡Toby está en el coche! ¿Qué hace ese hombre con mi hermano?

El pánico se apoderó de ella, sumiéndola en una espiral de terror. Miró a Anton y encontró su rostro inexpresivo.

–¿Por favor! –suplicó llorosa–. ¡No me quites a mi hermano!

Con los labios apretados, Anton le dijo algo, pero ella no lo oyó porque el miedo la ensordecía. Habían entrado en el avión y Anton la conducía hacia el interior. Zoe se revolvía y le pegaba con los puños.

–¡Toby! –gritó una y otra vez hasta que el nombre resonó en su cabeza.

Dejándola en un asiento, Anton se puso en cuclillas delante de ella.

–Escúchame, Zoe –dijo con firmeza, consciente de que estaba sufriendo un ataque de histeria. Temblaba como una hoja y no dejaba de llorar y llamar a su hermano. Anton apretó los dientes y le ató el cinturón de seguridad–. Despega –dijo a alguien.

Le daba lo mismo quién lo hiciera con tal de que obedecieran su orden. Como si sus palabras hubieran atravesado la niebla del cerebro de Zoe, ésta se asió a las solapas de su chaqueta.

–Anton, por favor. Necesito a mi hermano. Por favor, Anton, por favor…

Fue como el gemido de un animal herido, ante el que nadie podría permanecer impasible. Todos los presentes, incluido Anton, se quedaron helados, y Anton no recordó haberse sentido nunca ni tan enfadado ni tan avergonzado de sí mismo.

Kostas lo miró con desaprobación.

–Su hermano, está aquí, señorita Kanellis –dijo con una dulzura que Anton, que lo conocía desde hacía años, nunca le había oído usar.

Zoe alzó la mirada y vio al niño todavía en su sillita.

–Toby –susurró, aliviada.

–Tengo que colocarlo con un arnés de seguridad mientras despegamos –continuó Kostas en el mismo tono–. Está sólo dos filas por delante de usted. Está a salvo conmigo, se lo prometo.

–Gracias –musitó ella antes de volverse hacia Anton–. Creía que…

–Ya sé lo que pensabas –dijo él con solemnidad–. Puedo tener muchos defectos, Zoe, pero te prometo que jamás le daré a Toby a nadie, ¿de acuerdo?

Zoe asintió aunque se preguntaba por qué iba a creerlo.

–Él es todo lo que tengo –apretando los labios, sus ojos se posaron en los dedos con los que aún se aferraba a las solapas de Anton–. Es todo lo que me queda de ellos y…

Sintió que las lágrimas se acumulaban en sus ojos como una arrolladora ola de dolorosa tristeza. Durante tres semanas había logrado contenerse. Había permanecido tranquila, guardando sus sentimientos bajo llave porque había tenido que demostrar que podía ser una buena madre para Toby. Entonces había aparecido aquel hombre y, por primera vez, había bajado la guardia... Y aquella era la consecuencia: estaba en un avión en medio de la nada, a punto de despegar hacia Grecia.

Anton la observó mientras las lágrimas comenzaban a rodar de nuevo por sus mejillas; unas lágrimas distintas a las que se había permitido hasta ese momento. Apretando los labios y con expresión inescrutable, él cerró los brazos en torno a ella y con una mano le hizo apoyar el rostro en su pecho. No le ofreció caricias reconfortantes ni la animó a llorar. Se limitó a mirar fijamente el respaldo del asiento de Zoe y a sostenerla mientras el profundo pozo de tristeza en el que estaba sumida brotaba como una imparable cascada.

Zoe se desahogó en violentos sollozos entre los que Anton le oyó susurrar entrecortadamente «mamá» y «papá».

El auxiliar de vuelo se aproximó con cautela.

–Señor, tiene que sentarse.

Anton sacudió la cabeza, reacio a moverse, y tras unos segundos, el auxiliar se marchó.

Los motores se pusieron en marcha y Anton sintió

la vibración en los pies. En cuanto alcanzaron altitud suficiente, soltó el cinturón de Zoe y, tomándola en brazos fue con ella hacia el dormitorio que había en la parte de atrás. Cerrando la puerta a su espalda con el hombro, se quitó los zapatos ayudándose de los pies y depositó a Zoe en la cama. Como seguía asida a sus solapas, en lugar de soltarse, se echó a su lado, manteniéndola abrazada. Cada uno de sus sollozos era un golpe contra su cruel y desconsiderada arrogancia. Cuando finalmente Zoe quedó exhausta y se adormeció, Anton permaneció a su lado, consciente de que jamás había abrazado a ningún ser humano tan estrechamente, ni siquiera durante el sexo.

Esperó a que los dedos de Zoe se aflojaran y se desplazó con cuidado para levantarse e ir al cuarto de baño. Cerró la puerta y se apoyó contra ella con los ojos cerrados, dominado por un espantoso sentimiento de culpa.

Zoe despertó con la vaga sensación de que había sucedido algo malo. En su mente se sucedían imágenes de sí misma gritando a Anton, besándolo, suplicándole y llorando. Se movió tentativamente, frunciendo el ceño ante la certeza de que se había humillado en público. Descubrió que estaba en una cama, cubierta con un edredón, pero completamente vestida.

Resistiéndose a abrir los ojos, permaneció tumbada, utilizando el resto de sus sentidos. Al percibir la vibración recordó súbitamente el motivo de la pelea con Anton y el miedo que había sentido al creer que la separaban de Toby.

—Así que estás despierta –dijo una voz a su lado.

Zoe abrió los ojos sobresaltada.

–Creía que ibas a dormir todo el viaje.

Girando la cabeza, los ojos de Zoe se encontraron con dos ojos negros azabaches que la miraban con sorna. Anton estaba echado a su lado, incorporado sobre un codo y con la cabeza apoyada en la mano. Llevaba unos pantalones de seda grises y una camisa azul pálido.

–Toby –musitó ella.

–Está aquí –dijo él, indicando el espacio que había entre los dos.

Siguiendo su mirada, Zoe vio a su hermano, profundamente dormido.

–Ha tomado un biberón entero –le informó Anton–. Luego he realizado una tarea impropia de un hombre de mi clase –bromeó.

–¿Le has cambiado? –preguntó Zoe, perpleja.

–Sí, aunque primero me ha manchado el traje. Pero como ya me lo habías mojado tú con tus lágrimas, no me ha importado tener que cambiarme.

No añadió que se había negado a que lo ayudaran. Había decidido cuidar del niño a modo de expiación, así como soportar las miradas de reproche que había recibido de su personal.

–No sé qué decir –masculló Zoe.

–Basta con un «muchas gracias».

–No te las mereces. Nos has secuestrado.

–¿Volvemos a las hostilidades? –suspirando profundamente, Anton se puso en pie.

–Mentiste y me engañaste hasta conseguir que perdiera la cabeza.

–Que perdiste la cabeza es cierto –dijo Anton mientras abría un armario–, pero creía que había sido por el beso.

Zoe se negó a mirarlo o a responder a la provocación.

–Supongo que no debería extrañarme tu comportamiento puesto que has crecido bajo la influencia de Theo Kanellis –dijo, sentándose y tomando a Toby en brazos–. Eres desconsiderado, cruel y manipulador, aparte de carecer de escrúpulos.

–Has resumido mi personalidad a la perfección, Zoe –dijo Anton, descolgando una chaqueta de una percha–. ¿Aceptarías mis disculpas por haberte asustado tanto?

–¿Ordenarías que el avión diera media vuelta rumbo a Inglaterra?

Anton hizo una breve pausa en el proceso de ponerse la chaqueta y se limitó a decir:

–No.

Zoe no pudo resistirse a mirarlo y sintió un nudo en la garganta al ver el magnífico aspecto que ofrecía, lo que la hizo más consciente de lo desaliñada que estaba ella.

–Entonces tus disculpas tienen tan poco valor como tu palabra –dijo, aunque en cuanto habló sintió que se encendía una luz de alarma en su mente por haberse extralimitado.

Desvió la mirada, que tuvo que volver a alzar hacia el rostro de Anton cuando éste rodeó la cama hasta ponerse a su altura.

Observándola con el niño en brazos y rodeada del plumoso edredón, Anton pensó que parecía la viva representación de la madre tierra, aunque nunca había visto una estatua con aquellos ojos azul eléctrico, el cabello dorado, y los labios tan carnosos y tentadores.

–Si te hubiera dicho la verdad sobre el viaje, ¿habrías venido?

–No –dijo ella, retirándose el cabello de la cara.

–Entonces mi honor permanece intacto. Tú no podías seguir donde estabas, y el único lugar donde yo podía ponerte a salvo era en mi casa, en Grecia. Ya me he disculpado por los medios que he utilizado, Zoe, pero lo cierto es que el niño que tienes en brazos es medio griego, como tú, y tiene derecho a conocer a su familia griega. ¿O es que pensabas incluir a la próxima generación en la disputa familiar? Porque si es así, no eres mejor persona que el hombre al que te resistes a llamar «abuelo». Piensa en ello –fue hacia la puerta y antes de salir, añadió–. Aterrizaremos dentro de una hora. Tu maleta está en el cuarto de baño, te recomiendo que te acicales antes de salir.

Zoe miró su espalda con odio y musitó:

–Cazafortunas.

Anton se quedó paralizado. Zoe no estaba segura de por qué lo había dicho, pero el pulso se le aceleró al ver que Anton retrocedía.

La dureza que había adquirido su rostro le cortó la respiración. Pasando al ataque, añadió:

–Viniste a casa y me convenciste de que te siguiera. Puede que hasta animaras a los periodistas para que me asustaran –se puso en pie y dejó a Toby en la cama–. Theo quiere a su nieto y estás decidido a cumplir sus órdenes aun cuando implique llevarme a mí también.

–¿Y eso me convierte en un cazafortunas? –preguntó él con una engañosa calma que aterrorizó a Zoe.

Apretando los puños, intentó no dejarse intimidar.

—Hasta hace tres semanas, tú eras el heredero de Theo. No sé mucho de leyes, pero imagino que la aparición de Toby y mía cambia un tanto las cosas. Si no, ¿por qué te ibas a tomar tanto trabajo en llevarnos a Grecia?

Anton permaneció callado, mirándola fijamente.

—¡Di algo! —estalló Zoe.

—Estoy esperando a que llegues a tus propias conclusiones antes de dar mi opinión —dijo él.

Zoe se cruzó de brazos.

—Me dijiste que Theo estaba muy enfermo y que quería a mi hermano. Si me incluyes a mí es por evitar el escándalo que supondría separarnos. Así que supongo que quieres quedar bien con mi abuelo —aunque una voz interior le aconsejaba que callara, no pudo contenerse—. ¿O has trazado un plan para seguir siendo el heredero y convertirte en tutor de Toby?

—¿Ésa es tu definición de cazafortunas? —preguntó Anton con la mirada clavada en ella. Cuando asintió, Anton continuó—. Se ve que no has tenido en cuenta que hay otro medio más simple de mantener el control sobre la fortuna de Theo, en el que tú estás implicada.

—No sé a qué te refieres —dijo ella con voz trémula.

—Bastaría con hacerte mi esposa y adoptar a Toby. Dos por el precio de uno —dijo él con una sonrisa cruel—. Y puesto que no tengo honor y miento y secuestro a inocentes… —Anton fue acorralándola hasta que Zoe chocó contra la pared.

Tras una breve y teatral pausa, continuó:

–De hecho, a Theo le encantaría ese plan. Los griegos son muy románticos –mirándola fijamente y con una insinuante sonrisa, añadió–: Lo que me pregunto es a qué tienes más miedo, si a tu abuelo, a mí… o a ti misma.

Zoe fue consciente de que el corazón le latía desbocado y que le faltaba el aire, pero por más que intentó reaccionar, no pudo separar su mirada de los sensuales labios de Anton.

–Claro que si no estás dispuesta a cumplir el acuerdo –siguió él, con un brillo sarcástico que puso la carne de gallina a Zoe–, te enviaré junto a Theo para que te encierre hasta que cambies de opinión. Ya sabes que los hombres griegos no tenemos escrúpulos. Puede que incluso decida… –alzó la mano y la plantó al lado de la cabeza de Zoe– besarte de nuevo –musitó–, o acostarme contigo –y acercó su cuerpo al de ella con provocadora lentitud–. De hecho, podría hacerte mi mujer incluso antes de que pisemos tierra griega y convertirte en mi…

Zoe lo abofeteó. Alzó la mano y la dejó caer con toda su fuerza sobre su mejilla. La palma le dolió al entrar en contacto con sus marcados pómulos, pero le dio lo mismo.

–¡Quítate de mi vista! –dijo entre dientes.

Capítulo 5

ANTON se irguió, dio un paso atrás y por unos segundos que se hicieron eternos, se miraron fijamente el uno al otro. La desagradable escena que acababa de producirse flotaba en el aire entre ellos creando una mezcla de emociones entre las que Zoe reconoció, preocupada, la atracción. Estaba segura de que odiaba a Anton y, sin embargo, también había deseado que la besara. Por eso mismo lo había abofeteado, huyendo de un deseo que se negaba a sentir.

Los ojos de Anton eran dos brasas cuyo ardor le permitió intuir que también él se sentía confuso. Estaba pálido bajo su complexión morena, y sus labios estaban fuertemente apretados.

Finalmente, él dejó escapar un prolongado suspiro.

—Me temo que he vuelto a comportarme inadecuadamente –admitió–. Por favor, acepta mis disculpas.

Zoe no pudo pronunciar palabra y, tras unos segundos, Anton dio media vuelta y se marchó.

Una vez se quedó sola, Zoe se separó de la pared y se dejó caer sobre la cama al tiempo que liberaba el aire que había quedado encerrado en sus pulmones. Tenía la sensación de acabar de participar en una pelea de boxeo; estaba exhausta. Y lo peor era que ella misma había provocado la discusión al acusar a Anton de cazafortunas.

¿Por qué lo habría hecho si, a pesar de todo e incluso a su pesar, no creía que fuera capaz de caer tan bajo?

Lo cierto era que ya no sabía qué creer. Al levantarse aquella mañana y encontrar la carta de su abuelo se había sentido herida y resentida. Cuando abrió la puerta y apareció Anton Pallis, lo había dejado pasar con la seguridad de que lo echaría en cuestión de minutos. Y sin embargo, cuanto más hablaban, o peleaban, pensó con una sonrisa, más intuía que podía confiar en él. ¿Quién en su sano juicio confiaría en un mentiroso? ¿Por qué prefería pensar que lo que acababa de decir sólo había sido una manera de vengarse de que lo acusara de ser un cazafortunas?

Toby se sacudió con hipo, y Zoe se volvió.

—No te han quitado los gases —dijo.

Recordó que había sido el propio Anton el que lo había atendido, y sonrió al ver que no había conseguido cerrar bien los corchetes del mono.

Aquel desconcertante hombre era una mezcla de dulzura y severidad, de consideración y crueldad. Porque Zoe estaba convencida de que había cuidado de Toby como muestra de arrepentimiento.

Inclinándose hacia él, le puso bien el mono y se lo llevó al hombro.

—¿Qué hacemos, Toby? —preguntó—. ¿Aceptamos la oferta de ir a conocer al abuelo, o seguimos con la batalla?

El niño eructó y Zoe volvió a dejarlo en la cama.

—Ya que estamos prácticamente en Grecia, supongo que no vale la pena que sigamos protestando —decidió, dando un suspiro.

Pero de pronto se dio cuenta de que para entrar en Grecia necesitarían pasaportes...

Diez minutos más tarde, después de arreglarse, Zoe volvió a la cabina principal. Sólo entonces fue consciente del lujoso interior, y le desconcertó que hasta seis miembros del personal se pusieran en pie para recibirla.

Sentado relajadamente en su asiento, Anton alzó la mirada del ordenador, observando aquella demostración voluntaria de respeto de sus hombres a la pasajera, y no pudo evitar compararla con las miradas de reproche que le habían dirigido a él.

Ni siquiera Kostas, que ni tan siquiera lo miró al pasar por su lado para recibir a Zoe, le hablaba.

Anton volvió su atención al ordenador mientras le oía preguntar a Zoe si había descansado y se ofrecía a colocar al niño en su asiento de vuelo. Nunca había visto aquella faceta de Kostas, y menos aún cuando al salir del dormitorio, se le había acercado para decirle que su comportamiento había sido vergonzoso.

Y aunque estaba de acuerdo con él, Anton no estuvo dispuesto a admitirlo. Como tampoco le hubiese confiado que había otros sentimientos implicados, como el deseo y la atracción. La nieta de Theo, con sus vivos ojos azules, su cabello dorado y su pálida piel, asaltaba sus sentidos, dejándolo sin capacidad de reacción.

El hecho de que se enfrentara a él como una igual no hacía sino despertar aún más su curiosidad.

Aunque ella se habría sentido ofendida de saberlo, lo cierto era que tenía la fuerza de Theo. Era una criatura valiente en la adversidad y decidida a sobrevivir. Anton la admiraba y la deseaba a partes iguales. Se había sentido cómodo con ella desde el instante en que puso el pie en su casa y por eso mismo no se había molestado en cuestionarse si le parecería bien el plan que había preparado para ella y para su hermano.

Había actuado como un hombre concentrado en cumplir una misión, dominado por la adrenalina de tener que tomar decisiones, y no se había parado a pensar que cualquier golpe podía derrumbar sus frágiles defensas. Como consecuencia, Anton estaba seguro de que recordaría durante mucho tiempo los desgarradores gemidos de dolor que habían brotado de su garganta. Era su castigo y lo merecía. Como el de que lo acusara de ser un cazafortunas.

Su perfume a manzana la precedió. Se había cambiado de ropa y llevaba una túnica negra y el cabello recogido en una coleta floja.

–Tengo que hablar contigo –dijo.

–Por favor, toma asiento –le ofreció él, dejando a un lado el ordenador.

Zoe se mordisqueó el labio, porque hubiera preferido sentarse enfrente de él y evitar la proximidad, pero finalmente se sentó con la espalda muy erguida y dijo:

–Has olvidado que para entrar en Grecia necesitamos pasaportes. Vamos a tener que volver.

Anton la miró sin inmutarse.

–Está resuelto –dijo con obvia satisfacción de sí mismo. Luego se inclinó hacia el lado y, sacando una carpeta del lateral del asiento, los puso sobre la mesa.

Zoe lo observó desconcertada mientras él abría la cremallera y rebuscaba hasta sacar un documento con el sello del gobierno británico, que le tendió

–Tu hermano viaja con un visado de urgencia –explicó mientras ella lo leía–. La solicité aduciendo la gravedad del estado de salud de tu abuelo.

Anton le pasó otros dos papeles.

–Ésta es una carta de tu médico diciendo que Toby está condiciones de viajar; y ésta, otra de los servicios sociales dándote permiso para viajar al extranjero con tu hermano.

–¿Conseguiste todo esto sin que nadie se molestara en consultármelo? –preguntó Zoe, perpleja.

Anton asintió.

–Sólo como medida de precaución por si surgían problemas con la custodia –aclaró–. En unos días llegará un pasaporte en regla para Toby a la embajada en Atenas.

–Se necesita una fotografía para el pasaporte –susurró Zoe sin apartar la mirada de los documentos.

–Le saqué una con el móvil y la envíe al departamento correspondiente.

–¿Cuándo? –preguntó Zoe, empezando a indignarse.

–Mientras hacías las maletas –dijo él sin darse cuenta de la reacción que estaba despertando en ella–. Como todos los periódicos hablaban de ti, no me costó que la gente comprendiera la situación y aceleraran los trámites. Conozco a gente en los sitios adecuados.

Zoe sintió que le hervía la sangre.

–Está claro que la riqueza y el poder son muy útiles.

Anton debió percibir algo en su tono porque la miró. En medio de un profundo silencio, él tamborileó los dedos sobre la mesa y Zoe respiró profundamente para contener la ira.

–Me temo que he vuelto a meter la pata –dijo él finalmente, dando un suspiro.

–¿Por qué no has contado conmigo?

–Porque no te necesitaba. Actué como tu abogado.

–¿Y a nadie se le ocurrió confirmarlo?

–Como te he dicho, todo el mundo se mostró muy comprensivo.

Zoe dejó escapar una risa sarcástica.

–Claro, y como eres tan encantador y un gran manipulador…

–Dicen que es una de mis mayores virtudes.

Zoe lo miró y vio que esbozaba una sonrisa a la vez que con la mirada le pedía disculpas. Apoyándose en el respaldo sacudió la cabeza con impotencia, pensando que el encanto no era más que una de las muchas características que hacían que aquel hombre consiguiera lo que se propusiera. A su pesar, sintió que los labios se le alargaban en una sonrisa.

Aprovechando la tregua, Anton llamó con la mirada al auxiliar y le pidió un té para Zoe.

–Y di a Kostas que vaya a ver al niño. Me ha parecido oírlo.

El auxiliar asintió y fue en la dirección indicada. Zoe hizo ademán de ir ella misma, pero Anton la retuvo posando su mano sobre la de ella.

–Quédate y charla conmigo –dijo con voz ronca.

Zoe titubeó y perdió el impulso. No la detuvo el deseo de quedarse con el que, después de todo, era el enemigo, sino la sorpresa de que sus dedos descansaran sobre los suyos con delicadeza, suplicantes más que impositivos. Zoe bajó la mirada y vio el contraste entre la piel de Anton, oscura y cálida, y la fría palidez de la suya. Un calor que empezaba a resultarle familiar se asentó en su vientre, mientras se amonestaba por ser tan contradictoria. U odiaba a Anton o le gustaba, pero no podía sentir las dos cosas simultáneamente.

–No soy tu enemigo –musitó él como si pudiera leerle el pensamiento–. Sé que te he dado motivos para que desconfíes de mí. Pero quiero demostrarte que soy digno de tu confianza.

Zoe sintió en su fuero interno que quería ceder. ¿Estaría sufriendo síndrome de Estocolmo? ¿Era una estúpida por querer creer en él?

Kostas pasó a su lado de camino a ver a Toby. En una decisión súbita, Zoe lo detuvo.

–Ya voy yo –dijo al hombre de seguridad. Y sin mirar a Anton, sacó la mano de debajo de la de él, se incorporó y se fue.

Aterrizaron cuando el sol se ponía sobre el centelleante mar. Kostas, que parecía haberse convertido en su protector, se ocupó de desembarcar a Toby, y Zoe no se molestó en evitarlo.

Todos los tripulantes estaban de pie, recogiendo sus cosas, incluido Anton, que le daba la espalda. Zoe se descubrió pensando que tenía una espalda perturbadoramente musculosa, y se obligó a mirar a otro lado.

En cuanto se detuvieron los motores, Anton habló por teléfono. Zoe le oyó dar órdenes con voz grave y aterciopelada.

Al ver que iba a ponerse una chaqueta, Kostas dijo:

—No la necesita, *thespinis*. La temperatura exterior es de veintisiete grados.

Al ponérsela en el brazo, Zoe se giró y descubrió a Anton observándola con expresión turbada y ella alzó la barbilla mecánicamente, consciente de que se había ruborizado.

Bajaron del avión. Anton la precedía y Zoe observó que, a pesar del calor, se había puesto la chaqueta, recuperando su aspecto de elegante hombre de negocios.

Kostas, con Toby, cerraba el grupo.

Zoe se detuvo un instante para dejarse envolver por el calor y el perfume a jazmín, limón y tomillo que impregnaba el aire. Al final de la pista había una hilera de coches esperándolos: dos limusinas, un pequeño autobús y un sedán junto al que había un hombre con aspecto oficial.

Zoe vio que el personal de Anton se dirigía hacia el oficial con unos pasaportes. Anton los siguió con la bolsa del ordenador al hombro, hablando por teléfono y haciendo gestos de impaciencia con la mano libre.

A los pocos pasos, Zoe sintió una extraña sensación, y cuando la identificó, tuvo que detenerse. Estaba en Grecia. Pensó: «estoy pisando la tierra natal de mi padre por primera vez en mi vida».

Entre todas las razones por las que no había querido hacer aquel viaje, no se le había pasado por la

cabeza aquella extraña, electrizante sensación que
irradiaba desde sus pies e iba recorriendo su cuerpo
hasta convertirse en la revelación de que aquél era
uno de los momentos más profundos e intensos que
había experimentado nunca.

Cerrando los ojos, se dejó llevar por la sensación
y por la peculiar noción de que por fin estaba en
casa, una idea absurda, puesto que ella era tan britá-
nica como el té, el olor a rosas en verano, o el Big
Ben. Ella era una chica de climas grises y húmedos,
una rubia con piel delicada. Era la hija de su madre.
Y sin embargo en aquel instante sintió que sus ge-
nes griegos pugnaban por escapar de los escondites
donde hasta entonces habían permanecido y apode-
rarse de ella como animales hambrientos. Inclinó la
cabeza hacia atrás y respiró profundamente, dejándose poseer por aquella sensación de paz.

¿Sería esa la razón de que su padre no hubiera
querido volver nunca? ¿Sabía que, como ella, expe-
rimentaría aquella sensación casi espiritual de que
volvía a su hogar?

–Zoe…

Aquella voz de nuevo, grave, modulada como la
de su padre. Sólo que en aquella ocasión, reconoció
la diferencia.

Bajó la barbilla y al abrir los ojos vio a Anton,
aún más guapo bajo la luz de su sol natal. Sus ojos
habían perdido su calidad de acero y habían adquirido el aspecto aterciopelado del chocolate. La miraba con preocupación, y sus brazos formaban una
curva a ambos lados de ella, como si se preparara a
sujetarla por si se desmayaba.

–Estoy bien –musitó ella.

–No lo parece –dijo él.

–Ha sido el shock de estar aquí después de tantos años –admitió–. No esperaba sentir… nada.

Anton empezaba a darse cuenta de que la hermosa hija de Leander Kanellis sentía todo profunda y apasionadamente. La curiosidad de cómo se traduciría esa intensidad en la cama activó sus sentidos, pero también le hizo bajar los brazos en un brusco gesto de retirada.

«Territorio prohibido», se dijo. Zoe se había situado en él desde el momento en que lo acusó de ir tras el dinero de su abuelo.

El cambio de actitud en Anton devolvió a Zoe a la realidad, y al mirar en la distancia vio que sólo quedaban las dos limusinas.

–Perdona –dijo–. Te estoy retrasando.

–No te preocupes –dijo él amablemente–. Ya hemos resuelto todos los trámites.

–¿Dónde está Toby?

–Con Kostas, en el segundo coche –Anton sacó un pasaporte del bolsillo y se lo dio–. Aquí tienes. Espero que no te importe que Kostas lo sacara de tu caja de documentos.

–Gracias –dijo ella, pensando que era demasiado tarde para protestar.

–Y ahora, si ya te has empapado de la tierra de tus ancestros, será mejor que nos vayamos.

Zoe asintió y lo siguió. Era consciente de haberlo irritado, pero no sabía exactamente por qué. Encogiéndose de hombros, miró de nuevo a su alrededor con curiosidad. Habían aterrizado en un pequeño aeropuerto privado y en la distancia se veía el mar y colinas cubiertas por pinos.

–¿Dónde estamos? –preguntó.

–En Thalia –dijo Anton.

Zoe aceleró el paso para ponerse a su altura.

–Thalia era la hija de Zeus –comentó, intentando recordar la mitología griega.

–O la ninfa de la juventud –sugirió él.

–¿Es una isla? –inquirió Zoe con suspicacia, deteniéndose bruscamente.

Anton había llegado al coche y se volvió con gesto de impaciencia.

–¿Te importaría dejar las lecciones de historia griega para otro momento? Se está haciendo tarde y tengo que volver antes de que anochezca.

Zoe giró sobre sí misma observando los alrededores. Estaban rodeados de mar. Debía tratarse de una isla muy pequeña.

–Lo has hecho de nuevo, ¿verdad? –dijo airada–. ¡Has incumplido tu promesa!

Anton suspiró.

–Es imposible tener una conversación normal contigo. ¿Se puede saber qué pasa ahora?

–¿Que qué pasa? –Zoe alzó los brazos–. ¡Esto! Que piensas marcharte y dejarnos a Toby y a mí con Theo Kanellis.

–¿Te has vuelto loca? –replicó Anton indignado–. Esta isla es mía, no de Theo. ¿Ni siquiera sabes dónde nació tu padre?

Por la cara de sorpresa de Zoe, Anton dedujo que no tenía ni idea. El sol del atardecer hacía resplandecer su cabello como si fuera un halo. «Maldita sea», oyó en su cabeza. Y supo perfectamente qué le hacía jurar.

–¡La isla de tu abuelo se llama Argiris! –dijo, furioso, señalando con un brazo –. Queda a unos cincuenta kilómetros de aquí.

–Ah –dijo ella. Y miró en la dirección que le indicaba como si pudiera ver a esa distancia.

Anton se permitió el culpable placer de imaginarse a sí mismo aproximándose a ella para estrecharla en un abrazo y besar los labios que fruncía en un encantador mohín.

–Sube al coche –ordenó al tiempo que abría la puerta y esperaba a que Zoe entrara.

Una vez más, su perfume la precedió, avivando sus sentidos.

–Si no confío en ti, es por tu culpa –dijo ella con frialdad, antes de meterse en el coche con un resoplido.

Anton cerró la puerta con firmeza y fue hacia el otro coche bajo la atenta mirada de Zoe. Comprobar que no podía soportar viajar con ella le produjo un vacío en el estómago.

–Es mejor no hacerle enfadar –dijo una voz a su lado.

Capítulo 6

Zoe miró sobresaltada hacia el ángulo opuesto y vio a Kostas con Toby, plácidamente dormido a su lado.

–Es mejor no dejarse apabullar por personas como él –replicó ella.

–Le ha provocado.

–Me he limitado a hacerle una pregunta y él se ha puesto furioso –se defendió Zoe aunque era consciente de haber querido irritarlo.

Al ver que el coche de delante arrancaba, se preguntó a dónde iría, pero como no estaba dispuesta a mostrar su curiosidad preguntándoselo a Kostas, se dijo que le era indiferente.

–Tiene asuntos pendientes en el pueblo –dijo éste, como si pudiera leerle el pensamiento–. Luego debe marcharse antes de que anochezca porque en este aeropuerto no se puede despegar de noche.

–Creía que la isla le pertenecía.

–Es su lugar de nacimiento y el de varias generaciones de Pallis antes que él –explicó Kostas–. Anton construyó el aeropuerto, el hospital y una escuela nueva; además, proporciona trabajo a quien quiera quedarse, o le ayuda a buscarlo a quien prefiere instalarse en otro lugar.

Kostas hablaba de su jefe con orgullo y afecto,

pero Zoe mantuvo su testaruda determinación de pensar mal de él aunque el resto del mundo lo considerara un santo. También el diablo conquistaba a la gente otorgándole favores… a cambio de su alma. ¡Y ella estaba decidida a no caer en la trampa! Odiaba a Anton hasta tal punto que sentía la adrenalina correr por sus venas.

Desde que dejaran el aeropuerto habían circulado por una carretera que transcurría entre pinos; poco a poco los árboles fueron clareando y el paisaje dio paso a prados salpicados de olivos y naranjos. Hacia adelante se veía el brillo del mar, y la carretera avanzaba sinuosamente hacia un cruce. Al llegar, el primer coche giró hacia la izquierda; el suyo, a la derecha. La carretera avanzó paralela una playa de arenas blancas, limitada por un pinar. Zoe vio varios veleros y le sorprendió pasar junto a un hotel.

–¿Hay industria turística en la isla? –preguntó, a pesar de haberse prometido reprimir su curiosidad.

–Digamos que no se desanima a los turistas, pero se exige que mientras permanezcan en Thalia sean respetuosos con la isla y sus habitantes.

–¿Y si no lo son? –preguntó ella. Y recuperando su agudo sentido del humor, añadió : ¿El gran señor feudal los envía a los calabozos para ser juzgados?

–Son expulsados –contestó Kostas, sonriendo–. Tenemos tolerancia cero con los disturbios. La isla es un oasis de paz. Es el único lugar en el que Anton puede relajarse y ser él mismo.

Zoe se preguntó cómo sería ese Anton, pero prefirió no hacer más preguntas. Un déspota no dejaba de serlo por muy relajado que estuviera.

Unos minutos más tarde, la carretera giró hacia el interior y tras bordear un pequeño cabo alcanzaron una maravillosa bahía rodeada de pinos que llegaban hasta el borde de la playa. La carretera giró de nuevo y Zoe vio de frente unas grandes puertas de hierro, aunque la desconcertó ver que, en lugar de un muro, a ambos lados creciera una tupida barrera de pinos.

Las puertas se abrieron para que pasara el coche y Zoe se quedó sin aliento al contemplar una preciosa villa blanca con contraventanas azul pálido y tejado de terracota, en medio de un cuidado jardín.

La belleza que la rodeaba la dejó sin aliento. Nada resultaba demasiado formal o pretencioso, sino que se había dejado que la naturaleza brillara en todo su esplendor.

El coche se detuvo ante una puerta azul y cuando Zoe fue a soltar la sillita de Toby, éste se despertó como si percibiera que el viaje había concluido. Sin transición, pasó del sueño apacible a protestar a pleno pulmón, y Zoe lo tomó en brazos para aplacarlo antes de salir del coche.

Kostas había alcanzado ya un sombreado porche, donde una mujer pequeña, con rostro redondo y ojos oscuros, lo abrazaba efusivamente.

—Esta es Anthea, el ama de llaves de Anton... Y mi madre —la presentó, adoptando el gesto tímido de un hombre maduro en el papel de hijo—. Esta es *thespinis* Kanellis y su hermano Toby.

La mujer miró a Zoe como si procediera de otro planeta.

—¡Qué precioso cabello! —dijo, entusiasmada—. Parece oro.

No sabiendo qué responder, Zoe agradeció que

Toby se convirtiera en el centro de atención al redoblar sus protestas. Anthea los acompañó al interior y al piso superior, mientras Kostas los seguía con el equipaje.

Zoe se encontró en medio de un bonito dormitorio con visillos que filtraban la luz exterior. Una enorme cuna ocupaba un lugar dominante, y a su alcance había muebles apropiados para el bebé.

En un rincón vio un pequeño frigorífico y un calentador de agua eléctrico; y junto a la ventana, una cómoda mecedora. En otra esquina, frente a un pequeño sofá color crema, había una televisión. Zoe se dio cuenta al instante de que la habitación acababa de ser transformada para acoger a Toby, y no pudo evitar sentirse agradecida hacia Anton Pallis por haber hecho el esfuerzo de que se pareciera lo más posible a su casa de Londres.

Una bonita joven de cabello oscuro se acercó sonriendo tímidamente y musitando a Toby palabras de consuelo.

—Esta es mi hermana Martha —dijo Kostas—. Está aquí para ayudarla.

Percibiendo la ansiedad por complacerla de la joven, Zoe se mordió la lengua en lugar de decir que no necesitaba ayuda, y antes de que se diera cuenta, Martha había tomado con destreza a Toby en sus brazos.

Entonces Anthea la llevó al dormitorio de enfrente. Estaba pintado de un azul claro que contrastaba con el mobiliario de madera oscura.

—Todos los muebles están hechos a mano en Thalia —explicó Anthea con orgullo—. Siempre que puede, Anton usa a los artesanos locales.

Zoe pensó con irritación que todo el mundo parecía adorarlo. Se acercó a la ventana. Era noche cerrada y se preguntó dónde estaría en aquel momento, y si se sentiría aliviado de haberse librado de ella.

Martha insistió en mostrarle el cuarto de baño y explicarle dónde encontraría todo que necesitara. Luego Zoe abrió otra puerta y, aunque no sabía qué esperaba encontrar, la desconcertó descubrir un completo vestuario de mujer que le resultaba desconocido.

Se le encendieron las mejillas al imaginar a una de las amantes de Anton seleccionando una de las prendas para agradar a su hombre, y dio un paso atrás como si hubiera encontrado un nido de serpientes.

—Anthea, creo que te has equivocado de dormitorio —balbuceó.

—No, no. Son para usted —Anthea se interpuso entre el armario y ella—. Anton las ha hecho traer esta tarde diciendo que habían tenido que salir tan precipitadamente que dudaba de que usted hubiera elegido la ropa adecuada para el caluroso abril griego.

Tranquilizada, Zoe preguntó:

—¿Y dónde estás mis cosas?

—Aquí —dijo Anthea, señalando hacia un lateral en el que su ropa estaba perfectamente doblada.

Zoe tuvo que reconocer que las prendas elegidas por Anton eran mucho más adecuadas para el clima griego, y por primera vez no se sintió irritada por su comportamiento. Además, observó que había tenido el detalle de elegir ropa buena pero no escandalosamente cara, aunque le llamó la atención que dominaran los colores, vivos o pastel, y la ausencia de negro.

Al pensar que no le gustaba la idea de que Anton hubiera gastado un dinero en ella que no podría devolverle, Zoe frunció el ceño y Anthea preguntó con ansiedad:

–¿No le gusta la ropa, *thespinis*?

Zoe se recriminó por ser tan poco agradecida y sonrió a la mujer.

–Claro que me gusta. Pero me sorprende que todo el mundo se haya molestado tanto por Toby y por mí.

–Ah –Anthea le quitó importancia con un gesto de la mano–. ¡La forma en que esos periodistas la estaban acosando era una vergüenza! Me alegro de que Anton la haya traído a Thalia, donde no se toleran esos comportamientos. Él mismo se ha ocupado de que echaran a los que han llegado esta tarde persiguiéndolos, así que puede relajarse –yendo hacia la puerta, para concluir añadió–: Aquí está a salvo. Martha se ocupará del bebe y usted sólo tiene que sentirse cómoda. Serviré la cena dentro de una hora.

Al quedarse sola, Zoe volvió a mirar a su alrededor y observó la enorme cama con una colcha de ganchillo blanco y cortinas de la más fina muselina que, colgando desde el techo, la cubrían como una nube etérea. Luego fue al cuarto de baño y tras darse una ducha no pudo resistir la tentación de ponerse un vestido blanco con un gran escote en la espalda que encontró en el armario.

Toby descansaba apaciblemente en su enorme cuna bajo la atenta mirada de Martha, que estaba sentada en un sofá próximo rodeada de libros.

Tras una breve conversación, Zoe averiguó que tenía dieciocho años y que se preparaba para ingresar en la universidad… gracias a la ayuda de Anton, por supuesto.

A continuación bajó las escaleras y como faltaban diez minutos para a cena, los dedicó a recorrer la casa. Todas las habitaciones que inspeccionó presentaban un aire sencillo y clásico muy diferente a su idea de Anton, cuyos gustos había imaginado mucho más inclinados hacia la modernidad y la tecnología.

Había dos comedores, uno grandioso y formal, y otro más pequeño e íntimo, en cuya mesa circular había un solo cubierto. La idea de cenar sola no le agradaba y fue hacia las puertas de cristal que se abrían en la pared del fondo. Salió a la terraza y miró a su alrededor. El silencio era tan profundo que se sintió como si fuera la única persona en el mundo. La oscuridad se extendía más allá del resplandor que se proyectaba desde la casa, y el aire entraba en sus pulmones con cada espiración como una cálida seda. Nunca había experimentado una tranquilidad como aquella, ni tanto bienestar.

En Londres había llegado a acostumbrarse al constante rumor del tráfico, a los aviones de Heathrow, a los trenes que pasaban a poca distancia. Incluso dentro de su casa, los ruidos de sus vecinos se filtraban por las paredes.

Sintiendo una súbita inquietud, se frotó los brazos al tiempo que caminaba hacia un lado de la terraza, en el que descubrió unos sofás en torno a una mesa de cristal. Incluso en el exterior, la casa de Anton resultaba acogedora y elegante.

Una suave brisa se levantó y Zoe alzó el rostro para sentir su efecto refrescante. Entonces las vio y dejó escapar una sofocada exclamación de alegría, al tiempo que bajaba al jardín y corría hasta alcanzar la oscuridad. Entonces alzó la mirada y contempló pasmada el firmamento plagado de estrellas.

Anton subía sin prisa hacia su casa por el sendero que atravesaba el bosque desde la playa. Estaba cansado y de mal humor, aunque ver a los reporteros abandonar la isla lo había animado momentáneamente. Con suerte, otros que tuvieran la tentación de imitarlos recibirían la noticia y cambiarían de idea. Milos Loukas, el agente de aduanas, podía hacer su trabajo con tanta minuciosidad que conseguía desesperar a cualquiera.

Quizá lo que debería haber hecho era ir en el barco con ellos puesto que el retraso había significado que su avión no pudiera despegar, lo que lo había abocado a pasar la noche en su casa.

Y Anton no quería seguir padeciendo el desprecio de Zoe y, menos aún, alimentar el creciente deseo que despertaba en él.

El sonido de la risa cantarina de una mujer en la oscuridad le hizo detenerse en seco. Había decidido retrasar su llegada caminando desde el pueblo por la playa, pero aunque sus ojos estaban acostumbrados a la oscuridad, no supo con certeza si le engañaban o si verdaderamente veía lo que creyó ver.

¿Habría salido a jugar la ninfa Thalia aprovechando la quietud de la noche? Porque eso era lo que Zoe parecía, una ninfa con el cabello refulgente y la piel evanescente. Su vestido blanco resplandecía en medio del jardín, donde permanecía de pie con la mirada alzada hacia el cielo y el cabello cayéndole sobre la espalda. Giraba lentamente sobre sí misma contando y nombrando estrellas. ¿Habría enloquecido? Anton no podía oír los nombres que les daba porque apenas las pronunciaba en un susurro, entrecortado por breves carcajadas de felicidad plena.

Anton se quedó fascinado observándola desde las sombras. Sabía que debía marcharse, pero sus pies no le obedecían. Su presencia rompería la magia de aquel instante de regocijo infantil de Zoe, así que lo mejor que podía hacer era desaparecer sigilosamente y quizá ir a emborracharse con Kostas, que con toda seguridad, estaría deseando reprenderlo por su comportamiento.

¿Por qué habría creído que estaba demasiado delgada si el vestido que lucía mostraba que tenía las curvas necesarias en los lugares precisos? Observándola mientras completaba una nueva vuelta, atisbó sus redondos senos que llenaban plenamente la pechera y un gemido animal brotó quedamente de su garganta al sentir un golpe de sangre en la ingle. Desvió la mirada y dio un paso para marcharse, pero al hacerlo pisó una rama.

—¿Quién está ahí? —oyó preguntar a Zoe.

Anton cerró los ojos y apretó los dientes.

—¿Quién está ahí? —repitió Zoe, poniéndose de puntillas. La oscuridad era tan densa entre los árboles que por más que escudriñó sólo consiguió que le dolieran los ojos.

—Soy yo —dijo una voz conocida.

Y el corazón de Zoe dio un salto al ver la alta figura de Anton Pallis emergiendo de las sombras.

–Me has asustado –dijo Zoe, llevándose la mano a la boca como si con ello fuera a controlar su acelerado corazón.

Anton se acercó lentamente. Sujetaba la chaqueta sobre un hombro y llevaba la camisa desabrochada. La sombra de una incipiente barba le daba un aspecto desaliñado extremadamente masculino.

–¿Contando estrellas, Zoe? –preguntó.

–Nunca había visto un cielo como éste –dijo ella, sonriendo. Alzó de nuevo la vista justo cuando Anton llegó a unos pasos de ella–. ¡Es maravilloso!

–¿Cuántas has contado?

–Llevaba un millón cuando me has interrumpido.

–Lo siento –musitó él.

–Te perdono –replicó ella sin dejar de mirar al cielo–. Ojalá hubiera traído mi telescopio.

–¿Tienes un telescopio?

–Sí –Zoe señaló con el brazo–. Si miras en esa dirección, ves la nebulosa de estrellas próxima a Antares. Como no hay polución se ve perfectamente.

Anton miró, pero no vio más que estrellas.

–¿Dónde tienes el telescopio?

–Lo vendí cuando dejé la uni–… ¡Mira, Anton, Perseo! Nunca hubiera… –Zoe calló al darse cuenta de que no tenía la audiencia apropiada y que Anton, en lugar de mirar al cielo, la miraba a ella con una intensidad que la hizo enrojecer.

–Perdón –balbuceó, avergonzada–. El cielo por la noche es mi pasión.

–Se nota –dijo él en un susurro.

Zoe intentó evitar que le afectara la dulzura de su tono.

–¿Qué haces aquí? Creía que tenías que marcharte antes de que oscureciera.

–No he llegado a tiempo.

–¿Por culpa de los periodistas? –preguntó Zoe. Y al ver que Anton la miraba sorprendido, explicó–. Anthea me lo ha contado. ¿Los has echado?

–Como a Zeus, me ha bastado un soplido.

Zoe alzó la barbilla pensando que se burlaba de ella.

–Eso lo habría hecho su equivalente romano, Júpiter. Me temo que los dioses griegos no siempre conseguían lo que querían.

–Sé bien a lo que te refieres –dijo Anton con sorna.

Zoe decidió no cuestionar ese comentario a pesar de que, respecto a ella, Anton parecía hacer lo que le daba la gana.

–¿Y cómo has venido? No he oído el coche.

–Caminando por la playa. Me gusta el vestido.

–Vaya…, gracias –Zoe bajó la mirada–. Por cierto, no quiero que gastes dinero…

–¿Te gusta tu cuarto?

–Claro, es precioso. Gracias. Pero respecto a la ropa…

–¿Y había todo lo necesario para que tu hermano estuviera cómodo? –la interrumpió Anton de nuevo.

Zoe le dedicó un gesto de creciente impaciencia.

–De eso también tenemos que hablar –era evidente que Anton quería cambiar de tema, pero no pensaba dejarle hacerlo–. Todos esos peluches no eran necesarios. No vamos a pasar aquí más que un par de semanas y Toby...

—Imagino que el personal os ha dado la bienvenida.

Zoe tomó aire y cerró los puños.

—No vas a poder evitar que te diga lo que pienso.

—Ya lo he notado. Pero, ¿podrías esperar a que llegue a casa antes de que tengamos nuestra próxima pelea?

Zoe recibió la pregunta como una amonestación y pensó que la merecía.

—Sólo quería...

—Calla ya, Zoe —dijo él, irritado—. La ropa y los peluches han sido un regalo. Cuando te he visto, he pensado que estabas extraordinariamente hermosa, pero en cuanto has empezado a discutir, lo has estropeado. Será mejor que vaya dentro —concluyó, y dio media vuelta hacia la casa.

—Está bien —se apresuró a decir ella—. Admito que debería haber sido más agradecida.

Aunque se quedó donde estaba, Anton la miró como si la disculpa no le impresionara.

—No pretendía empezar otra pelea —Zoe lo intentó de nuevo—. Has sido muy considerado comprando la ropa. Y te estoy sinceramente agradecida por las molestias que te has tomado para que Toby no se sienta extraño... Vaya, que siento resultarte tan molesta.

—No me resultas molesta —dijo él, cortante.

Zoe se quedó mirándolo sin saber qué decir.

—No piensas ponerme las cosas fáciles, ¿verdad? —dijo, encogiéndose de hombros como si se diera por vencida—. Intentaba ser amable, pero no te lo mereces. Después de todo, supongo que eres consciente de que tu comportamiento de hoy ha sido imperdonable.

Anton siguió observándola en silencio. Zoe tomó aire.

—Aun así, no soy idiota, y tengo que reconocer que este lugar es el paraíso comparado con mi casa en Islington, sitiada por la prensa. Pero si crees que eres el único que ha tenido un mal día, entonces…

Anton se movió con tanta suavidad, que Zoe ni siquiera se dio cuenta de lo que hacía hasta que notó que la sujetaba por la barbilla y aproximaba el rostro tanto al de ella que pudo ver una desestabilizadora inquietud en el fondo de su mirada y sentir la silenciosa tensión que estalló entre ellos, enfatizada por el persistente silencio de Anton.

Zoe sintió la angustia reptar por su cuerpo al intentar mirar hacia otro lado y darse cuenta de que los ojos de Anton la mantenían atrapada como si la hubieran hipnotizado.

Entreabrió la boca para decir algo, pero él negó con la cabeza. Zoe supo que iba a besarla. Y a pesar de que sólo sus dedos la tocaban, sentía la plena fuerza de su masculinidad abatiéndola en sucesivas oleadas.

Sintió que los pezones se le endurecían, provocándole un hormigueo. Sabía que debía separarse de él, romper el contacto físico, pero lo más preocupante era que estaba ansiando que la besara.

Anton le acarició el labio inferior lentamente con el pulgar, y Zoe sintió en él un calor instantáneo. Él esbozó una sonrisa como si lo notara y supiera lo que significaba. Sin ser consciente de que lo hacía, Zoe hizo el mismo recorrido con la lengua, humedeciéndose el labio, y los ojos de Anton centellearon. El aire pareció detenerse, la bóveda de estrellas que los coronaba resplandeció antes de sumirlos en una total oscuridad. Sólo quedaban ellos dos en el mundo, atrapados en el círculo de energía que emanaba de ambos y del que no podían salir.

La expresión de Anton era sombría, su mirada de una intensidad abrasadora. Se inclinó sobre ella con sus anchos hombros, su musculoso cuerpo y con una actitud tan arrebatadoramente masculina que Zoe, a pesar de que sabía que debía separarse de él, no lo logró. Era vergonzoso y humillante, pero permaneció inmóvil ante él, zambulléndose en sus ojos con los labios entreabiertos y esperando a que la besara.

Anton masculló algo sobre ninfas hechiceras y llegó el momento. Basto el roce de su lengua con la comisura de los labios de Zoe para que ésta sintiera una explosión de placer expandirse por sus venas. Desconcertada por la fuerza de las sensaciones que la asaltaban, llevó sus manos instintivamente a la cintura de Anton. El calor que irradiaba de él le sorprendió, al igual que la intimidad con la que ella absorbió el aliento que escapaba de su boca.

–Vaya, Anton, por fin has llegado –dijo una voz en tono de alivio.

Capítulo 7

ANTON y Zoe se separaron como dos amantes clandestinos. Zoe se volvió hacia la casa con la piel ardiendo y vio la figura de Anthea, iluminada por la luz que se proyectaba desde el interior.

Anton maldijo entre dientes y se adelantó para llamar la atención sobre sí y dar tiempo a que Zoe se recompusiera.

—Buenas noches, Anthea —dijo caminando hacia la casa—. ¿Llego demasiado tarde para cenar?

—Claro que no —dijo ella, ofreciéndole la mejilla para que la besara—. Kostas me había advertido de que llegaría tarde. ¿Cuánto tiempo necesita para afeitarse esa rasposa barba? *Thespinis* Kanellis debe de estar muerta de hambre.

—Dame diez minutos para que me adecente antes de bajar a cenar —dijo Anton, entrando con la sirvienta y dejando a Zoe sola, en la oscuridad.

Zoe estaba avergonzada de sí misma y confusa. Tomó aire y lo dejó escapar lentamente. Estar cerca de Anton Pallis era como caminar sobre el filo de una navaja.

Pero la pulsante sensación que la inundaba no tenía nada de dolorosa. Sus labios estaban suaves y calientes. Se pasó un dedo por ellos para calmar el cosquilleo que sentía. Tenía que bajarse de la montaña rusa emocional a la que se había subido, y que la llevaba del rechazo frontal al deseo, o a una mezcla de ambos.

La cena transcurrió en un ambiente tenso, con Anton tratando de mantener una conversación amable mientras Zoe intentaba responder en el mismo tono y Anthea los atendía con mimo.

Rechazó el vino que Anton le ofreció porque se encontraba suficientemente embriagada; y su estómago, que había clamado por comida, se había cerrado y apenas le cabía bocado.

Quejándose de que Zoe comiera como un pajarillo, Anthea retiró los platos, y Zoe aprovechó para retirarse a su dormitorio.

Intentó dormir, pero no lo consiguió porque estaba demasiado alterada. El silencio le resultaba perturbador, y la cama, demasiado grande. Además, había dejado la puerta abierta porque temía no oír a Toby si se despertaba. Y lo que en su propia casa era un gesto habitual, allí podía interpretarse como una invitación.

«O eso es lo que querrías», le dijo una voz interior con sarcasmo.

–¡Cállate! –masculló, girándose boca abajo.

Al oír un ahogado gemido de su hermano se alegró de tener una excusa para levantarse. Peinándose con los dedos, cruzó descalza el corredor y entró en su dormitorio justo cuando el niño elevaba el volumen de sus protestas.

–Ya está, ya está –le susurró ella, inclinándose sobre la cuna para levantarlo–. ¿Tienes hambre? –preguntó. Y fue hacia el frigorífico.

Acunando a Toby en un brazo, preparó un biberón sin dejar de apaciguarlo con palabras de consuelo.

Al oír un ruido en la puerta, se volvió.

—Ah —musitó al ver a Anton en calzoncillos y con un batín que no se había molestado en atarse.

—Me ha despertado —dijo él, cubriéndose la boca para contener un bostezo—. ¿Dónde está Martha? Está encargada de cuidar de él.

—La he mandado a la cama —dijo Zoe, dándole la espalda para seguir con lo que estaba haciendo—. Está estudiando para sus exámenes y necesita descansar. Además, me gusta cuidar de mi hermano personalmente. ¿Verdad, pequeño? —añadió, sonriendo con ternura a Toby.

Anton mantuvo uno de sus cargados silencios y Zoe se preguntó por qué no se marchaba en lugar de permanecer apoyado en la puerta, observándola.

Para cuando Zoe se giró, él se había atado el batín, y ella, evitando mirarlo, se colocó cómodamente en una esquina del sofá para dar el biberón a Toby.

Anton abandonó entonces su inmovilidad y, dando un suspiro, se separó de la puerta.

—Voy a prepararme algo caliente. ¿Quieres que haga algo para ti?

Zoe estuvo a punto de rechazar la oferta, pero notó que tenía la garganta seca.

—Sí, por favor —musitó con amabilidad.

Anton volvió diez minutos más tarde con una taza de café y otra de chocolate, así como con un plato con galletas.

Verlas y relacionarlas con el té y las galletas que ella le había dado el día anterior, aunque pareciera que habían transcurrido meses desde entonces, la hizo sonreír.

–Tómate el chocolate ante de que se enfríe. Yo me ocupo de Toby –se ofreció Anton, sentándose en la esquina opuesta del sofá y tendiendo los brazos hacia ella.

Zoe estuvo tentada de decirle que se fuera, pero no quiso iniciar una nueva pelea. Encogiéndose de hombros, le pasó a Toby, esperando con escepticismo a ver cómo se manejaba.

Pero como era de esperar, Anton aprendía rápido, y sin la menor muestra de incomodidad, cobijó al niño en su fuerte brazo y se acomodó relajadamente, estirando las piernas y cruzándolas por los tobillos. Lo que más sorprendió a Zoe fue que Toby ni se inmutara, y prefirió pensar que era porque quería comer y le daba lo mismo quién le diera el biberón. Ella se sentó en el lado opuesto y tomó la taza con chocolate.

Aquello era una locura.

¿Quién hubiera imaginado que estaría sentada a la una de la madrugada con Anton Pallis, comiendo galletas y tomándose un chocolate mientras él daba el biberón al pequeño?

–Produce una sensación de sosiego –comentó él, como si estuviera pensando lo mismo–. Es tan pequeño e indefenso que saca mi lado más vulnerable. Supongo que es eso lo que hace que los hombres quieran proteger y criar a sus hijos.

–No todos los hombres la experimentan.

–A mí me extraña tenerla –admitió él–. No me había dado cuenta de que me gustaran los niños hasta que me ocupé de él en el avión.

—Tu imagen se haría añicos si esta escena se hiciera pública.

—¿Qué imagen? —preguntó él, clavando la mirada en Zoe.

—La de frío empresario al que sólo le importan el poder y el dinero —dijo ella, desviando la mirada.

Bebió de la taza y decidió no referirse a la reputación que tenía de tratar de la misma manera a las mujeres, de disfrutar de ellas como amantes y desecharlas cuando la novedad se pasaba.

—Tener dinero y poder implica comportarse de esa manera o dejar que otro te arrebate ambas cosas en cuanto des la menor muestra de debilidad.

Zoe reflexionó unos segundos y concluyó que tenía razón.

—Pues eso no combina bien con tener un bebé indefenso. El deseo de cuidarlo y protegerlo debe ser para toda la vida.

—¿Hemos pasado a hablar de Theo y de tu padre? —preguntó Anton.

Zoe no se había dado cuenta, pero aceptó que quizá lo había hecho subconscientemente.

—Olvidémonos del débil y acojamos al fuerte —murmuró, dejando la taza sobre la mesa.

Y Anton interpretó el comentario como un golpe directo a él.

—Ni soy ni he sido nunca el heredero de tu abuelo, Zoe —se defendió.

—¿No? —Zoe se encogió de hombros como si su negación fuera irrelevante—. Pues has pasado veintidós años con él hasta convertirte en la persona que él quería.

—¿Una persona que no te gusta?

Aunque Anton mantenía una postura relajada, Zoe se dio cuenta de que estaba enfureciéndolo. Aun así, no pudo resistirse a contestar:

–Nos has mentido, nos has engañado y nos has secuestrado con un objetivo que todavía no me has explicado. Tú me dirás si eso contribuye a que me gustes.

–Esta misma tarde me has agradecido que os secuestrara –dijo Anton con aspereza.

–Lo que te he dicho es que admitía que había una gran diferencia entre Islington y esto. Se ha quedado dormido –Zoe se puso en pie y se inclinó para tomar a Toby de sus brazos.

Anton no intentó detenerla y Zoe, a su pesar, lo miró a los ojos al incorporarse.

Como hacía unas horas en el jardín, el mundo a su alrededor quedó sumido en un profundo silencio en el que sólo existían ellos dos, y Zoe se sintió devoraba por la fuerza de la atracción que Anton ejercía sobre ella. Lo tenía tan cerca que podía sentir su aliento en las mejillas y su proximidad le erizaba el vello, cortándole la respiración. Aunque sujetaba a Toby entre las manos, sintió con más intensidad el roce de sus dedos con el sólido pecho de Anton. La pulsión sexual que emanaba de él la envolvió, ahogándola, y el aire escapó de su garganta bruscamente. Una ola de calor la recorrió de arriba abajo y tuvo que desviar la mirada y concentrarse en Toby para ignorar lo que estaba pasando entre ellos, algo que era cada vez más intenso y más difícil de negar

Anton la observó llevarse el bebé al hombro y acabar de incorporarse. Se había ruborizado y la mano con la que frotó la espalda de Toby temblaba levemente.Consciente de la fuerza del deseo que había despertado en él, se quedó inmóvil, preguntándose, mientras la veía recorrer la habitación de un lado a otro, porqué ejercía una atracción sexual tan fuerte en él cuando ni siquiera era su tipo. A él le gustaban las mujeres de su edad, lo bastante sofisticadas sexualmente como para que no le creara problemas de conciencia acostarse con ellas. Pero Zoe Kanellis activaba su mente en la misma proporción que otras partes de su cuerpo.

¿Y quién era, además de la nieta de Theo Kanellis? Una mujer de veintidós años, hermosa e inteligente con un gran futuro por delante al que había renunciado, sin que pareciera arrepentirse, por cuidar de su hermano.

Tomar una decisión como aquélla requería un grado de madurez que él no podía por menos que admirar. Quizá eso explicaba parte de su atractivo: la novedad de conocer una mujer que no anteponía sus necesidades a cualquier cosa, que no era ni vanidosa ni egoísta, y que era tan poco consciente de sus propios encantos como para llevar unos pantalones de pijama de algodón gris y una camiseta con un personaje de comic. Aunque, por otro lado, el pijama no lograra oculta la forma sensual del cuerpo que cubría.

—Deberías irte a la cama —dijo Zoe, ansiosa por quedarse sola.

No comprendía cómo podían pasar de una tensa conversación a aquella pulsante tensión física que la dejaba sin aire en los pulmones.

Oyó que Anton se ponía en pie al tiempo que devolvía a Toby a la cuna. Cuando se incorporó y miró, él la esperaba junto a la puerta. Temblorosa, Zoe fue hacia él y salieron juntos. La puerta de su dormitorio seguía abierta y se detuvieron delante de ella.

–Buenas noches –musitó Zoe, irritándose consigo misma por sonar titubeante.

–Sólo una cosa –dijo Anton, apoyando el hombro en el marco–. Mañana me iré temprano por la mañana.

Zoe alzó la mirada sin tiempo a disimular su sorpresa. Aunque fuera una locura, no quería que se marchara.

Anton suspiró.

–Tengo que cumplir la promesa que te hice –musitó–. Hasta un secuestrador mentiroso sabe cuándo debe jugar limpio.

Anton no se refería en realidad a lo que había pasado el día anterior, sino a lo que estaba pasando en aquel instante entre ellos. Zoe asintió con la cabeza, pero no fue capaz de articular palabra. Desesperada por separarse de él antes de hacer o decir lo que no debía, fue a pasar, pero Anton alzó una mano y la deslizó por el dibujo del personaje que tenía estampado en la camiseta.

–¡Qué suerte tiene Snoopy! –susurró.

Zoe contuvo el aliento y sintió que el torbellino de emociones que la asaltaba se hacía con ella. Bastó que mirara a Anton para que sus brazos se alzaran hasta su cuello como si tuvieran voluntad propia y, rodeándolo, alzara su rostro y le ofreciera los labios. Sin transición, se encontró besándolo como si llevara toda la vida esperándolo.

Anton intentó resistirse y llegó a sujetarla por las muñecas con la intención de romper el abrazo y separarse de ella. Quizá Zoe debía haberlo permitido y debía haber recordado que era su enemigo, pero se asió con fuerza y se apretó contra él.

Un gruñido escapó de la garganta de Anton y le devolvió el beso con una pasión que Zoe jamás había experimentado y que la sacudió hasta las raíces. Igual que el calor que Anton irradiaba y la fuerza con la que sus brazos la apretaban contra sí. Había pasado de querer que desapareciera de su vista a querer retenerlo con la misma desesperación. Se sentía embriagada y confusa por las contradictorias emociones que sentía, pero le devolvió el beso con igual anhelo. Cuando Anton hundió la mano en su cabello y, tomándola por la nuca, le hizo inclinar la cabeza, sus manos se deslizaron hasta su pecho, por debajo del batín.

El estremecimiento que experimentó Anton al sentir el roce de sus palmas en la piel la excitó. Y desde ese instante fue incapaz de pensar, porque Anton metió la mano por debajo de su camiseta y le acarició el pecho. Una corriente de placer la recorrió de arriba abajo, y cuando él le frotó y pellizcó los pezones, que ya estaban endurecidos, gimió y se apretó aún más contra él buscando prolongar el beso y sentir sus manos en la espalda, en la cintura, de nuevo en los senos. Pero cuando él la tomó por las caderas y Zoe sintió contra su ingle la prueba física de su excitación, la sorpresa le hizo separar sus labios de los de él.

Los ojos de Anton parecían más oscuros que nunca; sus mejillas estaban enrojecidas.

—Estás jugando con fuego, *glikia mu* —le advirtió.

Zoe no estaba segura de saber qué estaba haciendo. Los labios de Anton, entreabiertos e hinchados por el flujo de sangre que los recorría, estaban más oscuros de lo habitual. Zoe sintió los suyos palpitantes al dejar escapar un trémulo suspiro. Y el sexo endurecido que seguía presionándole el abdomen había hecho que se le humedeciera la entrepierna y le temblaran las piernas.

–¿Paramos aquí? –insistió él, con una voz tan ronca que pareció brotar de los más profundo de su ser.

Pasándose la lengua por los labios, Zoe hizo un esfuerzo por dar la respuesta correcta mientras se decía «deja que se vaya, recuerda quién es». Pero no logró articular las palabras.

Anton la observaba fijamente, con un destello en los ojos con el que parecía retarla, y Zoe creyó ahogarse en ellos, en el deseo que le transmitían cada uno de sus músculos. Finalmente, Anton soltó una carcajada sofocada y Zoe temió por un instante que tomara él la decisión que ella había sido incapaz de tomar. El pánico le hizo decir precipitadamente:

–No quiero parar.

Una llamarada prendió en los ojos de Anton, que la besó al instante con renovada urgencia. Zoe hundió los dedos en su cabello y dejó que su cuerpo se amoldara al de él. Las piernas apenas la sostenían y, como si se diera cuenta, Anton la tomó en brazos.

Sin dejar de besarla, atravesó el dormitorio y la depositó en la cama. Zoe no fue consciente de que él se quitara el batín o a ella la camiseta hasta que notó el contacto de la sábana contra la piel. Abrió los ojos justo a tiempo de admirar el torso de bronce de Anton aproximándose al echarse a su lado.

—Anton... —susurró sin saber por qué.

Como si la entendiera mejor que ella a sí misma, él contestó:

—Lo sé —y deslizó la mano por su vientre, por debajo de la cintura de los pantalones, provocando una corriente eléctrica en el cuerpo de Zoe.

Con un grito, ella alzó las caderas en busca de sus dedos y, profundizando la caricia, Anton invadió su cálida y húmeda cueva mientras observaba cómo Zoe se revolvía de placer. Entonces la besó, imitando con la lengua los movimientos que hacía con los dedos, y Zoe, sacudiéndose, se asió a sus hombros.

Cada terminación nerviosa de su cuerpo clamaba por recibir su atención, cada movimiento de sus dedos, cada invasión de su lengua la arrastraba más y más profundamente hacia un abismo en cuyo fondo la esperaba una luz cegadora que Zoe ansiaba alcanzar.

Los dedos de Anton se adentraban más y más profundamente en su húmeda lava, hasta que Zoe se giró sobre el costado, alzando las piernas dobladas como si el placer la desbordara. Anton musitó algo, le quitó los pantalones y siguió acariciándola hasta que Zoe, jadeante, comenzó a susurrar su nombre una y otra vez.

En una nebulosa, percibió en Anton una contención esforzada y el empeño en excitarla y darle placer, hasta el punto que pensó que se desmayaría por falta de oxígeno en los pulmones.

Pero la calma con la que Anton estaba actuando se fue por la borda en cuanto ella lo tocó a él. Sus dedos lo rozaron primero accidentalmente, pero al descubrir su sexo duro y firme, suave como el terciopelo, lo asió y deslizó la mano arriba y abajo. Anton se la sujetó por la muñeca y se la apartó, haciéndola girarse sobre la espalda para colocarse sobre ella y presionarla contra la cama con el peso de su poderoso cuerpo.

Zoe sintió sus senos apretados contra el vello de su torso, y sus pezones estaban tan endurecidos y sensibles que el contacto le resultó casi doloroso. Cuando Anton le soltó la muñeca, se abrazó a él, queriendo intensificar el contacto y sentirlo aún más.

Él no separó su boca de la de ella, manteniéndola en una nebulosa que la aturdió hasta el punto de no darse cuenta de lo que iba a pasar hasta que fue demasiado tarde. Anton colocó sus caderas entre sus piernas abiertas y Zoe sintió por primera vez el roce de su miembro contra su húmedo sexo, un segundo antes de que la penetrara como un guerrero reclamando su botín.

Fue demasiado tarde para que dijera nada antes de que un grito de dolor brotara de su garganta al sentir un intenso dolor que la sacudió como un rayo, haciendo que arqueara la espalda y tensara todos los músculos de su cuerpo.

Anton se quedó paralizado como una estatua de mármol y la miró fijamente al tiempo que ella abría los ojos. Jamás se había sentido tan sobrecogido.

–No –susurró, perplejo.

Zoe no pudo pronunciar palabra. Anton estaba dentro de ella, palpitante; y sus músculos internos se contraían en torno a él sin que ella pudiera hacer nada por evitarlo.

–No es posible –dijo él, palideciendo.

–Te odio –dijo ella, antes de dejar escapar un grito por razones completamente distintas cuando él intentó salirse–. ¡No se te ocurra! –exclamó, jadeante–. ¡Oh, Dios mío! –gimió cuando él la obedeció, quedándose paralizado, con la tensión reflejada en su rostro–. Te odio –repitió ella–. Esto no debía haber pasado, pero te deseo. Te deseo.

Anton le retiró un mechón de cabello del sudoroso rostro y Zoe notó que le temblaban los dedos. Cuando él se meció suavemente, Zoe sufrió una sacudida que no tuvo nada que ver con el dolor, y su expresión de placer encendió a Anton, que empezó a moverse a un ritmo constante y sensual que fue elevándola a peldaño a peldaño hacia la excitación erótica. Su mirada, clavada en la de él, contribuyó a intensificar la experiencia, y Anton continuó absorbiendo los gemidos cada vez más entrecortados y agónicos que escapaban de sus labios.

–Anton –repitió insistentemente Zoe. Y cada vez que lo nombraba, el ritmo de Anton se aceleraba, como si oírlo alimentara el fuego en el que ardía.

Cuando Zoe estaba a punto de alcanzar el clímax, él la sujetó con una mano por la nuca y le dio un beso voraz. Zoe se arqueó, gimió y se asió a sus hombros como si temiera desintegrarse y perdió todo control al experimentar el placer multiplicado de que Anton la acompañara en la caída.

La corriente de bienestar que la invadió duró apenas unos segundos antes de que Anton rompiera el hechizo. Dejando escapar una maldición en griego, se separó de ella y se levantó de la cama.

Magnífico en su desnudez, la observó como si

fuera una estatua de bronce. Zoe se acurrucó sobre el costado y esperó en el tenso silencio lo que estaba por suceder. Debía habérselo dicho. Había sido consciente de ello incluso cuando la pasión le nubló el sentido. Y si había guardado silencio era por razones que no estaba en condiciones de analizar por el momento. Además, su cuerpo seguía anestesiado por las sacudidas del orgasmo, y su corazón seguía latiéndole aceleradamente.

Entre sus muslos, el lugar que Anton había descubierto seguía palpitando como si le hubiera dejado el placer tatuado; los músculos de su interior seguían contrayéndose, haciendo que su cuerpo fuera recorrido por gozosos y delicados estremecimientos.

Pero el enfado que irradiaba de Anton acabó dominando todo lo demás. En lugar de mirarla a ella, mantenía la vista fija en un punto indefinido.

—Sabía lo que estaba haciendo —dijo ella, pensando que era mejor decir algo que guardar silencio.

El sonido de su voz sacó a Anton de su parálisis. Con un movimiento brusco, dio media vuelta, se agachó para recoger los calzoncillos del suelo y se los puso con una furiosa brusquedad.

—Si es así, me avergüenzo de ti —dijo finalmente.

Y a Zoe le extrañó que sus palabras no la hicieran sangrar como dagas.

Capítulo 8

Z OE, que en ese momento iba a desenredar la sábana y cubrirse con ella, se quedó parada. ¿Anton se avergonzaba de ella?

—No creo que tengas derecho a avergonzarte de mí —tiró de la sábana con brusquedad y se la cruzó sobre el pecho—. Eres mi secuestrador, no mi consejero espiritual. Ocúpate de tu propia moral. Estoy segura de que has cometido muchos más pecados que yo.

—¡Cómo he podido caer en la trampa! —masculló él, mirando al vacío.

—¿Qué trampa? —Zoe se reclinó sobre las almohadas sintiéndose cada vez más furiosa.

—¡Y luego me acusas a mí de ser un manipulador!

—No sé a qué te refieres —dijo Zoe, desconcertada.

—Eras virgen

Ruborizándose, Zoe replicó sarcástica.

—Gracias por recordármelo, lo había olvidado.

—Y eres la nieta de Theo Kanellis.

—Otra verdad que preferiría olvidar.

—Si pretendías abrir una brecha en la relación entre Theo y yo, no podrías haber elegido una manera mejor.

–Tus sospechas son completamente maquiavélicas –dijo Zoe, tomando una de las almohadas sobrantes y abrazándose a ella–. ¿Puedes explicarme la relación entre una cosa y otra.

–Eras virgen.

–¿Te importaría dejar de repetirlo? –dijo Zoe, perdiendo la paciencia.

Finalmente, Anton la miró. Tenía las aletas de la nariz dilatadas y sus ojos parecían dos dardos de acero.

–¡Eras virgen! –repitió como si fuera una maldición–. Y ahora voy a tener que casarme contigo antes de que Theo se entere de lo que ha pasado.

Pensando que estaba soñando despierta, o mejor, que tenía una pesadilla, Zoe observó al espectro que representaba a Anton, esperando a que en cualquier momento le brotaran cuernos y garras. Tenía el cuerpo de un dios griego y la mente de un loco, además de la arrogante belleza de un príncipe de las tinieblas.

Temblando a causa las imágenes que su mente invocaba, Zoe asió la almohada con fuerza.

–No pienso decirle a Theo lo que ha pasado –dijo con frialdad–. Y por si te consuela, tenías razón: ahora mismo me siento terriblemente avergonzada.

–Pero para mí va a ser cuestión de honor decírselo, así que has ganado, Zoe Kanellis. Has destrozado mi imagen a ojos de tu tío y, con ello, has protegido tu herencia.

–¿Cuestión de honor? ¿Cómo te atreves a hablar de algo que desconoces? –dijo ella, sintiendo que las lágrimas se le acumulaban en la garganta y poniéndose en pie con una almohada en la mano–. ¡Hace veinticuatro horas ni siquiera eras para mí más que un desconocido que había ocupado el lugar de mi padre y que iba a quedarse con su dinero mientras Toby y yo nos escondíamos como ratas de la prensa! Acabo de perder a mis padres.

Zoe hizo una pausa para evitar echarse a llorar. Tomó aire y lo expiró lentamente.

–¿Pero lo tuviste en cuenta antes de aparecer en mi puerta? No. Te dio lo mismo que tu presencia azuzara a la prensa porque para ti era más importante obedecer a mi abuelo y así proteger tu posición en la vida.

–Zoe…

–¡Cállate! –cortó ésta a Anton, tan encendida que no se dio cuenta de que él palidecía–. Ahora me toca hablar a mí. Voy a repetirlo una vez más y, si quieres, lo pongo por escrito: no me interesa el dinero de mi abuelo. Así que tranquilo, Anton Pallis, no tienes por qué temerme ni por qué casarte conmigo.

Sólo cuando notó un dedo tembloroso de Anton secándole una lágrima fue consciente de que él se había acercado. Dio un paso atrás y usó la almohada para secárselas ella misma.

–Pensaba que simplemente habíamos perdido el control ambos, pero… –musitó.

–Y así fue.

Zoe le dio la espalda sin darse cuenta de que estaba desnuda y Anton tuvo la tentación de cubrirla con una sábana, pero no quería humillarla. Era consciente de haberle hecho ya bastante daño. Habría dado cualquier cosa por saber qué le había impulsado a decir lo que había dicho, porque, una vez recuperada la calma, era consciente de que había sido una solemne tontería.

–Creía que había sido inevitable, dada la tensión que ha habido entre los dos todo el día…

–Y lo ha sido.

Anton decidió finalmente cubrir su desnudez y, tomando la sábana de la cama, se la pasó por los hombros.

–Estás temblando –dijo al hacerlo.

Zoe se envolvió en ella y se giró para mirarlo. Sus ojos azules refulgían en el pálido ovalo de su rostro y Anton no supo qué decir para congraciarse con ella.

–Disculpa por haber reaccionado como lo he hecho, pero es que…

–Te preocupa haber mantenido relaciones con la nieta de Theo –concluyó Zoe por él.

–¡Me da lo mismo quien seas! –exclamó él–. Ni siquiera sé por qué he dicho eso. Pero si me hubieras dicho que eras…

–Fuera de aquí –dijo Zoe, negándose a oír de nuevo la palabra–. Ya que me has puesto en una situación tan incómoda, tengo derecho a la privacidad de mi dormitorio. ¡Fuera!

Dándole la espalda de nuevo, se arrebujó en la sábana, consciente de que iba a perder una vez más el control de sí misma y a llorar como lo había hecho en el avión.

–Los dos hemos perdido la cabeza –insistió él–. No esperaba… Me siento tan culpable… –añadió, desesperado–. Podría haberte hecho menos daño en lugar de…

Zoe se alegró de que no supiera cómo continuar. No necesitaba que repasara lo que había sucedido, o cómo debía haber sido.

—Por favor —le suplicó—. ¿Te puedes marchar?

—Hablaremos mañana —dijo él, yendo hacia la puerta.

—Has dicho que te marchabas —le recordó ella. Y rogó que se fuera muy lejos.

—Lo dudo —Anton volvió hacia ella—. Tenemos que hablar.

—Mañana te vas —repitió Zoe—. Me prometiste que me dejarías en paz un par de semanas y luego me devolverías a casa, así que más te vale cumplir tu promesa.

Zoe no supo si asentía con la cabeza, porque le estaba dando la espalda, pero se tomó su silencio como una forma de asentimiento. Era «cuestión de honor» que lo hiciera.

El avión de Anton despegó al amanecer, con éste convencido de que debía sentir lo mismo que Leander Kanellis cuando había sido expulsado de su hogar.

Dos semanas. Le había prometido a Zoe que le daría alojamiento durante dos semanas y no rompería su promesa por nada del mundo. Apoyándose en el respaldo de su asiento, cerró los ojos. Haberse desvelado o la cantidad de brandy que había consumido al volver a su dormitorio para ahogar el recuerdo del sexo más espectacular que había experimentado en toda su vida estaban afectándolo.

Sexo fantástico, seguido de una espantosa escena. Se revolvió en el asiento. No quería recordar la forma en la que había atacado a Zoe para librarse de su propio sentimiento de culpabilidad.

Mujeres… Culpaba a todas las mujeres que se habían metido en su cama con la esperanza puesta en casarse con él. Y no por su atractivo, del que era plenamente consciente, ni por su reconocida capacidad sexual, sino por su dinero y poder.

Por eso para cuando cumplió veinte años era ya un cínico, y había aprendido a disfrutar y a tomar de ellas lo que le interesaba hasta que lo aburrían, sin que nunca se hubiera parado a pensar en sus sentimientos.

Por primera vez, estaba en la situación opuesta y descubría lo que era ser rechazado. Porque a lo largo del día anterior, Zoe había conseguido traspasar las barreras tras las que se protegía. Hasta se había encariñado con el niño y a las cuatro de la mañana había corrido a consolarlo antes de que su llanto despertara a Zoe.

–¿Anton?

–¿Sí? –gruñó éste, que no quería ser molestado.

–Tenemos un problema –le advirtió Kostas con gesto de preocupación.

Zoe condujo el carrito por uno de los senderos sombreados que recorrían el jardín y se dio cuenta de que era la primera vez que sacaba a Toby al aire libre desde que saliera del hospital.

Con amargura pensó que era una de las ventajas de estar atrapada en el paraíso. Aquella mañana le habían anunciado que la serpiente había partido aunque ella no lo hubiera oído porque la noche anterior había vuelto a la cama y se había tapado con las almohadas para intentar olvidar lo que había sucedido.

Un brillo metálico en un lateral hizo que se volviera a tiempo de ver un Mercedes cruzar la verja de entrada. No era posible que Anton estuviera ya de vuelta. El hombre que se había enfurecido tras el salvaje y tórrido sexo de la noche anterior se habría colgado antes de incumplir el plazo de dos semanas que había prometido darle.

Zoe se giró y continuó el paseo, estremeciéndose con las imágenes que su mente invocó. Y no precisamente de las cosas que Anton había hecho, sino de las que había hecho ella misma. Se odiaba por ello y lo odiaba a él. Anton le había dicho que debía avergonzarse y así era; pero lo que él sentía había quedado aplastado por la amargura que había brotado de sus airados labios. Sólo más tarde había admitido que se sentía culpable. Y eso no era un consuelo. Ella era su pecado porque tendría que haber sido completamente ciega para no notar que Anton se había sentido atraído por ella desde el primer momento.

«Y tú por él», le dijo una odiosa vocecita interior.

Zoe se encogió de hombros como si intentara librarse de ella. Era una mujer de veintidós años, razonablemente atractiva, que llevaba años rechazando la atención el sexo opuesto. Había preferido estudiar y dedicar su tiempo a complicados cálculos matemáticos antes que a coquetear con sus compañeros. Su padre solía reírse de la hilera de chicos que acostumbraba merodear la puerta de su casa esperando a que saliera.

«Te dan lo mismo, ¿verdad?», le oyó decir, divertido, en su cabeza. Y tuvo que pestañear para contener las lágrimas.

Se había desarrollado tarde, y su padre había estado a un tiempo orgulloso de su belleza y aliviado de que no se contagiara de la fiebre adolescente de sus pretendientes. Con el paso de los años, y ya concluida la adolescencia, el sentido común siempre había pesado más en ella que los súbitos arrebatos hormonales.

Sentido común. Zoe sonrió para sí con sarcasmo al recordar que era su mantra de estudiante universitaria. Tenía amigos y era popular, pero sus compañeros solían reírse de su cerebral actitud hacia el sexo y de que se perdiera toda la diversión. Si la vieran en ese momento, probablemente se morirían de la risa al descubrir que había sido seducida por un conocido conquistador menos de veinticuatro horas después de conocerlo.

Se había caído del pedestal y un irresistible hombre griego la había sacudido hasta los cimientos con su mezcla de cruel frialdad y aniquilador encanto.

El sonido de unos pasos que se aproximaban precipitadamente la hicieron volverse. Al ver que Martha se dirigía hacia ella con expresión angustiada, la esperó.

–Anton me ha mandado a buscarla, *thespinis* –explicó Martha al llegar a su lado–. Le ruega que se reúna con él en su despacho.

–¿Está aquí? –preguntó Zoe–. Creía que…

–Se ha ido esta mañana, pero ha vuelto –explicó Martha, como si fuera lo más habitual. Señaló a Toby–. También me ha pedido que cuide del niño entre tanto.

Dejando a Toby al cuidado de Martha, Zoe volvió hacia la casa mientras intentaba adivinar, sin lograrlo, qué habría hecho volver a Anton.

Aunque encontró la puerta de su estudio entornada, llamó antes de abrirla y entrar. Lo había visto el día anterior, en su exploración de la casa, y recordaba las paredes cubiertas de libros, la gran chimenea, el rincón con un tresillo de cuero negro y el gran escritorio tras el que Anton se sentaba en aquel momento.

Vestido con un traje milrayas de seda negra, volvía a presentar el aspecto de un gran empresario, y Zoe tuvo el impulso de llevarse la mano al cabello para peinárselo y de estirarse la falda de algodón que llevaba puesta desde la mañana.

Anton alzó la mirada y Zoe se quedó paralizada al notar que el corazón le daba un vuelco.

–Has pedido verme –dijo, haciendo un esfuerzo sobrehumano para disimular su nerviosismo.

Entonces observó la expresión malhumorada del rostro de Anton y el gesto brusco de la cabeza con el que la saludó.

–¿Qué sucede? –preguntó, aproximándose al escritorio.

Había sufrido demasiados traumas en los últimos tiempos como para no reconocer las señales de que algo iba mal.

–Tienes que ver esto –Anton indicó con la mano algo que había sobre el escritorio. Zoe bajó la mirada y vio un periódico con un titular que saltaba a la vista: *Pallis derrota a la oposición*.

Tomándolo, Zoe estudió las fotografías que acompañaban al artículo hasta que las manos empezaron a temblarle.

La humillación de ver cómo Anton la llevaba en brazos al interior del avión era una nimiedad comparada con la del apasionado abrazo y el beso en el que los habían retratado junto al coche. Horrorizada, se dejó caer en la silla más próxima.

El artículo decía:

En un súbito movimiento que nos dejó a todos sin habla, el magnate Anton Pallis se abalanzó sobre la nueva heredera Kanellis, dejando claro cuál será el futuro de la fortuna familiar. Si no hereda el dinero por derecho propio, se ve que está decidido a poseerlo por otros medios. Y si eso significa hacerse con Zoe Kanellis en el proceso, ¿por qué no? Es joven, bonita y, como muestra el apasionado abrazo, ya ha caído rendida a los pies del atractivo griego. Tan es así, que éste tuvo que llevarla en brazos hasta el avión. ¿Sonaran campanas de boda en el próximo episodio? Todo es posible. Al fin y al cabo, los negocios son los negocios.

–¡Menuda manera de protegernos! –musitó Zoe al finalizar de leerlo mientras Anton la observaba en silencio–. Hasta la prensa te considera un cazafortunas.

–Eso parece –dijo él, impasible.

–Mientras que yo soy la rubia tonta que cae rendida a tus pies –dijo ella, tan furiosa que arrancó la página e hizo una bola con ella antes de ponerse en pie.

–Ni se te ocurra –dijo Anton, adivinando sus intenciones–. Acepto que te enfades conmigo y con la prensa, pero no que me tires misiles.

–¡Pero tú tienes la culpa de todo! –gritó ella, apretando la bola de papel mientras pisaba el resto del periódico, que había caído, desordenado, a sus pies–. Si no me hubieras…

–¿Besado?

–¡…secuestrado, nada de esto habría pasado!

–No recuerdo que intentaras evitar que te besara, *agapi mu*.

Zoe recordaba bien la explosión de sensaciones que había causado aquel beso, pero prefirió ignorarlo.

–Estaba histérica.

–O algo así.

–¡Y te aprovechaste de mí, que es lo que has hecho desde que apareciste en mi casa!

–No recuerdo haberte obligado a hacer nada que no quisieras.

–Porque eres demasiado arrogante –masculló ella, furiosa por la calma que él mostraba–. ¿Y ahora qué? ¿Denuncias al periódico y le pides que se retracte?

–Ni hablar. Eso les daría más munición.

–Entonces, ¿por qué has venido a contármelo?

–Porque tu abuelo ha leído el artículo –dijo Anton, en un tono tan lacónico que Zoe lo miró atentamente, algo que había evitado hasta ese momento.

El sol lo iluminaba de pleno, haciendo destacar cada uno de sus atributos; el cabello negro, las facciones marcadas, la elegancia. Y ese componente que Zoe habría preferido ignorar: la extraordinaria sexualidad que no podían ocultar ni su gesto de aparente indiferencia ni la sofisticación de su vestimenta.

Ella lo había visto desnudo, le había sentido estremecerse entre sus brazos, lo había cobijado en su interior y había sido testigo de cómo era cuando perdía todo control y era arrastrado por la salvaje marea de un orgasmo.

Zoe enrojeció y sintió las mejillas arderle. Era innegable que era pasmosa y perturbadoramente hermoso, y que hasta el sol lo acariciaba como si lo deseara.

–¿Y por qué debería importarme? –dijo, luchando con sus propios pensamientos y proyectando la rabia en sus palabras.

Anton arqueó una ceja.

–Ni siquiera tú puedes ser tan indiferente a los sentimientos de un hombre viejo y enfermo.

–¿Y por qué iba a afectarle ese artículo? Lo que hagamos no es de su incumbencia.

Anton entornó los ojos y Zoe tuvo la seguridad de que sabía lo que había estado pensando hacía unos segundos.

–Al menos ahora admites que fuiste tan partícipe como yo.

Zoe se quedó callada aunque tuvo que respirar profundamente para no reaccionar cuando él rodeó el escritorio, se agachó para recoger las hojas sueltas del periódico y las puso sobre el escritorio. Cuando alargó la mano hacia su puño cerrado, prácticamente tuvo que morderse la lengua para no dar un salto atrás.

Anton le abrió los dedos con delicadeza, le quitó la bola de papel y también la dejó sobre el escritorio.

–Está bien –dijo sin soltarle la mano–. Si ya te has desahogado, intentemos hablar como dos adultos.

La implicación de que se estaba comportando como una niña sacó a Zoe de sus casillas por más que supiera que en parte tenía razón.

–No quiero hablar de mi abuelo –dijo, intentando liberar la mano.

–Pero yo sí. Aunque antes quiero saber cómo te encuentras.

En aquella ocasión Zoe tiró de la mano con la bastante fuerza como para soltarse.

–Si te refieres a lo que pasó anoche, olvídalo –dijo, ruborizándose–. Estoy perfectamente –dio media vuelta y fue hacia la puerta–. Tú ocúpate de Theo –añadió, mirándolo por encima del hombro.

–¿Estás segura de que eso es lo que quieres?

–Sí –dijo Zoe, alargando la mano hacia el pomo de la puerta.

–Muy bien –dijo Anton cuando ella ya abría la puerta–, entonces nos casaremos en esta isla la semana que viene.

Capítulo 9

ZOE se quedó paralizada.

–Me alegro de que seas tan razonable. Esperaba que te opusieras radicalmente, pero me alegro de que vuelvas a confiar en mí –dijo Anton.

El comentario destilaba sarcasmo, pero aun así logró que Zoe se estremeciera. Soltó la puerta y, cuando se volvió, vio que Anton se apoyaba en el escritorio, con las mangas de su elegante chaqueta remangadas, sus elegantes manos metidas en los bolsillos y sus elegantes piernas estiradas hacia adelante.

–Supongo que es una broma –dijo ella, irritada.

Pero el rostro de Anton no transmitía el menor atisbo de humor.

–Es sorprendente cómo la vida de las personas puede cambiar de un momento al siguiente –dijo él como si reflexionara en alto–. Tú y yo vivíamos vidas completamente independientes y, de pronto, le hago un favor a Theo y aquí estamos. Veinticuatro horas más tarde somos amantes y vamos a planear nuestra boda.

–No vamos a planear nada –dijo Zoe, apretando los puños–. Te recuerdo que ayer ya te liberé de tener que casarte conmigo. Lo mejor que puedes hacer es marcharte.

–Pero es que no quiero que me liberes –dijo él cuando Zoe ya se volvía hacia la puerta–. Quiero que nos casemos cuanto antes para evitar que los periódicos sigan especulando. Quédate donde estás –añadió con aspereza–. Tenemos que seguir hablando. Esto no nos afecta sólo a nosotros.

–Si te refieres a Theo…

–Y a tu hermano. Además de a todos aquellos que dependen de que las empresas de Kanellis y de Pallis sigan siendo prósperas.

–¿A quién te refieres? –preguntó Zoe, desconcertada.

–A nuestros accionistas, a las compañías que subcontratamos, a los miles de empleados que trabajan con nosotros en todo el mundo. Desde que Theo vive recluido, soy yo quien se ocupa de mantener la estabilidad y el éxito de ambas compañías.

Zoe escuchaba aunque seguía sin mirarlo. Por más que le resultara indiferente su abuelo, no podía sentir los mismo hacía la gente a la que Anton se refería.

–Durante los dos años que he estado al mando, se ha asumido que sería el heredero. La implicación era que me interesaría defender los intereses de Theo. Entonces apareció tu historia, y las acciones de Kanellis y de Pallis se desplomaron. Los gestores de bolsa asumieron que la aparición de unos familiares directos de Theo significaría mi marginación.

–¿Y ha sido así? –preguntó Zoe, todavía de espaldas a él.

–Eso lo tendrá que decidir Theo –dijo Anton con indiferencia, pues no era eso lo que le preocupaba en aquel instante–. Lo cierto es que desde que ha salido el artículo, las acciones se han disparado. A todo el mundo le gusta una sólida fusión, ¿Y qué fusión puede ser más sólida que un matrimonio entre nosotros?

Cambiando de actitud, Anton se separó del escritorio y fue hacia ella pensando que parecía un pájaro atrapado, pero intentó endurecerse y mantener su determinación de impedir que volara en lugar de apiadarse de ella. Posó las manos en sus hombros y la hizo volverse, y aunque sintió que temblaba, comprobar que no reaccionaba de manera arisca le hizo entender que, con su inteligencia habitual, estaba analizando las circunstancias. Sin decir palabra, la llevó hasta la silla que había ocupado hasta hacía unos minutos y la invitó a sentarse.

–Así que estamos tratando un asunto de negocios –Zoe sacudió la cabeza, rechazando el asiento. Si iban a negociar, prefería permanecer de pie–. Me he convertido en la baza que necesitas para que las dos empresas conserven su valor.

–También te afecta a ti, *agapi mu*.

–¡No me llames «cariño mío»! Ni lo soy, ni quiero serlo.

–Y yo que creía que era un buen partido…

Ignorando su tono sarcástico, Zoe dijo:

–Sigo sin entender por qué tengo que implicarme. Basta con que Theo anuncie que eres su heredero para que todo se solucione.

–Pero Theo no va hacer eso porque sus herederos sois Toby y tú.

Zoe lo miró perpleja.

–Eso es imposible. Hasta hace dos semanas ni

siquiera sabía que existiéramos. Ni Toby ni yo queremos tener nada que ver en esto.

—¿Estás segura? —apoyándose de nuevo en el escritorio, Anton la miró desafiante—. Estarías fallán-
dole a tu hermano si tomas esa decisión antes de
que sea lo bastante mayor para tomarla él mismo. Y
lo quieras o no, Zoe, desde ahora eres responsable
de preservar el buen nombre de los Kanellis y lo
que ello implica. Así que más vale que tomes una
decisión rápidamente, porque si es cierto que no
quieres tener nada que ver con tu abuelo, el barco
va a naufragar, y yo con él.

—La gente no es tan estúpida como para dejarse
afectar por lo que yo diga —dijo Zoe, aunque no estaba tan segura de la certeza de su afirmación.

—La bolsa se mueve por intuición. No le gusta la
incertidumbre. Aunque hemos intentado ocultarlo,
saben que la salud de Theo se deteriora. Mientras
no se cuestionaba mi papel, todo iba bien. Ahora el
mercado está reaccionando con subidas o bajadas
dependiendo exclusivamente del rumor que preva-
lezca. Una boda entre tú y yo acabaría con el problema.

Estaba presentado un futuro tan negro que Zoe
tuvo que sentarse. Aunque quería que todo aquello
le resultara indiferente, no lo conseguía. No entendía la bolsa porque nunca había tenido dinero para
invertir y su única preocupación económica había
sido cómo pagar su préstamo de estudios. Aun así,
tendría que ser de otro planeta para desconocer la
naturaleza volátil de la bolsa, especialmente desde
el desplome que había sucedido a la crisis.

¿Serían realmente tan sensibles los mercados

como para acabar con dos empresas de éxito mundial basándose en meras especulaciones y rumores, o para calmarse si Anton y ella se casaban?

La angustia y la confusión hicieron que bajara la mirada hacia sus manos, que retorcía sobre el regazo. Entonces pensó en su padre y en la lealtad que le debía. ¿Qué habría querido él que hiciera? Su intuición le decía que no le habría gustado que aceptara. Recordó las numerosas veces que llegaba a casa exhausto porque tenía dos trabajos para vivir decentemente, mecánico entre semana y camarero los fines de semana. Aun así, jamás le había oído insinuar que preferiría retomar su vida en Grecia. ¿Cuántas veces lo había visto caer rendido en el sofá? ¿Cuántos fines de semana había pasado su madre sola mientras su marido servía a otros, obligándose a sonreír? ¿Y cuántos años llevaba Theo Kanellis siendo servido por personas como su padre? Las preguntas se sucedieron con amargura en la mente de Zoe, al tiempo que imaginaba los aviones privados, las islas, los yates…

–La muerte de tu padre fue un duro golpe para Theo –comentó Anton con cautela–. Zoe, le quedan sólo semanas de vida. Piensa si verdaderamente quieres que un hombre decrépito, atormentado por sus errores, muera contemplando el colapso de su imperio.

–Eso es chantaje emocional –susurró Zoe, compungida.

Anton dejó un pañuelo en su regazo.

–Son momentos muy emotivos.

–No hay nada emotivo en un matrimonio de conveniencia –dijo ella, tomando el pañuelo y secándose los ojos–. Pero, como dice el artículo, los negocios son los negocios.

Anton intentó comprender el significado de ese comentario antes de hablar.

–¿Quieres decir que accedes a casarte conmigo?

Zoe se resistía a pronunciar las palabras.

–Vas a parecer un monstruoso cazafortunas.

–Soy griego –replicó Anton–, y estamos habituados a alcanzar acuerdos de este tipo.

Zoe creyó percibir cierta burla en su comentario y lo miró. Anton transmitía una imagen irritantemente relajada, como si estuvieran hablando del tiempo. ¿Desde cuándo le resultaba indiferente que lo acusaran de ir tras el dinero de Theo?

–Aun así, prometo mejorar mi carácter –añadió, reflexivo–. Haré circular el rumor de que yo mismo filtré la información de la identidad de tu padre con la intención de acabar con la disputa familiar.

–¡Ni se te ocurra! –Zoe se puso en pie de un salto–. ¡No te atrevas a mencionar a mi padre!

–Porque merecía ser reconocido como el hijo de Theo –continuó Anton sin prestar atención a la protesta de Zoe–. Explicaré que me siento culpable por no haber reaccionado antes y haber perdido la oportunidad de que padre e hijo se reconciliaran antes de…

–¡Pero si no sabías nada! –lo interrumpió Zoe antes de que continuara. No quería oír la palabra que iba a pronunciar. No quería oírla nunca más vinculada a sus padres. Incluso cerró los ojos para ahuyentar de su mente ese espantoso pensamiento.

–No estés tan segura –Anton no se compadeció de ella–. Nadie sabe lo que yo sabía de Leander antes del... accidente –cambió el final de la frase al ver que Zoe contenía el aliento.

Zoe pensó que tenía razón y que no podía estar segura. Era posible que mientras ejercía de hijo adoptivo de Theo, Anton hubiera estado informado de lo que hacía su verdadero hijo y su familia por si, llegado el momento, le causaban algún problema.

Anton la observó con la satisfacción de saber que sabía lo que pensaba como si fuera un libro abierto. En aquel momento pensaba en él como un cínico manipulador, que hubiera planeado durante años seducir a la nieta de Theo, mucho antes de haberla conocido.

–Estaría bien que dijéramos que nos conocimos hace meses en Londres. Ya pensaremos en los detalles –continuó, dejando a Zoe clavada en el suelo, atónita ante lo que Anton estaba dispuesto a hacer para construir la farsa–. Será un caso clásico de amor a primera vista. Pero cuando descubrimos la conexión que había entre nosotros, decidimos que sería demasiado complicado.

–¿Por eso te fuiste a Nueva York y tuviste una aventura con una modelo? –preguntó ella, sarcástica.

–Decidimos darnos un plazo –sugirió Anton como solución–. Tú estabas ocupada con tus estudios y te preocupaba cómo reaccionaría tu padre al saber... lo nuestro. Así que decidimos separarnos y comprobar si lo que sentíamos el uno por el otro era sólo...

–Lujuria, o si éramos Romeo y Julieta.

La sonrisa que le dirigió Anton hizo que el corazón le saltara en el pecho.

–Veo que comprendes bien –dijo.

Zoe se cruzó de brazos como si intentara protegerse de sus emociones.

–Entonces será mejor que nos aclaremos del todo. Tú eres… ¿Cuántos años tienes?

–Treinta y uno.

Zoe continuó:

–Así que eres el empresario de treinta y un años locamente enamorado que huye a buscar consuelo en la cama de otra mujer mientras yo permanezco virgen, esperando a que vuelvas y reclames… ¿tu premio?

–Ha sido un premio fabuloso –musitó él–, que atesoraré el resto de mi vida.

–No sobrevalores tu capacidad de mantener una promesa –replicó Zoe, sarcástica–. Los dos sabemos que se te da muy mal.

–Ésta pienso cumplirla –dijo él, adoptando una súbita solemnidad–. Y si en nuestro matrimonio te comportas como la apasionada mujer que fuiste anoche, te aseguro que haré lo posible por mantenerte contenta.

Una luz de alarma se encendió en la mente de Zoe.

–¡No vamos a compartir cama! ¿Cómo tienes la desvergüenza de transformar un acuerdo mercantil en una promesa de buen sexo?

–No he podido pensar en otra cosa desde que has entrado en el despacho.

La voz grave y aterciopelada con la que hizo esa admisión movió a Zoe a retroceder un par de pasos, y sólo entonces se dio cuenta de la tensión sexual que se respiraba en el ambiente.

–Nuestro matrimonio será intenso y fructífero,

kardia mu, no sólo de cara a la galería –añadió él en el mismo tono–. Sólo así será exitoso.

Zoe se dio cuenta de que hablaba a largo plazo. Parpadeó y sacudió la cabeza enérgicamente.

–El acuerdo sólo durara mientras dure la crisis bursátil.

–¿Tú crees?

–No lo creo, lo sé –dijo ella, cometiendo el error de mirarlo a los ojos.

El resplandor que observó en ellos hizo que sus latidos se aceleraran. Anton se separó del escritorio y Zoe supo, demasiado tarde, que había retado a su ego sexual. Sus ojos la atraparon como un imán y una corriente la recorrió de arriba abajo, endureciéndole los pezones y provocando una presión entre sus muslos.

–No te acerques –balbuceó cuando Anton dio un paso hacia ella.

–¿Por qué? ¿No te das cuenta de que puedo interpretar tu lenguaje corporal y sé que me deseas? Desde que has entrado has querido desnudarme.

–¿Cómo puedes ser tan arrogante? –Zoe suspiró y consiguió retroceder dos pasos–. Que hayas sido mi primer amante no significa que ahora esté obsesionada con... el sexo.

–Tienes las pupilas dilatadas y las mejillas rojas –Anton le acarició una de ellas. Zoe retiró la cabeza tan bruscamente que se hizo daño en el cuello–. Y estás temblando –siguió Anton, aproximándose–. Puedo oír tu respiración entrecortada. Y lo más fascinante es que desconoces de tal manera tus sentimientos que ni siquiera reconoces las señales que tú misma emites.

Zoe sintió que las mejillas le ardían y dio otro paso atrás mientras se decía que Anton sólo pretendía alterarla y que debía plantarle cara.

—Se nota que eres un hombre experimentado —dijo con amargura—. Pero qué otra cosa puede esperarse de un hombre que se acuesta con cualquier mujer que se le ponga a tiro.

—¿Esperabas que fuera virgen a los treinta y un años? —preguntó él, incrédulo.

—Sí —dijo Zoe, acaloradamente—. ¿Por qué no? Mi madre fue la primera amante de mi padre, y él, el de ella. Pasaron veintitrés años juntos y nunca quisieron o tuvieron otros amantes.

—Debe de ser fantástico ser tan perfecto —dijo él con desdén—. ¿Te inculcaron esos mismos ideales, Zoe? ¿Estás esperando al amante virgen perfecto con el que tener un matrimonio ideal?

Zoe lo miró indignada.

—Lo que está claro que tú no eres esa persona.

Anton la miró desafiante.

—Desde luego que no. En mí encontrarás a un hombre experimentado y que ha vivido lo bastante como para ofrecerte su lealtad y el placer de sus habilidades sexuales.

—Eso será si te acepto —dijo ella, desafiante.

Anton entornó los ojos y caminó hacia ella con el aspecto de un depredador.

—Claro que vas a aceptarme —dijo con una engañosa dulzura—. ¿Y sabes por qué?

—Párate ahora mismo o...

Zoe sintió que se rendía en cuanto él inclinó la cabeza.

—No, por favor, no... —musitó, haciendo un último esfuerzo por resistirse, aunque sin poder apartar la mirada de sus sensuales labios.

–Mentirosa –susurró él. Y le rozó con la lengua la comisura de los labios. Al ver que se estremecía, rió–. Recuerda cómo te sentiste al desnudarte conmigo, e imagina tener derecho exclusivo sobre todo esto –la tomó por las caderas y las pegó a las suyas–. A esto –presionó su sexo contra el vientre de Zoe y comenzó a besarla.

Cuando intentó introducir la lengua entre sus labios y Zoe se resistió, Anton alzó la cabeza para mirarla y descubrir qué estaba pasando por su mente. Y lo que vio le hizo sonreír. Entonces la tomó al asalto, con un beso apasionado y devorador, poseyéndola con una fuerza que la dejó inerme porque el deseo la ahogó en una impetuosa marea.

No era justo. Zoe hizo un último y tímido esfuerzo por protestar, pero su cuerpo la traicionó y sus manos se asieron por voluntad propia a los hombros de Anton, luego se curvaron sobre su nuca y toda ella se amoldó a él para sentir su calor. Su entrega fue recompensada con un estallido de pasión. Anton la besó tan profundamente que Zoe perdió la noción de todo excepto de la lava de placer que le recorría las venas. Cada célula de su cuerpo tomó vida con un anhelo sexual que le nubló la mente y le hizo aferrase a él como si fuera una tabla de salvación. Él la sujetó contra sí con firmeza, presionándola por la base de la espalda con la palma de la mano para mantenerla pegada a su masculinidad.

Zoe se derritió por dentro. Para cuando Anton alzó la cabeza para tomar aire era una marioneta temblorosa y acalorada, laxa. Él tenía varios botones de la camisa desabrochados, que ella debía haber soltado sin darse cuenta, y respiraba con dificultad.

–Yo que tú me replantearía el papel que quieres tener como mi esposa.

Y tras decir eso, se separó de ella tan bruscamente que la dejó tambaleante, y dándole la espalda, se abrochó. Zoe sintió una sensual pulsión en su pecho que latía como un segundo corazón; sus pechos estaban tan llenos y apretados que latían visiblemente bajo la camiseta blanca.

Sólo le quedaba una salida. Dando media vuelta, caminó con la mayor dignidad de que fue capaz y salió sin decir palabra.

Su cuerpo la había juzgado, sentenciado y ejecutado… o eso se decía Zoe mientras recorría su dormitorio de un lado a otro. ¿Cómo lo había consentido? ¿Cómo habían pasado de no conocerse y de ser enemigos, a apasionados y tórridos amantes en veinticuatro horas?

–No comprendo por qué me obligas a hacerlo –dijo Zoe mientras el helicóptero en el que viajaban se deslizaba sobre las aguas cristalinas del Egeo–. ¿No podíamos haber esperado hasta después de la boda?

–El mundo nos está observando, *agapi mu* –dijo él.

Zoe recordó el comentario que él había hecho acerca de que su matrimonio no iba a ser sólo de cara a la galería. Todavía seguía sin comprender por qué había accedido a casarse con él.

–¿Qué pueden ver? Yo he estado escondida en la isla mientras tú haces lo que sea que hagas cada día cuando te vas.

–Trabajo. Es lo que se espera de un magnate obsesionado con el poder tan avaricioso como yo.

Zoe se estremeció al oírle citar una de las frases que se habían escrito sobre él en uno de los periódicos.

–Y Theo quiere verte –añadió Anton–. O te llevaba a él o me arriesgaba a que viniera a verte. Y su salud no lo soportaría.

Toby protestó para llamar su atención. Desde el momento en que habían subido al helicóptero no había dejado de hacerlo, aunque a Zoe le había irritado comprobar que parecía más tranquilo en brazos de Anton que en las suyas

En cuanto lo había estrechado contra su fuerte torso, el niño había dejado de llorar como si se sintiera seguro y protegido.

Durante la última semana, el niño y Anton habían establecido una buena relación. Mientras que ellos dos se habían convertido en… amantes. Y dormían cada noche en la misma cama.

La primera de ella, Anton se había metido entre las sábanas ignorando sus protestas, la había estrechado contra sí y había retomado el encuentro en el punto que lo había dejado en el despacho.

La segunda noche, había entrado en el dormitorio, la había hecho levantarse y, desoyendo sus protestas, la había llevado a su cama. Al día siguiente llegó una niñera, Melissa Stefani, que además de ser bilingüe, era encantadora, y Martha pudo retomar sus estudios. En aquel momento, Melissa ocupaba el asiento junto al piloto. Zoe había comido, vivido y dormido con Anton como si ya estuvieran casados. Y la habitación del dormitorio quedaba firmemente cerrada cada noche para que Toby no la despertara. Que ello hubiera contribuido a que tuviera mejor aspecto, no edulcoraba el malhumor que sentía Zoe en aquel instante.

También durante los últimos días había podido experimentar lo que iba a suponer convertirse en la señora de Pallis. Anthea le había consultado cada decisión que tomaba respecto a la casa, las comidas y la decoración, y había tenido que revisar las lujosas mantelerías, piezas de cristal y de plata, así como las numerosas obras de arte que decoraban las paredes.

¿Qué había descubierto con todo ello? Que los antepasados de Anton eran coleccionistas de objetos hermosos, pero seguía sin poder distinguir un Monet de un Manet.

Y en aquel momento se dirigía a conocer a su abuelo, que probablemente vivía rodeado de los mismos símbolos de poder y de gusto refinado que su futuro marido.

—Más le vale no esperar que vaya a ser encantadora con él o que le perdone —dijo, crispada.

—Supongo que eso requeriría de un milagro.

Zoe estaba acostumbrada a su sarcasmo, pero no toleraba que la tratara como a una niña enfurruñada.

—Si tienes dudas, todavía estamos a tiempo de cancelar la boda —dijo con frialdad.

—¿Es una pregunta trampa? —preguntó Anton.

Zoe se encogió de hombros con fingida indiferencia mientras se arrepentía de lo que había dicho.

Fue a girar la cabeza hacia otro lado, pero Anton le agarró el brazo para que lo mirara.

–¡No me trates como si fuera tu hermana pequeña! –protestó ella, aunque era plenamente consciente que su enfado no tenía nada que ver con él, sino con la irritación que le causaba la debilidad que le hacía sentir y la forma en que la alteraba su cercanía–. Puede que seas nueve años mayor que yo, pero si no me tratas con el respeto que merezco como una adulta que tiene derecho a expresar su opinión, cancelaré la boda.

Y al concluir, tiró del brazo con tanta fuerza que se hizo daño. Sin embargo, no consiguió que Anton reaccionara, y mirando las cabezas de Melissa y del piloto, rezó para que no la hubieran oído.

Ni siquiera era consciente de lo que le sucedía exactamente, aunque sabía que la pelea era consigo misma. ¿Cómo había consentido convertirse en una marioneta en manos de Anton? ¿Cómo había conseguido Anton seducirla hasta el punto de lograr que se olvidara de sí misma? Lo miró y... lo deseó con tanta intensidad como siempre que lo miraba. Incluso cuando lo odiaba.

–Zoe...

–Cállate –dijo ella, ahogándose.

Se sentía como una adolescente, tan sumida en la confusión de sus propias emociones que no podía ni pensar.

–Ya hemos llegado –dijo Anton.

Mirando por la ventanilla, la asaltó una emoción muy diferente.

Emergiendo del centelleante mar azul, se veía la pequeña isla en forma de herradura en la que había nacido su padre.

Capítulo 10

ZOE se alejó del helicóptero agachándose para evitar las aspas y, tras erguirse, miró a su alrededor. Habían aterrizado en una pista de hierba, entre una playa en forma de luna creciente y una casa sorprendentemente modesta de brillantes paredes blancas y porche de madera.

Anton llegó a su lado con Toby en brazos y siguió la dirección de su mirada.

—A Theo no le gustan los cambios —explicó—. La casa original, la parte que ves desde aquí, la construyó su abuelo, que era pescador. Cuando Theo compró la isla mantuvo todo tal y como estaba, hasta que se casó y su mujer quiso agrandarla para poder dar fiestas y recibir invitados. Al morir ésta, Theo pasó varios años alejado con la excusa de que su casa de Glyfada estaba más cerca de las oficinas de Atenas, pero yo creo que en realidad echaba demasiado de menos a su mujer como para volver.

—Casandra —musitó Zoe la recordar el nombre de su abuela.

—Como tu segundo nombre —confirmó Anton.

Una de las pocas referencias a sus raíces griegas que su padre había querido que tuviera, pensó Zoe.

—¿La conociste? —preguntó.

–No. Murió antes de que yo viniera por primera vez. ¿Vamos?

Zoe apenas podía ocultar el nerviosismo que sentía por ir a conocer a su abuelo y Anton no estaba mucho más tranquilo que ella. De hecho, había intentado evitar aquella visita por todos los medios, hasta que el anciano había amenazado con ser él quien los visitara.

Melissa los esperaba ya en el porche. Cuando llegaron a la escalerilla, se abrió la puerta y salió una mujer madura vestida de negro, que miró con curiosidad a Zoe y a Melissa antes de fijar la mirada en Toby.

–Por fin lo traes –dijo en tono de reproche al tiempo que hacía ademán de tomarlo de brazos de Anton.

Zoe se alarmó y dio un paso hacia atrás, pero Anton se le adelantó.

–Compórtate, Dorothea. Ya tendrás oportunidad de sostenerlo.

Ruborizándose, la mujer volvió al interior. Anton cedió el paso a Zoe y a Melissa, y entraron en un espacioso vestíbulo.

–Será mejor que vayáis a saludarlo antes de que le dé un rabieta –dijo Dorothea, indicando una de las puertas con la mano–. Os llevaré café.

–Después de acompañar a la señorita Stefani a su dormitorio para que pueda ponerse cómoda mientras no la necesitemos –dijo Anton.

Dorothea, con quien evidentemente mantenía una relación afectuosa aunque no disimularan sus desavenencias, resopló y sin decir palabra salió, seguida por una desconcertada Melissa.

–Dorothea lleva tantos años trabajando para Theo que a veces olvida su posición. Pero si le plantas cara, no tienes nada que temer –explicó Anton. Y dirigiéndose hacia la puerta que había indicado Dorothea, esperó a que Zoe le siguiera, mirándola fijamente en el proceso–. ¿Estás bien? –preguntó cuando llegó a su lado.

«¡Ójala!», se dijo ella, respirando profundamente antes de alzar los brazos hacia Toby y decir:

–Quiero sostenerlo yo.

Vio que Anton titubeaba, aunque finalmente le pasó al niño, que dormía sobre su hombro. Toby se revolvió, pero tras dar un suspiro, se acurrucó contra Zoe y se quedó tranquilo.

–¿Lista, *agapi mu*?

–Eso creo –dijo Zoe, cuadrando los hombros.

Anton le retiró un mechón de cabello tras la oreja.

–Prometo que no dejaré que te coma –dijo él. Y abrió la puerta.

Zoe se encontró contemplando una amplia y luminosa habitación, cuya luz quedaba tamizada por unos delicados visillos de color crema.

Cuando vio a Theo, el corazón le golpeó el pecho. Estaba de pie delante de una chimenea de piedra, pero lo que más la impactó fue que no proyectara la menor imagen de fragilidad. Transmitía una fuerza interior apabullante, a pesar de que se apoyaba con fuerza en un bastón que mantenía firmemente pegado a sus piernas, enfundadas en un elegante pantalón.

Era como mirar a su padre, o al que habría sido su padre de haber tenido la oportunidad de alcanzar su edad. Tenían la misma estatura y los mismos ojos, la misma nariz aguileña y espectacular estructura ósea. Pero el hombre que tenía ante sí no sonreía, sino que la miraba con fiereza y con una intensidad que Zoe interpretó como hostil.

–Vamos, no te quedes ahí como si quisieras dar media vuelta y huir –dijo con aspereza.

Su voz grave y sonora hizo sobresaltarse a Toby. Anton le pasó a ella una mano tranquilizadora por la espalda. Zoe entonces se dio cuenta de que se alegraba de tenerlo a su lado como un muro protector, y más cuando, al dar varios pasos hacia el interior, se dio cuenta de que las piernas le temblaban.

Theo Kanellis la siguió con la mirada atentamente, observando su cabello suelto, que parecía flotar sobre sus hombros, el vestido sencillo de color melocotón y sus largas piernas. Cuando llegó a unos metros, alzó la mirada hacia sus azules ojos, que lo miraban con expresión desafiante, como si lo retaran a sostenerle la mirada.

–Te pareces a tu madre –dijo él finalmente con un gesto de desdén.

–Gracias –dijo ella.

–Pareces inglesa.

–Porque lo soy –confirmó ella, desafiante.

Le resultó curioso que no se hubiera molestado en mirar a Toby y que, de hecho, la siguiente persona a la que prestó atención fuera Anton.

–Supongo que te crees muy listo.

–Depende de a qué te refieras –dijo Anton con calma–. ¿Cómo estás, Theo?

Por fin alguien se molestaba en establecer unas mínimas normas de cortesía. Pero Theo no pareció notarlo.

–Déjate de tonterías –dijo, alzando la mano en la que sostenía el bastón–. Siéntate ahí donde pueda verte –indicó a Zoe, señalando un sillón al otro lado de la chimenea. Luego, se volvió a Anton–. Y tú puedes marcharte.

–Me iré cuando me lo pida tu nieta –contestó Anton con una suavidad que contrastaba con la descortesía de Theo.

Zoe pensó que estaba siendo testigo de una lucha entre titanes. Los dos hombres se miraron en silencio hasta que fue ella quien decidió sacarlos del punto muerto al que habían llegado. Se aproximó al sillón para sentarse y así liberar a Anton de su función de guardaespaldas. Pero él, en lugar de marcharse, esperó a que Theo también se sentara antes de ir al extremo opuesto de la habitación y quedarse delante de la ventana, como si accediera a parcialmente a la solicitud del anciano: no se marchaba, pero se ausentaba de la reunión entre abuelo y nieta.

–Ahora será mejor que me dejes verlo –dijo Theo mirando finalmente a Toby.

Zoe tuvo que reprimir el impulso de estrechar a Toby contra sí para protegerlo y, levantándolo de su hombro, se lo colocó entre los brazos y se ladeó para que su abuelo pudiera verle la cara.

Theo observó a su nieto con expresión tensa e impenetrable, pero cuando habló, su voz estaba teñida de emoción.

–Al menos parece griego.

–Así es –dijo ella, pensando que no valía la pena contradecir lo obvio.

–Tobias… –refunfuñó el viejo–. ¿Qué nombre es ese para un niño griego?

–Es el nombre que habían elegido mis padres antes de… –Zoe no pudo concluir la frase.

Bajó la mirada y tragó saliva, rezando para poder contener la súbita tristeza que la invadió.

Theo se revolvió en su asiento.

–Te–te acompaño en el sentimiento –musitó, incómodo–. Es una lástima que nos conozcamos en estas… trágicas circunstancias.

Incapaz de agradecer las condolencias de un hombre que había renegado de su hijo veintitrés años antes, Zoe tan sólo pudo asentir con la cabeza.

Anton había mencionado que el anciano sentía remordimientos por el pasado, y su sentimiento de culpabilidad vibraba en aquel instante entre ellos perceptiblemente. Pero Zoe no podía evitar la amargura que la dominaba por la memoria de su padre rechazado; por el dolor de su madre, que había vivido veintitrés años sabiendo que no la consideraban una mujer digna del hijo de aquel hombre. Y sí, también ofendida por que Theo nunca hubiera manifestado el mínimo interés por ella.

–Está bien –dijo Theo con voz rasposa–. Veo que no quieres hablar de mi hijo, así que hablemos de negocios. Anton me ha contado que estás dispuesta a casarte con él para que las empresas no se hundan en la bolsa.

Zoe alzó la barbilla.

–No me interesa tu dinero.

–¿Quieres decir que vas a entregarte a ese cruel diablo por pura bondad?

–No –dijo ella, ruborizándose al escuchar la velada crítica que le valía lo que iba hacer–. Lo hago por el futuro de mi hermano.

–¿Quieres decir que te metiste en su cama y, como tantas otras antes que tú, no has soportado la idea de salir de ella?

El comentario hizo que Zoe enrojeciera hasta la raíz del cabello, especialmente porque la descripción se correspondía con la realidad.

–No tengo por qué darte explicaciones –dijo con frialdad–. Así que es mejor que dejes…

–¿Eso crees? –preguntó Theo con arrogancia–. Comprobémoslo. Te voy a hacer una contraoferta: si te casas con Anton, ni tú ni tu hermano veréis un céntimo de mi dinero. Abandona a Anton, ven a vivir conmigo, y cuando muera, os dejaré a ti y a tu hermano todo lo que tengo.

Zoe observó al hombre al que supuestamente debía llamar «abuelo». Sus ojos ardían como dos ascuas, con un brillo de satisfacción al creer que le había lanzado un cebo que no podría rechazar. De soslayo, Zoe percibió la silueta de Anton a contraluz. Parecía alerta, como si estuviera pendiente de su respuesta.

–Piénsatelo –la instó Theo Kanellis–. Piensa en el poder que te otorgo para vengarte del hombre al que coloqué en el lugar de tu padre. Tienes el arma para destruir sus planes de venganza por lo que Leander…

–¡Ya basta! –Anton salió súbitamente de su inmovilidad y su voz sonó como un látigo–. Se supone que estamos intentando tender puentes, Theo, no remover el pasado.

–Pero, ¿de qué está hablando? –preguntó Zoe, girándose hacia él y descubriendo que apretaba los dientes y los puños.

–De nada –dijo, crispado–. Tu abuelo te está poniendo a prueba a la vez que pretende perjudicarme.

–Pero… –Zoe se puso en pie y se humedeció los temblorosos labios. La cabeza le daba vueltas por lo que acababa de escuchar–. ¿Por qué ha hablado de venganza si no…?

–¡*Gomoto!* –exclamó asombrado Theo–. No lo sabe, ¿verdad? –añadió, antes de estallar en una sonora carcajada.

Toby se despertó y empezó a llorar a pleno pulmón. Su abuelo dejó de reír y empezó a toser violentamente al tiempo que el aire, al pasar por sus pulmones, emitía un agudo silbido.

Anton se arrodilló ante él precipitadamente.

–Mira lo que has hecho, viejo tonto –masculló al tiempo que le sujetaba por los hombros con un brazo mientras que con la otra mano alcanzaba algo en el brazo del sillón.

Era un timbre de alarma. Al reconocerlo, Zoe abrió los ojos espantada al tiempo que caminaba de un lado a otro para calmar a Toby.

Entonces se produjeron unos segundos caóticos. La puerta se abrió la puerta de par en par y un hombre entró como una exhalación. Al acercarse a Theo tenía la expresión concentrada y profesional de un enfermero, y estuvo a punto de empujar a Anton en su afán por acercarse a al anciano.

Toby no paraba de llorar. Dorothea apareció, jadeante y con cara de angustia, con Melissa pisándole los talones.

Incorporándose, Anton miró a la niñera.

–Llévese a Toby y tranquilícelo –ordenó.

Sin que Zoe supiera cómo, Anton le quitó a

Toby, y la encaminó hacia el corredor. Zoe vio alejarse a Melissa con Toby, mientras en el interior se oía a Dorothea amonestar a Theo; y Anton, tomándole la mano con firmeza la condujo hasta una puerta que abrió bruscamente.

Se trataba de un despacho decorado con mobiliario oscuro. Anton la llevó a sentarse a un sofá de terciopelo granate.

–¿Qué… qué le ha pasado? –balbuceó Zoe, visiblemente afectada.

–¿Creías que tu visita lo había curado? –aunque Anton sonó sarcástico Zoe fue consciente de que estaba tan afectado por lo que acababa de ocurrir como ella.

–No me había cuestionado cómo se encontraba porque parecía tan… fuerte –dijo ella, arrepentida de haber estado tan preocupada por defenderse que no se había parado a pensar en el estado de su abuelo.

–Porque así era precisamente como quería que lo vieras.

Anton fue hasta el mueble bar.

–Es un viejo cabezota que quería recibirte de pie. Ha sido un imprudente.

Anton sirvió dos brandys, volvió a sentarse junto a ella y le dio uno de los vasos diciéndole que lo bebiera.

Zoe negó con la cabeza.

–¿Y qué hay de… lo otro? –preguntó–. ¿La venganza cuya mención le ha causado el ataque tos?

Anton bebió el brandy de un sorbo.

–Quería provocarnos. Tiene tan pocas ocasiones de poner en práctica uno de sus enredos, que no ha podido resistir la tentación.

Pero eso no era todo. Zoe podía ver la palidez bajo la piel cetrina de Anton y el rictus que tensaba sus labios.

–No me distraigas con más mentiras, Anton –dijo con un suspiro de impaciencia–. Le ha parecido hilarante que no supiera algo que asumía que sabía, y quiero que me digas de qué se trata.

Anton se reclinó bruscamente sobre los cojines dando un suspiro y cerrando los ojos. Debía haberlo supuesto. A los pocos minutos de conocer a Zoe había adivinado que no tenía ni idea de por qué Theo y su hijo nunca se habían reconciliado. Ella creía que Theo era un despiadado déspota que había cortado todo vínculo con su hijo por haberlo humillado al abandonar a la novia que él le había escogido.

Anton habría dado cualquier cosa por que fuera así de sencillo. Y habría dado aún más por no haberse dejado llevar por su atracción hacia la nieta de Theo hasta el punto de convencerse de que todo acabaría bien.

«Acuéstate con ella. Proponle matrimonio. Convéncela apelando a su sentido de la responsabilidad. Acuéstate con ella una y otra vez; luego haz un gesto magnánimo llevándola a ver a su abuelo para que sellen la reconciliación familiar».

Theo estaba virtualmente en su lecho de muerte. Debía haber interpretado el papel de abuelo contrito, devorado por el sentimiento de culpa porque su hijo había muerto antes de que hubiera enmendado la situación.

–Lo único que te importa es el dinero, ¿verdad? –dijo Zoe, desafiante.

Anton se estremeció.

–No. No necesito el dinero de Theo, tengo todo el que necesito.

–Abre los ojos y dímelo mirándome a la cara –Zoe plantó el vaso en la mesa y se puso en pie.

Anton abrió los ojos y la miró.

Zoe se tensó al sentir que la desnudaba con la mirada.

–¡Cómo te atreves a mirarme así en estas circunstancias!

«Es inevitable», pensó Anton, observándola temblar. Bastaría un simple movimiento para hacerla suya, allí mismo, sobre el sofá de Theo. Era una perspectiva mucho más tentadora que dejar que la conversación llegara a su desafortunada conclusión. Sexo tórrido en la cresta de una torbellino emocional; casi podía sentir el placer anticipado en su boca. Y pudo percibir que ella también lo sabía por el rubor que coloreaba sus mejillas, la forma en que sus pechos se movían al ritmo de su alterada respiración y por cómo apretaba los puños a los lados del cuerpo.

Siempre que lo miraba, lo deseaba, pensó ella. Y eso no podía cambiarse.

–Renuncia al dinero de tu abuelo, *agapi mu*.

«Maniobra de distracción», sabía lo que tenía que hacer.

–Huye conmigo, ahora mismo –añadió–. Nunca te arrepentirás. En una hora podríamos estar disfrutando de una de esas siestas fantásticas.

–Mi… mi abuelo está enfermo y tú quieres… –Zoe casi se atragantó con las palabras. Dio media vuelta y se abrazó a sí misma. Luego se volvió bruscamente–. ¿Y Toby? ¡Tú me convenciste de que pensara en él y no en mí misma!

–No le faltará nada mientras esté a mi cuidado –dijo Anton.

La elección de palabras que hizo encendió una luz de alarma en la mente de Zoe.

–A tu cuidado como… ¿tutor de su fortuna?

Así que volvían al punto de partida. Respondiendo con calma a su retadora mirada, la advirtió con suavidad:

–No lo hagas, Zoe. No vuelvas a acusarme de ser un cazafortunas a no ser que quieras provocar una pelea.

Zoe sacudió la cabeza para retirarse el cabello de la cara, debatiéndose entre el deseo de mantener la sospecha sobre Anton, y la intuición de que no era el dinero lo que lo motivaba.

–Está bien, si no estás en esto para hacerte con el dinero de Theo, explícame para que nos has traído –exigió saber–. Y luego dime por qué te ha acusado de querer vengarte.

El silencio de Anton mientras la observaba con expresión de sorna y ojos chispeantes pesó como una losa. Zoe no conseguía leer su rostro y sentía que un hacha pendía entre ellos, pero estaba decidida a llegar hasta el fondo. Necesitaba que Anton le diera una explicación convincente de por qué su abuelo había usado la palabra «venganza» referida a él.

El silencio se prolongó, y cuando finalmente Anton se puso de pie, Zoe tuvo que reprimir el impulso de retroceder en un gesto defensivo. El enemigo… Aquellas dos palabras flotaban en su mente, recordándole lo que por unos días se había permitido olvidar.

Anton permaneció de pie, vestido informalmente y aun así, transmitiendo la imagen de un gran empresario, alto, extremadamente atractivo, con un sentido innato de la elegancia. No había ni un defecto en su apariencia física. Pero, ¿qué sabía del hombre que se ocultaba bajo aquella fachada y que ni en los momentos de mayor intimidad mostraba la esencia de su ser?

Era un desconocido, un cruel extraño. De otra manera, ella no estaría en Grecia. Y en aquel instante, Zoe se despreció por haberse dejado seducir por un hombre que no era nada.

—Contéstame, Anton —exigió, tan enfadada que no se molestó en disimular el temblor de la voz.

Él miró el vaso, y al comprobar que estaba vacío volvió junto al mueble bar. Mirándolo, Zoe sintió que se le encogía el corazón porque tuvo la certeza de que no le iba a gustar lo que estaba a punto de oír.

—No pretendo vengarme de nadie —dijo Anton, inexpresivo, al tiempo que se servía otra copa.

—¿Pero hay algún motivo por el que pudieras querer hacerlo? —preguntó ella.

—Sí —asintió Anton.

Zoe tomó aire.

—¿Y ese motivo implica a mi padre? —preguntó con voz trémula, aunque más que una pregunta fue una afirmación—. ¿Por qué Theo te eligió para reemplazar a mi padre?

Por fin llegaba la gran pregunta; la pregunta que Anton llevaba esperando que Zoe le hiciera desde que se conocieron. Contemplando el líquido dorado tentativamente, Anton dejó el vaso sobre el mueble, compuso una expresión neutra y se volvió hacia Zoe.

–Porque pensó que me lo debía –dijo, inexpresivo.

Por la actitud de Zoe, de brazos cruzados y con ojos centelleantes fijos en él, supo que intuía que estaba a punto de averiguar algo que iba a hacer añicos la imagen de perfección que tenía de su padre.

Y le correspondía hacerlo a él. Si se hubiera planteado vengarse de Leander Kanellis, habría conseguido la más dulce de las venganzas. Pero en lugar de dulce, le supo a veneno.

–Ya sabes que tu padre huyó de un matrimonio concertado –dijo a regañadientes–. Lo que no sabes es que la madre que plantó en el altar era mi madre, que acababa de quedarse viuda.

Capítulo 11

T U… madre? –preguntó Zoe, atónita.

–Iba a representar la fusión de dos grandes fortunas –dijo Anton con una sonrisa de amargura–. Theo quería unir su empresa con la de mi abuelo, pero mi abuelo puso como condición que su hija y el hijo de Theo se casaran.

Para Zoe la noción era de una frialdad inconcebible.

–Pero mi padre sólo tenía dieciocho años –dijo–. ¿Cuántos tenía tu madre?

–Treinta y dos, pero eso era lo de menos –dijo Anton con una mueca de resignación–. Mi madre había crecido obedeciendo a mi abuelo. Dedicó su vida a que se sintiera orgulloso de ella.

–Le había dado un nieto. Eso debería haber bastado.

–¿Estás defendiendo mi posición en esta lamentable historia, *agapi mu*? Me sorprendes.

–Pensaba en tu pobre madre, no en ti –dijo Zoe–. Has dicho que acababa de enviudar. ¿Amaba a tu padre?

–Yo no describiría su relación en términos de amor. Recuerdo oírlos discutir y que mi padre se ausentaba durante largos periodos –Anton se encogió de hombros–. Era mi abuelo quien mandaba en casa, no mi padre, que se cambió el apellido a Pallis como parte del acuerdo al casarse con mi madre. ¡Es el poder que tiene la riqueza! –añadió con cinismo.

–¿Y a mi padre también lo dominaba mi abuelo?

–Eso pensaba todo el mundo hasta que Leander desapareció de camino a la iglesia –Anton sonrió con tristeza–. De hecho la sorpresa fue tal, que mi abuelo sufrió un ataque al corazón que lo mató. Mi madre se encerró en un convento y murió a los pocos meses de vergüenza. Entretanto –continuó con la misma perturbadora calma–, tu abuela sufrió un accidente en helicóptero de camino a ver a tu padre para convencerlo de que cumpliera con su deber. El helicóptero se hundió en el Egeo y Theo perdió a la única mujer a la que había amado en toda su vida.

Zoe retrocedió unos pasos y se sentó en el sofá, temiendo que las piernas no la sujetaran.

–Ahora entiendo por qué Theo nunca lo perdonó –musitó con un hilo de voz. E imaginó lo doloroso que debía haber resultado para su padre sentirse responsable de la muerte de su madre.

Leander nunca se lo había perdonado. De pronto su rechazo a hablar de su familia griega o la forma en que se velaba su mirada cuando la oía mencionar adquiría un nuevo sentido. Incluso su callada y cariñosa madre debía saber que su matrimonio tenía como cimientos el dolor y la culpabilidad.

–Theo se quedó solo, profundamente amargado –continuó Anton–, mientras yo me convertía en un huérfano multimillonario a los diez años, y me pudría en un colegio interno a la vez que los directivos del Pallis Group se repartían los mejores beneficios. Tenía doce años cuando Theo ganó el juicio para proteger mis intereses. Él me acogió, me dio un hogar y una educación apropiada. Cuando cumplí veinticinco años me dio el control de Pallis Group, devolviéndomelo mucho más saneado y próspero de lo que era, y me dijo que me pusiera a trabajar para mantenerla a ese nivel.

Zoe lo miró a través de las pestañas humedecidas.

—Lo quieres, ¿verdad? —susurró.

—Desde luego —dijo Anton con firmeza—. Parece duro y severo, pero entonces era un hombre solo que intentaba recomponer un corazón destrozado y necesitaba a alguien que cuidara de él, igual que yo necesitaba que alguien se preocupara de mí.

—Entonces ¿te adoptó?

—No. Sólo me tomó bajo su protección.

—Y tú odias a mi padre.

—Yo no odio a nadie —dijo él, dando un suspiro—. O quizá un poco a la prensa, que nos ha puesto en esta situación. Y aun así, no puedo odiarlos en exceso porque están tan ocupados viendo qué va a pasar, que no se han molestado en husmear sobre el pasado, y por eso no han descubierto por qué Leander desapareció —al ver que a Zoe le flaqueaban las piernas, fue hasta ella en dos zancadas—. No te desmayes. Bebe —añadió, acercándole el vaso.

Zoe sacudió la cabeza. La cabeza le daba vueltas ante aquella truculenta historia familiar de mentiras, sexo y oscuros secretos.

—Estamos repitiendo el pasado —musitó—. Y dices que no quieres venganza.

—Y así es —gruñó Anton, impaciente—. ¡No quiero vengarme!

—Entonces, ¿qué quieres?

Anton apretó los labios y guardó silencio. Entonces Zoe, que súbitamente adivinó todo con toda claridad, dejó escapar una seca carcajada.

–Has insistido en que nos casáramos prácticamente desde el primer momento. ¿Cómo no me he dado cuenta de que no sólo pretendías ahuyentar a la prensa? ¿Qué querías? ¿Vengar a tu madre dejándome plantada en el altar?

Anton osó reírse y Zoe estuvo a punto de abofetearlo.

–¿Cuántas veces tengo que decirte que no me interesa el dinero de Theo? –dijo él con impaciencia.

–Tantas como has argumentado que debíamos casarnos. Y aun así no te creería.

Anton bebió de un trago el vaso de brandy que Zoe había dejado en la mesa y a dijo:

–El testamento de Theo no ha cambiado en veintitrés años –la informó con aspereza–. Su hijo ha sido siempre su heredero, y en caso de defunción de éste, sus descendientes. Y si vas a preguntarme cómo le sé, te lo voy a decir –añadió, al ver que ella iba a interrumpirlo–: soy la única persona en la que Theo confía, y quien custodia sus documentos. Y pienso merecerme esa confianza por muchas etiquetas que la gente quiera ponerme –con una inclinación de cabeza, añadió–: ¿Vas a cumplir la palabra que me diste, Zoe, o vas a huir de tus responsabilidades, igual que hizo tu padre?

El aire en la habitación prácticamente vibró tras aquel comentario. Todo lo que Zoe había creído sobre el exilio de su padre hasta entonces se había visto trastocado. No le culpaba por no haber sido capaz de asumir sus responsabilidades, ni por amar a su madre, pero ésa no era la cuestión. Lo que Anton le estaba preguntando era si estaba dispuesta a hacer por su abuelo lo que su padre no había hecho.

–Theo ha dicho que no quiere que nos casemos –recordó a Anton

Anton la tomó por los hombros y por un instante Zoe creyó que iba a sacudirla, pero se limitó a mirarla fijamente y decir:

–Estaba poniéndote a prueba. ¡Quería comprobar si lo decepcionarías, como tu padre! Necesitaba asegurarse de que va a dejar su legado en manos de alguien en quien puede confiar. Así que vuelvo a preguntártelo: ¿estás dispuesta a ser generosa y hacerle un regalo antes de que muera?

Zoe se estremeció y se arrepintió de haberlo mirado a los ojos porque siempre que lo hacía perdía la voluntad de resistirse.

–Sí –se oyó susurrar–. Hasta que muera –añadió, porque necesitaba asirse a la única condición que había puesto la última vez que habían discutido por aquel tema–. Haré lo que me pidas hasta que todo esto pase, pero después volveré a mi vida y tú no me lo impedirás.

Anton adoptó una actitud fría y tensa sin que Zoe comprendiera la causa, por más que lo intentara. Pero Anton no le dio la mínima pista y, tras hacer una pausa, la soltó diciendo:

–De acuerdo –y le dio la espalda. Luego añadió–: Voy a ver cómo se encuentra Theo –y salió sin mirarla.

Se casaron una semana más tarde en la casa de Theo. Fue éste quien la entregó a Anton, y sólo entonces aceptó volver a su silla de ruedas, desde donde fue testigo del resto de la celebración, de la que pareció disfrutar más que los dos protagonistas. Bebieron champán y luego se retiró.

Su aspecto frágil llevó a Zoe a pedir ir a verlo antes de volar de vuelta a Thalia con Anton. Lo encontró dormido, pero permaneció sentada a su lado un rato, con una mano sobre la de él mientras se lamentaba de que no hubiera visto madurar a su padre porque estaba convencida de que se habría sentido orgulloso de él.

Cuando Anton entró a anunciarle que debían marcharse, se puso en pie y se inclinó para besar a su abuelo en la mejilla antes de salir precipitadamente con la cabeza agachada para que Anton no viera que lloraba.

Tras unas horas en casa de Anton, tuvo la sensación de que nada había cambiado. El sencillo vestido de boda que había lucido durante la ceremonia colgaba de una percha en el armario y, aunque los que los rodeaban les daban la enhorabuena y sonreían, Anton y ella se comportaban como dos desconocidos.

Todos los días que habían pasado en la isla de Theo habían seguido la misma pauta. Ni siquiera compartían dormitorio, y Anton trabajaba largas horas. Aunque volvía cada noche a tiempo de cenar con Zoe, en cuanto terminaban, se retiraba al despacho y no volvían a coincidir hasta la cena del día siguiente.

«Siete largos días», pensó Zoe mientras permanecía frente a la ventana de su dormitorio que había abierto para dejar entrar la brisa del mar. Aunque no era tarde, se había retirado. La luna flotaba sobre las copas de los árboles. Una de las sirvientas, una incurable romántica, había dejado sobre la cama un precioso camisón de seda rosa, y Zoe se lo puso después de darse una ducha.

Se vio reflejada en el espejo y observó cómo la tela se pegaba delicadamente a sus senos y luego colgaba suavemente hasta sus tobillos. Parecía una novia en su noche de bodas, sólo que no tenía un novio que pudiera apreciar el efecto.

«Por Dios, Zoe», se dijo, irritada. «¿Qué haces comportándote como una adolescente, contemplando la luna y anhelando un amor?».

El leve ruido de su puerta cerrándose le hizo volverse bruscamente. Como si lo hubiera invocado, descubrió a Anton, alto, moreno y espectacularmente real.

—¿Contemplando las estrellas, *glikia mu*? —dijo, usando un tono grave y aterciopelado, y adentrándose en la habitación.

—Pidiendo deseos a la luna, más bien —dijo ella, riendo para ignorar la fuerza con la que le latía el corazón—. ¿Quieres algo?

—¡Qué pregunta tan tonta para tu marido en la noche de bodas!

Zoe dijo con labios temblorosos.

—Creía que habíamos decidido que era un matrimonio de conveniencia.

—¿Ah, sí? —Anton la miró intensamente, pero Zoe tuvo la sensación de que no la había escuchado.

Y estaba… espectacular. Acababa de ducharse y sólo llevaba puesto un albornoz negro. Tenía el cabello todavía húmedo y olía a jabón.

—No recuerdo haber hecho una promesa tan estúpida —musitó él.

–Pensaba que... –Zoe calló cuando Anton le acarició la mejilla y le retiró el cabello por detrás de los hombros antes de apoyar la mano en su nuca.

–¿Qué pensabas? –preguntó él.

–Que no me deseabas –balbuceó ella al dar él un nuevo paso adelante.

–Tú elegiste la cama en la que querías dormir y yo he respetado tu decisión.

¿Así de sencillo? Zoe no lo tenía tan claro. ¿Desde cuándo Anton respetaba sus deseos?

–¿Y ahora has decidido dejar de respetarlos?

Anton sonrió con picardía.

–Digamos que he adivinado lo que deseabas, porque yo deseaba lo mismo.

Y para puntuar sus palabras, deslizó un dedo por su cuello, hasta sus hombros y por la suave curva de sus senos, que se llenaron al contacto con su mano.

Zoe alzó la barbilla y, mirándolo a los ojos, le rodeó el cuello con los brazos.

–Te he echado de menos –susurró.

Era una afirmación peligrosa porque la dejaba vulnerable y expuesta. Aun así, no titubeó y buscó los labios de Anton. Él recibió con placer sus leves besos mientras recorría con sus manos las formas de su cuerpo por encima de la seda.

–Se acabaron las peleas.

–Se acabaron las peleas –repitió ella. Y se sintió recompensada cunado Anton le devolvió los besos con una intensidad y una lentitud distinta a la de todos los besos que se habían dado hasta entonces.

Permanecieron así, besándose bajó la luz de la luna que se filtraba por la ventana, y sin ninguna prisa por llevar las cosas un paso más adelante. Les bastaba con liberarse de las barreras que habían erigido aquellos días para aislarse el uno del otro. Cuando Anton quiso avanzar, en lugar de actuar como un macho, tomarla en brazos y llevarla a su dormitorio, utilizó una estrategia mucho más íntima, pasándole un brazo por los hombros y dirigiéndola hacia allí.

Zoe supo que ya nunca se resistiría a él. Anton Pallis era su amante y su esposo. De haberse atrevido, habría susurrado, «te quiero», pero no lo hizo.

Anton volvió a besarla cuando llegaron junto a la cama. Primero le besó el rostro delicadamente, descendiendo luego por su cuello al tiempo que le retiraba los tirantes del camisón y lo dejaba caer al suelo. Zoe bajó la mirada y se concentró en soltar el cinturón del albornoz de Anton. Éste no la ayudó, y ambos sintieron el aire vibrar cuando Zoe se lo quitó de los hombros y dejó que siguiera el mismo camino que el camisón.

Finalmente desnudos. ¡Y la sensación era tan maravillosa! Cuando Anton la volvió a estrechar contra sí, Zoe dejó escapar un suspiro de felicidad y apretó sus labios contra los de él. Sus senos parecían haber cobrado vida, sus pezones, endurecidos, se frotaban contra el vello del pecho de Anton. Él se meció contra ella sensualmente, excitándola con sus labios, sus manos, y la presión de su duro y firme sexo. Con premeditada lentitud la fue elevando hasta el borde de la explosión antes de tomarla de un solo movimiento y sentir las contracciones de su orgasmo al tiempo que ella le rodeaba la cintura con las piernas y clavaba las uñas en su espalda.

Zoe adoró notar que Anton temblaba y sentir su

aliento jadeante en la boca. Cuando finalmente él se echó en la cama, llevándola consigo para arrastrarla una vez más al éxtasis, ella gritó su nombre y él lo aspiró de sus labios con un profundo gemido de placer.

A la mañana siguiente, Anton la despertó sacándola de la cama.

–¿Qué haces? –preguntó Zoe, adormilada.

–Tengo una sorpresa para ti –le anunció él. Y sin compadecerse de ella, la tomó en brazos y fue con ella al cuarto de baño–. Tienes diez minutos para ponerte presentable.

A los diez minutos, Zoe salió con unos pantalones cortos y una camiseta de tirantes.

–Espero que sea una buena sorpresa –dijo, amenazadora, al encontrarlo sentado en la cama.

Él apenas le había dejado dormir la noche anterior y Zoe pensaba que había disfrutado de una de las mejores noches de boda posibles. Pero eso significaba que estaba cansada y un poco aturdida, aunque no tanto como para que no le pareciera arrebatador con aquellos pantalones grises y una camiseta que se pegaba a su impresionante musculatura.

Poniéndose en pie, Anton la tomó de la mano y bajó las escaleras con ella.

–Ni siquiera he dado los buenos días a Toby –protestó–. Y necesito un té.

–Más tarde –Anton pasó de largo el comedor y salió directamente al soleado exterior.

En ese instante Zoe pestañeó y se despertó bruscamente.

–¡Dios mío! –exclamó incrédula, abriendo los ojos como platos.

En medio del jardín estaba la mejor sorpresa que podía haberle dado, y los ojos de Zoe centellearon de alegría.

–¿Dónde lo has encontrado? ¿Cómo lo has traído? –preguntó al tiempo que corría descalza por la hierba dejando a Anton en el porche, que la observó con expresión divertida rodear el telescopio de metal que brillaba al sol.

Ordenó que les sirvieran el desayuno en la terraza y se sentó mientras veía que Zoe hacía girar ruedas y palancas a la vez que comentaba lo que estaba haciendo sin que él llegara a comprender de qué hablaba. Pero le daba lo mismo. Su mujer estaba contenta, y por primera vez afloraba a la superficie la criatura luminosa y alegre que había sospechado que se ocultaba bajo el dolor y el sufrimiento que la aplastaban. Era maravillosa; una mezcla de hermosa diosa y de niña, combinada con una extraordinaria inteligencia que lo dejaba sin aliento.

Para cuando llegó la tarde, se preguntó si no había cometido un error. El maldito telescopio lo había relegado a un segundo lugar, lo que, para un hombre como él, representaba un duro golpe a su ego. Finalmente decidió ir al despacho a trabajar mientras ella seguía explorando el cielo. Ni siquiera le prestó atención a Toby.

–Se ha olvidado de nosotros –dijo Anton al niño, que con los días parecía prestar más atención a las palabras–. Nos han dejado por un tubo de metal con una lupa.

Riendo para sí, se dijo que unos diamantes habrían sido una elección más acertada.

Llegada la noche, Zoe pareció acordarse de él y se sintió culpable por no haberle dado ni siquiera las gracias, y por primera vez todas las lecciones que había recibido de Anthea le fueron de utilidad. Para compensar a Anton, sacó los muebles de mimbre de la terraza y preparó la mesa para una cena romántica en el jardín, bajo la luz de las velas. Luego, se puso el vestido más sexy que encontró en el armario.

Los ojos de Anton se oscurecieron cuando la vio. Su cabello brillaba tanto como la sonrisa que bailaba en sus labios. Zoe lo tomó de la mano, lo llevó a la mesa y le dio la cena que, de acuerdo con Anthea, más le gustaba, además de prometerle que iba a sorprenderlo más tarde con lo que iba a enseñarle cuando le dejara mirar por su telescopio.

Y eso hizo, obligándole a mirar y dándole una lección, fingiendo no darse cuenta de lo aburrido que le resultaba. Cuando finalmente le dio permiso para abrir el champán, su cara de alivio la hizo reír.

–Y ahora –dijo, obligándole a sentarse en el sofá–, voy a darte tu regalo de boda.

Anton la miró con curiosidad mientras ella se acercaba a la mesa y dejaba su copa. Y con creciente curiosidad, la vio meterse las manos por debajo del vestido y quitarse las braguitas, que dejó caer al suelo.

El aburrimiento se le pasó súbitamente y esperó ansioso lo que intuía que iba a suceder. Pero aunque había sido seducido de forma parecida en otras ocasiones, nada podía compararse al fuego con que le ardió la entrepierna cuando Zoe se acercó y se sentó a horcajadas sobre él.

—Se supone que debía impresionarte —dijo Zoe—. Es la primera vez que hago esto.

—Y estoy impresionado —dijo él—. Pero estamos fuera, *agapi mu*, y pueden vernos.

—¡Qué mojigato! —dijo ella, haciendo un mohín y llevándose la copa de Anton a los labios con expresión pícara.

—Te has ocupado de que sea imposible, ¿verdad? —preguntó él, arqueando una ceja.

—Soy una persona muy organizada por naturaleza —confirmó ella con gesto serio, al tiempo que empezaba a mecerse y sentía el efecto que tenía sobre él —¿Quieres un sorbo?

Anton tomó la copa y la lanzó hacia un lado. Zoe siguió la curva que describió en el aire hasta que cayó al césped.

—Qué manera tan original de responder —musitó.

—Y tú, esposa mía, eres una terrible provocadora —replicó él.

Pero no se trataba de una provocación, sino de una seducción en toda regla. Sin apartar sus ojos de los de él, Zoe le tiró de la camisa para sacársela de los pantalones.

—¿Quieres que me quede desnudo? —dijo él, quitándose los zapatos ayudándose de los pies.

—Sí, por favor.

Zoe le desabrochó la camisa y la abrió a ambos lados antes de agacharse para probar el cálido sabor a sal de su piel. Dejando escapar una exclamación Anton se quitó la camisa y estrechó a Zoe en sus brazos, obligándola a alzar el rostro.

El primer beso fue tal y como ella esperaba, y los arrastró a un mundo propio de sensuales caricias. Zoe sólo separó sus labios de los de él cuando quiso que se adentrara en ella. Tomándole el rostro entre las manos, susurró:

–Gracias por mi regalo.

Entonces Anton la levantó por las caderas y luego la hizo descender, penetrándola profundamente. La forma en que cerró los ojos y contuvo la respiración al tiempo que susurraba «*Thee mu*» hicieron que Zoe se sintiera la mujer más feliz sobre la tierra.

Capítulo 12

ZOE olvidó recordarse regularmente que se trataba de un arreglo temporal, un acuerdo empresarial combinado con mucho sexo tórrido. Después de tantas semanas de dolor y tristeza, se sentía feliz, y se permitió abrazar su nueva vida en Grecia con Anton, arrinconando cualquier duda que la asaltara ocasionalmente.

Después de cuatro semanas, la realidad la golpeó con fuerza. Su abuelo murió mientras dormía. Un abogado llegó desde Atenas para leerles el testamento. Aparte de las asignaciones a aquellos a los que quería y que habían cuidado de él, Zoe y Toby eran sus herederos. A Anton le correspondía el control de los intereses empresariales. En caso de que se divorciaran, su nieta quedaba libre de llegar al acuerdo que quisiera. El arreglo era tal y como Anton había dicho que sería, y Zoe pudo por fin confirmar que no mentía.

Lo dejó hablando con el abogado y, tras dar la tarde libre a Melissa, se quedó cuidando de Toby.

Cuando Anton fue a buscarla, era más tarde que la hora habitual de la cena, y la encontró en el jardín, mirado por el telescopio mientras intentaba no pensar en nada.

Porque lo quisiera o no había llegado el momento que tanto había temido, el momento de pensar en su futuro con Toby fuera de la isla, de poner fin a aquel matrimonio de conveniencia, aunque para ella siempre hubiera sido algo más que eso.

Había recibido una inesperada oferta de trabajo del observatorio astronómico de Atenas, que le había llegado a través de su profesor de Manchester. Y la oferta, que estaba considerando en aquel mismo momento mientras observaba las estrellas, era tan tentadora que casi le costaba creer que fuera realidad. Además de permitirle pagar su crédito, podría mudarse con Toby a la casa de su abuelo en Glyfada. Después de todo, era rica y podía tomar cualquier decisión libremente.

O podía enterrar la cabeza en la arena, como un avestruz, y quedarse paralizada. ¿Por qué se planteaba esa posibilidad? Porque no quería marcharse de aquella isla, de aquella casa…

–¿No cenamos? –al oír la voz que explicaba por qué no quería irse, Zoe se volvió hacia Anton, que se había echado en una hamaca junto a la de ella.

Volvió la mirada a las estrellas y las lágrimas le nublaron la vista.

–Theo me preguntó el día anterior a morir si seguía odiándolo –confesó.

Anton le tomó la mano y entrelazó sus dedos con los de ella.

–¿Y qué le dijiste?

–La verdad. Que al principio lo había intentado pero que cuando lo miraba veía a mi padre, y que no podía odiar al hombre que me había proporcionado el amor del padre más maravilloso del mundo.

–Me alegro de que os reconciliarais, *agapi mu* –dijo Anton con dulzura.

Apretando los labios, Zoe susurró:

—Llegué a quererlo.

—A pesar de su mal genio, Theo conseguía que te encariñaras con él —dijo Anton, sonriendo. Luego se puso serio y añadió—: Lo malo es que, para ti, es un familiar más que muere en un breve espacio de tiempo.

Otra persona a la que quería y que fallecía... Tres en un año. Y desde ese momento tenía que empezar a hacerse a la idea de perder a una cuarta.

Impulsivamente, Zoe alzó la mano unida a la de Anton y beso los dedos de él.

—Me han ofrecido un trabajo —musitó.

Sintió la mano de Anton tensarse antes de que la retirara de la de ella.

—¿Es una buena oferta? —preguntó él tras una pausa.

—Sí —dijo ella, antes de explicar—: Parece que los cielos han oído mis ruegos. Si lo acepto, puedo terminar la tesis doctoral a la vez que empiezo a normalizar mi vida. Y tú la tuya —añadió con cautela, consciente de que estaba sacando el tema que habría preferido no tener que mencionar.

—Mi vida está muy bien, gracias —respondió Anton—. Los dos podemos ir a Atenas a diario —añadió improvisadamente—. Es lo que yo hago.

—Sabes que no me refería a eso —dijo ella, incorporándose y abrazándose las rodillas. Anton no era tan tonto como para no saberlo—. Teníamos un... acuerdo —continuó ella—, y ha llegado la hora de darlo por terminado.

El silencio de Anton fue angustioso para Zoe, que por un momento llegó a pensar que no la había oído. Quería mirarlo, pero no se atrevía, y las lágrimas rodaban sin control por sus mejillas.

Anton se puso en pie y metió las manos en los bolsillos.

–No lo hagas, Zoe –dijo finalmente.

–¿El qué? ¿Hablar de lo que los dos evitamos mencionar? Theo ha muerto –dijo ella, mordiéndose una rodilla para contener las lágrimas.

–Si lo que quieres es poner fin a nuestra relación porque Theo ha muerto, dímelo con más entusiasmo y no farfullando.

Zoe se secó las mejillas con el dorso de la mano.

–No entiendo por qué estás enfadado. Esto no ha sido más que un arreglo temporal.

–¡No es un arreglo, es un matrimonio! –exclamó él–. Me casé contigo, no te compré a Theo ni al diablo. Me casé contigo porque quería que fueras mi esposa –añadió, con el tono airado de un Zeus lanzando relámpagos–. ¿Cuántas veces te pedí que nos casáramos?

–¿Pedírmelo? –Zoe se puso en pie–. Jamás me lo pediste. Me dijiste lo que tenía que hacer porque siempre crees tener la razón.

–Porque la tengo –dijo él, furioso–. Si no, ¿por qué estamos teniendo esta estúpida discusión? Porque tú la has empezado –se respondió a sí mismo–. Porque puedes ser una idiota…

–¿Cómo te atreves a llamarme idiota? –estalló Zoe.

Anton se atrevía porque pensaba que tenía que ser idiota para seguir considerando su relación como pasajera. Pero prefirió no decirlo.

–A veces puedes ser verdaderamente grosero –dijo ella al no obtener respuesta.

–No me trates como si fueras una gran dama inglesa –replicó él–. Eres tan griega como yo, tan testaruda y tan tenaz como yo. En cambio se te da mucho mejor hacerme sufrir por mis pecados que a mí hacerte sufrir por los tuyos.

Zoe abrió los ojos desorbitadamente.

–¡Yo nunca te he hecho sufrir!

–Entonces, ¿por qué me haces esto? –exclamó él, alzando los brazos y dándole la espalda–. Yo te amo –dijo hacia la oscuridad que los rodeaba–, y tú estás ansiosa por dejarme.

Perpleja, Zoe sofocó una exclamación.

–Eres injusto, sabes perfectamente que nunca hemos hablado de amor.

Anton dejó escapar una risa amarga.

–Tú no.

–¡Ni tú! –protestó Zoe, alzando la voz–. Así que si sientes la obligación de conservarnos cerca a Toby y a mí porque crees que se lo debes a Theo, dilo. ¡Pero no te atrevas a llamarlo «amor»!

Anton se volvió y, tomándola por los hombros, la sacudió levemente.

–Mírame –ordenó. Cuando Zoe mantuvo la mirada en el suelo, le dio otra sacudida–. Mírame Zoe –dijo, suplicante.

Zoe alzó la mirada con expresión desafiante.

–Dime lo que ves –dijo él, mirándola fijamente. Zoe no estaba dispuesta a decirlo. Hizo ademán de soltarse, pero Anton la sujetó con fuerza.– ¡No voy a soltarte hasta que me digas lo que ves!

–¡Está bien! –dijo ella, estallando en llanto–. ¡Veo al hombre del que me he enamorado! ¿Estás contento?

Una vez más intentó liberarse, pero él intensificó la presión de sus manos.

–No, *agapi mu* –dijo–. Lo que ves es el hombre que te ama. Y cuando te miro, veo a la mujer que me ama. Piénsalo –dijo con firmeza–. Desde el primer momento que nos vimos en Londres, cada vez que nos miramos, los dos lo sabemos. Cada vez te derrites por mí. ¿Por qué no quieres aceptar que para mí es lo mismo?

¿Lo veía? ¿Sería que no se atrevía a verlo? Era una locura, pero ¿cabía la posibilidad de que hubiera estado tan ocupada ocultando sus sentimientos hacia él, que le habían pasado desapercibidos los de él hacia ella?

Anton tenía razón. Ya empezaba a derretirse.

–Di algo –pidió él al ver que lo miraba en silencio como si quisiera llegar a lo más profundo de su ser.

–¡Oh, Anton! –impulsivamente, Zoe se abrazó a su cuello–. ¡Estaba tan desesperada pensando que tenía que dejarte!

–Deberías haber sabido que no era así –Anton la estrechó contra sí–. ¿Cuándo te he pedido que me dejes?

«Nunca», pensó Zoe. Jamás. Ni siquiera cuando la había raptado y le había dado un ataque de histeria, del que él se había sentido responsable. Ni la primera noche, tras la que también se había sentido mal… En ningún momento le había pedido que se marchara.

–Necesito que me beses –susurró.

Anton no necesitó que se lo repitiera. Con un gemido, atrapó sus labios y le dio el beso más apasionado que le hubiera dado nunca. Cuando alzó la cabeza, Zoe lo miró con ojos velados y susurró:

—Te amo tanto que me asusta, *s'agapo*. Ahora necesito oírtelo decir a ti por si antes he oído mal.

Él obedeció. Se lo dijo en griego y en inglés. Incluso en ruso y en una docena más de lenguas al tiempo que iban hacia la casa.

—¿Estáis listos para cenar? —preguntó Anthea al verlos pasar junto al comedor.

—Más tarde —dijo Anton, subiendo con Zoe las escaleras.

Anthea suspiró y volvió a la cocina con una sonrisa en los labios, porque no necesitaba estudiar las estrellas para saber dónde iban.

Anton cerró la puerta del dormitorio y los sonidos de la casa quedaron amortiguados.

—Podría vivir cien años y no cansarme de ti —dijo, después de que hicieran el amor con la pasión que solía dejarlos exhaustos.

Con la mejilla apoyada en su pecho, Zoe sonrió, adormecida.

—Cuando llegue ese día, te lo recordaré.

—Muy bien —Anton bostezó—. Trato hecho.

Era una conversación tonta, pero a Zoe le divertía. Se acurrucó a su lado y le pasó una pierna por encima.

—Te amo —musitó a la vez que se le cerraban los párpados.

—Y yo a ti, *glikia mu* —dijo él.

Pero Zoe ya se había quedado dormida.

BIANCA™

CAROL MARINELLI

CORAZÓN
DEL DESIERTO

HARLEQUIN™

Capítulo 1

PROBEMOS en otro sitio.
Georgie sabía que no tenían ninguna posibilidad de ser admitidas en ese exclusivo club.

Ni siquiera había tenido la intención de intentarlo.

En realidad, lo que más le apetecía era estar en la cama, pero era el cumpleaños de Abby. Las demás amigas se habían marchado y Abby aún no estaba dispuesta a dar por terminado un día tan señalado. Al parecer, no le importaba aguantar la interminable cola tras el cordón rojo, mientras los ricos y famosos pasaban por delante sin problema.

–Quedémonos. Es divertido mirar –insistió Abby mientras una joven de la alta sociedad londinense bajaba de una limusina–. ¡Fíjate en ese vestido! Voy a hacerle una foto.

Las cámaras de los paparazis iluminaron la calle mientras la joven posaba, acompañada de un actor de mediana edad. Georgie, que llevaba un fino vestido de tirantes y unas sandalias, temblaba de frío aunque, decidida a no aguarle la fiesta a su amiga, charlaba animadamente con ella. Abby llevaba mucho tiempo soñando con esa noche.

El portero se paseó ante la fila de gente y Georgie sintió renacer la esperanza de que les dijera que desistieran de entrar y se marcharan a sus casas. Sin embargo, avanzó con paso firme hacia ella. Nerviosa, se pasó una mano por los rubios cabellos, preocupada por si habían hecho algo malo. A lo mejor no estaban permitidas las fotos...

—Adelante, señoritas —el portero alzó el cordón rojo mientras las amigas se miraban indecisas, sin saber qué hacer—. Lo siento, no me había dado cuenta de que estaban aquí.

Georgie abrió la boca para preguntarle quién se suponía que eran, pero un codazo de Abby se lo impidió.

—Camina y calla.

Todo el mundo las miraba. Una primera cámara disparó el flash y, de inmediato, las demás la siguieron. Los fotógrafos habían supuesto que debía tratarse de «alguien».

—¡Éste es el mejor cumpleaños de mi vida!

Abby estaba fuera de sí de emoción, pero Georgie odiaba los focos y las miradas de los demás, aunque no podía negar que el corazón latía con fuerza en su pecho mientras eran conducidas hasta una mesa. Sintió un nudo en la garganta, acompañado de una extraña sensación en el estómago mientras empezaba a temerse que aquélla no había sido una equivocación del portero.

Sólo había una persona en el mundo que pudiera estar en ese lugar. Una persona que tenía el poder de abrir puertas imposibles. La persona en quien llevaba meses intentando no pensar. El hombre al que deseaba evitar a toda costa.

—Acepte nuestra disculpa, señorita Anderson —la sospecha se confirmó cuando el camarero empleó el que suponía era su apellido mientras les servía una botella de champán.

Georgie se sentó con las mejillas al rojo vivo, sin atreverse a levantar la vista hacia el hombre que se acercaba. Porque sabía que iba a ser él.

—Ibrahim nos ha pedido que la cuidemos.

No había manera de evitarlo. Georgie intentó aparentar indiferencia mientras ordenaba a su corazón y a su cuerpo que se calmara. Levantó la vista y, aunque consiguió sonreír tímidamente y aparentar controlar la situación, por dentro cada célula de su cuerpo daba brincos por los nervios y una inesperada sensación de alivio.

Alivio porque, a pesar de no querer admitirlo, de insistir en lo contrario, aún lo deseaba.

–Georgie.

El sonido de su voz, el ligero acento a pesar de la esmerada educación recibida, hizo que el estómago le diera un brinco. Se puso en pie para saludarlo y, por un instante, se encontró de vuelta en Zaraq, de vuelta en sus brazos.

–Ha pasado mucho tiempo –saludó él. Estaba a punto de marcharse con una joven rubia que le dedicó a Georgie una amenazante y posesiva mirada.

–En efecto –contestó ella con un tono de voz más agudo que el habitual–. ¿Qué tal estás?

–Bien –afirmó Ibrahim quien, en efecto, lo parecía a pesar de la vida que llevaba a tenor de lo que se publicaba sobre él.

Le pareció más alto de lo que recordaba, o quizás estuviera algo más delgado. Sus facciones eran más afiladas. Llevaba los negros cabellos también más largos aunque, a pesar de ser las dos de la mañana, estaban impecables. Los ojos negros y escrutadores, como aquel día, parecían esperar a encontrarse con los suyos y al final lo consiguió pues, al igual que aquel día, no pudo evitar mirarlo.

La boca no había cambiado. Aunque fuera el único rasgo del que dispusiera para identificarlo, lo haría sin vacilar. Reconocería esos labios entre un millón. Al contrario que el resto de sus rasgos, eran unos labios delicados y carnosos que, tiempo atrás, solían curvarse en una perezosa sonrisa que revelaban una dentadura perfecta. Sin embargo, aquella noche no sonreía. Forzada a mantener la extraña conversación mientras sus miradas se fundían, lo único que ocupaba su mente eran esos labios. Mientras él hablaba, sólo podía observar su boca y, a pesar del tiempo transcurrido, y estando en una abarrotada sala de fiestas con una rubia colgada del brazo, sólo deseaba besar esos labios.

–¿Cómo estás? –preguntó él educadamente–. ¿Qué tal tu nuevo negocio? ¿Tienes muchos clientes? –era evidente que no recordaba todos los detalles de aquella noche. Con emoción le había hablado de la aventura del Reiki y los aceites medicinales, y recordó lo interesado que parecía haberse mostrado. Dio gracias a la penumbra reinante en la sala pues había una posibilidad de que sus ojos se hubieran llenado de lágrimas.

–Va muy bien, gracias –contestó Georgie al fin.

–¿Has visto a tu sobrina últimamente? –insistió él en un tono exageradamente formal.

Georgie deseaba que regresara el verdadero Ibrahim, que la tomara de la mano y la arrastrara fuera de allí, que la llevara a su coche, a su cama, a un callejón, a cualquier parte donde sólo estuvieran ellos dos. Sin embargo, él parecía esperar una respuesta.

–No he vuelto desde... –ella sacudió la cabeza y se interrumpió. No podía continuar. Su mundo había quedado dividido en dos. Antes y después.

Desde que un beso la había cambiado para siempre.

Desde el amargo intercambio de palabras.

–No... no he vuelto desde la boda –balbuceó.

–Estuve allí el mes pasado. Azizah está muy bien.

Sabía que había regresado. A pesar de jurarse a sí misma que no iba a intentar encontrarlo, cada vez que hablaba con su hermana intentaba que la conversación forzara la aparición de su nombre. No estaba orgullosa de su comportamiento. Las palabras de Ibrahim se perdían entre el ruido del club y la única manera de continuar la conversación era inclinar la cabeza un poco más hacia él, cosa que, por motivos evidentes, no estaba dispuesta a hacer. La rubia bostezó y apretó el brazo de Ibrahim. Georgie le agradeció la ayuda para poder entrar en el club, así como la botella de champán y él le deseó buenas noches.

Hubo un fugaz instante de indecisión. Lo correcto sería despedirse con un beso en la mejilla, pero a medida que los dos rostros se acercaban, por mutuo acuerdo se detuvieron. Porque incluso en ese escenario el espacio entre ellos se había caldeado con un aroma, sutil y embriagador, tan intenso que debería estar prohibido.

Georgie sonrió con amargura.

–Buenas noches –contestó mientras él se dirigía hacia la puerta.

Todo el mundo se apartaba a su paso, admirando al bello ejemplar masculino antes de volverse hacia ella con expresión de curiosidad en los ojos. Porque incluso el breve saludo intercambiado con él le había convertido en «alguien». Sobre todo cuando, sin previo aviso, pareció cambiar de opinión y deshizo sus pasos como si lo impulsara una extraña fuerza que lo atrajera hacia ella. Igual que meses atrás. Georgie sintió el impulso de correr a su encuentro, pero se quedó de pie, temblando, con los ojos anegados en lágrimas, mientras lo veía acercarse e inclinar la cabeza para susurrarle al oído palabras que jamás habría esperado ni buscado en él.

–Lo siento.

Ella permaneció en silencio pues, de intentar hablar, se habría echado a llorar o, peor aún, se habría acercado a los labios que tanto deseaba besar.

–No por todo, pero sí por algunas de las cosas que dije. Tú no eres... –continuó él con voz ronca sin pronunciar aquella palabra que había resonado en los oídos de Georgie durante meses–. Lo siento.

–Gracias –consiguió contestar ella–. Yo también lo siento.

Porque lo sentía.

Cada día.

Cada hora.

Por segunda vez él se volvió para marcharse y ella no pudo soportar verlo partir de nuevo, de modo que decidió sentarse.

–¿Quién era ése? –preguntó Abby.

Georgie no contestó. Tomó un sorbo de champán que no consiguió calmar su sed por lo que insistió con un segundo trago antes de volverse hacia el hombre que jamás miraba atrás. Sin embargo, en aquella ocasión sí lo hizo, y el efecto fue tan devastador, el deseo tan intenso, que de haberle hecho el menor gesto, le habría seguido.

Con alivio vio que la puerta se cerraba, aunque necesitó unos instantes para recobrar la sensación de normalidad, para regresar a un mundo sin él.

–¿Georgie? –Abby mostraba signos de impaciencia.

–¿Te acuerdas de mi hermana, Felicity, la que vive en Zaraq? –Georgie observó a su boquiabierta amiga–. Ése era el hermano de su marido.

–¿Es un príncipe?

–Dado que Karim lo es –Georgie intentó aparentar indiferencia–, supongo que él también.

–Nunca hablaste de... –la voz de Abby se apagó, aunque su amiga supo qué quería decir.

A pesar de que la hermana de Georgie se había casado con un miembro de la realeza, a pesar de que Felicity había ido a Zaraq como enfermera, casándose con un príncipe, Georgie había hecho creer a sus amigos que Zaraq no era más que un puntito en el mapa y que ser un príncipe allí era de lo más habitual. No les había hablado de esas increíbles tierras, del interminable desierto que había sobrevolado, de los mercados y las tradiciones populares del campo que contrastaban con el brillo y lujo de la ciudad.

Y desde luego no les había hablado a sus amigos de él.

—¿Qué pasó allí?

—¿A qué te refieres?

—Volviste cambiada. Apenas hablaste de aquello.

—No fue más que una boda.

—Venga ya, Georgie, mira a ese tipo. Jamás había visto a un hombre tan guapo. Ni siquiera me enseñaste las fotos de la boda...

—No pasó nada —contestó, porque lo sucedido entre ella e Ibrahim jamás había trascendido, a pesar de que pensara en ello a diario.

—¡Dama de honor por tercera vez! —la voz de su madre aún resonaba en los oídos de Georgie, bromeando mientras esperaban el inicio de la ceremonia—. Según el dicho, si eres dama de honor en tres ocasiones, jamás... —su madre se había interrumpido, pues los habitantes de Zaraq no se mostraban interesados en su nervioso parloteo.

Sólo les importaba la boda que estaba a punto de celebrarse. A pesar de la pompa y el lujo, ni siquiera se trataba de la verdadera boda. Ésa había tenido lugar semanas atrás ante un juez. Pero después de que el rey se hubiera recuperado de una grave operación, y que Felicity fuera aceptada como una esposa adecuada para

Karim, se había procedido a la celebración oficial antes de que el embarazo resultara demasiado evidente. Georgie sentía arder sus mejillas ante la sensación de culpa que albergaba en su interior. Si su madre supiera la verdad... Pero no había ningún motivo para que lo supiera, se tranquilizó a sí misma antes de verse lanzada de nuevo a un torbellino al abrir los ojos y encontrarse con la mirada de un hombre impresionante. Al igual que su padre y sus hermanos, llevaba uniforme militar, aunque no había hombre en el mundo que lo luciera mejor. Con pesar, recordó que, de haber estado en Inglaterra, le tocaría bailar con el padrino de la boda.

Supuso que desviaría la mirada, avergonzado por haber sido descubierto mirándola, pero no, mantuvo la mirada fija hasta que, avergonzada, fue ella quien la apartó. No le habían permitido elegir el traje de dama de honor y se encontraba incómoda vestida de color albaricoque con los rubios cabellos peinados en una apretada trenza que caía sobre un hombro, y demasiado maquillada para una piel tan pálida. No era así como le hubiera gustado que la viera por primera vez un hombre tan divino. Durante toda la ceremonia sintió su mirada sobre ella e incluso cuando no la miraba, sentía su atención.

No había sabido qué esperar de aquella boda, desde luego no diversión, pero después de los discursos, las formalidades, la interminable sesión de fotos, empezó a fijarse en las personas y el lugar que su hermana amaba. Hubo un pequeño respiro cuando el rey y sus hijos desaparecieron para regresar poco después sin uniforme, vestidos con traje oscuro. La música estalló y una sensual comitiva acompañó a los novios al salón de baile iluminado únicamente por velas. Atónita, observó a Karim inmóvil mientras su hermana se acercaba a él bailando. Su hermana, tan formal y estricta, sonreía y

ejecutaba sensuales movimientos. Georgie apenas la reconocía.

Los invitados rodearon a los novios, pero ella estaba
demasiado nerviosa para unirse a los demás. De repente
sintió una cálida mano sobre la espalda, empujándola, y
sintió el aroma de Ibrahim, oyó su voz susurrarle al oído.

–Debes unirte a la *zeffa*.

Georgie no sabía qué hacer. No sabía cómo bailar,
pero, con él a su lado, lo intentó.

Sentía una fuerte corriente que partía del estómago
hacia los muslos y los dedos de los pies, pero sobre todo
sentía el momento, la energía, podía saborear el amor
en el aire.

–La *zeffa* suele celebrarse antes de la boda, pero nosotros acomodamos las tradiciones a las necesidades de
nuestro pueblo...

Ibrahim no se apartó de su lado en ningún momento,
ni siquiera cuando la música se hizo más suave, y de repente se encontró bailando con él.

Compartieron un baile y, aunque fuera un puro forma-
lismo, fue distinto. Estar en brazos de alguien tan fuerte,
tan autoritario, resultaba confuso. Y ser consciente de
cómo la miraba acabó por marearla.

–¿Estás bien? –él debía haberla seguido cuando, tras
despedir a la feliz pareja, había regresado al interior
para pedirle un vaso de agua a una camarera.

–Ha sido tan... –Georgie sacudió la cabeza–. Estoy
bien. Estoy agotada, han sido unos días muy intensos.
Jamás pensé que hubiera tantas cosas que hacer antes
de una boda –sonrió con ironía–. Pensé que Felicity y
yo podríamos pasar algún rato juntas. Ver el desierto...

–Hay demasiadas obligaciones –contestó Ibrahim–.
Ven conmigo. Yo te enseñaré el desierto –señaló las es-

caleras con la cabeza y Georgie empezó a subir los peldaños.

Avanzaron por el pasillo hasta un balcón. Y allí, ante sus ojos, se extendía el desierto.

–Ahí está –señaló él con voz monótona–. Ya lo has visto.

Georgie soltó una carcajada. Le habían hablado del príncipe rebelde que odiaba el interminable desierto quien, según solía afirmar un irritado Karim, prefería pasar el tiempo en un abarrotado bar antes que buscar la paz que sólo podía proporcionar el aislamiento.

–¿Prefieres las ciudades? –preguntó ella en tono desenfadado. Sin embargo, él tenía la mirada fija en las oscuras sombras y no contestó–. Se parece al mar –al menos así se lo parecía, iluminado por la luz de la luna.

–Antes fue mar –le explicó Ibrahim–. Y algún día volverá a serlo... o al menos eso dicen.

–¿Dicen?

–Son historias que nos cuentan –él se encogió de hombros–. Yo prefiero la ciencia. El desierto no es para mí.

–Y sin embargo resulta fascinante –observó Georgie–. E intimidante –añadió tras un breve silencio–. Estoy preocupada por Felicity.

–Tu hermana es feliz.

Felicity, desde luego, parecía feliz. Se había enamorado de un atractivo cirujano, sin saber que era un príncipe. Era evidente que ambos estaban muy enamorados y encantados con el bebé que esperaban, pero Felicity aún echaba de menos su hogar y se esforzaba por ajustarse a las costumbres de su nueva familia.

–Quiere que me venga a vivir aquí con ella... para ayudarla con el bebé y todo eso.

–¡Puede permitirse una niñera! –exclamó Ibrahim, provocando la sonrisa de Georgie, que era de la misma opinión. Pero no era ése el único motivo por el que quería tenerla cerca.

–Quiere....

–Quiere cuidar de ti –intervino él.

Ibrahim ya había oído hablar de la hermana problemática. La que se había escapado de casa varias veces y había pasado la adolescencia entrando y saliendo de clínicas para desórdenes alimenticios. Karim se lo había advertido: Georgie era fuente de problemas.

–Felicity está preocupada por ti.

–Pues no hay motivo para ello –las mejillas de Georgie ardían. ¿Cuánto sabía ese hombre?

–Hubo un tiempo en que sí tuvo motivos. Estuviste muy enferma. Es normal que se preocupe –Ibrahim fue directo, aunque sin emitir ningún juicio.

–Estoy mejor ahora –se defendió ella–. Pero no consigo hacerle entender que ya no tiene motivos para preocuparse por mí. Ya sabes, cuando has tenido un problema, parece que todo el mundo contiene la respiración esperando que ese problema resurja. Como con esa sopa... –soltó una carcajada porque él había visto su gesto ante el plato–. Estaba fría.

–*Jalik* –le informó Ibrahim–. Pepino. Se supone que debe tomarse fría.

–Estoy segura que estará deliciosa una vez te acostumbras a ella. Yo lo intenté –insistió Georgie–, pero no pude acabármela. Incluso en el día de su boda, Felicity estaba pendiente de cada bocado que entraba por mi boca, al igual que mamá. No tiene nada que ver con haber sufrido algún desorden alimenticio, es que no me gusta la sopa de pepino.

–Me parece justo –asintió Ibrahim.

–Y por mucho que me muera de ganas por ver al bebé de mi hermana, por mucho que desee verme con-

vertida en tía, ¡no quiero ser una niñera! –admitió ella–.
Y eso sería para ellos si decidiera quedarme –añadió,
sintiéndose un poco culpable por expresar sus sentimientos en voz alta, pero también aliviada por haberlo
hecho.

–Tienes razón –admitió él–. Lo cual no estaría mal
si hubieras decidido trabajar como niñera. ¿Es tu caso?

–No.

–¿Puedo preguntarte cuáles son tus intereses?

–He estudiado masaje terapéutico y aromaterapia.
Me faltan un par de unidades y luego espero poder
montar mi propio negocio, y seguir estudiando.

Georgie continuó contándole sus sueños. Le resultaba muy fácil hablarle y le contó muchos más detalles
de los que había contado nunca a nadie. Le habló de
cómo quería tratar a otras mujeres, de cómo los masajes
y aceites la habían ayudado cuando nada más lo había
hecho. A diferencia de muchas personas, Ibrahim no se
burló de ella. Sin duda, y a pesar de no gustarle, era un
hombre del desierto y entendía algo de esos remedios.

Ibrahim también habló de cosas que jamás le había
confesado a nadie, como el motivo por el que no le gustaba el desierto.

–Se llevó a mi hermano.

Cuando Hassan y Jamal no parecían poder engen-
drar a un heredero, el frágil Ahmed había pasado a ser
considerado candidato a rey. Pero, en lugar de enfrentarse
a ello, Ahmed se había adentrado en el desierto para
morir.

–Felicity me lo contó –Georgie tragó saliva–. Siento
mucho tu pérdida.

Una tremenda pérdida. Ibrahim no lo soportó y cerró
los ojos, pero el viento le llevó un soplo de arena. El desierto seguía allí, y lo odiaba.

–También se llevó a mi madre.

–Tu madre se marchó.

–Es la ley del desierto –él sacudió la cabeza y miró la extensión de arena que tanto aborrecía sin poder apenas creerse la conversación que estaba manteniendo.

Se volvió hacia Georgie, dispuesto a retractarse, a despedirse. Pero los ojos azules lo miraban expectantes y la habitualmente sonriente boca se mostraba seria, y sintió que era capaz de continuar hablando.

–Un día estaba aquí y éramos una familia. Al día siguiente se había marchado y no se le permitía regresar. Hoy se ha casado su hijo y ella está en Londres.

–Debe ser horrible para ella.

–Nada comparado con perderse el funeral de Ahmed, o al menos eso me dijo cuando hablé con ella por teléfono esta tarde.

–Lo siento.

Ibrahim quería que le dijera que lo comprendía, para poder burlarse de ella

Quería que le dijera que sabía cómo se sentía, para poder rechazar su afirmación.

No quería que una mano sorprendentemente tierna le acariciara la mejilla. Pero ante el contacto sintió el deseo de apoyar el rostro contra la palma, de aceptar el sencillo gesto.

Él no sabía, sólo su terapeuta comprendería, lo determinante que había sido que su mano, por primera vez en la vida, instintivamente, se posara sobre un hombre. Georgie sintió la cálida brisa del desierto que pareció rodearles y lo único que deseaba era quedarse allí.

–Deberías marcharte –le aconsejó Ibrahim. Karim le había advertido sobre aquella mujer, advertido muy seriamente que no olvidara las costumbres de Zaraq mientras estuviera allí.

Y ella se marchó, dejándolo con la mirada fija en el desierto. Los dedos de la mano le ardían tras el breve contacto y su mente trabajaba aceleradamente.

–Dijiste que eran tediosos –Abby interrumpió los recuerdos de su amiga, unos recuerdos que había intentado suprimir–. No me lo había imaginado así en absoluto.

–Allí todo es diferente –contestó Georgie–. Las costumbres son diferentes, las normas...

No le apetecía el champán, no quería bailar con el hombre que se lo pedía, pero era la noche de Abby y no pudo negar que se estaba mejor allí dentro que en la calle. Ni por un segundo admitió ante su amiga que su mente vagaba en otro lugar, aunque hasta Abby parecía más interesada en Ibrahim que en el propio club.

–Volverás allí la semana que viene –le recordó Abby dándole un codazo–. ¿Estará él?

–Va lo menos posible –Georgie sacudió la cabeza–. Estuvo en la boda y regresó tras el nacimiento de Azizah, y acaba de regresar de allí. Volverá en unas semanas cuando nazca el futuro rey, y eso es mucho para él. Yo ya habré regresado para entonces y no volveré a verlo en años –tomó un trago de champán–. Bailemos.

Bailaron, se divirtieron y Georgie se portó como una buena amiga, quedándose hasta las cuatro de la mañana.

Aunque hubiera preferido estar en su casa.

Aunque hubiera preferido estar sola.

Para pensar en sus besos.

Para pensar en él.

Jamás se le había ocurrido que él pudiera sentirlo también.

Capítulo 2

ABANDONÓ el balcón, tal y como le había sugerido él.

Y lo dejó con la mirada fija en el desierto.

Ibrahim no debería haberse dado la vuelta, ni ella tampoco.

Ibrahim no debería haberse dado la vuelta porque estaba furioso, herido por el desierto. Porque, al darse la vuelta, al verla mirándolo, reconoció una familiar escapatoria.

No debería haberse acercado a ella sino regresar a sus aposentos, descolgar el teléfono y solicitar un placer seguro. Había mujeres elegidas para dar placer a un príncipe o un rey. Esas mujeres, le había advertido su padre, eran la única opción para él en Zaraq.

Eran mujeres hermosas y en más de una ocasión le habían satisfecho plenamente. Sin embargo, esa noche sus ojos estaban llenos de la arena del desierto y en su alma reinaba la oscuridad. Aún sentía en la mejilla la sensación de su piel. Además, nunca le habían importado las normas y en ese momento eligió no respetarlas.

Y se acercó a ella.

Ella esperó.

Habría podido marcharse, pero no lo hizo. La habitación estaba a su espalda, pero eligió no huir. Se enfrentó al terror y la belleza del hombre que se acercaba y tuvo que luchar para no correr hacia él. No había lógica en todo aquello. Sólo la locura podría explicarlo, o la electricidad en el aire, una conexión invisible. En cualquier caso lo deseaba, pues cuando él la tomó en sus brazos y agachó la cabeza, ella se mostró dispuesta y deseosa de sentir esa deliciosa y arisca boca sobre la suya.

Como en ese mismo instante.

Una boca que sabía a humo y whisky pero también a hombre.

Ella nunca había disfrutado con los besos como tampoco había disfrutado nunca con el sexo. Sin embargo, en brazos de ese maestro, acariciada por sus labios, Georgie cambió de idea. Los labios de Ibrahim presionaban con fuerza los suyos y la mandíbula le arañaba la piel, pero en el centro encontró un húmedo alivio mientras la refrescante lengua le hacía arder. Y las manos eran igual de habilidosas que los labios, liberando la trenza y dejando que los rubios cabellos cayeran sueltos para poderlos acariciar. Olía igual que cuando habían bailado en la pista de baile, como si acabara de salir de la ducha y se hubiera rociado de colonia.

Georgie deseaba besarlo eternamente y le acarició los oscuros cabellos mientras las manos de Ibrahim se deslizaban por su cintura. Y justo cuando pensaba que aquello no podría ser mejor, la besó con tal intensidad que estuvo a punto de caerse. Pero no lo hizo, porque él la sujetaba contra la pared.

Y entonces lo sintió.

Mientras era sometida por su boca, y la erección que presionaba fuerte contra ella, Georgie sintió la promesa en el musculoso cuerpo, vio un destello del delicioso lugar al que se encaminaban. Siempre se había apartado de ese camino, pero aquella noche no tuvo ganas de huir. Podrían haber estado en Perú, o en una parada de autobús, en cualquier parte, pero no importaría porque estaba completamente perdida.

Era Ibrahim quien tenía el control, pues se paró, apartó ligeramente la noble cabeza y la miró como ningún hombre, ninguna persona, ningún alma, había mirado jamás. La miró a los ojos con tal intensidad que Georgie sintió deseos de hundirse en aquella belleza.

–Ven...

Ibrahim le agarraba la mano e iba a llevarla a su cama. La guiaría y, en unos instantes, la tomaría, pero Georgie sentía tal deseo que no podía esperar, incapaz de subir siquiera un peldaño si eso retrasaba el momento que tanto anhelaba. Estaba fuera de control y, por primera vez, le gustó, porque con él se sentía segura.

–Aquí... –el dormitorio estaba justo a su espalda y quiso encontrarse allí con él, a salvo y a la vez en peligro.

Pero Ibrahim era un príncipe. Su semilla era tan preciosa, y las órdenes recibidas estaban tan arraigadas en su interior, que dudó.

–Necesitamos...

Sus aposentos serían mejores. Allí había cajones regularmente abastecidos en previsión de las mujeres que acudían a entretener al joven príncipe, pero en las habitaciones para invitados no habría nada.

Y lo necesitaban. Georgie se sintió halagada ante la consideración del príncipe, pero su mente trabajó a toda prisa y halló la solución.

–Tengo algunos –exclamó alegremente mientras daba gracias a los dioses por la equivocación de la máquina expendedora del aeropuerto de Heathrow que, en lugar del colutorio solicitado, le había entregado un paquetito que no había deseado... entonces.

En la mente de Ibrahim colisionaron dos mundos.

El que hubiera ido preparada quizás sería motivo de admiración en Londres, pero no allí.

Sin embargo, recordó que él no pertenecía a aquel lugar.

Las normas no se le aplicaban.

¿Por qué dudaba?

¿Qué importancia tenía?

No la tenía, se dijo mientras entraban en la habitación de la joven y, cuando la besó de nuevo, ya no tuvo que decirse nada más porque sencillamente no importaba...

Sí importaba.

Para Georgie había algo que sí importaba.

Cerró los ojos e intentó disfrutar del beso sin pensar en ello. Intentó olvidar y dejarse acariciar por la ardiente lengua.

Una lengua ardiente e inquisitiva. Tras besarla hasta llegar a la cama, Ibrahim le bajó los tirantes y deslizó esa lengua por el pecho mientras con las manos levantaba el odioso vestido, aunque no del todo porque tenía las caderas tan pegadas a él que la prenda se atascó. La situación era urgente y desesperada, y completamente deliciosa. Y el cuerpo de Georgie respondió como si lo hubiera estado esperando. Tironeó de la chaqueta y la camisa mientras la boca se deslizaba de los negros cabellos a la oreja y las manos le acariciaban la espalda. Los zapatos de tacón rasgaron los pantalones de seda al entrelazarse sus piernas y ella deseó que el calor de sus cuerpos pudiera fundir tanta ropa.

Importaba.

No podía ignorarlo, ignorar sus extraños principios. Arrodillada sobre la cama, se levantó el vestido mientras Ibrahim agachaba la cabeza. No sabía si le importaría a él, pero...

–No podemos –exclamó Georgie.

–Sí podemos –a Ibrahim le divertía el juego y esa fingida reticencia.

Le gustó la repentina timidez y le acarició el estómago con sus labios.

–No puedo.

–Sí puedes –susurró él mientras tiraba de las braguitas y apartaba las manos que intentaban impedírselo.

–Ibrahim... por favor.

Ibrahim al fin comprendió que no se trataba de un juego. O que había estado jugando a un juego muy peligroso, porque no podría haber estado más cerca. Aún estaba duro y bastante enfadado y, por un momento no le gustaron sus propios pensamientos. Se apartó de ella y contempló sus ropas rasgadas mientras sentía los arañazos que las uñas le habían hecho en la espalda. Y la acribilló con la mirada.

–Lo siento... –Georgie se preguntaba cómo iba a explicárselo–. No soy así.

–Tu fingida timidez la dejaste atrás en el pasillo.

–Yo no he...

–No pretendas hacerme creer que eres virgen –bufó él–. Una virgen que lleva preservativos.

–No lo soy –aparte de no serlo, no estaba dispuesta a explicarle el capricho de los dioses con esa máquina expendedora–. No pretendía excitarte.

–Sí lo pretendías –contestó él–. Cada instante. Ya no estaba duro sino enfadado. Le habían advertido sobre ella y debería haber escuchado–. ¿Cuáles son tus intenciones, Georgie? –de repente se le ocurrió–. ¿Estás celosa de tu hermana mayor? ¿Tú también quieres un marido rico? –se burló con una oscura sonrisa–. Pues te voy a dar un consejo, a los hombres les gusta el lote completo.

Georgie también estaba enfadada, consigo misma y con él por no permitirle explicarse. Y se sentía avergonzada, una mala combinación pues le hizo contestar con dureza.

–¿Quieres decir que mañana por la mañana aún me amarías? –contestó a su propia pregunta–. Ni en sueños –era un bastardo, un playboy y ella había estado jugando con fuego desde el principio. Debería haberlo sabido.

Sin embargo, sus miradas se fundieron y surgió una pequeña chispa. Un destello de lo que les podría haber deparado el mañana. Un mañana que habían perdido.

–No volvería a tocarte aunque me lo suplicaras de rodillas –Ibrahim estaba furioso–. Te diré lo que eres... –añadió profiriendo un insulto que no necesitó ninguna traducción y que escupió mientras abandonaba la habitación.

Georgie se tapó la boca con una temblorosa mano. ¿Cómo podía explicarle por qué había importado?

Ella no buscaba un marido.

Porque ya tenía uno.

Capítulo 3

N O REMITIÓ.
Ibrahim Zaraq cabalgó a lomos de su caballo campo a través a velocidad de vértigo. A pesar de los caminos y campos que se extendían ante él y le permitían ejercitar su pasión, aquella mañana, y no por primera vez, se sentía confinado.

Londres había supuesto una liberación para él, pero mientras frenaba al animal y le daba una palmadita en el cuello, deseó espolearlo de nuevo. Deseaba galopar otra vez, ir más lejos, más rápido, sin tener que seguir una pista y luego dar media vuelta.

Allí, en el cinturón verde que rodeaba la ciudad, disfrutando del aire frío de la mañana, el desierto lo llamaba, tal y como le había vaticinado su padre.

Y aunque Ibrahim se resistía, lo sentía de nuevo.

Sentía la necesidad hacia unas tierras a las que supuestamente pertenecía y, por un momento, se dejó llevar.

–Te encantaría aquello –le habló en árabe a su caballo, un animal que golpeaba rabioso las paredes del establo, que daba vueltas en su reducido cubículo y mordía a cualquiera lo bastante incauto como para acercarse–. Allí –continuó– podrías correr hasta la extenuación.

De nuevo Ibrahim lo vio en su mente: las interminables dunas, el nuevo paisaje que el desierto proporcionaba cada mañana. Y también sintió la arena en las mejillas, el pañuelo sobre la boca, la fuerza entre los muslos de un caballo sin ensillar.

Y sin embargo su vida estaba en Londres.

Una vida que él había construido, un negocio y una riqueza que no llevaba implícita ninguna norma, porque las había creado él y eran suyas. Su madre, que tenía prohibido el regreso a Zaraq por haber quebrantado las normas en una ocasión, también estaba allí.

–Ya me ocupo yo, Ibrahim –una joven empleada del picadero, con la que en ocasiones se acostaba, tomó las riendas del caballo.

Ibrahim vio la invitación reflejada en sus ojos y pensó que quizás le vendría bien. Retiró la silla y observó cómo la chica acariciaba al enfurecido animal y lo cubría con una manta. Al admirar las esbeltas piernas de la muchacha, quiso sentir algo, pues resultaría más sencillo apagar la hoguera que sentía arder en el interior con su solución favorita.

–¿Hay algo más que pueda hacer por ti? –esperanzada, hermosa, disponible, la joven se volvió hacia él.

Cualquier otro día, la respuesta habría sido «sí».

Pero ese día no.

Ni la noche anterior.

Tras el encuentro con Georgie, había dado instrucciones al chófer para que se dirigiera a casa de la joven que lo había acompañado al club, y había rechazado su ofrecimiento.

–Vamos a la cama, Ibrahim –la boca y las manos se habían movido al unísono para persuadirle, pero Ibrahim la había rechazado. Las lágrimas tampoco surtieron efecto y al final se desató su ira–. Es por esa mujer del club, ¿verdad?

–No –había contestado Ibrahim con frialdad–. Es por ti.

–¿Ibrahim? –la chica de las caballerizas sonrió en esos momentos mientras la mirada del príncipe se posaba en sus pechos, firmes y bonitos.

Después se fijó en la melena suelta y se dio media vuelta porque, aunque la joven tenía los cabellos oscuros, eran largos y espesos, y su cuerpo también era delgado. Ibrahim era consciente de haber estado pensando en ella.

En Georgie.

No quería pensar en ella y su mente se centró en el desierto.

Apresuró la marcha. Las botas de montar resonaban en el patio. Acudiría a su residencia el fin de semana pues sabía que si permanecía en Londres, acabaría llamando a Georgie. No le gustaba dejar nada sin terminar, no le gustaba que lo rechazaran y verla de nuevo no había hecho más que reavivar el fuego. Sin embargo, lo último que necesitaba eran más problemas con la familia. El campo sería una buena opción, allí encontraría espacio para montar. Sin embargo, al sentarse al volante de su coche deportivo, miró la pantalla del navegador y tuvo la sensación de estar contemplando un mapa aéreo. Veía los campos, las casas, los setos, los árboles, los caminos...

Su padre y sus hermanos habían estado en lo cierto al decir que, algún día, el desierto lo llamaría.

El rey había dejado marchar a su hijo con sorprendente facilidad para que estudiara ingeniería, confiando en que, cuando llegara la hora, regresaría.

–Por supuesto que volveré –le había asegurado con arrogancia un joven Ibrahim al terminar el servicio militar, dispuesto a marchar a Londres.

–Volverás como príncipe real para compartir tus nuevos conocimientos, y tu país te estará esperando.

–No –Ibrahim había sacudido la cabeza–. Volveré únicamente para algún acto oficial y, por supuesto, para visitar a la familia... –al ver que su padre no parecía comprender, se lo había aclarado–. Mi vida estará en Londres.

–Ibrahim –su padre había sonreído–, vas a estudiar ingeniería. No olvides todos los planes que tenías para nuestro país cuando eras niño, todo lo que ibas a hacer por el pueblo.

–Era un niño.

–Y ahora eres un hombre. Podrás convertir tus sueños en realidad. Cuando llegue el momento, regresarás al lugar al que perteneces –al ver que Ibrahim ponía los ojos en blanco, el rey había sonreído–. Está en tu sangre, en tu ADN. Puede que no quieras escuchar a tu padre, pero el desierto te llamará. Y no podrás ignorarlo.

Pero él quería ignorarlo.

Durante años lo había conseguido, pero todo había cambiado al regresar para la boda.

Ibrahim pisó el acelerador y salió de la ciudad rumbo al campo. Derrapó en las curvas y aceleró para salir de ellas. La paciencia de su padre se estaba acabando, el futuro lo aguardaba y él siguió acelerando hasta casi quedarse sin gasolina.

–Sople hasta que le diga que pare –ordenó el policía que le hizo parar. Ibrahim obedeció e incluso vació los bolsillos y le permitió al agente inspeccionar el maletero. Los ojos del hombre reflejaron sospecha al comprobar que todo estaba en orden–. ¿Adónde iba con tanta prisa? –preguntó. Estaba harto de tanto niño rico y aristócrata que pensaba que las normas no habían sido escritas para ellos.

–No lo sé –contestó el príncipe.

Normalmente el policía se habría enfurecido y habría hecho una segunda inspección al vehículo, sólo para hacerle esperar, pues la multa no significaría nada para él. Pero había algo en la voz de ese joven que le hizo dudar. Cierto tono de confusión en su arrogancia.

–Lo siento –se disculpó Ibrahim–. Siento no haber respetado sus leyes.

–Están para protegerle.

Ibrahim cerró los ojos. Salvo por el idioma, esas palabras, eran las mismas que había escuchado una y otra vez durante su infancia, adolescencia y edad adulta.

–Se lo agradezco –contestó tras abrir los ojos–. Y de nuevo le pido disculpas.

–¿Va todo bien, señor? –preguntó el preocupado agente.

–Todo va bien.

–Por esta vez le dejaré marchar con una advertencia.

Ibrahim habría preferido la multa.

Hubiera preferido pagar la deuda, aceptar el castigo. No tenía nada que ver con el hecho de que pudiera permitírsela o no. No quería favores.

De nuevo al volante del deportivo, condujo con precaución, incluso cuando el coche de policía hubo desaparecido de su vista. Durante todo el trayecto de regreso a Londres respetó los límites de velocidad. Giró al llegar a una bonita calle, pero no miró las elegantes casas de tres plantas sino las vallas que las bordeaban y los floridos setos. Pasó ante una casa y luego otra, pero no se sentía capaz de entrar.

De haber estado el policía detrás de él le habría parado de nuevo, pues Ibrahim realizó un giro prohibido y reprogramó el navegador. Había tomado una decisión.

Escaparía del sistema de una vez por todas.

El futuro rey nacería en unas semanas y no quería verse atrapado en todo aquello. Cabalgaría junto al mar y en el desierto durante unos días, oiría lo que su padre tuviera que decirle y luego regresaría a Londres.

A casa, se corrigió.

A pesar de lo que decía su padre, su hogar estaba en Londres.

Sólo necesitaba asegurarse de ello.

Volvió a pensar en Georgie y en el asunto sin terminar. En una mujer que no quería el desierto, que llevaba demasiado tiempo poblando su mente. Y tomó otra decisión... iría al desierto una última vez y regresaría. Y entonces, a lo mejor, la llamaría.

Capítulo 4

GEORGIE se peinó los rubios cabellos. Después sonrió al aplicarse el bálsamo labial. Ni siquiera la perspectiva del largo vuelo podía empañar un mundo, de repente, mejor.

Haber obtenido el divorcio aquella misma mañana quizás no debería ser motivo de satisfacción, y un matrimonio que había sido un error quizás no debería ser motivo de agradecimiento, pero le había enseñado mucho.

Aunque lo había abandonado hacía años, escasas semanas después de la boda, el hecho de que hubiera terminado oficialmente había supuesto un alivio.

Era libre.

Su único pesar era que no hubiera sucedido antes, que el sentido de moralidad que le impedía acostarse con alguien, incluso con el divorcio en ciernes, le hubiera apartado de Ibrahim aquella noche.

Cerró los ojos y se dijo que no debería pensar en ello. Era un camino que ella misma había elegido. Su enfermedad, los abusos de su padre, un matrimonio que había parecido una vía de escape, sería demasiado fácil de contemplar con remordimiento, y aun así había aprendido mucho de todo aquello. Se había convertido en una mujer fuerte, confiada, que se conocía bien a sí misma, porque había decidido aprender, en lugar de lamentarse, de sus errores. El camino, aunque difícil, para Georgie había sido el correcto. La culpa y el remordimiento ya no la gobernaban. Quería hablar con Felicity y agradecerle su apoyo durante los años difíciles. Seguía indecisa, pero quería hablarle a su hermana de Mike, aclarar el pasado y preparar el camino para un glorioso futuro.

La disculpa de Ibrahim también la había ayudado.

Por supuesto que volver a verlo le había resultado inquietante, pero su disculpa había sido como la señal de que el capítulo estaba cerrado y que había llegado la hora de seguir adelante.

Sin remordimientos.

El billete de avión que le había enviado su hermana le permitía ahorrarse las tediosas colas de Heathrow. Al principio se sintió incómoda sentada en primera clase, pero mientras bebía el champán a sorbos y comprobaba su correo electrónico, empezó a relajarse. Sin darle más vueltas aceptó las delicadezas que le ofrecían y en su rostro se dibujó una inmensa sonrisa al pensar en lo lejos que había llegado. Ya no había más calorías que contar para llegar a los objetivos. No había más castigos por ceder al placer, sólo el dulce sabor de un pastel de pistacho que se derretía en su boca. No necesitaba avión para ir a Zaraq. Estaba tan eufórica que podría haber volado únicamente con su felicidad. Al fin habían acabado los días oscuros, la búsqueda del alma, la introspección. La agonía de la curación había quedado atrás. Estaba preparada para seguir adelante, aunque el avión no lo estuviera.

Un poco nerviosa ante la idea de volar, sacó un frasquito de aceite de melisa del bolso y se aplicó unas gotas en las sienes. La azafata le ofreció otra bebida, pero la rechazó.

–¿Cuándo despegamos? –acostumbrada a la clase turista, Georgie casi había esperado recibir una respuesta brusca, pero luego recordó que iba en primera.

–Sentimos el retraso –la auxiliar de vuelo sonrió–, pero esperamos a un pasajero de última hora. No debería tardar mucho...

Incluso en primera clase reinaba la ley del más fuerte, pues la azafata se interrumpió y las mejillas se le oscurecieron. Georgie, que ya no era el objeto de la atención de la mujer, desvió la mirada hacia donde ella miraba y estuvo a punto de sufrir un infarto.

–Alteza –la azafata hizo una reverencia, incapaz de ocultar su confusión.

El pasajero vestía unos pantalones blancos salpicados de barro y una sudadera negra. Su semblante reflejaba una inquietud y una salvaje energía que parecía haberse transmitido al avión. No saludó a la azafata ni miró hacia el asiento ocupado por Georgie. Caminaba con tal determinación que parecía dirigirse directamente a la cabina para pilotar el aparato. Sin embargo, en el último momento hizo un giro. En efecto, hasta en primera clase había clases, pues el recién llegado disponía de su propia suite en el avión. El personal de vuelo se reunió para comentar su aparición y unos minutos después una de las azafatas se dirigió a la suite con una botella de brandy.

Georgie sintió ganas de ponerse en pie. Quería que el avión dejara de correr a toda prisa por la pista de despegue, pues no soportaría estar allí dentro con él.

Ni siquiera notó que habían despegado, ni que le hubieran servido la cena.

–¿Va todo bien, señorita Anderson? –preguntó la azafata al retirar la bandeja intacta.

Georgie asintió, demasiado aturdida para contestar o para comer. La idea de encontrarse de nuevo en el palacio con él, de estar tan cerca, le disparaba los nervios.

Había hecho todo lo posible para asegurarse de que no estuviera allí, preguntándole disimuladamente a su hermana por sus movimientos. Ni siquiera le había dado una pista cuando se habían visto en el club.

Claro que ella tampoco.

Quizás hubiera surgido alguna emergencia. Su padre había estado enfermo recientemente. ¿Qué otro motivo podría tener para embarcar en el avión vestido así? Aunque a lo mejor era así como vivían los ricos. Quizás le disgustaba tanto volar que no se había dado cuenta de que llevaba puestas las botas de montar. A lo mejor había pasado directamente del caballo al avión... Sin embargo, cuando poco después se levantó para ir al lavabo, vio salir de la suite a una azafata con una bandeja con la comida intacta. Antes de que se cerrara la puerta, Georgie consiguió ver fugazmente a Ibrahim. Estaba tumbado, sin las botas, sobre la cama, sin afeitar y profundamente dormido.

La imagen se le quedó grabada en la mente.

Era la viva imagen de la angustia.

Aunque dormía, su rostro no estaba relajado y la boca estaba claramente tensa. Incluso mientras descansaba parecía inquieto. Pero lo más preocupante era el deseo de la propia Georgie de averiguar qué le sucedía.

Había soñado con la lujosa cama de la que disponían los pasajeros de primera clase. Soñado con poder estirarse y dormir. Sin embargo, tenerlo tan cerca, se lo impidió.

–¿Necesita algo? –le preguntó en innumerables ocasiones la azafata.

Y en cada ocasión, Georgie se mordió el labio para no contestar la verdad.

«Lo necesito a él», quería responder. «¿Podría traérmelo?».

El vuelo hizo escala en Abu Dhabi y Georgie aprovechó para estirar las piernas. Se había preparado para verlo cara a cara y había reflexionado sobre lo que le diría. Pero Ibrahim decidió quedarse en el avión y ella pudo relajarse viendo cómo subían un enorme oso de peluche al avión. Tras despegar por segunda vez, pudo al fin dormirse, aunque sin descanso, pues sus sueños estuvieron repletos de él.

–Señorita Anderson, ¿le gustaría desayunar antes de prepararnos para el aterrizaje? –la azafata la despertó.

Georgie asintió con una ligera sensación de culpa. Su hermana desconocía el breve matrimonio y al reservarle el billete de avión, lo había hecho con su apellido de soltera.

Miró por la ventanilla y se deleitó con la visión de las maravillosas aguas azules mientras el avión se inclinaba ligeramente, permitiéndole ver las primeras imágenes de Zaraq, el infinito desierto de arenas doradas que daba paso a los pueblos, también del color de la arena, y a los edificios coronados por cúpulas. Sin embargo, el palacio que sería su hogar durante los siguientes días no fue lo que le llamó la atención sino los rascacielos de la capital, Zaraqua. De los edificios surgían piscinas y puentes que parecían estar suspendidos en el aire y se maravilló ante el impresionante diseño mientras intentaba no adivinar la reacción de Ibrahim cuando se bajaran del avión y al fin se vieran las caras.

Pero él no desembarcó.

Durante unos minutos, se preguntó si la presencia de Ibrahim en el vuelo no habría sido producto de su imaginación, pues no le había visto en ningún momento.

–¡Georgie! –exclamó Felicity.

Tenía un aspecto estupendo. Al ser una mujer casada no tenía obligación de llevar velo y estaba guapísima con su traje de pantalón de lino blanco. Llevaba los cabellos muy largos y resplandecía de salud y felicidad.

Sin embargo fue la pequeña Azizah, de unos pocos meses de edad, la que cautivó a su tía desde el primer instante. Había heredado los cabellos rubios de su madre y los ojos negros de su padre. Karim y Felicity la habían llevado al Reino Unido de visita cuando tenía unas pocas semanas de edad, pero en aquellos momentos ya era toda una personita y, para Georgie, fue amor a primera vista.

–Es preciosa –observó la orgullosa tía mientras la llevaba en brazos hacia la sala VIP–. Me muero de ganas por jugar con ella. ¿Dónde está Karim?

–Está aquí. Hace un par de horas recibió una llamada de las líneas aéreas. Al parecer su hermano iba en el mismo vuelo que tú. Ha ido a recibirlo.

–Me pareció verlo –contestó Georgie con cautela–, aunque él no me vio. ¿Va todo bien?

–Por supuesto –contestó Felicity–. ¿Por qué lo preguntas?

–Por nada. Es que me preguntaba si habría venido por alguna emergencia. Parecía... –su voz se apagó y decidió no decirle nada a su hermana. Felicity ya se daría cuenta ella sola.

–Puede que Karim tenga que marcharse en cuanto lleguemos a casa –continuó su hermana–. Hay una emergencia sanitaria con los beduinos. Ya sabes cuánto se preocupa por ellos.

–¿Todavía trabaja en las clínicas móviles?

–¡Calla! –susurró Felicity. Nadie, ni siquiera el rey, estaba al corriente de la implicación de Karim con la población local–. Te lo contaré después. Sólo quería que comprendieras que si debe ausentarse repentinamente... no quiero que pienses que no está encantado con tu visita –una amplia sonrisa iluminó su rostro–. ¡Ahí vienen!

Karim y su hermano entraron en la sala y Georgie se

alegró de no haber compartido sus inquietudes con Felicity, pues habría quedado como una mentirosa. Ibrahim parecía cualquier cosa menos preocupado y desaseado. Iba recién afeitado y vestido con un traje de lino y gafas de sol. Tenía el aspecto típico de un pasajero de primera clase mientras avanzaba con un enorme oso de peluche rosa bajo el brazo. Al verla a ella, no obstante, su mandíbula se tensó, aunque Felicity no pareció darse cuenta.

–Gracias, Ibrahim –Felicity tomó el peluche–. Habrás tenido que reservar un asiento para él.

–¡Georgie! –Karim besó a su cuñada en la mejilla–. No sé si te acordarás de Ibrahim...

–Por supuesto –Georgie sonrió, aunque no fue correspondida de inmediato. Las gafas de sol ocultaban los ojos de Ibrahim y no pudo leer su expresión.

–No sabía que fueras a venir –dijo al fin tras forzar una sonrisa–. Me alegra de veros a todos aquí, pero no era necesario venir a recibirme. Sólo voy a hacer una visita breve.

–¡Esto no es por ti! –rió Felicity–. Hemos venido a recibir a Georgie... ibais en el mismo vuelo.

Georgie estuvo completamente segura de que el príncipe había palidecido y, aunque no veía sus ojos, sabía que era alarma lo que reflejaba en ellos.

–¿En serio? –respondió Ibrahim–. ¿Por qué no me saludaste? –añadió con educación.

–En realidad no te vi –mintió ella con la misma educación–. Oí a la azafata comentar que ibas a bordo. Siento mucho haber sido tan descortés.

–No te disculpes –la voz del príncipe estaba impregnada de cierto tono de alivio e incluso se permitió dedicarle una sonrisa–. Pero la próxima vez, ven a saludarme.

El chófer llegó e intercambió unas breves palabras con Karim.

–¿A qué esperamos? –preguntó Felicity.

–El equipaje de Georgie ya está en el coche, pero el de Ibrahim aún no ha salido.

–*Lā Shy* –exclamó Ibrahim.

–¿No traes equipaje? –Felicity, que debía estar aprendiendo el idioma local, frunció el ceño.

–Sólo un bolso de mano –sostuvo en alto una pequeña bolsa que Georgie estuvo segura de que no llevaba con él al embarcar.

El trayecto en coche fue breve y la conversación agradable, aunque sólo hablaron Felicity y Georgie.

Llegados al palacio, Ibrahim mantuvo una apresurada charla con su familia antes de excusarse con una descarada mentira.

–No he podido dormir en el avión.

Georgie al fin pudo relajarse un poco al verlo marchar y, después de que Felicity hubiera dado de mamar al bebé, tomó a su sobrina en brazos.

–Es increíble.

–¡Sobre todo sus pulmones! –intervino Karim–. La mitad del palacio se ha despertado a las cuatro de esta mañana.

–Tenía abierta la terraza para que entrara un poco de aire –Felicity rió y Georgie se maravilló ante los cambios experimentados en su hermana. Siempre se había mostrado tensa y estricta, pero en esos momentos reflejaba serenidad y su rostro resplandecía cada vez que miraba a su esposo–. De todos modos, pronto Azizah no será la única en alterar la vida en palacio.

–¿Cuándo nacerá el bebé de Jasmine? –preguntó Georgie.

–Jamal –le corrigió su hermana–. Le quedan cinco semanas y me muero de ganas.

–¿La que habla es la tía o la comadrona? –inquirió Georgie.

–Ambas –admitió Felicity.

Por mucho que su hermana fuera princesa, por mucho que viviera en un lejano palacio, seguía siendo Felicity, su hermana mayor, la persona a quien Georgie más amaba en el mundo. Karim tuvo que ausentarse, pero las chicas apenas lo notaron. Tenían que ponerse al día y seguían hablando cuando ya se había hecho de noche y todos se hubieron retirado a sus aposentos. Estaban en un salón sorprendentemente sencillo. Las ventanas abiertas permitían la entrada de una agradable y fragante brisa, y Felicity tenía a su lado el intercomunicador para oír al bebé. De algún modo, Georgie encontró las palabras para hablarle a su hermana del matrimonio que había tenido lugar más de tres años antes, un matrimonio que muy pronto se había evidenciado como un error.

–Estás disgustada –Georgie lo notó enseguida.

–No –Felicity sacudió la cabeza–. No lo sé. Entiendo que sintieras la necesidad de marcharte de casa, pero me entristece que no me lo contaras.

–Tenía la sensación de que no se lo podía decir a nadie –admitió Georgie–. Ninguno de mis amigos lo sabe. Pensé que Mike... parecía tan agradable, tan maduro –miró a su hermana–. Pero resultó ser un déspota, como papá, salvo que llevaba traje y, en lugar de cerveza, bebía whisky. Sólo tardé unas semanas en darme cuenta. Tuve suerte...

–¿Suerte?

–Muchas mujeres no la tienen. Yo salí enseguida de aquello. El papeleo y los formalismos legales sólo llevaron un par de años, y luego otro año más hasta la sentencia. La recibí mientras me preparaba para venir aquí. Al fin soy libre.

—Llevas años siendo libre —observó Felicity.

Georgie no intentó explicarle sus sentimientos. Cómo sus principios le habían condicionado, cómo no se había sentido libre para salir con nadie hasta tener el divorcio, lo cual, en muchos aspectos había sido lo más saludable para ella. Le contó que el tiempo le había enseñado que no necesitaba un hombre. Ya tenía todo lo que necesitaba.

—No se lo digas a mamá.

—¡Claro que no! —respondió Felicity de inmediato—. Y tú no hables de ello aquí. No lo entenderían.

—Prométeme que no se lo contarás a nadie.

La conversación fue interrumpida cuando las luces de unos faros inundaron la estancia. El motor de un coche sonó, seguido de parloteo y risas y una puerta que se cerraba. Después se oyeron ruidos de pisadas en las escaleras. Felicity apretó los labios con fuerza.

—Qué poco considerado. La última vez que estuvo aquí hizo lo mismo —de repente sonó un aullido en el intercomunicador y Felicity se levantó para dirigirse a su cuñado que hablaba en voz muy alta con una somnolienta doncella.

—Has despertado a Azizah.

—No lo creo —contestó él sin turbarse—. Puede que me equivoque, pero en alguna parte he leído que los bebés se suelen despertar en medio de la noche.

El sarcasmo encajaba tan bien con ese hombre que Georgie no pudo evitar reír tímidamente. Sin embargo, él ni siquiera la miró mientras se dirigía nuevamente a Felicity.

–Lo siento si la he despertado... siempre me olvido de que ahora hay un bebé en palacio.

–¡Y pronto habrá dos! –exclamó su cuñada–. Será mejor que empieces a recordarlo.

–No hará falta. Vuelvo a Londres dentro de un par de días –mientras Felicity se dirigía a la habitación de su hija, Ibrahim se volvió hacia Georgie–. No esperaba verte aquí –la saludó con frialdad–. No mencionaste que fueras a venir.

–Ni tú tampoco –le señaló Georgie.

–¿Qué tal te resultó el vuelo? –algo en su expresión daba a entender que le preocupaba el que ella lo hubiera visto, que supiera que el elegante y distinguido hombre que había desembarcado en Zaraq no había sido el mismo que despegó de Londres.

–Estupendo –Georgie decidió no añadir nada más.

Ibrahim no intentó rellenar el incómodo silencio que se hizo y se dirigió sin más a un sofá mientras la doncella le servía una copa. Georgie no sabía qué decir y respiró aliviada cuando su hermana la llamó desde lo alto de la escalera.

–¡Georgie! ¿Podrías echarme una mano con Azizah?

–Te deseo buenas noches –se despidió sin recibir respuesta de Ibrahim, quien sí hizo un gesto de desagrado cuando Felicity volvió a llamar a su hermana al considerar que no se había apresurado lo suficiente. Al pasar junto a él, le tomó la mano.

–Para eso están las doncellas.

Georgie contempló los largos dedos enroscados alrededor de su pálida muñeca y deseó que la soltara, deseó que no le mirara el rostro ruborizado.

–Dile que te estás tomando una copa conmigo.

–Me gusta ayudar a mi hermana con Azizah.

–¿A la una de la madrugada? –exclamó Ibrahim–.

¿Estás disponible para ella a cualquier hora de la noche? –observó cómo el rostro de la joven adquiría un tono carmesí y sintió el enloquecido pulso que martilleaba bajo sus dedos. Y en ese instante casi pudo perdonarla por haberlo rechazado–. Quédate conmigo –no fue una súplica sino un desafío.

–He venido aquí para estar con mi hermana y mi sobrina.

Él le soltó la muñeca y Georgie abandonó el salón para unirse a Felicity que amamantaba al bebé.

–¿Por qué has tardado tanto? –preguntó su hermana.

–Estaba charlando con Ibrahim –contestó ella en tono despreocupado.

–¿Por qué? –la voz de Felicity también estaba impregnada de un tono de desafío.

–¿Y por qué no?, tenía que elegir entre charlar con un hombre guapísimo o ver cómo mi hermana daba el pecho.

Para su alivio, Felicity sonrió.

–Me preguntó qué tal había sido el vuelo y yo le deseé buenas noches.

–Mantente alejada de él –le advirtió Felicity–. Sólo te creará problemas. He visto cómo trata a las mujeres, te comerá viva y luego escupirá los huesos.

–¡Sólo nos estábamos deseando buenas noches! –rió Georgie.

–Es muy arrogante –su hermana no cedió–. Aparece sin avisar y espera que todos estén pendientes de sus deseos mientras se pasea despreocupadamente por el palacio.

Georgie estuvo a punto de interrumpir a su hermana para contarle que, en el avión, no le había parecido precisamente despreocupado, pero decidió no hacerlo, consciente de que Ibrahim no querría que compartiera esa información con nadie.

–Es un niño mimado –continuaba Felicity–. Demasiado acostumbrado a salirse siempre con la suya, aunque no será así por mucho más tiempo.

–¿A qué te refieres? –preguntó Georgie.

–Ya he hablado demasiado –Felicity sacudió la cabeza.

–¡Soy yo! –le señaló ella–. Y dado lo que te he contado hace un rato...

–De acuerdo –la hermana mayor se ablandó aunque, como buena paranoica, comprobó varias veces el intercomunicador para asegurarse de que estuviera apagado y aun así habló en un susurro–. El rey está harto. Karim me ha dicho que va a hablar con Ibrahim mañana. Quiere que regrese a Zaraq. Se suponía que iba a instalarse en Londres para estudiar ingeniería y luego regresar aquí, pero ya ha terminado sus estudios y no da ninguna señal de que vaya a volver. Trabaja desde allí e insiste en que quiere continuar estudiando, pero el rey lo quiere aquí.

–¿De modo que va a cortarle el grifo? –Georgie se esforzó por aparentar naturalidad.

–Ya lo intentó hace un par de años –Felicity suspiró–. Pero Ibrahim se asoció con uno de los más importantes arquitectos de Zaraq. Una gran parte de los impresionantes rascacielos que tenemos se deben al brillante cerebro de mi cuñado. Ibrahim no necesita ningún apoyo económico.

–Entonces, ¿cómo va a impedir el rey que siga con su vida? –preguntó de nuevo Georgie–. Si Ibrahim no quiere vivir aquí, ¿cómo puede obligarle su padre?

–Su padre es el rey –señaló Felicity–. Y él, al fin y al cabo, es un príncipe. Los privilegios están unidos a una responsabilidad.

–¡Empiezas a hablar como ellos! –intentó bromear, pero no surtió efecto en su hermana mayor.

–Mira todo lo que trabaja Karim por el pueblo. Ahora mismo está en medio del desierto con los enfermos, mientras que Ibrahim se limita a pasearse por el bar del casino como si fuera un turista. Pues bien, Ibrahim es un príncipe y el rey está harto de esperar a que se comporte como tal –aunque ya susurraba, habló en voz aún más baja–. Va a elegirle una esposa, le guste o no. Dentro de muy poco Ibrahim regresará para quedarse.

HABÍA dormido demasiado en el avión y despertó antes del amanecer. Abrió las persianas y admiró la habitación que le habían asignado antes de volver a meterse en la cama. Tras reflexionar un rato, hizo lo que Felicity le había indicado que hiciera en caso de desear cualquier cosa, y descolgó el teléfono. Ni siquiera sonó una primera vez antes de que contestaran y en escasos minutos tuvo una bandeja con café, fruta y zumos junto a la cama. Además, la doncella le ahuecó las almohadas mientras, incómoda, Georgie se preguntaba cómo había podido acostumbrarse tan rápido a todo aquello su hermana.

El café era demasiado fuerte, demasiado dulce y tenía un gusto ahumado. Georgie optó por llevar la bandeja a la terraza y disfrutar de las vistas del mar.

El cielo estaba iluminado en tonos rosas y naranjas y el aire era cálido. Sintió unas enormes ganas de ver un amanecer sobre el desierto, pero por mucho que quisiera presenciar ese esplendor, sabía que de nuevo sería un viaje poco probable ya que Felicity estaba ocupada y no querría llevarse a la pequeña Azizah a pasar la noche fuera de casa.

Algún día conseguiría verlo, pensó. Se sentía muy atraída por la magia que tanto desdeñaba Ibrahim. Quería averiguar más sobre los relatos que se contaban, probar la comida, oler los aceites, ver algo más de Zaraq aparte de las tiendas y el palacio.

Y entonces lo vio. Un hombre montado a caballo. Desde la distancia a la que se encontraba, podría haberse tratado de cualquiera de los hermanos, incluso del rey, pero el corazón le dijo que era Ibrahim. Desde luego no tenía el aspecto de un hombre que se estuviera recuperando de los excesos de la noche anterior y se preguntó si Felicity no estaría equivocada sobre el estilo de vida de su cuñado. Había algo en la velocidad a la que cabalgaba por la playa, una mezcla de juventud, vigor y poder, que le decía que era él. De repente se paró en seco y le dio unas palmadas al caballo antes de guiarlo a paso lento hasta el agua. Después levantó la vista y contempló el sol brillar sobre el palacio. Y la vio.

No la saludó. Se limitó a espolear al caballo y galopar de nuevo, dejando tras de sí una estela blanca de espuma. Georgie acababa de sufrir un desaire. Una no podía rechazar a Ibrahim y luego esperar un alegre saludo a la mañana siguiente.

Mientras se duchaba y vestía se preguntó qué haría allí el príncipe. ¿Qué le había impulsado repentinamente a regresar sin previo aviso?

Lo había visto desplegar sus mejores sonrisas a diestro y siniestro, pero también había visto el tormento en su rostro, algo que ni siquiera él sabía.

–¿Voy bien así? –preguntó al reunirse con su hermana para el desayuno. Era la eterna pregunta que había que formular a diario en Zaraq.

Llevaba un vestido suelto de color crema y unas sandalias planas. Aunque todo era muy recatado, tenía la sensación de haber dejado expuesta demasiada piel.

–¡Relájate! –exclamó Felicity–. Estás maravillosa. Sólo tendrías que cubrirte en caso de que me acompañaras a algún acto oficial, y no lo vas a hacer –añadió al ver los ojos desmesuradamente abiertos de su hermana–. Aunque técnicamente no te haría falta –soltó una carcajada–, ya que estás casada.

–Ya no.

–En Zaraq sí –le aclaró Felicity, aunque sin darle más explicaciones ya que el rey apareció en el patio donde estaban desayunando.

–¿Habeis visto a Ibrahim? Seguramente seguirá durmiendo.

Aunque Felicity ni se inmutó, Georgie sintió cómo el corazón martilleaba en su pecho. El rey era un hombre espectacular, sobre todo de cerca, y no parecía muy contento. Quiso aclararle que su hijo no dormía, pero sabía que no debía intervenir.

–¿Dónde está todo el mundo? –el rey estaba claramente irritado.

–Karim se marchó temprano para asistir a una reunión sobre la emergencia sanitaria de los beduinos –contestó Felicity con calma–. Y no he visto a nadie más.

–Bueno, pues si ves a Ibrahim, por favor recuérdale que quiero verle en mi despacho.

–No es muy probable que vea a nadie –observó Felicity cuando el rey se hubo marchado–, ni tú tampoco –sonrió a su hermana–. ¡Nos vamos al spa!

La cosa no resultó tan sencilla como habían esperado. Felicity nunca había dejado a su bebé a solas con la niñera, Rina, y pasó una eternidad explicándole cómo alimentarla con la leche que se había sacado del pecho.

–Estará bien –la tranquilizó Georgie en la limusina–. Rina parece manejarla muy bien.

–Lo sé –admitió Felicity–. Tendré que acostumbrarme a dejarla sola, tengo muchas obligaciones y he estado pensando volver a trabajar, aunque sólo sea de vez en cuando –aclaró al ver la expresión de su hermana–. Me gusta ser comadrona, y es lo que soy. Rina es encantadora, pero Azizah no parece tranquila con ella.

Georgie sabía lo que le diría a continuación. Habían mantenido esa conversación en numerosas ocasiones e intentó evitarla.

–A lo mejor necesita un poco más de tiempo a solas con Rina –observó–. Parece estupenda, pero no le das la más mínima oportunidad. Has hecho bien en salir esta mañana.

–Quiero que Azizah se críe con mi familia –miró a su hermana–. Y yo también quiero estar con mi familia. Mamá se lo está pensando, pero sé que ni lo dudaría si tú también estuvieras aquí. Por favor, Georgie, dime que te lo pensarás seriamente.

Lo más fácil sería acceder, puesto que echaba de menos a su hermana y a su sobrina. Y no le resultaría nada complicado abandonar su negocio de tratamientos holísticos para sumergirse en el lujoso estilo de vida que le ofrecía su hermana.

Sería demasiado fácil.

Felicity siempre la había cuidado, siempre durante los tiempos difíciles. La primera vez que había viajado a Zaraq había sido como pago del préstamo que había pedido para sufragar el tratamiento de rehabilitación de su hermana y, aunque el ofrecimiento resultaba tentador, Georgie necesitaba seguir sola, demostrarse a sí misma que podía salir adelante sin la ayuda de su hermana mayor.

–Ya hablaremos de ello en otra ocasión –sentenció mientras el coche avanzaba y ella giraba la cabeza para contemplar el palacio que dejaban atrás.

–¿Qué miras?

–Las vistas –Georgie sonrió–. No me puedo creer que me esté alojando en un palacio.

–Si quisieras, podrías vivir en ese palacio –insistió su hermana.

Pero Georgie tenía la mente en otro lugar. No había girado la cabeza para intentar ver el palacio.

Sino a Ibrahim.

Siempre Ibrahim. Y fue Ibrahim quien pobló sus pensamientos mientras llegaban a Zaraqua y subían en un ascensor panorámico hasta la planta cuarenta y dos de un rascacielos. Georgie recordó entonces que no le gustaban las alturas.

–¡Esto es obra de Ibrahim! –exclamó Felicity ante su pálida hermana–. Él diseñó el ascensor.

–Pues recuérdame que le diga que lo odio –Georgie se estremeció–. Y dime cuándo puedo abrir los ojos.

–Ya.

La puerta del ascensor se abrió y entraron en un spa de ensueño. Estaba tenuemente iluminado y el ambiente olía a flores. Les condujeron a unos vestuarios el doble de grandes que el apartamento de Georgie en Londres.

–Quiero probarlo todo... –aseguró ella mientras se ponía un albornoz y su mente bullía de ideas para su negocio–. ¿Tienen una lista?

–Ya está decidido –contestó su hermana–. Vamos a recibir el tratamiento Hamman y no vas a tener que tomar ni una sola decisión. Es una auténtica delicia.

Y lo fue.

Pasaron por varias estancias de paredes de mosaicos iluminadas con velas.

–¡Qué calor! –susurró.

–Ya te acostumbrarás.

Desde luego podría acostumbrarse a aquello. Se sumergió en una bañera en la que fue lavada con jabón negro y después conducida a otra estancia caldeada donde le exfoliaron cada milímetro de piel. De nuevo se repitió el baño y cada pelo de más fue eliminado con azúcar y miel. Pasaron de una estancia a otra donde recibieron expertos tratamientos para los que los perfumes eran cuidadosamente elegidos. Dos horas más tarde, envueltas en un albornoz y bebiendo un aromático té mientras disfrutaban de la suave música, Georgie sonrió a su hermana que la observaba con atención.

—Es increíble lo lejos que has llegado.

—Lo sé –admitió Georgie mientras cerraba los ojos y disfrutaba de la sensación de felicidad que la inundaba. Un par de años atrás ese día habría sido imposible de celebrar, y la idea de visitar un spa habría resultado repulsiva. Pero en esos momentos podía relajarse y disfrutar de los tratamientos, algo a lo que aspiraba dedicarse algún día ella misma.

—¡Alteza! –la nerviosa recepcionista que se aproximaba hizo que Georgie se sobresaltara. No acababa de acostumbrarse al hecho de que su hermana fuera una princesa–. Jamás habríamos osado molestarla, es una norma del spa, pero han llamado de palacio...

—No pasa nada –Felicity tomó el teléfono y se dirigió a la manicura que aguardaba a su lado–. Por favor, discúlpenos –cuando estuvieron solas, contestó la llamada y escuchó con una sonrisa dibujada en el rostro antes de hablar con voz tranquilizadora–. No, no estás exagerando... enseguida voy –tras una pausa continuó–. Has hecho bien en llamarme.

—¿Qué sucede?

—Jamal –contestó su hermana–. No es la primera vez que lo hace. Hassan no está y se siente inquieta. No está segura de si son contracciones o no.

–Pero seguro que debe tener a su disposición un montón de médicos.

–Precisamente –Felicity puso los ojos en blanco–. El país entero está expectante ante este bebé y el médico del palacio no quiere correr el menor riesgo. La semana pasada la llevaron al hospital para ser monitorizada. Antes de que llegara, la prensa ya aguardaba a la entrada, y resultó que no eran más que las contracciones de Braxton-Hicks.

–Pobre...

–Tú quédate aquí y termina el tratamiento. Si nos marchamos las dos, empezarán a sospechar –le aconsejó su hermana–. Me inventaré que Azizah me echa de menos.

Georgie se quedó. Le decoraron los pies con preciosas flores de henna y le pintaron las uñas, pero no resultó tan divertido sin Felicity y una hora más tarde decidió regresar al palacio que, por el momento, llamaría «casa». No tenía nada que ver con la casita en la que se habían criado al norte de Inglaterra. Una casa que Georgie nunca había considerado su hogar. Una casa de la que había escapado a la menor oportunidad.

Por primera vez, las puertas del palacio no se abrieron por arte de magia cuando Georgie subió las escaleras, pero justo en el momento en que empezaba a preguntarse dónde estaría el timbre, la suntuosa puerta se abrió e, inesperadamente, apareció Ibrahim.

–¿Dónde está Felicity? –ella miró por encima del hombro del príncipe.

–En el hospital –contestó él mientras dos doncellas subían las escaleras a la carrera sin siquiera hacerle una reverencia–. Jamal está de parto y aquí se ha desatado el caos.

–Pensaba que era una falsa alarma. ¡Es demasiado pronto! –exclamó Georgie.

–Tu hermana dice que es un poco pronto, pero que no pasa nada. Mi padre acaba de marcharse hacia el hospital. Felicity iba a enviarte un mensaje al spa, pero todo se ha precipitado, de lo contrario estoy seguro de que no te habría dejado sola –el pequeño comentario dejaba claro que el príncipe estaba al corriente de los antecedentes de Georgie.

–¿Dónde está Azizah?

–Con la niñera. La está preparando.

Georgie pensó que Ibrahim no se había expresado bien y que la niñera estaría cambiando al bebé o algo parecido, pero pronto comprobó que no había habido ningún error.

–La traerá al coche. Tú también deberías prepararte. Nos iremos enseguida –insistió él ante una paralizada Georgie.

–¿Irnos?

–Vamos al hospital.

–¿Yo?

–Formas parte de la familia –contestó él–. El futuro rey está a punto de nacer. ¿Por qué no ibas a querer estar presente?

–¡Porque ni siquiera conozco a la cuñada de mi hermana! Y eso para empezar...

Felicity le había advertido sobre no hablar más de la cuenta y reflexionar antes de abrir la boca. Sin embargo, él reaccionó con una resplandeciente sonrisa, distinta a todas las demás, que le indicó que no se había ofendido. Una sonrisa que le invitaba a entrar en su mundo, que le decía que comprendía lo extraño que debía parecerle todo aquello. Pero de repente debió recordar que estaba enfadado, pues la sonrisa se esfumó y las palabras que pronunció fueron solemnes.

–Tengo tantas ganas de ir como tú. Pero no tenemos elección.

Rina apareció con la niña envuelta en una delicada toquilla color crema, preparada para conocer a su primo. De repente, la enormidad de todo aquello golpeó a Georgie de pleno.

–No creo que nadie se diera cuenta si no voy.

–Sí que lo notarían –contestó Ibrahim–. Eres tú quien llevará a Azizah.

–No estoy preparada... –Georgie señaló su vestimenta. El vestido estaba manchado de aceite y los cabellos sucios. Además, no llevaba ni gota de maquillaje. Se sentía aturdida ante la perspectiva de participar en tamaño evento y agradeció que una doncella la cubriera con un velo que le proporcionaba el escudo y el anonimato que tanto necesitaba.

Caminaron hacia el coche que les aguardaba, flanqueado por policías en moto, y aquello fue demasiado intenso para ella. La limusina plateada con las lunas tintadas que las había llevado aquella mañana al spa había sido sustituida por un vehículo negro, mucho más formal. Incluso llevaba una bandera en la parte delantera.

–Es como un desfile real –observó mientras la puerta del coche se abría. La respuesta de Ibrahim hizo que casi se atragantara.

–Eso es exactamente lo que es.

Había pasado de disfrutar de una mañana de spa con su hermana a convertirse en un miembro de pleno derecho de la primera familia de Zaraq. De ser una entusiasmada tía a ser la portadora de la más pequeña de las princesas de Zaraq.

–¿Por qué no están los cristales tintados?

–Es un acto oficial –le informó Ibrahim–. El pueblo de Zaraq quiere ver a la familia real –la miró a los ojos y, seguramente, malinterpretó la mirada de pánico–. Si lo prefieres, podemos ir por separado.

–¡No! –rugió ella. No era Ibrahim el que la ponía nerviosa, era participar en todo aquello sin su hermana–. Quédate.

Era una persona compleja, pensó Ibrahim mientras se sentaba a su lado. Por fuera parecía muy segura de sí misma, pero... La observó detenidamente. Georgie tenía la vista fija al frente y sus ojos azules ni pestañeaban, aunque se le oía respirar pesadamente. Se notaba una fragilidad en ella que nadie más parecía captar y no podía abandonarla.

–Como el rey ya estará en el hospital, se habrá formado bastante revuelo.

Aquello era más de lo que Georgie se sentía capaz de soportar. A medida que el coche se aproximaba al hospital, la gente saludaba y lanzaba vítores al último vehículo de la comitiva real. Era sin duda el momento más extraño de toda su vida y jamás había sentido tanta responsabilidad como cuando se bajó del coche con Azizah en brazos. Sentía una imperiosa necesidad de cuidar de la niña, tal y como habría deseado Felicity que hiciera. La abrazó con fuerza y la tapó con la toquilla para proteger sus ojos del feroz sol de la tarde. Ibrahim esperó pacientemente antes de colocarse a su lado mientras saludaba a los empleados del hospital antes de reunirse con el resto de los miembros de la familia real.

–Al parecer el parto es inminente –le anunció Ibrahim–. Y Hassan acaba de llegar.

Llegaron a una sala de espera como no había otra igual. Había empleados ofreciendo refrescos y Rina, que había llegado en otro coche, se ofreció para ocuparse de Azizah.

–Yo me encargo de ella –Georgie declinó el ofrecimiento–. ¿Dónde está mi hermana?

–Felicity acompañará a Jamal durante el parto –le
informó Ibrahim tras averiguarlo–. Supongo que todo
esto te resultará un poco abrumador.

–¿Un poco?

–Mucho –admitió él–. Me quedaré contigo –le aseguró, a pesar de tenerlo prohibido.

Aquella misma mañana, cuando Ibrahim se disponía
a montar a caballo, Karim le había advertido que se
mantuviera alejado de Georgie. Pero no le importaba.
La etiqueta de la corte llegaba a agobiarle en ocasiones
y se imaginaba que para la joven debía ser aún peor–.
No te preocupes por nada.

–No sé cómo puede soportar Felicity... –Georgie soltó
un suspiro.

–Es la vida que ha elegido, y no siempre es así –Ibrahim vio que Georgie abrazaba con fuerza a Azizah y supuso que era más por su propio consuelo que por el del
bebé.

–Pues yo no podría.

–Lo hace muy bien.

–Pensaba que no te gustaba –Georgie frunció el ceño
sorprendida ante la sincera admiración que el príncipe
parecía profesar por su hermana.

–Me gusta mucho –contestó él–. La que me preocupa eres tú –sonrió con amargura.

–Ella no me está utilizando, si es eso lo que quieres
decir.

–Por supuesto que te utiliza –contestó Ibrahim–. Y
no le culpo lo más mínimo. Se encuentra sola en un país
extranjero y quiere tener a su familia cerca... y también
quiere que tú la utilices –afirmó, expresando en voz alta

lo que ella pensaba–. Te quiere a ti, la hermana que ama, para compartir su suerte. Pero tú te sientes en deuda.

Georgie cerró los ojos ante la cruda verdad.

–Mira por ti, Georgie.

–¿Igual que tú?

Ibrahim estuvo a punto de asentir, de ofrecer su habitual respuesta arrogante. Pero esa mujer le hacía reflexionar, le obligaba a pararse y, en lugar de responder a la pregunta, contempló a su sobrina que dormía y acarició la mejilla del bebé antes de contestar.

–Lo intento, pero todos estamos en deuda.

Su deber en esos momentos era estar allí a la espera del nacimiento real. Era su obligación y, sin embargo, le sorprendió la anticipación creciente que sentía. La alegría de la gente en las calles le había conmovido. También sentía alivio porque cuando su padre estuvo enfermo, cuando Hassan y Jamal parecían no poder tener hijos, se había hablado de que Hassan renunciara a sus derechos al trono y eso le habría situado a él un peldaño más cerca de lo impensable: llegar a ser rey.

Y sintió alivio, pero nada más, mientras los llantos de un recién nacido aseguraban el futuro de Zaraq.

–¡Un varón! –el rey resplandecía–. Acaba de nacer nuestro futuro rey. Pequeño, algo débil, pero el médico asegura que está sano y que crecerá grande y fuerte –miró a su hijo pequeño y, en un gesto poco habitual, lo abrazó–. Me alegro de que estés aquí.

El abrazo fue agradable... y sorprendente.

–Vamos –ordenó el rey–. Saldremos al balcón para compartir la buena nueva con el pueblo.

Era un día emocionante, milagroso, bueno. Ibrahim miró a Georgie que parecía más que perdida. Sus ojos reflejaban el terror que sentía y, tal y como le había prometido, se mantuvo a su lado mientras salían al balcón.

–Esto –le explicó– es el anuncio. Así el pueblo sabe que todo va bien. Cuando nació el primer hijo de Hassan y Jamal, Kaliq, y supimos que no sobreviviría, sólo hubo un pequeño comunicado de prensa. Hoy, el pueblo de Zaraq sabrá que todo ha ido bien.

Georgie salió al balcón con su pequeña sobrina en brazos y oyó el estallido de vítores de la multitud que se agolpaba en las calles a sus pies.

–Lo estás haciendo muy bien –la tranquilizó amablemente Ibrahim.

–Gracias –Georgie temblaba–. Pero lo curioso es que no tengo ni idea de qué estoy haciendo –aun así, la emoción era palpable y se unió a la celebración, incluso saludó con la mano a la multitud–. Si supieran... –rió al pensar en sus amigos de Londres–. Menos mal que sólo será un día.

Sin embargo, para Ibrahim no sería sólo un día. Era lo que le estaban pidiendo a cambio de todo lo recibido. Contempló la multitud y pensó que quizás estuviera ante su futuro.

Capítulo 6

TENGO que ponérmelo? –Georgie había viajado hasta Zaraq para visitar a su hermana y disfrutar de su sobrina, pero se encontraba a punto de cenar con los príncipes y el rey.

–El heredero ha nacido hoy –la voz de su hermana estaba cargada de exasperación y culpa–. Georgie, tendremos tiempo de estar juntas, pero el bebé de Jamal ha nacido antes de tiempo y... Por favor, aguanta todo esto un par de días.

Fue mucho peor que la boda. Para asegurarse de que estuviera presentable en la mesa del rey, las doncellas le habían peinado los rubios cabellos en trenzas y le habían pintado los ojos con kohl. Por último, le habían llevado el vestido: largo, color limón con dibujos y pedrería. No era ni remotamente parecido a cualquier cosa que ella hubiera elegido.

–Estás espléndida –mintió Felicity. El color limón habría resultado impresionante contra una piel olivácea y unos cabellos negros, pero quedaba fatal sobre una persona rubia.

–Parezco una tarta de merengue y limón –contestó Georgie aunque no quiso empeorar el sentimiento de culpa de su hermana y, de hecho, soltó una carcajada al verse en el espejo–. ¿Por qué llevo colorete naranja? Da igual, sólo es una cena... Estaré bien. ¿Te sentarás a mi lado? –el corazón le dio un vuelco al ver la mueca de Felicity.

–Lo estaré, aunque puede que deba ausentarme para darle el pecho a Azizah. Se durmió justo después del baño y no creo que aguante toda la cena.

–No puedes dejarme a solas con ellos.

–Normalmente no lo haría. ¿Quién iba a saber que el bebé de Jamal se iba a adelantar? Y tampoco sabía que el día de su nacimiento iba a celebrarse una cena oficial.

–¡Oficial! –Georgie casi se atragantó.

–Bueno, no es exactamente oficial –Felicity se retractó de inmediato–. Es una cena familiar, pero también estará la familia de Jamal, y son muy tradicionales... Georgie. No quiero que Rina le dé el biberón a Azizah a no ser que me resulte imposible a mí. Ausentarse en medio de una comida es de malísima educación, pero Karim ha hablado con su padre y...

–Te han concedido un indulto.

–No puedo ceder –Felicity estaba visiblemente disgustada–. Pero si crees que será demasiado para ti... Si corres el riesgo de volver a...

–Felicity –interrumpió Georgie con firmeza–. No todo se reduce a mis desórdenes alimenticios. Cualquiera estaría nerviosa si tuviera que asistir a una cena oficial con el rey.

–Lo sé. Es que siento mucho que se produzca durante tu segunda velada aquí. No volverá a suceder. Normalmente no cenamos con el rey. Normalmente cenamos Karim y yo solos.

–¿Y quién estará allí?

–El rey, y Hassan con los padres y la familia de Jamal. Y espero que Ibrahim.

–¿Esperas? –Georgie cerró los ojos. No quería enfrentarse a él con ese aspecto.

–No se puede pedir más cuando está aquí –Felicity sonrió–. ¿Qué tal se portó hoy?

–Pareció disfrutar con la celebración, y estaba encantado por su hermano.

–Karim dice que pasasteis mucho tiempo juntos.

–Es que él al menos habla mi idioma –contestó ella secamente. No quería dar explicaciones, a fin de cuentas no habían hecho nada malo. Rápidamente cambió de conversación–. ¿Y qué pasa con la reina?

–Sabes bien que no vive aquí.

–¿Y cuándo va a conocer a su nieto?

–Cuando Hassan y Jamal se lo lleven, igual que hice yo cuando nació Azizah. Claro que, siendo un poco prematuro, puede que tarden bastante en viajar con él.

–¿Y hasta entonces no podrá verlo?

–Georgie, por favor... –Felicity estaba nerviosa y eso irritaba a Georgie.

–¿No estamos autorizadas a hablar de ello en la intimidad de mi dormitorio? –Georgie sacudió la cabeza incrédula–. No sé cómo soportas vivir así, Felicity.

–Tengo una vida maravillosa –protestó su hermana–, y por supuesto que podemos hablar. Es que... –Felicity cerró los ojos durante unos segundos–, durante la cena no, Georgie. Te pido discreción. Hay cosas que no se pueden discutir –por enésima vez intentó explicarle a su hermana pequeña las extrañas costumbres de Zaraq–. Se trata de un tema muy delicado. El rey la echa muchísimo de menos, está penando por ella.

–¡Pero si no está muerta! –señaló Georgie–. No tiene más que descolgar el teléfono –puso los ojos en blanco–. No te preocupes, no voy a avergonzarte... me mostraré recatada.

Y así fue, pero no por la advertencia de su hermana.

La enorme mesa, la compañía, las presentaciones y el ambiente la sobrecogieron.

No hubo ninguna señal de Ibrahim aunque oyó al rey nombrarle un par de veces.

–¿Cuándo comemos? –preguntó Georgie a su hermana tras esperar una eternidad.

–Cuando aparezca el hijo pródigo –contestó Felicity–. ¿Estás bien? –le había parecido que su hermana daba un respingo al oír el nombre del príncipe.

–Estoy bien –a pesar de aparentar calma, Georgie temía el momento en que su hermana mayor tuviera que ausentarse. Sobre todo si, tal y como le había explicado, la familia de Jamal sólo hablaba árabe.

–Están hablando de cuándo publicarán la foto del nuevo heredero –tradujo Felicity.

Sin embargo, la traductora no tardó en ser requerida por una doncella y, tras saludar al rey con una inclinación de cabeza, se ausentó.

Georgie sonrió y rió cuando vio hacerlo a los demás, a pesar de no tener ni idea de por qué lo hacían. Esperaba con ansias que apareciera la comida, aunque sólo fuera para tener algo que hacer. Y de repente, cual refrescante chaparrón en un caluroso día de verano, apareció Ibrahim vestido al estilo occidental, con los cabellos revueltos y sin afeitar.

–Llegas tarde –el rey se mostró menos impresionado que ella. La conversación se mantuvo en inglés, sin duda para no ponerse en evidencia ante los selectos invitados.

–Tenía que hacer una llamada –contestó el príncipe sin disculparse.

–Es la hora de la cena –observó el rey.

–Cena en familia –puntualizó Ibrahim–. Una ocasión así sin duda permite un poco de relajación para disfrutar de la ocasión –concluyó mientras se sentaba al lado de Georgie.

–Éste es el sitio de Felicity –Karim reaccionó de inmediato.

–¿Y dónde está?

–Amamantando a Azizah.

–¿Y te ha dejado sola ante el peligro? –Ibrahim se encogió de hombros ante la expresión ceñuda de su hermano–. Me sentaré a tu lado hasta que vuelva –pasó a hablar en árabe con los invitados antes de devolver la atención a Georgie.

–Estás... –la miró con un brillo divertido en los ojos– como el día que te conocí.

–En efecto –asintió Georgie al recordar el vestido color albaricoque de la dama de honor–. Creo que vuestras doncellas no están acostumbradas a vestir a rubias –guiñó un ojo–. Voy a tener que hablar con ellas.

Ibrahim resultó ser una compañía maravillosa y Georgie consiguió olvidar sus nervios durante unos instantes. Con él pudo comportarse como ella misma.

–Pensaba que, ahora que has llegado, nos servirían la cena –comentó al comprobar que Felicity había fallado en su predicción.

–No debería tardar mucho más –explicó Ibrahim–. La mayor parte de las relaciones sociales se establecen antes de la cena. En cuanto tomemos el café, la velada habrá terminado.

–¿En serio? –Georgie le dedicó una tensa sonrisa a Karim–. Mi hermana no me lo dijo.

Aun así, cuando al fin se sirvió el primer plato estuvo segura de que Ibrahim captó la forma en que se humedeció los labios, y no precisamente de anticipación por la comida.

–Todo irá bien –la tranquilizó–. No te preocupes.

–He leído que es una grosería no terminar el plato –Georgie se sentía avergonzada, pero Felicity no estaba a su lado, y la perspectiva de cenar en un ambiente tan selecto, siendo además una comida con la que no estaba familiarizada, le ponía cada vez más nerviosa.

–Éstos son los aperitivos –le indicó él–. Salsas, pastas y pepinillos. Prueba un poco de cada y, si te gusta, repite. Disculpa un momento –se interrumpió para volverse hacia su padre–. *Bekra* –fue la breve respuesta antes de dirigirse de nuevo a Georgie–. Mi padre me ha preguntado cuándo tengo pensado volver al hospital. Le he dicho que mañana.

Georgie se relajó, tanto que apenas se dio cuenta cuando Felicity regresó. Tras unos incómodos momentos, Ibrahim se trasladó al otro lado de la mesa.

–Lo siento muchísimo –susurró Felicity–. Georgie, lo siento...

–No pasa nada –contestó ella–. En serio. Ibrahim se ha portado maravillosamente –no le pasó desapercibido el gesto tenso de su hermana mayor mientras miraba brevemente a su cuñado y de nuevo a ella–. ¿Qué pasa?

–Nada –le aseguró Felicity, aunque Georgie veía que estaba nerviosa.

El comportamiento de Ibrahim fue impecable. Durante la interminable cena habló con todos los invitados, pero sin abandonar a Georgie, aconsejándola sobre cómo comportarse cuando Felicity conversaba con los demás.

Durante el postre, *mahlabia*, según le explicó Ibrahim, pudin cremoso con agua de rosas, Georgie sintió de nuevo la tensión en su hermana. Sin embargo, y aunque no hubiera sido a propósito, Felicity la había abandonado durante la mayor parte del día y sólo de pensar en qué habría sido de ella sin la ayuda de Ibrahim, le entraban escalofríos. Su hermana parecía contrariada por lo bien que parecían llevarse ellos dos, e incluso le dio un codazo cuando se echó a reír ante un comentario del príncipe.

—¿Qué pasa? —preguntó Georgie—. ¿Ahora qué he hecho mal?

—Hablaremos más tarde.

El café les fue servido y, tal y como le había anunciado Ibrahim, la velada concluyó. Tras despedirse de la familia de Jamal, Hassan anunció que regresaría al hospital para pasar con su esposa la primera noche de su hijo. Sin embargo, la velada no concluyó del todo, pues el rey pidió otro café que le fue servido con bizcochos. En ese momento de relajación, el teléfono de Ibrahim sonó estridente y su padre frunció el ceño.

—Disculpadme —el príncipe se puso—. Tengo que contestar.

Aquello debía ser el colmo de la descortesía y el rey parecía cada vez más furioso a medida que pasaba el tiempo e Ibrahim no daba señales de interrumpir la llamada. Incluso Georgie se mostró nerviosa cuando, casi media hora después, regresó al salón.

—¿Qué? —preguntó el príncipe ante el tenso silencio que se hizo.

—Hablaré contigo más tarde.

—Habla conmigo ahora —contestó Ibrahim.

—Nos has hecho esperar en la mesa por segunda vez en la misma cena.

—Ya te dije que siguierais sin mí.

—Esto es una celebración familiar.

—No del todo.

Las palabras de Ibrahim estaban cargadas de peligro, de desafío. Se sentó a la mesa y chasqueó los dedos.

—Me apetece champán —anunció mientras miraba a

su padre–. Para celebrar el nacimiento del futuro rey de Zaraq.

En la boda de Felicity también se había servido champán, aunque sólo para los invitados, y era evidente que en aquella ocasión no estaba previsto, pues el camarero dudó hasta recibir un tenso asentimiento del rey.

–¿A alguien más le apetece? –preguntó Ibrahim mientras sus maravillosos ojos negros hacían un barrido por la mesa y se detenían en Georgie.

–No, gracias –Georgie creyó oír un suspiro de alivio por parte de su hermana al declinar el ofrecimiento, al igual que el resto de los comensales.

–No es del todo una celebración familiar –Ibrahim retomó la conversación, no sólo ignorando la ira de su padre sino provocándola–. ¿A ninguno se os ocurrió llamarla? –sus ojos se posaron en su hermano y luego en su padre–. Por eso llegué tarde a la cena. Llamé a mi madre creyendo que ya había recibido la noticia de que había sido abuela.

–Ibrahim –interrumpió Karim–. Aquí no.

–¿Dónde entonces? –contestó el príncipe–. Ésta es mi familia, ¿no? ¿Dónde hablan de sus cosas las familias si no es durante la cena?

–Esta noche estamos de celebración –insistió el rey con el rostro ligeramente tembloroso–. Iba a pedirle a mi secretario que la llamara y...

–¿Tu secretario? –bufó Ibrahim–. ¿El mismo que la telefoneó cuando murió su hijo? ¿El mismo que la llamó cuando murió el primogénito de Hassan y Jamal? Ya sabes cómo se le partió el corazón.

–Entonces hacía años que no hablaba con tu madre.

–Pero ahora sí hablas con ella –espetó su hijo–. Haces más que hablar con ella... –se interrumpió para tranquilizarse antes de continuar–. ¿No podías haberla llamado?

–Tú tampoco la llamaste al nacer el bebé –observó el rey.

–¡Porque pensaba que lo habías hecho tú! –Ibrahim no estaba dispuesto a ceder–. Supuse que su marido lo habría hecho, dado que ahora sí hablas con ella, y que estuviste en Londres hace dos semanas en viaje de «negocios».

–¡Silencio!

–La llamada que acabo de contestar era de tu esposa –le informó–, de mi madre, de nuestra reina. Al fin ha asimilado la noticia que le di antes de la cena y está llorando desconsoladamente porque no podrá conocer al futuro heredero hasta que Hassan organice una visita. Me suplica que lo celebremos por ella, que le demos un beso de parte de la abuela que no puede estar presente. Se ha servido una copa de champán en Londres y está brindando... Le dije que yo haría lo mismo –de nuevo barrió la mesa con la mirada–. ¿Alguien quiere acompañarnos a mi madre y a mí?

Nadie contestó.

–¿Georgie? –insistió Ibrahim.

Ella se sentía más que tentada de aceptar, no por la copa sino por la intención que llevaba implícita. Sin embargo, renunció a tomar parte en una batalla que no era la suya, a jugar un juego cuyas reglas desconocía. Percibía el dolor tras la afirmación del príncipe, la injusticia que había sufrido su madre, pero se encontraba allí por su hermana, para ayudarla, no para crearle problemas. Aun así, sintió un gran pesar al rechazar la invitación.

–No, gracias –se humedeció los labios y bajó la mirada, aunque tuvo tiempo de ver el destello de desilusión en los negros ojos.

El rey no estaba dispuesto a ceder ante su hijo.

–Mañana –se puso en pie, seguido de inmediato por Karim y Felicity y, ante la señal de ésta, de Georgie. Únicamente Ibrahim permaneció sentado hasta que, lentamente y con visible reticencia, acompañó a los demás en el gesto–. A las ocho de la mañana te presentarás en mi despacho. Mañana, Ibrahim, y escucharás lo que tengo que decirte.

La puerta se cerró tras él, pero la tensión no abandonó la sala.

–¿Por qué esta noche, Ibrahim? –espetó Karim–. ¿Por qué has tenido que estropearlo?

–¿Estropearlo? –Ibrahim no lograba entender a su hermano. Un hermano que habría aceptado ser el heredero del rey. Un hermano que ni siquiera había llorado cuando su madre los dejó–. Te refieres a decirlo en voz alta.

–Me refiero a que cada vez que vuelves creas problemas. No había ninguna razón para este numerito.

–¿Ninguna razón? –Ibrahim miró a su hermano y luego a Felicity–. Imagínate dentro de unos años, Felicity. Imagina que Azizah tuviera un hijo mientras tú estuvieras en la otra punta del mundo y Karim ni siquiera te llamara –tomó la botella y los dejó solos.

Georgie sintió un fuerte deseo de seguirlo.

–No le falta razón –Felicity se volvió hacia su marido–. En realidad la tiene y mucho. Deberías haberla llamado –al no recibir respuesta, insistió–. Hay que ir a Londres.

–Ya hemos estado –protestó Karim–. Llevamos a Azizah para que conociera a tu familia, y a mi madre.

–Pues iremos otra vez –contestó Felicity–. Quiero que Azizah conozca a toda su familia.

–Lo arreglaré –Karim se puso en pie–. Voy a ver qué tal está mi padre.

–Maldito Ibrahim –los magnánimos sentimientos que Felicity había manifestado hacia su cuñado se esfumaron en cuanto las hermanas se encontraron a solas en sus aposentos–. Cada vez que viene hace lo mismo.

–Dijiste que no le faltaba razón.

–Y por supuesto tú estás más que dispuesta a ponerte de su parte –su hermana paseaba de un lado a otro de la habitación–. ¿Harás el favor de mantenerte alejada de él?

–¿Y por qué tengo que hacerlo? –le desafió Georgie–. Es la única persona que se ha ocupado de mí durante todo el día. ¿No debería siquiera dirigirle la palabra?

–Por supuesto que puedes hablar con la gente, pero las pequeñas conversaciones privadas, las risas, las bromas... –Felicity intentaba mantener la calma, pero al final expresó en voz alta lo que había sido un secreto a voces durante la velada–. Estabais coqueteando.

–¡No es verdad! –Georgie sacudió la cabeza–. Estábamos hablando. Sólo hablando. No estaba flirteando con él a propósito.

Sin embargo, no era cierto. Durante toda la velada había buscado sus ojos negros, su sonrisa y no podía culpar a su hermana por haberse dado cuenta.

–Hiciste lo mismo el día de la boda –insistió Felicity–. Ya sé que es atractivo y que no hay mujer que se le resista cuando despliega sus encantos, pero aquí no, Georgie, no en Zaraq, no delante de la familia de mi marido. En Londres puedes hacer lo que quieras.

–¿Y qué se supone que significa eso? –su hermana siempre la señalaba como problemática.

–Sólo que... –Felicity se acarició los cabellos–. No importa. Déjalo, Georgie.

–¿Dejar el qué?

–Nada –su hermana sacudió la cabeza–. No quiero discutir. Estoy exagerando. Ha sido un día muy largo, y no sólo por Jamal. Karim está preocupado por los beduinos y está hablando con su padre para intentar encontrar una solución. Me siento culpable por haberte dejado sola y me alegro de que Ibrahim se ocupara de ti. Estoy cansada.

–Vete a la cama –le aconsejó Georgie–. Dentro de un par de horas, Azizah te obligará a levantarte –vio cómo su hermana palidecía al pensar en ello–. ¿Por qué no dejas que se ocupe Rina de ella esta noche?

–¡No empieces tú también! –Felicity estaba al borde de las lágrimas–. No quiero a Rina.

–Si lo prefieres, puedo levantarme yo –se ofreció ella–. Pareces agotada.

–No hace falta.

–Quiero hacerlo –insistió Georgie impidiendo que su hermana la interrumpiera–. La nevera está llena de tu leche. Tú duerme y mañana pasaremos juntas un día estupendo –esperó mientras Felicity se mordisqueaba el labio–. Y si no puede ser mañana, pues pasado mañana. No es culpa tuya que el futuro rey naciera al día siguiente de mi llegada.

–¿Lo entiendes?

–Por supuesto –mintió ella, pues no acababa de comprender cómo se había metido su hermana en ese mundo. La vida allí estaba repleta de normas no escritas y, por mucho que se esforzara, siempre acababa metiendo la pata.

Al regresar a su dormitorio lo vio en el balcón, mirando el desierto que tanto detestaba. No se volvió, aunque ella estaba segura de que la había oído, pues sus hombros se tensaron. Durante unos segundos se quedó parada esperando que él la saludara, pero Ibrahim se limitó a servirse otra copa e ignorarla deliberadamente.

–Ya puedo yo, gracias –Georgie sonrió a la doncella que intentaba ayudarla a quitarse la ropa. Cuando al fin estuvo sola, suspiró aliviada.

Debería haberle seguido en el brindis.

Había miles de motivos para justificar el no haberlo hecho y mientras se cepillaba los cabellos pensó en unos cuantos. Estaba allí por su hermana, habría sido una falta de respeto hacia el rey... se quitó los zapatos, desabrochó el vestido y se limpió el horrible maquillaje antes de ponerse crema en la cara y unas gotas de melisa en las sienes. Aunque sabía que había hecho lo correcto, su corazón no parecía estar de acuerdo.

Tras cepillarse los dientes, se miró al espejo y fue incapaz de seguir justificándose.

Tomó el vaso del agua y el intercomunicador, por si lloraba el bebé, y se dirigió al balcón. Ibrahim no se volvió hacia ella, ni ella lo había esperado.

–Lo siento –al ver que Ibrahim sacudía la cabeza, insistió–. Intento disculparme.

–No hace falta –el príncipe al fin se volvió y le llenó el vaso–. No debería haberte puesto en esa tesitura –el hombre más difícil y complicado del mundo la miró a los ojos–. No me debes nada –consiguió sorprenderla–. Pero, Georgie... tampoco a tu hermana.

–Sólo estoy cuidando de mi sobrina esta noche. Por eso llevo el intercomunicador.

–No me refería sólo a eso. Entre vosotras dos la tensión es palpable.

–Nos queremos mucho.

–Ya lo sé –asintió Ibrahim–, pero hay –no era capaz de definirlo–. Os estáis reprimiendo.

–Te equivocas.

–Puede –admitió él–. Pero a veces viene bien discutir. A veces hace falta desahogarse. ¿Te sientes en deuda con ella? –preguntó–. ¿Crees que le debes algo? –habló con voz dulce.

Ella asintió con una mezcla de alivio y culpa, siendo más sincera con él de lo que había sido jamás con nadie. Georgie casi nunca lloraba, y sólo cuando el dolor era físico, pero, al igual que había sucedido en el club de Londres, Ibrahim había logrado que las lágrimas aflorasen a sus ojos con unas cuantas palabras.

–Eso no es bueno, Georgie –la conocía bien y le arrancó todos los demonios del interior.

–Me ha ayudado mucho –ella deseaba huir de allí.

–¿Le has dado las gracias por ello?

–Por supuesto.

–¿Lo dijiste de corazón?

Ella asintió.

–Entonces ya has cumplido –afirmó Ibrahim, consciente de que no era tan sencillo–. Despréndete del sentimiento de culpa, Georgie... y ven a la cama conmigo... esto último ha sido broma –añadió.

Sin embargo, tras la sonrisa había algo más. Y, por primera vez en meses, se acercó a ella, mirándola con una casi imperceptible tensión en la nariz, aunque para Georgie fue más que evidente pues sabía que estaba aspirando su aroma mientras inclinaba la cabeza.

–*Bal-smin* –susurró él.

–Nosotros lo llamamos melisa –Georgie se preguntó si iba a besarla y apenas podía respirar mientras intentaba hablar con normalidad.

Y ya no pudo hablar más, pues el aliento de Ibrahim le quemaba la mejilla.

Estaba casi segura de que iba a besarla, y lo deseaba con desesperación. Pero lo único que hizo él fue atormentarla, aspirando su aroma, pero sin tocarla físicamente. Georgie se sentía desfallecer y le envió señales clarísimas de que tenía permiso para besarla, para tomarla allí mismo, en el balcón. Y en un instante de cordura, supo que había llegado el momento de despedirse.

–Tengo que irme –anunció con voz ronca.

–Entonces, vete –le despidió Ibrahim.

Georgie tomó el intercomunicador y se dirigió de regreso a su habitación, haciendo un enorme esfuerzo por no volverse, pero en el dormitorio halló poco consuelo.

Tras quitarse el vestido, se tumbó desnuda entre las sábanas, consciente de que sólo había una puerta entre ellos y preguntándose si iría tras ella.

Pero no lo hizo.

La dejó allí, consumiéndose en su propia hoguera, excitada y ardiente, igual que ella lo había dejado a él en una ocasión. Quizás había sido ésa su intención. Quizás la quería de rodillas, suplicándole para poderla rechazar.

Y dio gracias a Dios por tener consigo el intercomunicador.

Un cinturón de castidad electrónico que parpadeaba continuamente y transmitía ruidos.

De no haber sido por ese aparato, habría puesto todo el palacio patas arriba hasta dar con su puerta.

DIJISTE que querías verme –Ibrahim entró en el despacho de su padre diez minutos antes de la hora fijada. La reprimenda recibida el día anterior lo había irritado y, aunque no evitaba la confrontación, quería acabar cuanto antes.

Para poder seguir con su vida.

–Siéntate –el rey tenía voz de cansancio, algo no muy habitual en él–. Tenías razón.

Aquello supuso una sorpresa para su hijo. Había esperado recibir un ultimátum, o un desafío, pero quien lo había mirado a los ojos era el padre, no el regidor.

–Yo siempre tengo razón –Ibrahim sonrió. Era el único de los hijos del rey que se atrevía a bromear con su padre–. ¿Puedo preguntar en qué exactamente?

–Debería haber llamado a tu madre –empezó su padre, borrando la sonrisa del rostro del hijo–. Se merecía algo más que oírlo de su hijo, o de mi secretario.

«Se merecía algo más, y punto», quiso añadir Ibrahim, aunque no se atrevió.

–Esta mañana no ha querido ponerse al teléfono y no he podido disculparme, de modo que voy a hacerlo en persona.

–¿Abandonas Zaraq en estos momentos? –aquello era casi impensable. Las calles bullían con las celebraciones. Era el día más grande de Zaraq y ¿su padre se marchaba?

–Estaré de vuelta cuando salgan del hospital, y esta mañana pasaré a ver al bebé. El pueblo no tiene por qué saberlo. Y si lo descubren... –el rey se encogió de hombros–. He ido a visitar a mi esposa para compartir con ella la buena nueva –miró a su hijo, el más pequeño, pero también el más inescrutable–. No pareces muy complacido.

–¿Y por qué debería estarlo?

–Desde mi enfermedad, he viajado a Londres más a menudo. Tus hermanos están encantados con el acercamiento entre tu madre y yo, pero tú no.

–No –Ibrahim se mostró sincero–. No me gusta que traten a mi madre como a una fulana.

–¡Ibrahim! –el rugido del rey, sin duda, había despertado a Azizah, pero su hijo ni se inmutó–. No vuelvas a hablar así de ella.

–Tú la has convertido en eso –contestó el príncipe–. Durante años la has ignorado.

–Le he proporcionado una vivienda y una pensión.

–Y ahora la cubres de regalos, vuelas a su lado siempre que puedes... –agitó las manos en el aire mientras su padre se acercaba con el puño extendido–. Adelante –le desafió–, pero no conseguirás acallarme... nunca lo has hecho –el rey dejó caer el brazo y su hijo continuó–. Esperas que esté siempre en casa y que lo deje todo cada vez que te dignas aparecer. Sin embargo, en las ocasiones especiales, como las celebraciones familiares, no se le permite estar presente. ¿Cómo llamas tú a eso?

–No necesito tu aprobación.

–Mejor para ti –contestó Ibrahim–, porque jamás la obtendrás.

Se puso en pie, pero su padre le obligó a sentarse de nuevo.

–Preferiría estar de pie.

–Aún no te he despedido. Tenemos más cosas de las que hablar.

–Y yo sigo prefiriendo estar de pie.

–Entonces yo haré lo mismo –el rey se levantó. En el aire se respiraba el desafío y ninguno de los dos estaba dispuesto a recular–. He sido muy paciente, pero se me está acabando la paciencia. Haces falta aquí.

–Hago falta aquí –repitió Ibrahim–. ¿No será que hasta que no la veas completamente sola no serás feliz? ¿Habrás completado su castigo cuando todos sus hijos vivan en Zaraq?

–Esto no tiene nada que ver con tu madre. Tiene que ver contigo y con tus deberes hacia Zaraq –rugió su padre siguiendo a Ibrahim que se había dado la vuelta, dispuesto a marcharse–. Tu lugar está aquí. El desierto te llamará, sé que te está llamando.

–No soporto el desierto –Ibrahim soltó una carcajada.

–Le tienes miedo –se mofó el rey–. A veces te veo montar a caballo por la playa y en los alrededores, pero nunca entras. Si decides no escuchar la llamada, al menos me escucharás a mí. Te estoy buscando novia...

–Soy capaz de hacer mis propias elecciones.

–Pero nunca son juiciosas –el rey habló a la espalda de su hijo que se alejaba.

Quería marcharse y eso haría, decidió, en cuanto su padre se marchara. No tenía ninguna intención de compartir nada con él. Ya había tenido más que suficiente de aquellas tierras, de sus leyes, y no permitiría que le eligieran una esposa.

Y entonces la vio.

Una elección muy poco juiciosa.

Sentada en el sofá con el portátil sobre las rodillas, los rubios cabellos recogidos en una resplandeciente coleta y la tarjeta de crédito en la mano. La vio sonrojarse, aunque no levantó la vista.

En realidad ni siquiera hacía falta que él estuviera presente para que se sonrojara.

Sólo con pensar en la noche anterior sus mejillas se incendiaban de vergüenza.

De haber querido, podría haberla hecho suya en el balcón. Podría haber acudido a su dormitorio, pero, ¿qué clase de niñera hubiera sido entonces? Quería marcharse del palacio ese mismo día. Quería aclarar sus ideas antes de volver a pensar en él. Había esperado que la charla con el rey durara más tiempo y que, para cuando hubiera terminado, ella ya estuviera lejos de allí. Sin embargo...

–¿Qué haces? –preguntó él.

La gente no solía colocarse a tu espalda y mirar por encima del hombro lo que estabas tecleando. Y si lo hacía, solía fingir desinterés. Sin embargo, Ibrahim no era como la mayoría.

–Estoy reservando una excursión.

–¿Una excursión?

–Por el desierto.

–Baja.

Georgie estaba estupefacta ante tanta osadía.

–¿Siempre eres tan...? –ni siquiera era capaz de expresarlo en una palabra.

Dado que no obedeció sus órdenes con la rapidez deseada, Ibrahim se inclinó sobre ella, le apartó la mano y movió él mismo el cursor. Y Georgie encontró la palabra: «invasivo».

–«Una auténtica experiencia desértica» –leyó en tono burlón–. Te alojas en un palacio, tu hermana es una princesa, ¿y estás considerando hacer una visita guiada?

–Felicity está ocupada –Georgie suspiró.

–¿Con Jamal?

–No. Karim marcha hoy al oeste para valorar la situación de los beduinos. Le ha pedido que lo acompañe y ella ha accedido. Regresará tarde.

–¿Y por qué no te has presentado al papel de niñera? ¿No te lo ha pedido?

–Sí –Georgie se sonrojó–. Pero le dije que no. Le dije que viendo lo ocupada que estaba, había hecho planes para los dos días siguientes.

–Qué tía más mala.

–Qué tía más buena –Georgie lo había pensado mientras le daba el biberón a su sobrina durante la noche–. Quiero ser su tía, no su niñera. Por eso, cuando Felicity me pidió esta mañana que cuidara de ella, dije que había hecho planes –puso los ojos en blanco–. Ahora sólo me queda hacerlos de verdad.

–No puedes apuntarte a una excursión –él sacudió la cabeza–. Es como si me invitaras a cenar y yo tuviera que pedir comida preparada.

Ibrahim estaba enfadado e inquieto tras la charla con su padre. Se sentía confinado y en un instante se decidió.

–Yo te llevaré.

–No creo que sea buena idea –Georgie se imaginó la reacción de su hermana.

–Pues yo creo que es una idea muy buena –contestó Ibrahim. Los dos días que llevaba en Zaraq habían servido para curar su nostalgia y recordarle por qué se había marchado de allí–. Podrás ver el desierto, y a mí también me apetece ir.

Se enfrentaría a sus demonios. El desierto no lo llamaba, no era una persona ni una cosa. Iba a entrar, porque se negaba a tenerle miedo. Se lo enseñaría a Georgie, y se marcharía.

–Daré órdenes para que preparen a los caballos.

–Hace años que no monto a caballo –protestó ella–. Prefiero el autocar con aire acondicionado.

–Entonces te llevaré en coche.

–Escucha, no creo que mi hermana lo aprobara, y no tiene nada que ver con... –la voz de Georgie se fue apagando. ¿Por qué no iba a poder ir con Ibrahim? Sobre todo después de oír lo que dijo a continuación.

–Pero tendrás que prometerme que mantendrás las manos alejadas de mí –él sonrió–. De lo contrario, nuestras almas quedarán unidas para siempre –puso los ojos en blanco–. No es más que un montón de tonterías. Mira a mis padres. Pero mejor no correr riesgos.

–Seguro que podré contenerme –Georgie le devolvió la sonrisa–. No eres tan irresistible.

–Mentirosa –Ibrahim rió–. Te estoy reservando para Londres.

La prepotencia del príncipe no le resultó irritante sino conmovedora. Y la posibilidad de verlo lejos de tanta rigidez le daba esperanzas sin compromiso.

–Llama a Felicity y dile que has reservado una excursión... con un guía experto.

Sonrojándose violentamente, Georgie obedeció.

–¿Y qué pasará si lo descubre?

–¿Cómo iba a descubrirlo?

–¿El servicio no hablará?

–Te sacaré a escondidas –contestó Ibrahim–. Les pediré que me preparen comida para llevar. Siempre ponen para un regimiento. Están acostumbrados a que me vaya.

–¿Estás seguro?

Ibrahim no lo estaba.

No estaba seguro de nada, sobre todo de ella.

Una mujer que cambiaba de opinión en un abrir y

cerrar de ojos, una mujer contra la que le había advertido su hermano esa misma mañana, era causa seria de problemas.

Sin embargo, tenían algo pendiente y a Ibrahim no le gustaba dejar nada inacabado.

Además, en el desierto no podrían concluirlo. El desierto tenía sus propias reglas.

—Me apetece pasar el día contigo.

Era lo único de lo que estaba seguro.

Capítulo 8

IBRAHIM frunció el ceño al ver el estudiado atuendo con el que Georgie se subió al Jeep.

Llevaba unos pantalones cortos de lino, camiseta y zapato plano. Desde luego nada que ver con lo que había esperado que se pusiera.

–Mira a ver si tu hermana tiene alguna túnica.

–¡No pienso ponerme una! –exclamó Georgie–. Además, en la guía turística ponía que...

–Ellos hacen un simulacro de excursión. Yo te voy a enseñar el verdadero desierto –interrumpió Ibrahim–. Te vas a quemar.

–Llevo protección total.

–Pues luego no vengas llorando a mí a las tres de la madrugada –contestó él con una traviesa sonrisa–. Claro está que serás bienvenida, pero no esperes simpatía por mi parte.

Georgie tragó saliva. Estaban coqueteando de nuevo e iban a pasar un día entero en el desierto. Solos. Era algo con lo que ni siquiera se había atrevido a soñar.

Ibrahim iba vestido para el desierto, nada que ver con el hombre que ella conocía. Sólo con mirarlo sintió un estremecimiento hasta la punta de los pies pues, de haber podido conjurar una imagen de él, así lo habría visto. Iba vestido con una túnica blanca, sandalias de cuero y un pañuelo blanco y negro sobre la cabeza que le ocultaba los cabellos y hacía que resaltara más su rostro.

Condujeron durante kilómetros, hasta que se acabó la carretera. Ibrahim lanzó el Jeep sobre las dunas, acelerando y frenando, conduciendo como si estuviera haciendo surf. No había motivo para sentir miedo, decidió. Allí no había más que cuentos de hadas y arena.

Aparcó cerca de un cañón que no tenía más que unos pocos arbustos.

—¿Esto es? —preguntó Georgie, sorprendida ante su propia desilusión.

—Esto es —contestó Ibrahim—. Tú lleva la alfombra y yo llevaré la comida.

—¿Adónde?

—A la mesa de picnic —bromeó él.

—Qué gracioso... —exclamó ella consciente de haber sido un poco superficial.

No pretendía verse rodeada de bailarinas, ni que Ibrahim apareciera con una pipa de agua, aunque en un rincón secreto de su mente había soñado con ello. Sintió el abrasador calor sobre la cabeza y oteó el horizonte intentando ver la ciudad o el palacio que habían dejado atrás, o por lo menos el azul del mar que rodeaba la isla, pero no había más que arena.

—¿En qué dirección está el palacio?

—Por ahí —Ibrahim le señaló la dirección mientras extendía una manta junto al Jeep para conseguir algo de sombra. Ella se sentó y aceptó un té helado con limón y menta.

—Quieres ver camellos —rió él.

—Supongo —admitió ella—. Y me encantaría ver a la gente del desierto.

—Puede que nos encontremos con alguien, pero la mayoría vive más en el interior.

—¿Cuál es esa enfermedad que sufren los beduinos? —preguntó Georgie.

–Es un virus –le explicó Ibrahim–. Con tratamiento no es grave, y la mayoría está vacunada. Al menos la mayoría en Zaraqua, pero lejos de la ciudad... –miró hacia el horizonte–. Más allá de la protección del rey, no hay nada. Sólo es accesible en helicóptero. No hay gasolineras, no hay carreteras...

–¿Y qué pasa si necesitan ayuda?

–Así han elegido vivir –Ibrahim repitió las palabras de su padre–. Hace diez años se hicieron unas propuestas para urbanizar, pero los mayores se negaron a ningún cambio y al final las construcciones se hicieron en la ciudad, el hospital y la universidad.

Él la vio moverse inquieta sobre la manta. Los pantalones y camiseta de lino le incomodaban visiblemente y tenía las mejillas sonrosadas. Pero en lugar de exclamar «te lo dije», se dirigió al vehículo en busca de un pañuelo que le ató sobre la cabeza.

–Ya está –se sentó complacido de ver su gesto de alivio y le entregó una caracola de mar–. Así estarás protegida.

–¿Provienen de cuando aquí había un océano?

–A lo mejor –contestó él–. O quizás las haya traído algún animal pequeño. Hay más preguntas que respuestas –extendió una gruesa capa de queso de cabra sobre un trozo de pan y se lo ofreció. Georgie hizo un gesto de desagrado y sacudió la cabeza.

–No me gusta el queso de cabra.

–A mí tampoco –contestó Ibrahim–, si viene de una tienda. Prueba éste.

El príncipe sujetó el trozo de pan contra su boca. Era un gesto que normalmente ella no soportaba. A pesar de estar curada, había ciertos límites y él acababa de cruzar uno involuntariamente. Sujetó el pan contra sus labios y le dijo que lo debería comer, pero los ojos negros la acariciaban y, por primera vez en una situación parecida, no sintió miedo.

–Pruébalo –insistió él–, y disculpa si no es de tu agrado.

Pero resultó que sí fue de su agrado. Había un sabor en él que fue incapaz de identificar.

–Las cabras se alimentan únicamente de tomillo –le explicó Ibrahim–. Eso lo convierte en una exclusiva delicia.

Y Georgie probó otras cosas.

Frutas, de las que nunca había oído hablar, secadas bajo el sol del desierto. Bajo el pañuelo se sentía fresca y junto al príncipe se sentía valiente, y en absoluto asustada ante el silencio. Se tumbaron sobre la alfombra, pero ella sabía que no la besaría, a pesar de la electricidad que había entre ellos. Pronto tendrían que regresar. Habían conducido durante horas y sólo les quedaba medio depósito de gasolina.

–Lo percibirías mejor si te dejara sola –susurró él mientras contemplaban el cielo.

–Me moriría de aburrimiento –ella sonrió.

–No –le aseguró Ibrahim–. Eso lo dicen para asustar a la gente –se tumbó de lado, mirándola a los ojos–. Cuando yo tenía cuatro o cinco años, mi padre me trajo aquí. Me pasaba lo mismo que a ti, estaba aburrido del picnic...

–Yo no estoy aburrida –interrumpió ella–. Contigo no me aburro.

–Aburrido –insistió él–. Así me sentía yo, y muy poco impresionado. Y de repente mi padre se subió al Jeep y arrancó. Pensé que se había olvidado de mí por error, pero no, nos lo hizo a todos.

–¡Te dejó aquí! –Georgie estaba estupefacta.

–Te observan desde lejos, pero tú no lo sabes. Así te

haces fuerte. Cuando estás solo, cuando no hay nadie más, ahí es cuando te sobrecoge.

—¿Y te hizo más fuerte?

—No —rió Ibrahim—. Me quedé sentado y lloré sin parar. Después vomité y... seguí llorando cuando mi padre me tachó de débil, lo cual era cierto —se encogió de hombros. No le importó contar la verdad porque jamás permitiría que lo avergonzaran por sus sentimientos, y eso enfurecía aún más a su padre—. Quería a mi mamá.

—Eso es muy cruel —Georgie no se lo podía creer—. A Azizah no le sucederá.

—No.

—Pero, ¿y si tuvieran un varón?

—¿Te imaginas a Felicity? —él soltó una carcajada y Georgie también—. Creo que podemos estar seguros de que ningún sobrino nuestro será sometido a esa iniciación. ¿Quieres que me marche y te deje aquí? —preguntó—. ¿Quieres quedarte sola un rato?

—No —contestó ella. La mera idea le hacía estremecerse, aunque sí quería algo más del desierto—. ¿Podemos esperar a que se ponga el sol?

—Aún faltan varias horas —Ibrahim levantó la vista hacia el cielo.

—¿Podemos quedarnos?

No podían quedarse sentados en el desierto durante horas. Él sí, porque ya lo había hecho, pero ella tenía la piel fina y no estaba acostumbrada al calor. Ibrahim estaba a punto de explicárselo cuando una idea cruzó su mente y le hizo cambiar de opinión.

—Podemos ir a la tienda —sugirió—. Esperaremos allí. Si quieres podemos montar a caballo, te buscaré uno dócil. Allí también puedo reposar y Bedra, el ama de llaves, estará allí con su marido. Se trata de una tienda real y siempre está disponible para los príncipes o el rey

–hablaba con mucha confianza, como si le estuviera invitando a tomar un café camino del palacio. Sin embargo, hacía años que no había vuelto a esa tienda y la perspectiva no le volvía loco. Pero por algún inexplicable motivo, le apetecía enseñárselo.

–¿Y qué pasará si Felicity...?

–¿Por qué necesitas su permiso? –preguntó él algo irritado, aunque no con ella, sino más bien consigo mismo por la estúpida sugerencia que le había hecho. No tenía ninguna gana de ir a la tienda y casi esperaba que ella se negara–. ¿Quieres venir o no?

–Por favor.

Georgie no alcanzaba a comprender el cambio de actitud en Ibrahim, pues se puso en pie, recogió la manta y la arrojó al Jeep, dejando los restos de comida para los animales. Condujeron en medio de un tenso silencio y, quizás se debiera al exceso de sol, pero ya no se sentía relajada en su compañía. Aun así, debió quedarse dormida pues despertó con la cabeza apoyada contra la ventanilla y comprobó que el humor del príncipe no había mejorado nada. El interior del coche estaba casi a oscuras y el viento aullaba mientras arrojaba arena contra el parabrisas. El cielo estaba bañado en tonos marrones y dorados. Ibrahim, que había encendido el GPS, la miró de reojo.

–¿Estamos en medio de una tormenta de arena?

–Llevamos una hora así –asintió él–. Repostaremos y regresaremos de inmediato. De todos modos no podrás ver la puesta de sol. Le pediré a Bedra que nos prepare algo y luego regresaremos al palacio.

–¿No será peligroso?

–Lo es si no sabes lo que haces –contestó Ibrahim–. Estaremos bien –a pesar de la seguridad que imprimía a sus palabras, no estaba muy confiado.

La visibilidad era casi nula y empeoraba por momentos. A no ser que pasara la tormenta, tendrían que esperar en la tienda. Incluso había sopesado la posibilidad de pararse, pero si la tormenta empeoraba, quedarían enterrados. Era preferible dirigirse hacia la tienda.

Había consultado las previsiones antes de partir y jamás la habría llevado al desierto de haber sabido que se estaba formando una tormenta. Sin embargo, ni siquiera en la radio se informaba de ella. Miró de reojo a Georgie que manipulaba la salida de aire.

—Déjalo cerrado —rugió, reprimiéndose por el tono, pues ella no tenía ni idea del peligro.

—¿Por qué hemos parado?

—Porque hemos llegado.

Más allá de la cortina de arena, Georgie divisó lo que parecía una tela ondeando al viento.

—No te muevas —ordenó el príncipe—. Te ayudaré a bajar.

Georgie no necesitaba que ningún príncipe le sujetara la puerta y, decidida, se bajó por su propio pie del coche. De inmediato comprendió que Ibrahim no estaba siendo caballeroso. La arena le irritó la piel de las manos con las que se tapaba los ojos. El aullido del viento era ensordecedor y en pocos segundos tuvo la boca y la nariz llena de arena. Y en mucho menos tiempo se encontró totalmente desorientada y perdida. El coche no debía estar a más de dos o tres pasos, y la tienda a unos pocos metros, pero se sentía como si le hubieran dado vueltas jugando a la gallinita ciega. Completamente desorientada, sintió algo muy parecido al pánico mientras percibía por primera vez el poder del desierto. De repente notó la gruesa túnica blanca de Ibrahim, y su brazo, tirando de ella y cubriéndole el rostro con el pañuelo. La guió con dificultad hasta la tienda y la empujó al interior.

Pero la paz que sintió al entrar no duró mucho tiempo.

Mientras ella tosía sin parar, escupiendo arena, él encendió una lámpara de aceite.

–Cuando te diga que esperes, esperas.

–Intentaba... –¿Qué? Su voz se apagó. ¿Demostrarle que no necesitaba que nadie le abriera la puerta? ¿Demostrar lo independiente que era en medio de una tormenta? No había ninguna respuesta adecuada.

–No estoy seguro de si eres ingenua o ignorante –Ibrahim estaba furioso–. Podrías haber muerto –no mostró ninguna piedad, pero tampoco exageró–. En lo que tardé en rodear el Jeep podrías haberte perdido. ¡Escúchame! –bramó–. En medio de una tormenta, una tan fuerte como ésta, puedes perderte en unos segundos. O ahogarte con la arena.

–Lo siento –se disculpó ella, aunque Ibrahim no la escuchaba.

–¡Bedra! –gritó–. ¿Dónde está todo el mundo?

Caminó en la oscuridad, encendiendo lámparas a su paso, revelando con cada llamarada la belleza de aquel lugar. El suelo y las paredes de la tienda estaba cubierto de alfombras y había adornos e instrumentos que Georgie no reconoció. Aquél era el desierto con el que había soñado y se paseó admirándolo todo mientras el príncipe cada vez estaba más furioso recorriendo los pasillos y llamando a todos.

–Aquí hay una nota –exclamó Georgie–. Al menos creo que es una nota –se la entregó a Ibrahim y contempló la expresión de incredulidad que asomaba a su rostro.

–¿Por qué iban a acudir Bedra y su marido en auxilio de los enfermos? Su deber es atender el palacio del desierto. Deberían estar aquí permanentemente.

–Bueno, dado que ella es médico, puede que su presencia sea de utilidad allí.

Georgie lamentó al instante haberlo dicho, pues por el ceño fruncido en el orgulloso rostro del príncipe supo que él desconocía ese dato. Felicity le había hablado de la labor secreta que llevaba a cabo junto a Karim en beneficio de los beduinos, de la clínica móvil que dirigían y de cómo Breda era mucho más que una doncella. Había dado por hecho que, aunque el rey no estuviera al corriente, Ibrahim sí, a fin de cuentas era el hermano de Karim, pero era evidente que no se lo habían contado.

–Ella no es médico –espetó él en tono burlón–. Es un ama de llaves y su sitio está aquí.

Sin embargo, al explorar la tienda, resultó evidente que había cosas que desconocía, porque más allá de los aposentos del servicio, donde los miembros de la familia real jamás se aventuraban, había toda una zona destinada a tratamientos, tan bien equipada como cualquier quirófano moderno.

–No estoy segura –Georgie no pudo resistirse–, de si eres ingenuo o simplemente ignorante.

Por un instante se preguntó si no habría ido demasiado lejos, pero él reaccionó encogiéndose de hombros y sacudiendo la cabeza.

–Es evidente que soy ignorante –contestó–. ¿De verdad es médico?

–No debería haber dicho nada. Espero no haber metido en un lío a Karim.

–Como si fuera yo a chivarme. ¿Por eso se pasa la vida en el desierto? Me preguntaba qué le sucedía, ¿cuánta vida contemplativa necesita un hombre?

La carcajada de Georgie se convirtió en un ataque de tos.

–Comprobé las previsiones antes de partir... – Ibrahim seguía enfadado consigo mismo por haberla puesto en peligro–. No había ninguna indicación de una tormenta tan fuerte.

–¿Se producen muchas?

–Sí –asintió él–, pero ésta es de las peores.

–¿Podría volarse la tienda?

–Están diseñadas para estos fenómenos –él rió antes de darle toda una serie de detalles técnicos propios de un ingeniero.

–¿Estarán bien Felicity y Karim? –Georgie tenía otra cosa en la cabeza.

–Estarán bien –le aseguró él–. Karim sabe qué hacer. Estarán esperando, igual que nosotros. Con este tiempo no pueden volar de regreso.

–Felicity debe estar histérica –ella cerró los ojos–. Debería haberme quedado en el palacio para cuidar a Azizah.

–¿En previsión de que su madre se quedara atrapada en medio de una tormenta? –Ibrahim sacudió la cabeza–. No puedes pensar así –el viento aulló y él supo que no tenían ninguna posibilidad–. Nos quedaremos hasta que termine, pero creo que pasaremos aquí la noche.

Se dirigieron de nuevo al salón principal y el príncipe contempló a Georgie inspeccionar los tapices y demás objetos. Jamás habría osado planear algo así. Jamás la habría llevado allí de haber sabido que estarían solos.

Georgie tenía las mejillas sonrosadas por el sol y los brazos ligeramente quemados. La ropa estaba arrugada y los cabellos revueltos. La deseaba. Muchísimo. Pero no tenía intención de desafiar al desierto. Seguiría las reglas... pero a su manera.

Nunca había necesitado cazar, se conformaba con la excitación de la captura. Jamás había tenido que desear o esperar, y nunca le habían rechazado... salvo en una ocasión.

Y allí estaba ella.

Y ya no quería esperar hasta regresar a Londres.

Aquella noche saborearía la excitación de la caza. Aquella noche se aseguraría de que ella no volviera a rechazarlo. La seduciría, alimentaría, desplegaría cada átomo de sus innegables encantos. La pondría a punto y la dejaría cocer a fuego lento toda la noche. Iban a madrugar, decidió, así podría contemplar el amanecer. Y luego la llevaría a un hotel y se acostaría con ella cuando estuviera madura, dispuesta y deliciosa. Y ni siquiera tendría que extender la mano para tomarla. Caería en sus brazos por ella misma.

Es más, decidió, Georgie iba a suplicarle.

–¿Qué pasa? –preguntó ella al verlo sonreír.

–Estaba pensando en que vas a poder disfrutar de tu tan ansiada experiencia en el desierto. Bedra habrá dejado comida, la mesa está puesta y esta noche podemos darnos un festín. Mañana, cuando la tormenta haya pasado, podrás levantarte temprano para contemplar el amanecer –se acercó a ella con gesto tranquilizador al ver que fruncía el ceño–. Dormiremos en habitaciones separadas. Ven, te enseñaré los aposentos de los invitados.

Atravesaron el salón. El aire era cálido y denso y ella vio una zona delimitada por una cortina tras la cual se vislumbraba una cama tan alta que casi se necesitaban escaleras y un trampolín para subirse a ella. La habitación olía a almizcle y a excitantes aceites exóticos que, sin duda, servían para asegurar la descendencia futura, y la cama estaba cubierta de colchas y cojines. Ibrahim la dejó deleitarse ante la vista antes de agarrarla del codo.

–Ésa es mi habitación. La tuya está por aquí.

Exactamente a treinta y cuatro pasos. Y Georgie lo

supo porque contó cada uno de ellos. Ibrahim sabía que, más tarde, volvería a contarlos mentalmente pues aunque su habitación era preciosa, estaba pensada para un invitado, no para una princesa. El ligero parpadeo le indicó que ella lo sabía.

–Es preciosa –afirmó Georgie, porque, en efecto, lo era.

Aparte de la habitación en palacio, era sin duda el lugar más bonito en el que se había alojado jamás, pero su mente estaba en el dormitorio de Ibrahim con las gruesas colchas y la cama en la que uno podría hundirse.

–Puedes hacer libre uso de los aposentos de los invitados –el príncipe retiró una cortina y dejó al descubierto una colección de coloridas y lujosas prendas.

–No puedo ponerme la ropa de otra persona.

–Está aquí para uso y disfrute de los invitados que no vienen preparados –él echó un vistazo por la habitación–. Todo sigue igual... –en su voz había un tono meditabundo–. Te dejaré sola para que puedas bañarte y luego podrías vestirte para la cena.

–¿Vestirme para cenar?

–Querías una auténtica experiencia desértica. Bueno, pues te la voy a ofrecer –la miró divertido mientras Georgie tragaba saliva con dificultad–. Prepararé el salón.

A pesar del decorado recargado y clásico, las instalaciones eran totalmente modernas y Georgie llenó la antigua bañera con agua caliente y después eligió un aceite aromático. Tras horas en el Jeep y después de haberse llenado de arena y suciedad, era una delicia poder sumergirse en el agua cálida y aromatizada. Podría haberse quedado allí horas y horas, de no haber sido por el hambre que sentía.

Lo que desde luego no estaba dispuesta a hacer era elegir entre la ropa para invitados.

No necesitaba ningún armario repleto de prendas para invitados inadecuados. Sin embargo, reconsideró su postura al recordar las marcas que aún tenía en la cintura del pantalón corto que había llevado y la camiseta, que tan ligera y fresquita había parecido en la tienda de Londres, y que se había convertido en un guiñapo arrugado y sucio.

Así pues, echó un vistazo a los vestidos colgados, amplios caftanes que se deslizarían por su cuerpo. ¿Qué problema tenían en Zaraq con el color amarillo? Sin embargo, la mano se fue ralentizando al llamar su atención las prendas bordadas y con pedrería. Estaban colocadas en tamaño decreciente, y casi al final encontró un ajustado vestido de color rojo oscuro con unas pequeñas cuentas de cristal en la parte delantera y unas bonitas hojas doradas bordeando el dobladillo. Jamás habría elegido esa prenda para ella aunque seguramente se trataba de la más bella que hubiera visto jamás.

La tela, de la mejor de las sedas, se deslizó entre sus dedos y ella cerró los ojos mientras se lo ponía. Le acarició todo el cuerpo y, al mirarse al espejo, apenas reconoció a la mujer que la miraba. No era una niña, ni una jovencita, sino una mujer desprovista de toda torpeza, como si el aromático baño se la hubiera extirpado quirúrgicamente. Le gustaba lo que veía y quiso mejorarlo. Echó un vistazo a las brochas y frasquitos llenos de maquillaje y de perfumes. Destapó uno y aspiró el aroma almizclado. Deseaba vestirse para él. Deseaba disfrutar de su noche en el desierto.

Las habilidades culinarias de Ibrahim se limitaban a su capacidad para llamar por teléfono a sus restaurantes favoritos y encargar la comida. Su cocina en Londres estaba bien equipada y abastecida gracias al ama de llaves. Ocasionalmente, en el palacio, por la noche se sentaba a charlar con el cocinero mientras éste le preparaba un tentempié. Pero en el desierto las cosas eran diferentes. Allí se abandonaba a los jóvenes príncipes para que aprendieran a valerse por sí mismos. No es que le hiciera falta aquella noche, pues Bedra era a la vez médico y ama de llaves del rey. Al abrir el tercer frigorífico encontró fuentes dignas de un rey. También había jarritas con distintas hierbas. Lo único que tuvo que hacer fue añadir agua y portar las bandejas, pero eso no le impidió sentirse orgulloso de su obra. Incluso encendió unas velas e incienso y puso música para ahogar el sonido del viento. Después se dirigió a sus aposentos para bañarse y cambiarse.

Aunque no solía hacerlo en el desierto, aquella noche se afeitó. Mientras la cuchilla se deslizaba por su rugosa barbilla, pensó en la delicada piel de las mejillas de Georgie y en su boca. En efecto, no podía negarlo, se estaba preparando para ella.

Preparándose para el día siguiente, se advirtió a sí mismo, pues a la tienda se llevaba a la recién desposada. Era el lugar elegido para consumar la unión y, aunque no creía a ciegas en la tradición, aquella noche la respetaría.

Se dirigió al salón. Tenía hambre y se preguntó por qué tardaba ella tanto. Sin embargo, cada segundo de espera mereció la pena, como constató al verla aparecer, algo tímida, pero nada incómoda.

–Estás... –Ibrahim no pudo terminar la frase.

Porque no sólo estaba hermosa con los rubios cabellos aún húmedos y la piel sonrosada por el agua caliente, sino que parecía pertenecer al desierto. De algún modo, a pesar de la palidez de sus rasgos, a pesar de todo, parecía pertenecer a ese lugar. Ibrahim se preguntó si aquella noche, juntos, pero separados, no sería más de lo que podría soportar.

Se preguntó hasta dónde iba a poder seducirla.

Los ojos de Georgie destacaban azules sobre su pálida piel. No había ni rastro del kohl que tanto le endurecía la mirada, sólo un ligero toque de plata en los párpados que brillaban cada vez que pestañeaba. Los labios sí estaban pintados, del mismo tono rojo que el vestido, y temblaron ligeramente cuando él fijo su mirada en ellos. Tener que esperar al día siguiente para besarlos lo estaba matando.

Georgie se sentó en el suelo ante la mesa baja e Ibrahim la acompañó. Normalmente se mostraba un poco nerviosa ante la comida que no conocía, pero en esos momentos lo miraba todo con curiosidad. Los nervios, sin duda, se debían a otros motivos.

—Prueba —el príncipe le ofreció una pieza de fruta que parecía una mezcla entre melocotón y manzana. Después eligió otra para él antes de detenerla cuando estaba a punto de darle un mordisco a la fruta—. Es *marula*, se bebe.

Ibrahim apretó la fruta entre sus dedos y la sostuvo sobre la boca. Georgie contempló el pegajoso líquido deslizarse por sus manos antes de tomar una pajita y hundirla en la fruta. Aquello hizo que su mente se disparara hacia enloquecedores lugares, pues esa fruta era su cuerpo y contuvo la respiración mientras él la atravesaba con la pajita.

Ella intentó imitarlo, aunque con menos habilidad. Aunque el zumo era dulce, cálido y delicioso, lo que más deseaba era lamer el que aún resbalaba por las manos de Ibrahim.

Al comer todo cambió, pues pudo concentrarse en el

alimento. Sin embargo, cada pedazo que se deslizaba por su garganta era atentamente observado por él. Y ella ansiaba sentir la boca del príncipe en ese lugar que tan fijamente miraba.

Ansiaba que sus lenguas se entrelazaran sobre el mismo trozo de granada, pero él le ofreció una mitad, quedándose la otra.

—Aquí no hay cucharas —le explicó. Era una costumbre que convertía la comida en un acto casi libertino y muy excitante.

Por primera vez, Georgie lamentó que la comida hubiera terminado. Mientras se dirigían a los sillones, ella sólo deseaba regresar a la mesa.

E Ibrahim lo sabía.

Sin embargo, en el sofá estarían más seguros y ella bebió agradecida el dulce café, tomando incluso una segunda taza para poder mantenerse sobria.

—El problema de las antigüedades —explicaba Ibrahim mientras llenaba su taza de una cafetera que se había utilizado desde su infancia —es que nunca se tira nada. Nada cambia. Siempre es todo igual.

—¿Tanto odias este lugar?

—No —contestó él—. No siempre —al ver la confusión reflejada en la mirada de la joven, continuó—. Conozco cada rincón de esta tienda. Solíamos venir cuando yo era niño... eran buenos tiempos.

Ibrahim no tenía ganas de hablar. Quería seducirla lentamente, hacer que ella lo deseara por la mañana, pero Georgie le pedía más.

No era la primera vez que se descubría a sí mismo hablándole de cosas que lo torturaban. Oía su propia voz pronunciar palabras que jamás había pronunciado. Además, Georgie no se limitaba a escuchar, no asentía, participaba.

–¿Estaba tu madre aquí entonces? ¿Fue después de su marcha cuando todo cambió?

Ibrahim cerró los ojos, pero las preguntas no desaparecieron. Reflexionó sobre ello. Con su madre allí, todo había sido diferente. Su padre solía reír y los niños jugar y pasar el día entero buscando una flor rara para que la doncella la colocara en la bandeja de desayuno de su madre. Ahmed y él solían jugar en una cueva que estaba a una mañana de caminata de allí y los sirvientes los encontraban al anochecer, pero la reprimenda siempre valía la pena.

En aquellos tiempos no había conocido el temor junto a Ahmed, sólo la arrogancia propia de la juventud, pues nada podía lastimar a los jóvenes príncipes.

–Todo simplemente cambió –contestó Ibrahim.

–¿Tras la muerte de Ahmed?

Nadie más se había atrevido a ir tan lejos con sus preguntas.

–Por él yo habría sido rey –Ibrahim había sobrepasado el enfado y se mostraba salvaje–. De habérmelo pedido, de haber compartido sus miedos conmigo. Sin embargo... –no podía perdonar a su hermano y eso también mataba una parte de él mismo. Tampoco soportaba seguir hablando de ello y decidió cambiar de tema–. Todo cambió por varios motivos. Durante unos años, éste fue nuestro lugar de juegos, pero a los diecisiete te envían un mes a solas, antes de entrar en el ejército. Es un periodo de transición. Durante un mes debes vagar por el desierto y encontrar el camino de regreso a la tienda.

–¿Sin nadie que te ayude?

–Sin nadie –contestó él–. Recuerdas el miedo que pasaste de pequeño cuando te abandonaron, pero en esta ocasión no hay nadie mirando desde lejos. De modo que, lentamente, te armas de valor y caminas hasta casa.

–¿Caminas? –Georgie se sentía espantada ante la idea de que se abandonara a un adolescente a su suerte y luego se le obligara a caminar durante kilómetros–. ¡Y como recompensa, el ejército!

–No –Ibrahim sacudió la cabeza–. Primero te conviertes en un hombre. Es un incentivo muy bueno para seguir caminando hasta el palacio. Allí te espera tu recompensa.

Georgie pestañeó y, mientras sus miradas se fundían, de repente lo comprendió.

–Es asqueroso –balbuceó sonrojándose.

–¿Por qué? –él se mostraba divertido–. Soy un príncipe real, la mujer con la que me case deberá ser virgen. Es mi deber ser un amante consumado.

–¡Para enseñarla! –espetó ella.

–Por supuesto –contestó él–. Pero incluso el maestro debe aprender primero.

–Haces que parezca aséptico.

–¿Por qué? –la desafió–. A ti te parece aséptico, pero te aseguro que no lo fue.

–No se puede... enseñar –exclamó ella, aunque sus argumentos empezaban a flaquear porque ella misma había aprendido mucho en sus brazos–. No es que... –las palabras la abandonaron–. Algunas cosas... –lo intentó de nuevo antes de cerrar los ojos derrotada.

¿Cómo admitir que no eran sólo sus habilidades lo que le volvía loca? Era todo él. Era la curva de su arrogante boca y el aroma de su piel. Si siguiera allí sentado sin moverse, si no se moviera mientras ella se inclinaba hacia delante para besarlo, si se limitara a tumbarse mientras ella exploraba su cuerpo con las manos, sería estupendo. Su cuerpo no deseaba las habilidades de Ibrahim, lo deseaba a él.

–Cuando nosotros... –Georgie tragó con dificultad.

Necesitaba contárselo–. Cuando no te dejé seguir, no
fue porque...

–No quiero hablar de ello –sería demasiado peligroso recordar aquella noche en ese momento y lugar.
No ayudaría nada entrar en los detalles de lo sucedido.

–Por favor. Quiero...

–Ya me has oído.

Qué grosero podía llegar a ser. Irritada y enfadada
por cómo daba por zanjada una conversación cuando
no le interesaba, se dedicó a recorrer el salón para inspeccionar los numerosos objetos de valor. Deslizó la
mano por un instrumento tras otro y, por primera vez
en su vida, sintió deseos de bailar. Quería subir el volumen de la música y acercarse a él. Tenía la sensación
de haberse vuelto loca y se preguntó qué llevaba la fruta
que había comido, pues el desierto le había liberado de
toda inhibición. Se obligó a centrarse en la exploración
y tomó una pesada botella de cristal, quitándole el tapón.

–No son para uso cosmético –Ibrahim se acercó a
ella y, arrebatándole la botella volvió a taparla–. Son
medicinales.

–Ya lo sé –contestó Georgie muy molesta–. Me dedico a estudiar estas cosas.

–Son muy potentes.

–¡Ya lo sé! –le irritaba el desprecio que se reflejaba
en los ojos del príncipe–. Sólo porque no creas en mi
trabajo...

–Sí creo.

–Entonces, ¿por qué te muestras tan despreciativo?

–No es verdad... –la voz de Ibrahim se apagó, porque ella estaba en lo cierto–. Estos aceites son el resultado de miles de años de aprendizaje, de sabiduría,
nuestras costumbres...

–¡Que no pueden aprenderse en un cursito de cuatro semanas! –Georgie estaba al borde de las lágrimas, no por el desprecio del príncipe ni por su mofa, sino porque sentía que había algo de verdad en ello. Era una duda que ella misma se había planteado: si sería capaz de aplicar tan ancestrales conocimientos.

–¿Crees en lo que haces? –preguntó él.

–Por supuesto –contestó Georgie–. Creo en ello, pero sé que hay mucho que aprender.

–Siempre hay más que aprender, y siempre lo habrá.

–O sea que opinas que no debería ejercer.

–Yo no he dicho eso. Yo mismo acudo a darme algún masaje en Londres, con profesionales como tú... –aclaró sin rastro de desdén–. Trabajan con los aceites, pero su mente no está presente –¿cómo explicar algo que ni él mismo entendía?

–La mía sí lo está –Georgie había comprendido perfectamente y le quitó la botella de las manos. Retiró el tapón, aplicó una gota en un dedo y frotó con él la garganta de Ibrahim.

Él permaneció rígido mientras el dedo de Georgie se deslizaba por su garganta y masajeaba en pequeños movimientos circulares el timo, la zona que albergaba las emociones pasadas y que, en su caso, estaba llena.

El aceite olía a incienso, bergamota, y algo más que ella no conseguía identificar. Siguió moviendo el dedo en pequeños círculos y con la mente muy presente.

Fue Ibrahim quien reculó.

–¿Así te ganas la vida? –preguntó mientras le sujetaba la mano.

–Lo dices como si fuera la dueña de un turbio salón de masajes. Aquí se trata de energías y curación y relajación –Georgie sacudió la cabeza con impaciencia–. No tengo por qué explicarte lo que hago.

–Muéstramelo –Ibrahim le soltó la mano que siguió describiendo círculos. Normalmente habría sido una extensión del juego de la seducción. Pero en aquella ocasión había algo más. Sentía el pulso en las yemas de los dedos y deseaba sentir algo de esa paz de la que le había hablado–. Muéstramelo –insistió.

Estaba acostumbrado a recibir masajes. Como buen jinete, no eran inusuales los golpes en la cadera o el hombro. Utilizaba el masaje para aliviar dolencias físicas, pero quería más. En Londres, a menudo se regalaba un buen masaje, pero por hábiles que fueran las manos, por relajado que estuviera su cuerpo, su mente no conseguía descansar, y eso era lo que más deseaba: paz y claridad de pensamiento. Y durante un segundo, Georgie le había proporcionado ese alivio. Pero quería más.

Se quitó la túnica y se tumbó sobre los cojines del suelo. Su cuerpo estaba cubierto únicamente por un fajín y ella se sintió algo torpe mientras elegía los aceites entre la amplia selección. Se enfrentaba a su mayor reto profesional y no sabía cómo iba a conseguir salir airosa ante ese cuerpo tan exquisito. Estaba acostumbrada a mujeres tímidas y frágiles, nada que ver con aquello. La musculosa espalda del príncipe aguardaba el contacto de sus manos, pero había un problema.

–Tienes que tumbarte boca arriba –ordenó con la voz más neutral que pudo producir.

Tras tensar ligeramente los hombros, Ibrahim se dio la vuelta y ella le tapó, porque aquello no tenía nada de sexual, era mucho más.

Ibrahim sintió que se esfumaba toda esperanza de relajarse, de disfrutar de las caricias femeninas. Boca arriba, y con ella arrodillada a su lado, iba a necesitar cada gramo de concentración para ignorarla, para no reaccionar según su instinto natural. Debía pensar en cosas, cualquier cosa, que no fuera en esa mujer que se movía hacia los pies. No debía pensar en las manos que se frotaba para generar calor y estaba a punto de darse la vuelta, de decirle que no se molestara, cuando esas manos le agarraron un pie con unos dedos suaves y sedosos.

Georgie había notado su resistencia, su lucha, pero a medida que las manos se deslizaban hacia los pies y le masajeaba las plantas, sintió su rendición en el momento en que le entregó su mente. Tuvo un momento de duda, pues no sabía si era merecedora de tanta confianza. El curso de cuatro semanas se enfrentó a las artes del desierto, pero ella supo qué hacer y las dudas se esfumaron. Tenía la sensación de que el techo había desaparecido y que el sol brillaba de nuevo sobre su cuerpo, calentándole los dedos. Sus manos sabían qué hacer y se entregó a la sanación junto con Ibrahim. Era el desierto el que le indicaba cómo proceder.

Le untó los pies con aceite de lavanda y abeto y, lentamente, ascendió por las pantorrillas y luego las piernas, hasta conseguir una total relajación del cuerpo de Ibrahim, y de la mente de ambos. Aplicándose un poco más de aceite en las manos, pasó al ombligo. Tuvo un momento de duda antes de trabajar delicadamente la zona con jazmín y neroli. Y describió pequeños movimientos circulares en el sentido de las agujas del reloj alrededor del corazón. Ya no oía el viento sino el mensaje que le enviaba, y trabajó el perdón con geranio y otros aceites. Sin embargo, aún sentía algo de resistencia, de deseo de que pasara a otra parte del cuerpo, de modo que pasó al estómago de nuevo. Allí trabajó la liberación con ylang ylang y tanaceto azul. Pero él no cedía.

Añadió melisa, o *bal-smin*, como él había llamado a la fragancia que había percibido sobre ella aquella noche en el balcón. Era un aceite imprescindible y con él alcanzó a Ibrahim. Vio cómo sus ojos se cerraban con fuerza y, de no haberse tratado del príncipe que ella conocía, habría jurado que estaba conteniendo las lágrimas. Entonces sintió la liberación, sintió cómo el dolor se deslizaba entre sus dedos a medida que dejaba marchar a Ahmed. Ése fue el momento elegido para regresar al corazón, que ya no necesitaba de sus dedos, pues ya había perdonado, por lo que los deslizó por el cuerpo hacia los pies para terminar allí el masaje.

Había sido más íntimo que el sexo, y lo más cerca que había estado en su vida de otra persona. Ibrahim abrió los ojos y le invitó con la mirada a que continuara. Pero Georgie volvía a oír la música y a ver al hombre que tenía delante y ya no fue la vocación la que la guió sino el instinto. Contempló sus propios dedos gotear aceite sobre el vientre del estómago de Ibrahim y fue la mujer que había visto reflejada en el espejo la que le arrancó el fajín. Las cálidas manos se deslizaron por el fornido cuerpo y lo acarició sin apartar la mirada de sus negros ojos. Jamás se había atrevido a tocar a nadie así.

Ibrahim supo por la mirada de Georgie, y sus rojos labios inflamados, que iba a tomarlo allí mismo... ¡y cómo lo deseaba!

—No podemos yacer juntos aquí.

Ella lo sentía escapársele entre los dedos, sentía cómo le latía el corazón en la garganta y se mostró osada. Era él quien le hacía comportarse así.

—Nadie tiene por qué saberlo —Georgie observó la sonrisa del príncipe—. Lo que sucede en el desierto permanece en el desierto.

Los dedos de Ibrahim le acariciaron la mejilla antes de hundirse en sus cabellos. Se moría de ganas de atraer ese rostro hacia él. De no esperar al día siguiente. Quería romper las reglas, pero era fuerte, o débil, y no podía desafiar al desierto.

–¿Así trabajas habitualmente?

–Claro que no –ella se sonrojó violentamente.

–Vete a la cama –Ibrahim se levantó y tiró de ella sintiéndose culpable por haberla humillado. Sentía una extraña necesidad de explicarse a sí mismo que era mejor que estuvieran separados–. De todos modos, seguramente volverías a cambiar de idea en el último minuto. Acuéstate, Georgie.

Capítulo 9

FUE LA noche más larga de su vida y la pasó despierta, avergonzada y necesitada.

El aire era denso y cálido y en poco tiempo vació la jarra de agua. Quiso ir a la cocina para llenarla de nuevo, pero tuvo miedo.

Había intentado seducirlo, cerró los ojos mortificada al recordarlo, presumiendo de profesionalidad. Apenas podía creer lo que había hecho. Lo que el desierto le había obligado a hacer.

«Georgie», le oía llamarla.

«Georgie», oyó una vez más y saltó de la cama.

«Georgie», era claramente su voz y atravesó la habitación dispuesta a acudir a la llamada. Pero entonces oyó la aguda risotada del viento y corrió de nuevo a la cama, preguntándose si no se habría vuelto loca.

«Ibrahim». Él también lo oía, pero estaba preparado. Oyó al desierto susurrar con voz seductora y bailar alrededor de su cama, vio su rostro en sueños y, al despertar, incapaz de dormir más, con los dientes apretados y la cabeza a punto de estallar por el insomnio, detuvo la mano que se deslizaba hacia abajo para conseguir el solitario placer. Pues incluso ese placer le estaba prohibido, porque habría estado pensando en ella.

El amanecer debía haber proporcionado alivio, pero no fue así. El viento seguía aullando y la oscuridad lo engullía todo. Georgie oyó los rezos de Ibrahim y al fin tuvo que mostrarse de acuerdo con él, pues ella también odiaba el desierto.

–¿Podemos irnos? –preguntó cuando él hubo finalizado.

–El viento sigue muy fuerte –contestó él sin mirarla a la cara–. Vístete y desayunaremos.

–No tengo hambre.

–Entonces vuelve a la cama y descansa –le ordenó–. Yo haré lo mismo. En cuanto haya pasado el peligro, nos iremos de aquí.

–Tengo miedo –admitió Georgie–. Tengo miedo de los ruidos...

–No es más que viento.

–Me siento como... –expresado en voz alta sonaba incluso peor que en su cabeza–. Me siento como si el viento supiera que anoche hice el ridículo.

–No –Ibrahim se odiaba por lo que le había dicho en un desesperado intento de parar lo que habían estado a punto de hacer–. No hiciste nada malo. No debería haberte hablado así, Georgie... no eran más que cuentos.

–Pero tú crees en ellos.

–No –él sacudió la cabeza–. Sí. No lo sé. Contempló la silueta de Georgie y reconoció el temor en su voz–. Ven aquí.

Ella se quedó inmóvil, sin atreverse a obedecer, pero sin atreverse a regresar a su cama.

–Vamos.

Aquella voz era real. El viento soltó un aullido y ella corrió los treinta y cuatro pasos hasta el cálido consuelo de sus brazos. Ibrahim sentía el corazón de Georgie martillear contra su pecho mientras la abrazaba. Estaba realmente aterrorizada.

–No son más que... –buscó las palabras– relatos de viejas.

–¿O sea que no son ciertos?

–No –intentó explicarle. Pero tampoco se podían ignorar–. No lo creo. Vamos... –la enorme cama era cálida y ella estaba fría–. ¿Tus padres no te contaban historias de pequeña?

–No –ella bufó–. No solían dormirnos con un cuento
cada noche precisamente.

–¿Por eso te escapaste? –Ibrahim sintió que se ponía
tensa–. Karim me lo contó –admitió–. Aunque no todo.
Me hablaba de Felicity, de su infancia, de lo descon-
fiada que le hizo volverse. Tu padre...

–Era un bruto y un borracho –ella terminó la frase–.
Mi madre vivía aterrorizada por él. Incluso después de
muerto, sigue llevando las marcas. Todavía toma pastillas
para los nervios y sigue asustándose de su propia sombra.

–¿Y tú qué?

–Yo no le tenía miedo... tan sólo quería alejarme de él.

–¿Y por eso te escapabas?

–Pero siempre me enviaban de vuelta –el recuerdo,
la injusticia, le enfurecía–. Nunca nos pegó por lo que,
aparentemente, no había ningún problema. Vivíamos en
medio del caos, bailando al son de su humor, pero...

Georgie no quería hablar de ello, ni revivir todo
aquello. Era una época en la que lo único que había sido
capaz de controlar era la comida que entraba por su
boca, pero Ibrahim parecía comprenderlo sin que ella tuviera que decirlo. Sintió su mano acariciarle el brazo y
deslizarse hasta la cintura, al fino esqueleto suavizado
por unas ligeras curvas. Y al igual que ella lo había ayudado con sus manos, las de él, cada caricia, le decían que
sabía lo difícil que le había resultado ganar la batalla, lo
ferozmente que había tenido que luchar para sobrevivir.

Pero no podía besarla.

Sólo un beso. Mientras agachaba la cabeza hacia los
deliciosos labios, el príncipe se detuvo un instante.

–¿Qué pasaría? –susurró ella.

–Seguramente nada –con ella a su lado, podía racionalizarlo todo–. Ya te lo he dicho, mis padres...

–Pero ellos se siguen queriendo –interrumpió ella–. Siguen unidos. Felicity me contó –no sabía si estaba revelando un secreto– que Karim no le permitió abandonar el desierto sin...

–Son cuentos de viejas –por fin estaba seguro de ello–. Al fin y al cabo, podría hacerme traer a una concubina desde palacio y no quedaría unido a ella. Son sólo supersticiones.

–¿Y por qué no viene ella a ti? –preguntó–. Quiero decir, de joven. ¿Por qué tienes que caminar hasta el palacio? –le gustaban los relatos y que le contaran historias.

–No sería lo mismo –contestó Ibrahim–. Tu primera vez, tan joven, no sabrías separar ambas cosas... y si la amas en el desierto... –era demasiado absurdo incluso intentar explicarlo, de modo que sonrió y disfrutó de la calma a su lado. Aquella mañana había paz en su corazón, una paz que llevaba años ausente, perdón en su alma. Le estaría eternamente agradecido por ello. Y no podía besarla.

Ya le había causado problemas en anteriores ocasiones, pero aquél fue un beso diferente, un beso lento y reposado. Y para Ibrahim fue la primera vez que experimentó un beso que sólo fuera pura ternura.

Un beso tan agradable no podía ser malo, y Georgie se contentó con él porque llevaba meses deseándolo. Deseando el sabor de su lengua y la presión de sus labios. Durante unos segundos, Ibrahim se sintió demasiado contento para percibir la sensación de los pechos de Georgie a través de la tela, pero cuando el beso ya no bastó, le desabrochó el camisón.

–¿Te diseñó tu hermana este camisón? –bromeó él,

pues incluso con todos los botones desabrochados, era incapaz de alcanzar los pechos.

De modo que deslizó la mano desde la cintura para perseguir su objetivo desde otro ángulo, pero eso no sería juicioso y, a regañadientes, retiró la mano.

Los ojos negros pidieron permiso y ella se humedeció los labios a modo de consentimiento. Ibrahim le rasgó el camisón y reanudó los besos. Georgie sintió su suspiro de satisfacción contra la boca y su mano que encontró el pecho. Le devolvió el beso y sintió la piel satinada bajo los dedos de la mano. No pasaron del beso, aunque las manos de masajista exploraban. Se deslizaron por el torso y el ombligo que ya conocía. Y cuando esas manos se deslizaron más hacia abajo, siguió siendo simplemente un beso.

Y entonces, al recordar la noche anterior, surgió la duda. Pero él la disipó rápidamente llevándole la mano hasta el lugar preciso y gimiendo de placer contra su boca.

Y no dejó de ser simplemente un beso mientras ella exploraba los rincones con los que había soñado toda la noche. Y de repente fue más que un beso porque no le bastó con la boca de Ibrahim y sus labios se deslizaron por el fornido cuerpo, saboreando la salada piel hasta que le impidió seguir, porque él también deseaba más de ella.

—No debemos —murmuró Georgie mientras él la colocaba encima de su cuerpo.

—Esto sí podemos —a Ibrahim le gustaba vivir al filo de la navaja.

Siguió tirando de ella hasta que estuvo a horcajadas sobre él. Después tomó un pecho con la boca y deslizó las manos hasta el trasero hasta que ella se acomodó y se sintió morir, pues aquello debía ser el paraíso.

—No podemos —insistió ella. Nada que ver con el «no puedo», que una vez le había impedido continuar.

–No lo haremos –le aseguró él mientras la punta de su grueso miembro le acariciaba el clítoris. Esperaba oír la advertencia del viento, o una señal que le impidiera continuar, o que Georgie se volviera a echar atrás. Sin embargo, el desierto permaneció silencioso y nada le frenó, y Georgie se mordía el labio inferior para evitar tener que suplicarle que se hundiera en su interior.

Se deslizó apenas un milímetro y supo que ella jamás podría volver a rechazarlo.

La única ley que respetaron fue la de la naturaleza. Ibrahim se introdujo poco a poco dentro de ella. Quería arrancarle el estúpido camisón, pero no soportaba la idea de dejar de tocarla. Y fue Georgie la que se quitó la prenda por la cabeza. La visión de los brazos alzados y el desnudo cuerpo fue demasiado y la reglas dejaron de importar.

La sorpresa y la fuerza de la embestida hicieron que ella gritara. Él la llenó y, aunque intentó estirarse sobre él, su cuerpo estaba anclado, como si pretendiera asegurarse de que nunca más intentaría huir de él. Ibrahim se acomodó sobre los cojines y en sus ojos se reflejaba algo más que pasión. Había algo que Georgie deseaba compartir. Así, unidos, adoraba las reglas. Deseaba permanecer unida a él para siempre.

Ibrahim buscó su boca y las dos lenguas se entrelazaron en el momento en que el orgasmo, también compartido, estallaba. Después, sus ojos fueron espejos, buscando remordimiento o miedo, deudas que pagar, y no encontrando nada.

–Luego –Ibrahim le besó el hombro–, te llevaré de regreso al palacio y me iré a Londres.

–¿Te vas?

–Tengo que irme.

Ella lo miró perpleja.

–Tengo que hablar con mi padre. Necesito pensar en... –no dijo «nosotros», pero ella casi pudo oírlo–. Está allí, visitando a mi madre.

–¿Por lo que le dijiste?

–A pesar de lo que le dije –el odio en la voz no encajaba con la ternura del momento.

–¿Siempre os lleváis así?

–Siempre –asintió él–. Él me exige respeto, pero ¿cómo? ¿Por qué no la deja marchar?

–¿Dejarla marchar? –Georgie no comprendía.

–Sigue siendo su esposa –Ibrahim la miró con ternura, agradecido por poder compartir con ella sus pensamientos–. Ella siente su infidelidad, tanto que le ha permanecido fiel.

–Pero aquello fue hace años.

–Y pasarán muchos más. Después de todo este tiempo ignorándola, de repente aparece cuando le place. ¿Quién dice que el mes que viene, o el año que viene, no estará demasiado ocupado para ella? Y se supone que ella debe esperar.

–¿No puede divorciarse de él?

–En Zaraq no existe el divorcio. Está tan prohibido que en nuestro idioma ni siquiera existe la palabra. No hay ningún concepto, ningún precedente. Mi madre sabe que, aunque lo pudiera conseguir en occidente, para él, para el pueblo de Zaraq, seguirá siendo su esposa. Y eso no puede cambiarse.

–¿Nada puede cambiarlo? –afortunadamente, él no pareció notar cómo se ruborizaba.

–Nada –le aseguró él mientras a ella se le paraba el corazón–. No se puede deshacer lo que está hecho. Es la ley de Zaraq.

Capítulo 10

FELIZ que haber concluido su obra, el desierto quedó en silencio e Ibrahim al fin pudo dormir. Por primera vez, Georgie lo vio relajado y fue ella la que se sintió tensa. Empezaba a encontrarle el sentido a las extrañas reglas y comprendía lo que Felicity le había explicado. Para el pueblo de Zaraq ella seguía siendo una mujer casada.

A Ibrahim no le importaría, se consoló. Lo comprendería, intentó convencerse, pero acurrucada en sus brazos fue incapaz de mirarlo a la cara. Se sentía como una mentirosa, y se dio la vuelta avergonzada.

¿Cuándo debería habérselo dicho?

¿La noche anterior o durante la boda? ¿Debería haberse acercado a un completo extraño para darle información sobre su vida privada?

Había intentado contárselo durante la noche anterior, pero él se lo había impedido, se intentó justificar antes de admitir que se había sentido aliviada, más que encantada, por no tener que ver su expresión al saber la verdad.

Georgie cerró los ojos y él la rodeó con un cálido brazo, su fornido cuerpo amoldándose a su figura por la espalda. Había cierta ternura en ese gesto posesivo. Cierta belleza en el abrazo y una promesa en sus palabras que le indicó que el príncipe sentía algo por ella, que de nuevo había una posibilidad de futuro, pero que también era posible que ese futuro les fuera negado. Cayó sumida en un inquieto sopor, lleno de sueños de aceites sagrados y vientos que reían, obras de arte y el sonido de un motor.

–Vístete –le apremió Ibrahim con urgencia–. Alguien viene. He oído un helicóptero.

Las aspas del rotor disminuyeron su velocidad. Había llegado el momento de regresar a toda prisa a su habitación. No llevaba puesto más que un camisón desgarrado e Ibrahim le lanzó una manta mientras él mismo se vestía y Georgie salía corriendo de la habitación. Sin embargo, enseguida comprendió que era demasiado tarde. De pie y avergonzada, se quedó parada en el salón. No soportaba mirar a Karim a la cara por lo que se volvió con gesto suplicante a Felicity, cuyo rostro estaba blanco como la pared.

–¿Disfrutando de tu excursión? –se mofó su hermana–. ¿Y dónde está tu guía «experto»?

Georgie se sintió inmensamente agradecida cuando Ibrahim, impecablemente vestido y muy tranquilo, apareció para tomar el mando.

–Tu hermana y yo intentamos regresar anoche, pero hubo una tormenta...

–¡Basta! –el rugido de Karim pretendía silenciar a su hermano, pero éste se resistió.

–Georgie, vístete –le sugirió con voz pausada–, y te llevaré de regreso al palacio.

–Ibrahim –le advirtió Karim.

–Vete –insistió Ibrahim a Georgie–. Tengo que hablar con mi hermano –lo miró con gesto severo–. No hemos hecho nada malo.

–¡Te lo advertí! –gritó Karim–. Te advertí que te mantuvieras alejado de ella.

–Y yo elegí no escucharte. ¿Cómo os atrevéis a entrar

aquí con esa mirada de furia y humillarla así? ¿Acaso has olvidado cómo conociste a tu esposa?

Georgie observó cómo se teñían de rojo las mejillas de Felicity, pues Azizah había sido el resultado en una noche de pasión anterior a la boda. Sin embargo, su hermana parecía haberlo olvidado mientras la seguía a sus aposentos. Estaba furiosa.

–¿Cómo has podido, Georgie? Es la familia de mi esposo. Llevas aquí cuatro días y ya te has metido en la cama con él.

–No fue así.

–¡Por favor!

–Tal y como ha dicho Ibrahim, tú tampoco esperaste demasiado antes de saltar a la cama de Karim –le recriminó Georgie.

–¡No estábamos en Zaraq! –contestó Felicity–. Aquí hay que seguir las reglas.

–¿Sabes qué? –Georgie ya había tenido bastante–. Empiezas a hablar como ellos. ¿Qué le ha pasado a mi hermana?

–Ha madurado –gritó–. Se comportó responsablemente, algo que nunca se te dio bien a ti, ¿verdad? Dejaste la escuela, te escapaste de casa... –en los ojos de Felicity se reflejaban los años de sufrimiento que Georgie le había provocado.

Pero ya le había pedido disculpas una y otra vez por todo aquello.

–He hecho todo lo que he podido para ayudarte –las lágrimas rodaban por las mejillas de la princesa–. Te pagué una rehabilitación que no podía permitirme. Hasta Karim contribuyó.

–Y os estoy muy agradecida –insistió Georgie, aunque se negaba a sentirse en deuda.

–¿Y así nos lo demuestras?

–Yo no tengo que demostraros nada –Georgie no se desmoronó ni se acobardó. Era una discusión que se había pospuesto demasiado tiempo, pero ya no la temía–. Soy otra mujer, nada que ver con la que fui durante todos esos años. Ibrahim y yo no nos estábamos divirtiendo sin más –de eso estaba muy segura.

–¡Para Ibrahim sí ha sido diversión sin más! ¿No lo comprendes? Para él todo es un juego.

–No tengo que defenderle ante ti –contestó Georgie.

–No tengo tiempo para esto –Felicity sacudió la cabeza–. Necesito asearme y cambiarme de ropa para regresar al helicóptero.

–¿No podemos hablar? –suplicó Georgie–. Felicity, por favor, necesito...

–Tú siempre necesitas algo de mí, Georgie, pero no das nada a cambio –gritó su hermana–. Y ahora mismo no tengo tiempo. ¡Qué egoísta! Hay personas enfermas, y Karim y yo debemos regresar con ellas. ¡Por una vez tus necesidades no son prioritarias!

Felicity se marchó dejando atrás a una furiosa Georgie. ¿Cómo se había atrevido su hermana a juzgarla? Estaba harta de todos ellos. Harta de Zaraq y sus costumbres.

Ibrahim también estaba harto.

–¡Hay reglas! –rugió Karim–. Sólo el rey puede cambiarlas. Si la amas, quédate en Londres. Tienes el resto del mundo para comportarte como el príncipe que quieres ser, pero aquí...

–Entonces me marcharé –Ibrahim ya no soportaba más e interrumpió a su hermano.

–Ibrahim –Karim deseó que fuera tan sencillo–. Eres príncipe de estas tierras, y nuestro pueblo está enfermo. Hassan está con su bebé que tiene fiebre –contempló la expresión desolada de su hermano menor–. Se pondrá bien, pero fue algo prematuro. Hassan debe quedarse allí con él. El rey está en Inglaterra y yo soy necesario en el desierto. ¿De verdad eres capaz de marcharte ahora que necesitamos que seas el supremo gobernante?

—No me marcho —Ibrahim se defendió con voz ronca al comprender las implicaciones—. Me quedaré mientras se me necesite aquí. Además, nuestro padre regresará en cuanto lo sepa.

—Quizás no sea posible. He hablado con los consejeros... sugieren cerrar los aeropuertos.

—Estupendo —contestó Ibrahim—. Me pondré al frente del país —sin embargo, como gobernante tenía sus propias reglas y las anunció—. Pero Georgie estará conmigo.

—No —sentenció su hermano. Aquello era imposible.

—Es mía —insistió él. Por una vez, las reglas le resultaban convenientes. Se había acostado con ella en el desierto.

—Jamás podrá ser tuya —Karim no disfrutó dando las malas noticias—. Está casada.

—No.

—Está divorciada, pero... —continuó Karim mientras su hermano cerraba los ojos—. Sabes que aquí eso no vale. No puede vivir aquí contigo, no puede ser tu esposa.

Cada palabra era como un martillazo, pero Ibrahim no se derrumbó, y buscó una solución.

—Podrá esperarme en Londres.

—¿Como nuestra madre espera a nuestro padre? ¿Le harías algo así a Georgie?

Ibrahim sacudió la cabeza.

—Entonces haz lo correcto —concluyó Karim—. Termina con ella ahora de manera que su mente no pueda albergar la menor duda.

Capítulo 11

PUEDES ocuparte de Azizah? –preguntó Felicity cuando llegó el momento de partir.

–¿Estás segura de que soy lo bastante responsable? –espetó Georgie, aunque no podía seguir enfadada pues sabía lo doloroso que sería para Felicity estar apartada de su hija–. La cuidaré bien –le aseguró antes de abrazar a su hermana. Por primera vez se sintió como si fuera ella la hermana mayor–. Estará bien.

–Lo siento –se lamentó Felicity.

–Yo te hice daño –contestó Georgie–. Durante todos esos años que estuve enferma, sé cuánto daño te hice, pero estaba demasiado débil y era demasiado frágil para darme cuenta de tus sentimientos. Pero ya no –sonrió a su hermana–. Mejor fuera que dentro.

–Felicity... –llamó Karim.

–Será mejor que te vayas –Georgie aún no se sentía capaz de enfrentarse a su cuñado.

–Mi leche...

–Lo sé –la tranquilizó ella–. Márchate y haz lo que tengas que hacer. No te preocupes.

–Lo siento de veras... –Felicity se estremeció– por todo lo que dije.

–Eran cosas que tenías guardadas desde hacía tiempo –contestó Georgie–. Ya hemos hecho las paces y tú no tienes que preocuparte por Azizah, ni por mí.

Pero Felicity sabía que sí tendría que preocuparse

durante algún tiempo más. Al ver la mandíbula encajada de su marido y el gesto serio de Ibrahim, supo que se lo había dicho.

Completamente vestida, y sonrojada, Georgie se obligó a salir de la habitación para despedirse de Karim y Felicity. Ibrahim y ella aguardaron en silencio a que despegara el helicóptero.

–Debo regresar junto a Azizah –le indicó al príncipe–. ¿Cuánto tardaremos en llegar?

–Nos han enviado un helicóptero –Ibrahim no podía mirarla–. Debo regresar lo antes posible –sintió el peso de la responsabilidad sobre sus hombros–. Debo asumir el poder. Hay que tomar algunas decisiones de inmediato. Habrá mucha ansiedad e intranquilidad.

–Lo harás maravillosamente bien –Georgie alargó una mano para acariciarle el brazo, pero él lo retiró–. Haré lo que necesites para ayudar.

–¿Tú? –él no pudo disimular el tono de burla en su voz.

–Sí, yo.

–¿Un cursito de cuatro semanas y ya te crees una experta en las costumbres del desierto?

–¡No te estaba pidiendo un puesto como consejera! –Georgie no entendía el cambio de actitud en el príncipe–. De modo que soy lo bastante buena para acostarme contigo, pero no para aparecer a tu lado.

–El pueblo jamás lo aceptaría.

–¡Por favor! –Georgie estaba más que harta–. Al pueblo no le importa Felicity –soltó una carcajada–. Bueno sí, pero sólo porque se quedó embarazada del posible heredero –observó cómo Ibrahim cerraba los ojos y palidecía ligeramente–. Yo no me voy a quedar embarazada, no te preocupes. Estoy tomando la píldora.

–Por supuesto –y eso era precisamente lo que más

dolía. Ésa era la chica que llevaba preservativos en la maleta, por si acaso, la que esperaba ante la puerta de los clubs nocturnos. Ésa era la mujer divorciada que no podía ser su princesa y eso le ponía furioso–. No me lo digas: tomas la píldora por prescripción facultativa.

Georgie le habría abofeteado.

El hombre dulce y tierno que le había hecho el amor había desaparecido, siendo sustituido por esa versión cáustica que ella no comprendía. El helicóptero se aproximó y se tapó los ojos con un pañuelo mientras corrían bajo las aspas y subían al interior. Georgie vio desaparecer la tienda y en un tiempo que se le antojó demasiado corto, el palacio apareció a la vista. Durante todo el trayecto, él no la miró en ningún momento, ni intentó hablar.

Y seguía negándose a comunicarse con ella cuando entraron en el palacio. Le esperaban los consejeros y Georgie se quedó en la entrada, mientras Rina hablaba apresuradamente en árabe, sin saber cómo comportarse sin la ayuda de Felicity o Ibrahim. De repente la miró brevemente y entonces habló.

–Me pregunta si quieres instalarte en una habitación junto a la de Azizah.

–Sí, por favor –ella asintió–. ¿Serías tan amable de decírselo?

–Por supuesto –Ibrahim transmitió las órdenes a Rina y a otra doncella antes de volverse de nuevo hacia ella.

–Ya está todo arreglado. Le he pedido que trasladen los efectos personales de la *señora* Anderson –siseó con tal rabia que no hubo lugar a dudas.

Durante un instante, Georgie se enfureció con su hermana por habérselo contado a Karim, sin embargo en el fondo sabía que esa furia estaba mal dirigida.

Estaba enfadada consigo misma.

–¿Es señorita o señora? –Ibrahim aún tenía esperanzas de que su hermano estuviera equivocado.

–Señora –contestó ella con voz ronca antes de apartar la mirada, pero no lo bastante rápido para no percibir el gesto de repugnancia del príncipe.

Debería haber sido ella quien se lo comunicara. Al menos le habría podido explicar mejor las cosas. Al mirar los fríos ojos negros, Georgie se preguntó si alguna vez tendría la oportunidad de hacerlo.

–Ibrahim... –delante de tantas personas no podía decir nada, pero necesitaba que le concediera un momento de su tiempo para poderse explicar–. ¿Podemos hablar?

–¿Hablar? –se mofó Ibrahim–. No tengo nada de qué hablar contigo. No hay nada que discutir.

–Y nunca lo habrá.

Capítulo 12

FUE EL día más largo de su vida.
Georgie sólo quería meterse en la cama, hacerse
un ovillo y llorar. Pero debía pensar en Azizah.
Azizah, que odiaba un biberón que no era su mamá,
que no estaba acostumbrada a los brazos más huesudos
de su tía y que lloró durante toda la tarde, y hasta bien
entrada la noche.

Tras pasear arriba y abajo con ella en brazos, al final
Georgie se sentó en el salón familiar, tal y como hacía
Felicity a menudo, y Azizah al fin se rindió, aceptó el
biberón que tanto odiaba y casi estuvo a punto de quedarse dormida... hasta que Ibrahim regresó de su inspección al ejército. No fue únicamente el corazón de
Georgie el que saltó al oírle. Hassan, el príncipe heredero, corrió por el pasillo al encuentro de su hermano.

–¡Deberías haberme consultado! –estaba furioso y
ambos hermanos discutieron.

Su primer instinto al oír llegar a Ibrahim había sido
el de desaparecer de allí, pero la niña parecía empezar
a tranquilizarse y no había osado moverse del salón.

–Deberías haber hablado conmigo antes de cerrar los
aeropuertos.

–Estabas con tu mujer y tu hijo –le señaló Ibrahim–.
Eras necesario allí. Yo soy más que capaz de ocuparme
de este asunto.

–Has cerrado los aeropuertos y cancelado todas las intervenciones quirúrgicas.

–Disculpadme –interrumpió Georgie. Quizás fuera una grosería interrumpir a los príncipes, pero el palacio era suficientemente grande como para que discutieran en otro lugar y la inquieta Azizah empezaba a cerrar los ojos–. Casi se ha dormido.

–Entonces llévala a su cuarto –espetó Ibrahim.

Mientras Hassan aceptaba el teléfono que le entregaba una doncella, Georgie decidió enfrentarse a Ibrahim y se obligó a mirarlo a los ojos.

–¿Un día duro en la oficina, querido? –preguntó con voz dulce aunque caústica–. ¿Quieres que haga desaparecer a los niños?

–Sólo tú –siseó Ibrahim. Era un infierno verla y no poder tenerla. Un infierno haberse atrevido casi a amarla y luego descubrir lo que había hecho–. Quiero que desaparezcas tú.

–Es nuestro padre –Hassan le pasó el teléfono–. Quiere hablar contigo.

Sería el momento ideal para marcharse, desaparecer, tal y como deseaba el príncipe que hiciera, pero Georgie quería estar allí, oírlo todo.

A pesar de encontrarse en el otro extremo del salón, oía perfectamente la airada voz del rey al otro lado de la línea, pero, aunque Hassan no dejaba de caminar de un lado a otro, Ibrahim permanecía tranquilo y respondió a su padre con voz calmada.

–Acepté un consejo –fue la escueta respuesta aunque, cuando evidentemente no bastó, la elaboró un poco más–. Acepté el consejo de los expertos. Al parecer tenías conocimiento de todo esto desde hacía días, pero apenas hiciste nada al respecto –se veía claramente el pulso latir en su cuello. Era la única indicación del tormento que vivía por dentro–. El pueblo es prioritario –interrumpió–, no tu horario de vuelo, y desde luego no el ego de Hassan. Su mente está puesta en su hijo recién nacido, como debe ser, porque hay otro príncipe más que capacitado para tomar el mando. He hablado con nuestros soldados, y el ejército va a abrir un hospital de campaña en el oeste. Los aviones seguirán en tierra hasta que estemos seguros de haber controlado esta epidemia. Si decides saltarte la prohibición de volar, si no me crees capacitado, desde luego deberías regresar –insistió antes de hablar con voz ligeramente amenazadora–. Si lo haces, te devolveré el mando –durante un segundo miró a Georgie–. Y abandonaré Zaraq en tu mismo avión.

Tras colgar el teléfono, se volvió a su hermano, Hassan.

–Tú... o bien tomas el mando y te responsabilizas de todo, o me lo dejas a mí. No voy a llamar al hospital y a esperar a que vayan a buscarte cada vez que necesite tomar una decisión –miró fijamente a su hermano–. ¿Qué decides?

–El pueblo necesita...

–El pueblo necesita un líder fuerte –lo interrumpió Ibrahim–. Y yo soy más que capaz de ser ese líder. Si piensas otra cosa, sugiero que llames a Jamal y le digas que mañana partirás al oeste en helicóptero, tal y como había planeado hacer yo, para comprobar de primera mano los estragos de la enfermedad –no se amilanó. Se mostró directo y brutal–. Y quizás deberías hablar con el pediatra. Todos estamos vacunados, por supuesto, y en caso de que no funcione están los medicamentos antivirales, pero yo me lo pensaría antes de entrar en contacto con un recién nacido.

Hassan palideció.

–¿Qué vas a hacer? –lo apremió Ibrahim–. Porque si no se me necesita, me voy al casino.

Georgie lo sabía muy capaz de hacerlo. Buscaría una mujer, cualquier mujer. Estaba enfadado y ella era la causa.

–Tienes todo mi apoyo –cedió Hassan–. Y te doy las gracias por tomar el mando. Voy a visitar a mi mujer y a mi hijo.

Inclinó la cabeza a modo de saludo hacia Georgie y la, por fin, dormida Azizah y se marchó.

–Eso ha sido un golpe bajo –observó ella.

–Eso ha sido sentido común –espetó él–. No me importa lo eficaz que sea la vacuna, si fuera mi bebé... –miró a Georgie sentada con su sobrina en brazos y sintió ira. Porque aquella misma mañana casi se lo había imaginado. No una esposa y un bebé, pero sí un futuro junto a alguien. La función de príncipe y el regreso al desierto le habían parecido más llevaderos con ella a su lado–. Tengo que trabajar –se volvió para marcharse, pero se paró cuando ella lo llamó.

–Ibrahim, por favor, ¿podemos hablar?

–No quiero hablar contigo.

–Por favor –insistió Georgie–. Sucedió hace mucho tiempo. Fue...

–Algo que no puede deshacerse –interrumpió Ibrahim.

–¿Desde cuándo eres tan perfecto? –preguntó ella–. No comprendo por qué todo debe ser distinto ahora.

–Porque así debe ser.

–Sólo duró unas semanas –empezó Georgie–. Yo tenía diecinueve años. La vida en casa era un infierno y había perdido mi trabajo tras recaer de mi enfermedad... –balbuceó sin que él respondiera–. Me pareció una persona agradable.

–Y te casaste con él porque parecía «agradable»...

–Hay razones peores que ésa. Era mayor, parecía ofrecerme seguridad, pero ahora comprendo que no era más que otro borracho, como mi padre. Ahora comprendo que me lancé en brazos de la misma vida de la que quería escapar.

–Y crees que eso hace que sea mejor. El hecho de haber destrozado tu vida por un borracho de mediana edad.

–Fue hace mucho tiempo –protestó ella–. Sé que aquí no es admisible, pero en Londres...

–¡Soy un príncipe de la realeza! –Ibrahim se esforzó por no gritar, por el bien del bebé.

–Aquí no.

La frente de Ibrahim se pobló de arrugas mientras se frotaba el rostro en un gesto de frustración. La estaba salvando de sí misma y ella no lo entendía. Pensó en su madre, sentada en Londres junto al teléfono, casada con un hombre que no podía estar siempre a su lado, con hijos desperdigados por el mundo. Y sabía que no podía hacerle eso a Georgie. De modo que aceptó la sugerencia de su hermano y pronunció palabras que no le dejarían la menor duda.

–Soy un príncipe de la realeza –insistió–. Y eso significa –tragó con dificultad, aunque ella no se dio cuenta–, que no tengo por qué cargar con un material deteriorado.

De no haber tenido al bebé en brazos, Georgie se habría puesto en pie para abofetearlo, pero lo que hizo fue desviar la mirada del rostro de Ibrahim y acunar el cálido y dulce cuerpecito mientras ella se sentía helada por dentro.

–La novia que me elegirán sabrá qué se espera de ella. Una novia apta para mí no se encuentra haciendo cola en un club nocturno con un preservativo en el bolsillo y los papeles del divorcio en la mesilla de noche. Si quieres que te busque en Londres... si una noche te sientes aburrida...

–¡Jamás!

–Entonces... –Ibrahim se encogió de hombros– hemos terminado.

–¡Eres un bastardo!

–Cuando quiero, sí –el príncipe volvió a encogerse de hombros mientras oía claramente el espantado silencio de Georgie y los nuevos lloriqueos de Azizah–. ¿Te importaría seguir tu propia sugerencia y desaparecer de aquí con el bebé? Tengo un país que gobernar.

Capítulo 13

N O TUVO un segundo de respiro.
Había muchas necesidades y preguntas y él se
ocupó de cada una de ellas.

Voló hasta el desierto y fue testigo del sufrimiento.
Después regresó y atendió a la prensa.

El turismo no le preocupaba, fue la arisca respuesta
que dio.

De todos modos, preguntó a los periodistas, ¿acaso
los turistas desearían visitar un desierto vacío, una ciudad fantasma?

Silenció las críticas con su manejo de los medios,
pero para Ibrahim no hubo un momento de respiro, pues
noche tras noche dormía solo.

En varias ocasiones alargó la mano hacia el teléfono,
pero no era sólo sexo lo que quería. Por primera vez
buscaba la opinión de otra persona... de una persona en
concreto.

–*Yo decirle hacer bien* –de regreso del hospital, sin
su bebé, Jamal hablaba con Georgie, con su inglés ru-
dimentario, sentada a la mesa del desayuno.

Ibrahim hizo una aparición sorpresa y la princesa se
volvió hacia él para hablar en su idioma antes de sonreír
y devolver su atención a Georgie.

–*Pronto Felicity regresa.*

–¿Cuándo? –preguntó Georgie sin poder evitar mirar
a Ibrahim. Se moría de ganas de marcharse de allí. Aun-

que apenas lo veía, era muy duro cruzarse con él y recibir un educado, pero frío, saludo. Y verlo sentado a la mesa era más de lo que podía soportar.

–Karim ha llamado. La situación ha mejorado mucho y quiere que ella regrese a casa, aunque él se quedará allí.

–¿Y qué pasa con los aeropuertos? –preguntó.

–Me reuniré hoy con los médicos. Sugieren que todos los visitantes sean vacunados, pero... –hizo una pausa y esperó en vano a que ella le diera su opinión–. En cuanto se pongan en marcha las nuevas directrices no habrá ningún motivo para no reabrirlos.

–¿Y cuánto falta para eso? –Georgie no quería conversación, sólo respuestas.

–Quizás mañana –Ibrahim escogió una pieza de fruta de la fuente antes de cambiar de idea.

Georgie bajó la vista y vio la granada. Podría haberle provocado un poco, pero se sentía demasiado herida para jugar. Lo único que quería era regresar a su casa.

–*Tú queda hasta que yo trae al bebé* –sugirió Jamal. El futuro rey aún no tenía nombre–. Será un buen día.

Georgie sonrió tímidamente y cuando la doncella apareció para comunicarles a Jamal y a Hassan que el coche les esperaba para llevarles al hospital, Georgie también se levantó para marcharse. Pero Ibrahim la detuvo.

–¿Te quedarás después de que haya regresado Felicity?

–¿Por qué?

–Tal y como ha dicho Jamal, el bebé llegará pronto a casa y, con la epidemia controlada, habrá muchas celebraciones.

–No estoy de humor para celebraciones.

–Podrías estar con tu hermana.

–En este viaje no –Georgie se encogió de hombros
y se volvió hacia la puerta.

–Georgie.

–¿Qué?

–Quizás deberíamos hablar...

–¿Sobre qué?

–Quizás esta noche, cuando todos estén durmiendo,
podrías venir y...

–Ya te lo dije –siseó ella–. Jamás.

El segundo intento de marcharse fue de nuevo interrumpido por el príncipe. Georgie estaba furiosa porque
ese hombre creía que podía llamarla para celebrar una
noche de sexo que mitigara el dolor de su corazón. Y
también estaba enfadada consigo misma por considerar
seriamente la opción.

–Georgie, no puedes marcharte...

–¿Se me ha olvidado hacer una reverencia? –rugió
ella.

–No puedes marcharte hasta que no seas dispensada.

–No hay problema, yo ya estoy dispensada –contestó
Georgie–. Cuando me llamaste material deteriorado,
Ibrahim, me dispensaste para siempre.

–Te guste o no, estamos aquí juntos –él sólo quería
hablar, pero ella estaba demasiado furiosa para comprenderlo.

–No por mucho más tiempo –espetó ella–. Felicity
volverá mañana.

–Aún no sabemos qué pasará con los aeropuertos.

–Volveré a nado si hace falta –Georgie hablaba completamente en serio. En el peor de los casos se instalaría
en un hotel.

Dedicó el día a hacer la maleta y a cuidar de Azizah.
Hizo todo lo posible para no pensar en él, pero a medida
que se hacía de noche, cedió un poco y se sentó a ver la

televisión. A pesar de los subtítulos, no lo entendía todo, pero no cabía duda de que el joven príncipe había conseguido tranquilizar al pueblo. Su voz grave había llevado consuelo a los que sufrían. Hacía que las decisiones complicadas parecieran fáciles de tomar, pero también le habían pasado factura.

Se veía claramente en las imágenes.

Se preguntó si todo el mundo se habría fijado en la rigidez de su mandíbula mientras oía las preguntas, o las pequeñas arrugas que habían aparecido alrededor de los negros ojos. Se preguntó si habrían notado que tenía las mejillas más hundidas.

A lo mejor eran detalles sólo visibles a los ojos del amor.

Cambió de canal una y otra vez, pero no sirvió de nada, pues aunque cerrara los ojos seguía viendo su rostro. Desgraciadamente para ella, no le cabía duda de que lo amaba.

–¡Oh! –al verlo entrar en el salón se sobresaltó. Era demasiado pronto para que hubiese regresado. Había dado por hecho que la conferencia de prensa había sido en directo–. Creía que estabas... –señaló al televisor–. Te deseo buenas noches.

–No hace falta que te escondas en tu habitación.

Georgie se sentía más segura en sus aposentos, pero no lo dijo. Simplemente no contestó y se dispuso a marcharse, pasando por delante del sofá. Pero él le agarró la muñeca.

–¿Has comprendido lo que se ha dicho? –él contempló su propia imagen en la pantalla.

–No mucho.

–Las cosas están mejorando.

–Qué bien –ella permaneció de pie a pesar de que Ibrahim le tiró del brazo para que se sentara a su lado en el sofá–. He visto las noticias –aún no podía mirarlo a la cara–. Había subtítulos... hablaban del joven príncipe y del magnífico trabajo que estabas haciendo... –las lágrimas rodaron por sus mejillas y cayeron sobre la mano del príncipe que aún la sujetaba–. Hablaban de una prometida...

–Siempre hablan de matrimonio –empezó Ibrahim, aunque no podía negar que era cierto–. Si me quedo aquí, si ejerzo de príncipe...

–No hay «si», que valga –Georgie estaba furiosa–. Has saboreado el poder y quieres más.

–No –él deseó que fuera tan sencillo–. No se trata de poder, no se trata de lo que yo quiero. Soy su príncipe. El pueblo se ha mostrado paciente mientras era joven, pero ya ha llegado el momento de aceptar mis responsabilidades –contempló de nuevo la pantalla de televisión–. ¿Entiendes de qué están hablando?

–No.

–Ése es uno de los ancianos. Pregunta que, si es verdad que nos importan tanto a los regidores, por qué no hay ningún hospital en el desierto. Por qué hacen falta cinco días de viaje para obtener ayuda. Zaraq es un país rico, pero su pueblo sufre.

–Pero las cosas están cambiando –Georgie tragó con dificultad–. Hay programas de ayuda, hay un hospital...

–Al que no pueden acceder –Ibrahim la miró–. Han elegido vivir aislados, eso dice el periodista en estos momentos. Nos piden que no invadamos su desierto, que no les quitemos sus costumbres... Es complicado.

–No hay una solución sencilla –observó Georgie mientras contemplaba la preocupación y las arrugas en el rostro del príncipe–. ¿Verdad?

–No hay solución sencilla –asintió él–. Hace falta más infraestructura. Mi padre lo intentó una vez. Hizo venir a expertos, pero ellos no comprenden nuestras costumbres. Se planificó la construcción de una carretera, pero había que construir puentes.

–Tú sí comprendes, ¿verdad? –de repente, ella lo vio claro.

–Me siento en Londres y diseño ascensores y piscinas para los rascacielos –él asintió–, pero no he olvidado la tierra. Comprendo parte de la magia y la ciencia. Veo los puentes, pero no puedo franquear los cañones. Veo cómo podría hacerse de modo que el pueblo lo permitiera, de modo que les beneficiara sin tener que renunciar a sus deseos de libertad...

La mente analítica de Ibrahim empezó a soñar y ella se volvió de nuevo hacia el televisor, escuchó y leyó los subtítulos. El periodista preguntaba si el príncipe supervisaría los cambios.

–Por el momento –había contestado él– nos ocuparemos de los problemas actuales. Después veremos qué hay que hacer para que no vuelva a repetirse.

Ella lo miró, y el rostro que vio le resultó repentinamente familiar, era el rostro que había visto en el avión, un rostro que hablaba de su tormento interior.

–¿Qué ocurre, Ibrahim? –preguntó mientras él cerraba los ojos–. Sí que te vi en el avión, y no tenías nada que ver con el hombre que se bajó de él. ¿Es éste tu lugar en el mundo?

–¿Te digo la verdad? –preguntó Ibrahim–. No lo sé. Aquí es donde se me necesita –abrió los ojos y la miró, agradecido por su silencio, porque no le dijo que también lo necesitaba, porque no luchaba desde el rincón de su desgarrado corazón–. Cuando todo esto termine, cuando regrese...

–Tú perteneces a este lugar –intervino Georgie. Durante los últimos días había visto claro que era así.

Ibrahim se puso en pie y se dirigió hacia la puerta, pero cambió de idea y se detuvo. Al igual que había hecho en el club de Londres, se volvió y regresó a su lado.

–Lo que dije sobre el material deteriorado...

–Por favor, no te disculpes –protestó ella–. Porque me odiaría si llegara a perdonarte.

–No espero que me perdones y no espero que lo comprendas, sólo que sepas que al decirlo quería evitar hacerte más daño a largo plazo.

–Pues no funcionó –contestó Georgie–. Jamás funcionaría.

De algún modo, y para poder sobrevivir al resto de su vida, era algo que debía aceptar.

Capítulo 14

YA NO falta mucho –Georgie intentaba consolar al bebé que echaba de menos a su mamá–. Mami llegará pronto –de inmediato lamentó sus palabras, pues la mera mención de su madre hizo que arreciaran los aullidos de Azizah–. Vamos –una agotada Georgie intentó pasear con ella por la lujosa habitación. Sentía el calor de las mejillas de su sobrina y abrió la puerta de la terraza para salir al exterior. El aire fresco sorprendió a la niña que dejó de llorar–. Mañana te llevaré a la playa –le prometió su tía mientras contemplaba los negros ojos del bebé, unos ojos heredados de Zaraq.

El corazón se le paró en seco al ver a Ibrahim caminando por la playa y cuando miró hacia el palacio, no desvió la mirada como la vez anterior. No estaba segura del todo, pero juraría que la miraba fijamente, descaradamente, como ella a él. Pero ella no sólo miraba al hombre, miraba también al recuerdo y supo que ambos estaban reviviendo el desierto.

Y supo lo que debía hacer.

Dejó al bebé, por fin dormido, en la cuna, cerró la terraza y se dirigió a su habitación.

No le hizo falta cerrar con llave, sabía que él jamás acudiría en su busca. Había dado por terminada la relación y no sería tan cruel como para reavivarla, por mucho que la deseara.

Iba a ser una noche muy larga antes de que la normalidad regresara al día siguiente.

Era su última oportunidad para estar a solas, para despedirse, aunque no con palabras.

Era su última oportunidad para darle las gracias, pues, a pesar de sus crueles palabras, la había cambiado, le había enseñado a apreciar la belleza de su cuerpo.

Cuando él regresó a sus aposentos y la encontró en su cama, no le hizo ninguna pregunta.

La besó con dulzura en el cuello, luego el hombro y otra vez el cuello. Después le habló sobre aquello tan doloroso que no habían podido hablar de ello antes.

—Ojalá me lo hubieras contado.

—¿Por qué? —preguntó Georgie, y respondió ella misma—. Así podrías haberme evitado y jamás habría ocurrido —sintió los cálidos labios de nuevo sobre el cuello y el fornido cuerpo apretándose contra ella, y comprendió por qué no había contestado él—. Para que nunca hubiésemos conocido esto...

—¿Y ahora qué hacemos? —Ibrahim le hizo tumbarse de espaldas y mirarlo a la cara—. La próxima vez que vengas a visitar a tu hermana y yo esté aquí con mi esposa... —estaba furioso con ella. Aceptar la elección de su padre habría resultado soportable, de no ser...

—Intentaremos no coincidir —contestó ella.

—Las bodas, los bautizos y los funerales suelen tener una única fecha de celebración y eso significa que ambos estaremos aquí, aunque separados y negando que esto haya sucedido —sentía cada centímetro de la piel de Georgie contra su cuerpo, una piel que le pertenecía, salvo por ley—. ¿Voy a tener que estrechar la mano de tu esposo y sonreír a tus hijos? —sabía que no sería capaz de ello—. ¿O pasaremos los próximos cincuenta años escabulléndonos discretamente tras la comida para encontrarnos en los jardines...?

–No –Georgie sacudió la cabeza. No podría vivir así.

–¿Por eso me detuviste? –Ibrahim lo recordó de repente–. ¿No era porque te sintieras culpable por tu hermana?

–Aún no había conseguido el divorcio y no me pareció bien.

–Pues al final parece que tienes sentido de la moral –exclamó él con una mezcla de humor y amargura–. Eso te elimina de la lista de amantes.

De modo que aquélla era la última vez que estarían juntos. Ibrahim se apartó de ella y encendió todas las luces antes de retirar la sábana de seda. Georgie se quedó tumbada, temblando de deseo en silencio mientras los negros ojos recorrían su cuerpo.

Ibrahim contempló los dedos de sus pies y las flores de henna que trepaban por ellos. Miró las rodillas y los muslos, y el rincón que a partir del día siguiente le sería vetado. Miró el vientre y los pechos que había saboreado. Sin necesidad de decirle nada, ella comprendió y se dio la vuelta, y lloró mientras él contemplaba el adorado cuerpo.

Sentía el calor de la mirada sobre la columna, sobre la marca de nacimiento bajo las costillas y las estrías sobre las caderas.

Concluida la inspección visual, Ibrahim se metió en la cama y repasó cada rincón sobre el que se habían detenidos sus ojos, pero con la boca. Georgie sentía los ardientes labios sobre la piel, las pantorrillas, los dedos de los pies y de nuevo hacia arriba. La obligó a darse la vuelta y prosiguió sobre el vientre, en el punto exacto en que lo había detenido en una ocasión. Se tomó su tiempo, un tiempo del que no disponían, y la exploró lentamente hasta que ella le suplicó que parara. Sin embargo, él no se detuvo y le provocó un orgasmo tan profundo e intenso que le asustó. Sabía muy bien lo que le estaba haciendo y se oyó a sí misma gritar su nombre, tal y como había pretendido él que hiciera porque, mientras llegaba y lo llamaba, era consciente de que jamás podría llegar en el futuro sin pensar en él. Siempre tendría que reprimirse para no equivocarse de nombre.

Era tan hábil que le ponía furiosa. Perfecto y adecuado, y aun así jamás podría ser suyo. Se tendría que conformar con el recuerdo.

Cuando ya no hubo más que dar, Ibrahim empezó a tomar. Se deslizó por su cuerpo y, por primera vez desde el desierto, le besó la boca y abrió los ojos en el instante en que la penetraba. Georgie también los tenía abiertos, temerosa de pestañear. Era fundamental que jamás olvidara aquel instante, que nunca olvidara esa mirada mientras se hundía profundamente en su interior. Que no olvidara cómo destacaba su pálida piel contra los bronceados hombros. También intentó grabar en su memoria el aroma de su príncipe.

La peor semana de su vida quedó borrada de la mente de Ibrahim. Teniéndola a ella, soportaría cualquier cosa. Quería llegar, pero no que acabara tan pronto, de modo que se contuvo a pesar del sufrimiento, pues su cuerpo ansiaba la liberación que ella podía darle.

–Por favor –suplicó Georgie, a punto de llegar. Quería que él la acompañara–. Por favor –insistió presionando la boca contra el hombro de Ibrahim para no seguir suplicando.

Sentía como si se estuvieran hundiendo en unas arenas movedizas, succionados hacia el mundo que habían creado en el desierto únicamente para ellos dos. No quería, no podía, esperarle ni un segundo más. Se alzó y se tensó en torno al cuerpo de Ibrahim, tocando una melodía que él no podría ignorar. Y al fin él cedió y cada embestida la llevó más lejos, no sólo a la cima, sino más allá, lejos de él. Ambos lo sabían. Estaban alimentando los últimos destellos del orgasmo de un fuego que debía extinguirse.

Ibrahim deslizó una mano hasta el vientre de Georgie y se detuvo pensativo.

Con suerte dolería menos cuando ya no estuviera en sus brazos, pero ella se quedó quieta un rato más, torturándose mientras él hacía lo mismo.

–¿Qué pasaría si no tomaras la píldora?

–Seguramente nada.

–Pero, ¿podría ser?

–Nunca lo sabremos –contestó Georgie con las mejillas ardiendo porque ella también había considerado esa posibilidad–, porque me la tomé esta mañana y me la volveré a tomar mañana. No te impondré una decisión –aunque frágil en sus brazos, su mente era fuerte.

–Si sólo duró unas semanas –Ibrahim seguía divagando, explorando opciones que normalmente hubieran sido impensables–. ¿Podrías obtener la anulación?

–Pero sucedió –ella habló con voz ronca–. Tú mismo dijiste que no puede deshacerse.

–Pero duró tan poco tiempo, y no hubo niños... Si fue un error, algo que lamentas...

–El problema es que no lo lamento –anunció ella, mostrando más valor del que había mostrado en su vida, con las ideas más claras que nunca.

–¿Cómo puedes decir que no lo lamentas? –él la miró con gesto sombrío–. Te casaste con un borracho y admitiste que fue un error. ¿Cómo puedes decir que no lamentas algo por lo que vamos a tener que pagar tan elevado precio?

–No lo lamento porque aprendí mucho de ese error –ella se negaba a ceder–. He aprendido de mis errores –añadió con voz temblorosa en un intento de mantenerse firme–. Podría haber admitido que lo lamentaba, pero sería únicamente porque tú querías oírlo... porque yo habría hecho cualquier cosa para agradarte.

–Por culpa de tu pasado, no tenemos futuro...

–Por culpa de mi pasado soy mejor persona –interrumpió ella–. Porque me enseñó a decir que no, a marcharme, a aceptar únicamente lo mejor... De modo que no me obligues a decir que lo lamento. No me avergüenzo de mi pasado, Ibrahim. Si a ti te avergüenza... –se levantó de la cama y se puso la bata. Se marchó a pesar de no desearlo porque de lo contrario podría empezar a mentir, podría convertirse en la mujer que él deseaba que fuera en lugar de en la mujer que era–. Ése es tu problema.

–¿Tardarás mucho en volver? –preguntó Felicity en el coche que les iba a llevar al aeropuerto.

Se había llevado una gran impresión cuando, nada más regresar del desierto, Georgie le había comunicado que se marchaba y no había habido manera de hacerle cambiar de idea.

Si no se marchaba, acabaría de nuevo en su cama y allí se quedaría hasta que le encontraran a su esposa. Ella se merecía más que eso, y la futura princesa también.

–Por supuesto que volveré –le aseguró a su hermana mayor, aunque en el fondo de su corazón no sabía cómo iba a ser capaz de hacerlo.

–Y yo iré a pasar unas semanas a casa –Felicity intentó mantener un tono de voz alegre mientras se alejaban del palacio.

Georgie se negó a mirar atrás mientras el coche avanzaba, pero una vez en el aeropuerto, al abrazar a su hermana, no pudo más y se derrumbó.

–Conseguirás olvidarlo –le aseguró Felicity–. Lo superarás.

–Ya lo sé –contestó Georgie, aunque su corazón no estaba tan seguro de ello.

Nada más despegar, el piloto les sugirió mirar a la derecha para disfrutar de una espectacular puesta de sol, pero ella se negó a hacerlo. Se negaba a disfrutar de una puesta de sol sin su príncipe.

–¿Va todo bien, señorita Anderson? –preguntó la azafata.

–Señora –corrigió Georgie, porque así era, le gustara a Ibrahim o no.

Capítulo 15

IBRAHIM estaba en Londres.

Desde su última noche, cada día tras consultar el horóscopo, Georgie tecleaba «Zaraq», en el buscador de internet.

Y a continuación, «noticias».

La epidemia que había asolado al país estaba controlada.

Hassan y Jamal habían regresado a casa con el bebé.

El rey estaba encantado con su nieto y, tras una breve estancia en el palacio, había regresado al Reino Unido para resolver unos «negocios». Aunque a Ibrahim se le mencionaba muy a menudo, aquel día no había noticias de él, como sucedía desde hacía cuatros días.

Estaba segura de que se encontraba en Londres, porque Felicity se había mostrado esquiva cuando lo había intentado averiguar y, además, su cuerpo le decía que era así.

Continuar con el trabajo requería un enorme esfuerzo.

Por mucho que su hermana se mostrara escéptica, el trabajo que llevaba a cabo consistía en mucho más que en masajes y esencias. Para ser eficaz, tenía que entregarse en cuerpo y alma, pero en aquellos momentos sentía que no tenía mucho de sí misma que ofrecer.

Entre cliente y cliente consultaba las llamadas, los mensajes, el correo electrónico...

Alimentaba un deseo que no disminuía por mucho que se obligara a seguir adelante.

–Tenía cita para un masaje facial, pero ha surgido algo.

Sophia Porter era una cliente nueva y Georgie repasó el cuestionario que había rellenado.

–Podría reservar otra cita –continuó–, aunque esperaba poder comprar algo... –cerró los ojos azules y presionó un dedo contra la frente–. Sufro migrañas. He intentado de todo.

–¿Por qué no me dejas darte un masaje de reflexología en las manos? –le ofreció Georgie.

Era su masaje preferido para un contacto inicial. No era invasivo y, a menudo, el único que toleraban sus clientes más jóvenes. Sin embargo, la mujer dudó, quizás sintiéndose un poco presionada–. Quizás te ayude antes de comprar nada.

Sophia se reclinó en la silla y Georgie preparó sus aceites. No tenía ninguna mezcla lista para usar ya que prefería hacerlo intuitivamente tras conocer al cliente.

Uno de los mejores aceites para las migrañas era el de lavanda, pero al percibir la ansiedad de Sophia optó por añadirle amaro y una gota de mejorana, tras lo cual se humedeció las manos con la fragante mezcla y tomó la mano de su paciente.

La mujer tenía las manos suaves, bastante hermosas, de largos dedos y exquisita manicura. Pero, a pesar de los esfuerzos de Georgie, no conseguía relajarse y no paraba de hacerle preguntas. Algunas personas se relajaban hablando por lo que decidió contarle que acababa de regresar de vacaciones.

–¿Has estado en algún lugar bonito? –preguntó Sophia.

–Mi hermana mayor vive en Zaraq. Es una isla...

–He oído hablar de ella –la mujer sonrió.

Georgie eligió otro frasquito. Un poco de melisa quizás ayudaría, y siendo la fragancia clave para la memoria, en unos segundos ella misma se encontró de nuevo
en el desierto. Las manos empezaron a temblar y tuvo
que interrumpir el masaje mientras Sophia respiraba
hondo.

–Ah... *Bal-samin* –se reclinó en la silla–. Háblame
de Zaraq. ¿Es bonito?

–Mucho –admitió ella mientras sentía que la mujer
se relajaba cada vez más.

De manera que le habló del interminable desierto y
del milagro de encontrar allí una caracola marina. Tiró
delicadamente de cada dedo hasta eliminar la tensión.
Le habló del cielo infinito y del ardiente sol. Le habló
de los salvajes vientos y las extrañas costumbres y
cuando el recuerdo empezó a doler demasiado, cuando
ya no pudo hablar de ello sin llorar, levantó la vista y
comprobó que Sophia se había dormido.

–El dolor de cabeza ha desaparecido –anunció cuando
la despertó con suavidad. Insistió en pagar, a pesar de las
protestas de Georgie, y también adquirió aceite de melisa. Tras lo cual le entregó una enorme propina–. Tienes
un don.

–Gracias.

–¿Podrías reservarme otra cita?

–Por supuesto –Georgie abrió la agenda en la pantalla del ordenador y se dispuso a introducir los datos
de Sophia–. ¿Señora o señorita? –preguntó–. No lo has
indicado.

–No hay ninguna casilla marcada «reina» –contestó
Sophia mientras a Georgie se le paraba el corazón–.
Pon señora. Es más sencillo que intentar explicarlo.

–No has venido por el masaje, ¿verdad?

–No –admitió la otra mujer–, aunque volveré... si tú

me lo permites. Lo del terrible dolor de cabeza era cierto. Jamás pensé que un masaje podría eliminarlo, pero así ha sido –sonrió con tristeza–. Estoy preocupada por mi hijo.

–¿Has hablado con él?

–Sí. Está aquí, en Londres

Georgie dio un respingo, dolida porque no hubiera intentado ponerse en contacto con ella.

–Y eres tan hermosa como me había contado, y tan cálida y encantadora.

–¿Ha hablado de mí?

–Ibrahim no es muy dado a las confidencias, pero sí, ha terminado por admitir que tenía algo en la cabeza. Te echa de menos.

–No me ha llamado.

–Está preocupado por ti –le explicó Sophia–. Preocupado por la crueldad con la que te tratará la prensa de Zaraq y por lo que esa crueldad te hará –sonrió a Georgie–. Ha visto lo que me hizo a mí. Me marché y, durante dos años, la prensa no me dejó en paz. Mi marido perdonó mi infidelidad, pero el pueblo de Zaraq no. Pero yo no necesito su perdón. Aquí tengo una vida maravillosa, y mi marido viene a menudo.

–¿No echas de menos aquello?

–A veces –Sophia se encogió de hombros–, pero aquí soy feliz y puedo mostrarme como soy. Se lo he explicado a Ibrahim –miró a Georgie a los ojos y negó el dolor que sentía en el alma. Ni por un instante se sintió culpable por mentir. Sólo quería conservar a su hijo.

Evitar que el desierto se llevara también lo único que le quedaba de su familia.

Durante años le había suplicado a Ibrahim que no regresara y durante muchos de esos años había pensado que jamás lo haría. Sin embargo, desde la boda de Ka-

mir lo había notado inquieto. Una inquietud que, al principio, había intentado ignorar, pero que tras verle desde
la distancia gobernar un país sumido en la crisis, tras
oírle hablar sobre construir un futuro para el pueblo de
Zaraq, se había impuesto y, en esos momentos estaba
segura de haberlo perdido, segura de que el desierto había ganado una vez más.

Y entonces su hijo le había hablado sobre Georgie,
la mujer que amaba, y ella había vislumbrado un camino hacia el futuro, con una familia junto a la cual en-
vejecer, con nietos que no fueran unos extraños, y navidades y cumpleaños celebrados en compañía.

—Podrías tener ambos mundos —le había asegurado
a su hijo—. No le des la espalda al amor. Encontrarás el
camino, Ibrahim. Juntos podréis salir adelante.

Y repitió las mismas palabras a Georgie.

—Me dijo que eras frágil, y me contó todo lo que habías sufrido.

Georgie se sintió confusa, pues pensaba que Ibrahim
la veía de otra forma.

—Pero ya no estás enferma y veo con mis propios ojos
que eres fuerte. Si la prensa de Zaraq habla mal de ti, no
te desmorones. De todos modos, tal y como le he dicho
a mi hijo, tú estarás aquí. Aquí podrá protegerte, defen-
derte... No debería permitir que tu pasado afecte a vuestro futuro.

—No creo que tengamos ningún futuro.

—Yo no estaría tan segura —Sophia sonrió—. Sé cómo
te sientes, Georgie. Comprendo tus miedos y, si necesitas hablar con alguien en quien puedas confiar, aquí
me tienes.

Capítulo 16

AQUELLO no mejoraba.

Sentía una constante llamada que intentó ignorar.

Sentía la oscuridad en el corazón, y la inquietud en el alma.

La corbata le asfixiaba por las mañanas.

Las calles estaban abarrotadas, la lluvia era intensa, pero podría muy bien ser su hogar.

Había escuchado a sus hermanos, al rey, pero no estaba de acuerdo con ellos. También había escuchado a su madre que insistía en que no cerrara esa puerta de su corazón.

Que le decía que tenía elección.

Y al final, Ibrahim había decidido intentarlo. Ése podría ser su hogar sin que tuviera que dejar de ayudar al pueblo de Zaraq.

Subió a grandes zancadas las escaleras hasta el pequeño despacho de Georgie. Había tomado una decisión y nada podría hacerle cambiar de idea.

–Estoy esperando a un cliente –ella reconoció los pasos y no levantó la vista porque no quería mirarlo, no quería ver su rostro ni añadir otra imagen más a su colección.

–Yo soy tu cliente. Hice que mi secretaria reservara la cita a su nombre –los detalles no importan–. Necesito verte...

–Será mejor que no.

–¿Mejor para quién? –preguntó él–. ¿Te sientes mejor si no me ves? –contempló el pálido rostro y se preocupó por su delgadez–. Tenemos que hablar.

–No estoy preparada para hablar.

Y no lo estaba. Verlo, oler su aroma, tenerlo en su espacio, la sobrecogía. Deseaba tocarlo, arrojarse en sus brazos, pero tenía miedo de volver a perderlo.

–Pues entonces no hables. Limítate a escuchar –Ibrahim tragó saliva–. Me sentiría muy honrado de que aceptaras ser mi esposa.

–¿Pero? –preguntó Georgie.

–No hay ningún «pero».

Ella estaba muy segura de que sí lo había y no quería oírlo. Tenía miedo de mirarlo a los ojos, pero sabía que debía hacerle las preguntas. De modo que se obligó a mirarlo y lo que vio fue dolor. Y supo lo mucho que la había echado de menos. Y entonces preguntó.

–¿Y qué pasa con mi trabajo? –estaba dando un rodeo al tema y al mismo tiempo lo abordaba sutilmente, tan sutilmente que ni siquiera Ibrahim se dio cuenta.

–No te pido que renuncies a nada.

–Tú amas esas tierras, Ibrahim. Quieres vivir allí, lo veo, lo siento. Lo sé...

–No.

–Sí.

Y era cierto.

Era una maldición con la que tenía que vivir, pero podía tener ambas cosas, estaba seguro.

–Viviremos aquí. Puedo regresar por motivos de trabajo y para visitar a mi familia. Pero nuestro hogar estará aquí.

Georgie quería decir que sí. Deseaba arrojarse en sus brazos, aceptar su proposición, ser su esposa. Cada latido del corazón la impulsaba en esa dirección, pero con el tiempo se había vuelto menos impulsiva, más fuerte, y primero debía pensar en sí misma.

—¿Y yo también viajaré allí contigo?

—Cuando se conozca tu pasado –Ibrahim dudó unos segundos antes de negar con la cabeza–, se producirá un escándalo, pero tú estarás aquí. Te protegeré de aquello.

—No necesito tu protección –contestó ella–. Porque no sucederá.

—Lo que te ofrezco...

—Ser medio princesa, eso me ofreces –espetó Georgie, sorprendida ante la amargura en su voz, una amargura negra y furiosa, como la verdad que ocultaba la bonita propuesta de Ibrahim–. Creo que me merezco algo más.

—Aquí te daré todo lo que necesites.

—Pero no podrás llevarme contigo a tu hogar. No podré vivir como mi hermana...

—¿O sea que lo que quieres es un palacio? –su voz también reflejaba amargura–. ¿Quieres todos esos lujos?

—Sí –contestó Georgie–. Si me caso contigo, quiero todo eso.

—No eres la que yo creía –exclamó Ibrahim.

—Soy mejor que ella –insistió Georgie–. Y cada día soy mejor. Hace unos meses habría accedido. Habría aceptado cualquier migaja que me ofrecieras. Demonios, lo habría aceptado la semana pasada, pero ya no...

—Migajas no –le estaba ofreciendo todo lo que podía ofrecerle: vivir la mitad de su vida en un avión con tal de pasar la noche con ella.

—No quiero sólo los cumpleaños y Navidad, y un marido para los fines de semana. No quiero llegar a acuerdos con una familia que me odia. No quiero ser una mujer de militar para un país que se negará a reconocer mi existencia –lo miró fijamente a los ojos–. Y no quiero que vuelvas a describirme como una persona frágil.

–Nunca lo he hecho.

Ella no le creyó.

–No hace falta que me protejas, ni que me escondas de mi pasado. Me alegro por cada error que he cometido porque, hace seis meses, seis días, de haberme ofrecido todo eso, lo habría aceptado. Me habría convertido en tu esposa sin cuestionármelo, pero ya no.

–Te quiero en mi cama cada noche.

–Y yo quiero el palacio y el desierto, y de vez en cuando querré regresar a Londres –le explicó ella con convicción creciente–. Lo quiero todo, y me lo merezco, y si no puedes dármelo, si no puedes compartir toda tu vida conmigo, entonces no aceptaré la mitad que me ofreces. Estoy mejor sola, mejor pudiendo viajar libremente a Zaraq para visitar a mi hermana y a mi sobrina. Mejor siendo yo misma que una esposa exiliada.

–¿Me estás diciendo que no?

–Desde luego –asintió Georgie.

–Sólo puedo ofrecerte...

–Guárdatelo para la esposa que elija tu padre para ti, Ibrahim –insistió ella–. Resérvalo para la virgen –estuvo a punto de escupir ante la idea, pero se contuvo–. Pero, por bien que la enseñes, jamás será tan buena como yo.

Capítulo 17

EL PROBLEMA con las palabras airadas, pensó Georgie mientras él salía furioso de su despacho, era que no podían ensayarse.

Deseaba correr tras él, explicarse mejor. Decirle que no hablaba de sexo, que no se acababa de proclamar la mejor amante del mundo. Bueno, lo era, pero sólo para él.

Y en efecto, no se trataba sólo de sexo. Lo que jamás podría tener con otra eran las conversaciones, los pensamientos compartidos.

Pero no correría tras él, era más fuerte que eso.

¿Frágil? ¡Y un cuerno!

¿Cómo se había atrevido?

Inhaló un poco de aceite de melisa antes de arrojar el frasco contra la pared al percibir el aroma a *Bal-smin*, tal y como había hecho Sophia. Porque siempre la llevaría de vuelta al desierto.

Siempre.

¿Cómo había podido afirmar Sophia que era feliz con aquella vida cuando su hijo y su nieto estaban enterrados en el desierto, cuando había oído a Ibrahim decirle a su padre que había llorado al conocer el nacimiento del hijo de Hassan?

Sophia había mentido, y Georgie no la culpaba lo más mínimo por ello.

Quizás debería hablar con ella, pero con sinceridad. Quizás la ayudaría a conocer su verdadero dolor, confirmar cómo se sentía siendo medio esposa, sellar la decisión que había tomado.

Capítulo 18

¡DIOTA! —Ibrahim pasó por delante de su madre y se dirigió directamente al lugar donde se sentaba su padre. Tras de sí dejó un rastro de malas vibraciones que hicieron que la reina se quedara de pie ante la puerta, temerosa de entrar en la habitación. Por mucho que lo intentara, aquello era imposible de parar.

—¡No te atrevas a hablarme de ese modo! —el rey se levantó a la defensiva—. Soy tu padre, y tu rey.

—Tú no eres mi rey —espetó su hijo—. Ya no volverás a ser mi rey. Estoy harto. Has cortado la relación entre mi madre y la familia.

—No tuve elección.

—Eres el rey —bufó Ibrahim—. Tú decides. Tú estableces las normas —oía a su madre llorar en el pasillo, pero no podía parar—. Se merece estar en casa contigo, no escondida en otro país. Es la madre de tus hijos.

—Me engañó.

—¡Igual que tú a ella! —lo desafió el príncipe, poniendo en entredicho las más ancestrales costumbres que lo apartaban a él, a su padre y a su familia de un futuro—. Has tenido numerosas amantes, incluso cuando estabas con ella...

—¡Soy el rey! —rugió su padre indignado—. Tu madre tenía cuatro hijos pequeños. Le estaba ayudando para que pudiera centrarse en sus hijos sin tener que atender mis necesidades...

–¿Y qué pasa con sus necesidades? –exclamó su hijo–. Las tenía, pero estabas demasiado ciego para verlas.

–Ibrahim, por favor –suplicó Sophia desde el pasillo–. Déjalo.

Georgie paró frente a la casa de Sophia y la vio ante la puerta, encorvada y llorando. A medida que se acercaba a la casa oyó voces airadas provenientes del interior.

–Lo va a matar si sigue hablándole así –Sophia corrió a su encuentro–. Debes impedírselo.

Sin embargo Georgie sabía que no habría manera de impedirle continuar. Había mucho que decir, un enfrentamiento que debía llevarse a cabo, de modo que tomó la mano de Sophia y escuchó.

–Ni siquiera le permitiste terminar la relación con dignidad –Ibrahim seguía rugiendo–. Debes llevarla a casa.

–Mi pueblo no la aceptará y no me respetarán si la perdono en público.

–Algunos puede que no –lo desafió su hijo–. Pero hay muchos que te respetarán aún más... incluyendo a tu propio hijo.

El rey miró a su hijo pequeño, al que no conseguía entender, al que había acusado de ser débil cuando había llorado en el desierto. El niño que había llorado hasta ahogarse, hasta vomitar, cuando debería haberse resignado y aceptar su destino. Pero Ibrahim no lo había hecho, porque jamás se rendía ante lo que creía, y el rey vio por fin su fuerza.

–Amo a Georgie –continuó Ibrahim–. Y va a ser mi esposa porque, sin ella a mi lado, jamás regresaré a Zaraq, ni nuestros hijos tampoco –lo decía en serio y al rey no le cupo la menor duda de ello–. Si soy príncipe, ella también debería pertenecer a la realeza, como debería pertenecer mi madre.

–No puedes renunciar a todo.

–Acabo de hacerlo –exclamó él sin rastro de remordimiento en la voz.

Georgie cerró los ojos mientras escuchaba y comprobaba lo mucho que la amaba.

–No puedes darle la espalda a la llamada del desierto...

–No oigo ninguna llamada del desierto. La llamada proviene de mi corazón.

–No te burles de las costumbres ancestrales.

–No lo hago –contestó Ibrahim–. El desierto sabe lo que hace, porque nos unió. Es el regidor quien se muestra ciego.

Había terminado con su padre. Sólo le quedaba encontrar a Georgie, pero antes de siquiera darse la vuelta, ella estuvo a su lado, tomándole la mano, intimidada por el rey.

–¿Es éste el futuro que deseas para él? –rugió el rey.

–No hace falta que renuncies, Ibrahim –Georgie no podía competir en fuerza con el monarca–. Ya se nos ocurrirá algo. Sé lo mucho que amas aquello.

–Pero ellos también tienen que amarme a mí –contestó él–. Sería un buen príncipe, bueno y leal. Puedo ayudarlos a avanzar y a introducir los tan necesitados cambios, pero sólo si me quieren al completo, y tú siempre serás una parte de mí.

Lo decía en serio. Georgie lo supo. La tensión y las dudas habían desaparecido. No había resto de lucha y, sin mirar atrás, salió de la casa, llevándosela con él.

–¿Te das cuenta de lo que has hecho? –preguntó ella.

–¿Y tú? –por primera vez en su vida, Ibrahim sintió cierta vergüenza porque ya no podía ofrecerle todo aquello que ella deseaba–. Ni siquiera podrás ser medio princesa.

–¿Soy tuya? –preguntó ella, recibiendo el asentimiento de Ibrahim–. ¿Eres mío?

Él cerró los ojos y asintió de nuevo.

–Entonces lo tengo todo.

Georgie contempló los dedos de la mano de Ibrahim, enroscados alrededor de los suyos y luego miró a los negros ojos y el talento que latía tras ellos. Ése era su palacio.

Tenía a su príncipe.

Epílogo

PRONTO habrá acabado lo peor.
Ibrahim se refería a la parte oficial de la boda,
pero al recibir la sonrisa de su amada, supo que
también significaba algo más.

Con él a su lado, Georgie se sentía capaz de enfrentarse a cualquier cosa.

–Pronto –insistió él–, nos iremos al desierto.

Se moría de ganas de que llegara el momento. Por fin comprendía la sabiduría de aquel lugar.

Pero su mente no se detuvo allí. Aquella noche toda su atención estaba puesta en Georgie. A ella no le gustaba estar bajo los focos, ser el centro de todas las miradas, y la protegió de todo aquello lo mejor que pudo. Afortunadamente, y aunque se trataba de su boda, había otra pareja que reclamaba la atención.

Zaraq celebraba dos felices acontecimientos. La boda de Ibrahim y Georgie, y la reunión del rey con su reina.

El pueblo siempre la había amado. Había llorado la muerte de su hijo y por fin la veía regresar, resplandeciente. Estaba sentada a la mesa, al lado de su esposo.

El rey estaba orgulloso de su país y su pueblo y, en el discurso, les dio las gracias por compartir ese día con ellos. También le dio las gracias a su esposa sobre todo, añadió, por su paciencia. Incluso Ibrahim soltó una carcajada. Entonces el rey se volvió hacia él y dio las gracias a su hijo pequeño, el más rebelde, por mantener su postura, pues los desafíos eran buenos. Por último sonrió a Georgie y le dio las gracias a ella por lo mucho que le había enseñado.

Lo peor había terminado y, al parecer, podían empezar a divertirse.

Todos, salvo Georgie.

De pie en lo alto de las escaleras, oyó la música y el rugido de la multitud, y las bailarinas que les rodeaban. Y la mano de Ibrahim en la suya.

—No puedo hacerlo.

—Ya lo estás haciendo —contestó Ibrahim, pues bastaría con que caminara, aunque la sabía capaz de mucho más—. Ya lo estás haciendo.

¿Había estado el rey tan exultante y orgulloso durante la boda de Felicity?

Vio a su madre, sonriente, y el radiante rostro de Sophia que al fin estaba en casa, y también la felicidad de su hermana.

Pero sobre todo vio a Ibrahim a su lado y, a mitad de las escaleras, encontró el ritmo y supo que podía bailar, aunque fuera mal, y que él seguiría adorándola.

Pues para él era perfecta.

Y eso le infundió el valor que jamás sospechó que tendría.

Bailar el tramo final y aceptar el amor que la rodeaba sin importarle si caía o tropezaba, porque Ibrahim estaba dispuesto a atraparla. Y ella también estaba preparada para ayudarlo a él.

Bailó la *zeffa*, se acercó a él y se alejó. Bailó a su alrededor y junto a él. Sintió el latido en su estómago. Un latido que se extendía por los muslos hasta los dedos de los pies. Y cuando al fin se estableció el contacto, pudo seguir bailando apoyada en sus brazos.

–Llévame al desierto.

–Pronto –le aseguró Ibrahim.

Aún tenían obligaciones que cumplir y bailaron dos bailes más antes de dirigirse a una mesa repleta de viandas en la que Georgie se tomó su tiempo para elegir.

Ibrahim vio a un sirviente disponerse a partir con un cuchillo una granada y se la quitó de los huesudos dedos para partirla en dos con sus propias manos.

–Llévame al desierto –insistió ella.

Ibrahim estaba a punto de explicarle que no podían, pero se contuvo. En efecto, tenían un deber que cumplir, pero él tenía otras prioridades. Habían posado para las fotos, habían saludado al pueblo, habían bailado y festejado... todas las cosas que Georgie odiaba, y su deber en esos momentos era ocuparse de ella.

–No puedes marcharte –exclamó la madre de Georgie mientras Ibrahim se acercaba a hablar con su padre–. No puedes marcharte en medio de tu propia boda.

–Sí que puede –Felicity abrazó a su hermana.

–¿Qué ha dicho? –Georgie miró ansiosa a Ibrahim que había regresado a su lado.

Sin embargo, en el salón había demasiado ruido para oír la respuesta y se vieron obligados a bailar de nuevo. Con el deseado objetivo a la vista, ella accedió. Después salieron del palacio y se dirigieron hacia un helicóptero que les aguardaba para sobrevolar el desierto. Durante un buen rato no se hablaron, sólo se besaron.

–¿Qué te dijo? –volvió a preguntar ella cuando al fin se encontraron a solas–. ¿Qué te contestó el rey cuando le dijiste que nos íbamos?

–Me dijo que cuidara de ti –contestó Ibrahim–. Y yo le contesté que eso estaba hecho.

Entraron en la tienda y ella se preparó para ser agasajada por los sirvientes, por Bedra, para recibir una lluvia de pétalos y todas aquellas cosas que se hacían en una boda real. Lo único que le consolaba era saber que en una hora más o menos podría escaparse a la cama. Sin embargo, fue su esposo quien encendió las antorchas a su paso.

—¿Dónde están todos?

—Se han ido —contestó él—. Estamos solos tú y yo. Nadie nos vigila para protegernos... —contempló a su esposa, la frágil Georgie, y no deseó tener nada más en aquellos momentos—. Conmigo estás segura.

Segura en el desierto, sola con él.

BIANCA™

SUSANNE JAMES
ESCRITO
EN EL ALMA

HARLEQUIN™

SABRINA atravesó aquellas calles desconocidas con el pulso acelerado. Si no fuera por el dinero que ofrecían por ese puesto, de ninguna manera se habría presentado. Pero la situación apretada en que se encontraban en ese momento, no le dejaba elección.

La mayoría de las casas en esa parte del norte de Londres eran bastante grandes, observó Sabrina, aunque también un poco descuidadas. Cuando llegó a la que estaba buscando, en el número trece de la calle, se percató de que era diferente de todas las demás. Era de esperar, teniendo en cuenta quién vivía allí. La puerta principal estaba recién pintada de azul. Su picaporte de bronce relucía impecable bajo la soleada mañana de septiembre.

Sabrina llamó una vez al timbre y esperó, intentando imaginar qué aspecto tendría su posible jefe, el famoso escritor. Por supuesto, había visto fotos suyas en los periódicos, pero se preguntaba cómo sería en carne y hueso.

De pronto, el hombre en cuestión abrió la puerta. Sabrina lo reconoció de inmediato. Debía de tener unos cuarenta años. El pelo, oscuro y revuelto, había empezado a ponérsele gris en las sienes y su atractivo rostro tenía algunas arrugas en el entrecejo. Sus penetrantes ojos negros miraban con gran intensidad. La observó con gesto un tanto serio.

–Ah. ¿Eres Sabrina Gold? –preguntó él y, cuando ella sonrió asintiendo, añadió–: Soy Alexander McDonald. Entra. Has encontrado la casa sin problemas... es obvio.

Su tono de voz era formal, fuerte y resonante. Sabrina no pudo evitar sentirse un poco impresionada mientras la guiaba por las escaleras alfombradas a la primera planta. Al seguirlo, admiró su cuerpo atlético y masculino. Sin duda, debía de hacer ejercicio a diario, pensó.

Percatándose de que apenas había abierto la boca desde su llegada, Sabrina se aclaró la garganta.

–La verdad es que no conocía esta parte de la ciudad. Pero no me ha costado encontrar la casa. Y el paseo desde el metro ha sido bastante agradable, sobre todo, con este sol.

Alexander volvió la cabeza para mirarla, contento con la primera impresión que la chica le había causado. Iba vestida con vaqueros y una camiseta color crema. Tenía el pelo largo y recogido y un rostro bastante normal, sin gota de maquillaje. Pero tenía unos ojos verdes enormes y expresivos, con una atractiva forma almendrada.

Cuando llegaron a la primera planta, Alexander abrió una puerta y la invitó a entrar delante de él. Cuando ella pasó, percibió su aroma, un suave perfume nada más. Bien, pensó él. No le gustaban las mujeres que se bañaban en densas esencias. Y, ya que la persona que ocupara el puesto de su asistente personal debía compartir el espacio con él durante varias horas al día durante los próximos meses, era indispensable que su compañía le resultara soportable. La señorita Gold ya era la sexta aspirante que veía, caviló. ¿O la séptima? Había perdido la cuenta.

Sabrina miró a su alrededor. Era una habitación grande, con techos altos y ventanas de cuerpo entero que permitían que la luz llegara a todos los rincones. Una gran alfombra persa cubría buena parte del suelo de madera de roble y las paredes estaban llenas de estanterías con libros. Una gigantesca mesa de caoba, repleta de cosas, ocupaba la mayor parte del espacio. Tenía un ordenador, un teléfono y pilas de papeles. A su lado, había otra mesa más pequeña con otro ordenador... sin duda, era el lugar reservado para su asistente personal. También había un par de sillas y una *chaise longue* de terciopelo marrón con varios cojines.

Alexander sacó una silla.

—Siéntate... Sabrina —invitó él, esforzándose en recordar su nombre. Se sentó detrás de su escritorio.

Haciendo lo que le decía, Sabrina lo miró a los ojos, recordándose a sí misma la razón que la había llevado allí. Necesitaba ese empleo y, sobre todo, su generoso sueldo. Y lo conseguiría, si la suerte estaba de su lado.

Alexander fue directo al grano.

—Veo aquí que estás licenciada en Psicología —señaló él, bajando la vista a su currículum—. ¿Estás segura de que este empleo es lo que quieres? ¿Hasta dónde crees que puedes... involucrarte? —quiso saber, esbozando una fugaz sonrisa.

Su pregunta sorprendió a Sabrina. Pero decidió ser sincera en su respuesta y acabar cuanto antes.

—Creo que lo que usted quiere saber es por qué no

utilizo mi licenciatura para conseguir trabajo –indicó ella–. La respuesta es que, con esta crisis, es difícil encontrar algo decente en mi campo de especialidad. Me despidieron el año pasado, junto con muchos otros desafortunados. La razón es que estaba demasiado cualificada y no podían pagarme acorde con ello... Yo no quise aceptar el puesto, bastante denigrante, que me ofrecieron en lugar del mío –explicó ella, y tras un momento, añadió–: El sueldo que, según la agencia, usted ofrece por el empleo me animó a presentarme –confesó y tragó saliva, dándose cuenta de que aquello había sonado fatal, como si fuera una avariciosa–. No es que quiera el dinero –trató de puntualizar en voz baja–. Lo necesito. Y he decidido que tengo que apuntar alto para conseguirlo –aclaró, pensando en la casa nueva que acababan de comprarse, después de haber vivido años en alquiler.

Alexander hizo una pausa, fijándose en el rubor de las mejillas de ella, enternecido por sus palabras. Apreciaba la honestidad en una mujer... y en cualquiera. Y ella había sido sincera, quizá de forma un poco ingenua. Podía haberse inventado cualquier excusa sobre querer probar algo diferente o algo así. Él bajó la mirada otra vez al currículum.

–Veo que tienes todos los conocimientos empresariales que necesito y que sabes manejar el ordenador –comentó él–. Eso es un requisito esencial, pues las máquinas y yo no solemos llevarnos muy bien. Por lo general, a mí me basta con tener un cuaderno y un bolígrafo pero, por desgracia, mi agente y mi editor me piden que trabaje en un soporte informático... y más legible.

Presintiendo que la entrevista iba bien, Sabrina se relajó un poco.

–Se me da bien manejar casi toda la maquinaria de oficina, señor McDonald, aunque me gustaría tener una idea más precisa de en qué consistiría el trabajo.

Hubo un silencio. Sabrina bajó la vista a la alfombra, esperando una respuesta.

–¿Estás casada? –preguntó él sin más, mirándola a los ojos–. ¿Tienes hijos?

–No estoy casada –contestó ella–. Vivo con mi hermana. Las dos solas. Y el año pasado decidimos... comprarnos una casa, que no quiero perder.

Alexander asintió.

–¿Tu hermana trabaja?

Sabrina apartó la mirada un instante.

–Bueno... no todo el tiempo. Siempre ha sido un poco frágil y sucumbe ante los contratiempos todo el tiempo. Cuando se siente bien, da clases de aeróbic y de baile –explicó ella y tragó saliva. No iba a contarle al señor McDonald que su hermana era una excelente cantante y bailarina y que había hecho audiciones dos veces para el hermano de él, sin éxito.

Alexander la había estado observando con atención mientras hablaba, percibiendo las fugaces expresiones que delataban sus pensamientos. Se incorporó en la silla, de pronto.

–Lo que busco es una asistente personal –informó él–. Y tengo que advertirle que la jornada laboral no siempre acaba a las cinco. Si tengo que entregar algo que me está costando terminar, espero que mi asistente se quede hasta más tarde. Ya sabe a qué me dedico. Escribo libros sobre toda clase de temas –añadió y se recostó en el asiento, pasándose una mano por el pelo–. Mi última asistente, que llevaba conmigo muchos años, acabó admitiendo la derrota y dimitió.

Alexander levantó la vista al techo un momento.

–Ahora se pasa todo el tiempo en su jardín, cuidando gallinas. Al parecer, era algo que quería hacer desde hacía tiempo –explicó él y meneó la cabeza, como si no dejara de sorprenderle la excentricidad humana–. Ahora mi sistema de archivos es un caos y necesito a alguien que sepa leer, que sepa corregir, alguien lo bastante fuerte como para lidiar conmigo cuando me siento frustrado. Necesito a alguien que escriba a máquina por mí cuando a mí no me apetece, alguien que se ocupe de todas las llamadas de teléfono y que encuentre las cosas que yo pierdo –continuó e hizo una pausa–. Me temo que, a veces, estar cerca de mí puede ser un infierno. ¿Crees... crees que eres capaz de reunir todos esos requisitos?

Sabrina sopesó sus palabras durante unos instantes y sonrió. A pesar de sí misma, Alexander McDonald estaba empezando a gustarle.

–Señor McDonald, creo que puedo encargarme de todo sin problemas –afirmó ella, con ese tono de voz tranquilizador que solía utilizar con sus pacientes.

Él se puso en pie y salió de detrás de su escritorio, extendiéndole la mano.

–Trato hecho –dijo él, mirándola con gesto solemne–. ¿Puedes empezar la semana que viene?

Sabrina aminoró el paso mientras se acercaba a su modesta casa en las afueras de la ciudad. Se sentía emocionada y molesta después de su encuentro con Alexander McDonald. No se podía negar que era un hombre muy guapo, pensó. ¿De veras quería ella trabajar de cerca con alguien así? ¿Podía arriesgarse a que sus sentimientos se encendieran de nuevo? Porque, si era honesta consigo misma, tenía que admitir que existía la posibilidad de que se enamorara de él... algo que prefería evitar.

Cuando entró en casa, su hermana estaba bajando las escaleras, vestida para salir.

–Hola, Sabrina. ¿Has tenido suerte en la entrevista?

–Umm, bueno, sí –respondió Sabrina con cautela–. Pero, tal vez, sea sólo temporal, para unas semanas. Depende de cómo nos llevemos mi nuevo jefe y yo. Es escritor –añadió, sin molestarse en mencionar su nombre. Se dirigió a la cocina a prepararse un té–. ¿Vas a tu clase de aerobic?

–Sí. Y esta mañana me han llamado para pedirme que dé dos clases más de baile. La chica que suele hacerlo se ha puesto enferma. Así que no volveré a casa hasta las ocho.

Las dos mujeres no se parecían demasiado. Melinda era alta, con pelo oscuro, ojos castaños y rasgos muy marcados. Sabrina sólo medía un metro sesenta, su cuerpo era más fino y unos grandes ojos verdes le ocupaban casi todo el rostro.

–Prepararé algo para cenar –señaló Sabrina, sirviéndose una taza de té–. ¿Te parece bien lasaña y ensalada?

–Genial –respondió Melinda y salió, dando un portazo tras ella.

Mirando absorta por la ventana mientras se bebía el té, Sabrina dejó su mente vagar hacia la entrevista de la mañana y hacia su nuevo jefe. En su opinión, era el típico hombre seguro de sí mismo, muy masculino y algo despiadado. También tenía cierto toque misterioso, como si tras esos ojos negros y magnéticos ocultara un secreto que nunca había compartido con nadie.

Ella no sabía nada de su pasado, ni si estaba o había estado casado alguna vez. En la prensa, nunca lo había visto fotografiado junto a una mujer. Por el contrario, su hermano Bruno, también famoso, parecía ser un experto en compañías femeninas.

Con los ojos entrecerrados, Sabrina siguió dándole vueltas al tema y llegó a la conclusión de que Alexander McDonald debía de tener una personalidad con muchos matices y que no iba a ser fácil lidiar con él. Sin embargo, el dinero que ofrecía sería un poderoso incentivo para callar y obedecer, se dijo, encogiéndose de hombros.

Más tarde, cuando estaba preparando la lasaña, sonó su teléfono. Frunciendo el ceño, fue a responder. Rezó porque no fuera su hermana Melly, llamándola porque se hubiera metido en algún lío.

–¿Sabrina Gold? –dijo una voz masculina y sensual al otro lado del auricular–. Aquí Alexander McDonald. Estaba pensando si, como todavía quedan dos días laborables para terminar la semana, podrías empezar un poco antes. ¿Qué tal mañana?

–Sí... creo que sí –repuso ella, sin pensárselo–. De acuerdo, señor McDonald –repitió, omitiendo el detalle de que había pensado ir de compras para renovar su vestuario antes de empezar a trabajar. Sin embargo, él tendría que aceptarla tal cual, vestida a la moda de hace un par de años.

–Bueno. Quedamos, entonces, a las nueve. O más temprano, si quieres –propuso él y colgó.

Sabrina se quedó mirando el teléfono un momento. Había sido una conversación breve y directa donde las hubiera.

En su casa, Alexander se apoyó en su escritorio con un vaso de whisky en la mano. No podía explicar por qué, pero su nueva empleada le había causado muy buena impresión. Había algo en ella que le gustaba, además de su físico, pensó, recordando sus cándidos ojos verdes, su pulcro peinado, sus uñas cortas y sin pintar... Y el tono suave y agradable de su voz... una voz que no le pondría nervioso.

De todas maneras, lo que de veras importaba era si ella podía satisfacer sus expectativas en el trabajo y si estaba preparada para trabajar todo el día cuando fuera necesario.

Rumiando su entrevista con Sabrina Gold, Alexander llegó a la conclusión de que iba a ser muy diferente de Janet. Para empezar, Janet era una abuela obsesionada con su familia y sus nuevos nietos, mientras que Sabrina era joven y, por lo que había deducido, no tenía ataduras emocionales. Eso tenía que ser algo positivo, caviló. Así, nada se interpondría en su relación profesional.

Sintiéndose inquieto, como siempre le ocurría al comienzo y al final de una novela, Alexander decidió ir a dar un paseo antes de sentarse para seguir escribiendo.

Disfrutó de la tarde cálida y agradable mientras ca-

minaba hacia el parque y, de pronto, recordó con nostalgia su casa de Francia. Con un poco de suerte, podría arreglárselas para estar allí a finales de octubre.
Sólo había conseguido ir dos veces ese año y habían
sido muy rápidas. Tal vez, podría intentar pasar allí la
Navidad. El plan le apetecía mucho, pues así podría
evitar a la familia y el maldito espíritu navideño que
tanto le fastidiaba. Podía inventarse la excusa de que tenía que escribir un nuevo libro y precisaba soledad y
silencio.

No podía quitarse de la cabeza su lujosa casa francesa. Era un gran establo reformado, en medio de viñedos y campos de olivos. En su ausencia, sus vecinos, Marcel y Simone, se encargaban de cuidársela.
Tenía una gran piscina en el jardín donde, en las noches de verano, compartía cenas y el buen vino de la
tierra con sus amigos.

Ya había oscurecido y Alexander seguía vagando
por el parque, perdido en sus pensamientos. Estuvo a
punto de tropezarse con una pareja que estaba besándose, tumbados en el césped. Se disculpó a toda prisa
y se alejó. Sin embargo, ellos apenas repararon en él.

Por alguna razón que no podía explicarse, una profunda tristeza lo invadió durante unos segundos. Recordó su juventud y las mujeres que había habido en
su vida. ¿Por qué nunca había querido comprometerse?
¿Por qué no podía recordar más que una interminable
lista de aventuras? ¿Acaso su fracaso sentimental con
Angelica le había traumatizado para siempre? Casi habían pasado diez años desde entonces...

Al llegar a casa, Alexander se sirvió otro vaso de
whisky y se tumbó en la cama. Diez minutos de des-

canso le sentarían bien, pensó, así se despejaría la mente y podría terminar mejor el capítulo que se le estaba atragantando.

Casi de inmediato, cayó profundamente dormido. Y comenzó a soñar.

Estaba tumbado desnudo junto a una hermosa mujer. Ella respondía a su contacto con pasión y lo animaba a acariciarle las piernas, los pechos... Al mismo tiempo que la poseía, ella le entregaba su boca, cálida y húmeda...

De pronto, Alexander se despertó. Se incorporó de golpe, empapado en sudor. ¿Qué diablos? ¿Por qué había soñado algo así? No recordaba cuándo había sido la última vez que se había dejado envolver por sensaciones tan eróticas y apasionadas.

Se levantó de la cama, se quitó la ropa y entró en el baño. Lo que necesitaba era una larga ducha de agua fría, se dijo.

En el sueño, la mujer con la que había hecho el amor había sido alguien que conocía. Una joven no muy alta, con pelo largo liso, uñas sin pintar y ojos enormes de gato.

Capítulo 2

A LAS OCHO en punto a la mañana siguiente, con pantalones negros y una blusa de rayas grises y blancas, Sabrina se presentó delante del número trece. Justo cuando iba a tocar el timbre, la puerta se abrió y se encontró de frente con una mujer de mediana edad que salía de la casa con un par de bolsas en las manos.

–Hola –saludó Sabrina.

–¿Señorita Gold? –dijo la otra mujer, haciéndose a un lado para que pasara–. El señor McDonald me ha dejado una nota avisándome de que vendría. Soy María, su asistenta –indicó y sonrió–. No lo he visto esta mañana. Todavía no se ha levantado... ¡Es probable que haya pasado una mala noche!

–Entiendo –repuso Sabrina, un poco intimidada. Por la conversación telefónica del día anterior, había sospechado que sería un hombre madrugador.

–Puedes subir al estudio –señaló María–. Creo que ya sabes dónde está. No creo que tarde mucho en levantarse. Por cierto, la cocina es la primera puerta a la derecha. ¿Por qué no tomas un poco de café? –invitó y sonrió de nuevo–. ¡Como si estuvieras en tu casa! ¡Y buena suerte!

Acto seguido, María se fue, dejando a Sabrina con la sensación de ser una especie de intrusa.

La casa estaba en absoluto silencio y, por alguna razón, Sabrina se sintió incómoda al imaginarse a su jefe en la cama. Mientras subía las escaleras, se preguntó cuál sería su dormitorio. Intentando contener sus pensamientos, entró en el estudio.

El lugar estaba hecho un caos. La alfombra estaba arrugada en un lado y había tres tazas vacías manchadas de café en el suelo. Las dos papeleras junto a la mesa estaban repletas de bolas de papel arrugadas y había polvo por todas partes. Haciendo una mueca, Sabrina pensó que era obvio que aquella habitación estaba fuera de la jurisdicción de María. Hacía mucho calor allí dentro y olía a cerrado, así que abrió una de las ventanas para que entrara el aire.

–Buenos días.

La inesperada voz de Alexander McDonald la hizo girarse de inmediato. Con el pulso acelerado, lo miró. Llevaba unos pantalones anchos y una camisa negra, con el pelo revuelto y todavía húmedo de la ducha. No estaba afeitado. Se acercó y la miró con aquellos seductores ojos oscuros durante un momento.

–Siento no haberte podido recibir –dijo él y tragó saliva. El recuerdo de su fantasía de la noche anterior seguía fresco en su memoria. ¿Cómo podía olvidarse de ella y actuar con normalidad?, se preguntó y enderezó los hombros–. No me acosté hasta muy tarde anoche. Bueno, en realidad, me acosté temprano esta mañana –señaló–. Lo que pasa es que, cuando estoy trabajando, no puedo dejarlo hasta que no quedo satisfecho con lo que he hecho, no me importa la hora que sea. Aunque la verdad es que anoche no quedé nada satisfecho...

Sabrina frunció el ceño, sin saber qué decir. Se apartó un poco de él, hacia su mesa.

–Bueno, igual un nuevo día le traiga nuevas ideas –sugirió ella. Sin poder evitarlo, se había sonrojado. De pronto, se dio cuenta de que iba a estar a solas con uno de los hombres más deseados de Londres, durante muchas horas.

La amenaza de sentirse atraída por un miembro del sexo opuesto alarmó a Sabrina. No iba a dejarse atrapar por aquello de nuevo. Ya había sufrido bastante la crueldad del destino y el dolor de tener el corazón hecho pedazos.

Si no hubiera sido por aquel trágico accidente, ella estaría casada con Stephen. Pero su prometido había perdido la vida en un partido de rugby. Nunca había recuperado la conciencia después de haber sufrido un golpe en la cabeza.

Sabrina se había sentido la mujer más feliz del mundo cuando Stephen le había pedido que se casara con él. No sólo porque era el hombre más guapo del mundo para ella, sino porque era divertido, leal y de buen corazón. Le había prometido a Sabrina que Melly podría quedarse en casa con ellos, siempre que lo necesitara. Había sido todo demasiado bonito para ser verdad. No era común que un hombre comprendiera su sentido de la responsabilidad hacia su hermana. Su padre las había abandonado hacía mucho tiempo y su madre, Philippa, se había vuelto a casar cuando ellas habían sido adolescentes. Philippa vivía en Sídney con su esposo y apenas iba a verlas a Londres. Por eso, ella se creía en la obligación de atender a su hermana. Se había convencido a sí misma de que el amor no volvería a formar parte de su película y de que no necesitaba a ningún hombre a su lado.

Sin embargo, la excitación que invadía sus sentidos decía otra cosa. Era innegable que Alexander McDonald le atraía. El hombre no tenía la culpa, pero la situación se prestaba a todo menos a tener una aséptica relación profesional...

Alexander sacó su silla y se sentó, posando la mirada en el caos de su escritorio.

–Al menos, debí haber retirado las tazas antes de irme a la cama –comentó él y miró a Sabrina–. Siéntate.

–De acuerdo, señor McDonald.

–Puedes llamarme Alex –indicó él y sonrió.

Sin poder contener su tren de pensamientos, Sabrina se preguntó lo que sentiría al tener aquella apetitosa boca sobre la suya. Era un hombre demasiado guapo, pensó. Sin embargo, también percibió algo más tras sus atractivas facciones. Había algo más que era a la vez excitante e intrigante. Entonces, apartó la vista de él, con el miedo irracional de que pudiera leer sus pensamientos.

–¿Tienes algún encargo para mí... para empezar? –preguntó ella, tras aclararse la garganta, y miró a su alrededor. Esperaba que no le pidiera ideas brillantes para el proyecto en que parecía estar atascado. Ella nunca había sido buena escritora, aunque era una voraz lectora. Sin embargo, los libros de Alexander McDonald solían ser novelas densas y oscuras, casi siempre sin final feliz. No eran la clase de lectura que ella hubiera elegido tras un largo día escuchando problemas de sus pacientes.

–¿Has leído alguno de mis libros? –quiso saber él, intentando con desesperación apartar la mirada.

Sabrina se sonrojó de nuevo. ¡Parecía que él le estaba leyendo la mente!

–No –repuso ella–. He leído reseñas sobre tus libros y me ha dado la sensación de que son... demasiado densos para mí –explicó y titubeó–. Suelo leer una o dos horas antes de dormir y lo que busco son lecturas que me relajen y me distraigan, no que me hagan pensar ni preocuparme.

Hubo un momento de silencio. Sabrina rezó por no haber metido la pata. Si no tenía cuidado, se podía quedar sin empleo en cualquier momento. No esperaba que Alexander McDonald aceptara su crítica y, menos aún, su falta de interés.

Sin embargo, Alexander se limitó a sonreír, con mirada escrutadora. Pensó que ella bien podía haber mentido diciendo que había leído todos sus libros y le encantaban. Pero había sido sincera.

Se levantó, se acercó a ella y la miró con intensidad.

–Bien. Eso significa que no tienes ideas preconcebidas. Tu opinión puede ser muy valiosa para mí –indicó él e hizo una pausa–. Janet, mi leal secretaria durante los últimos quince años, me ayudaba con esto de vez en cuando. Pero últimamente, sólo intentaba complacerme, decirme lo que creía que yo quería oír. Eso no me gusta –confesó y se metió las manos en los bolsillos–. Fue un alivio que decidiera dimitir.

Sabrina tragó saliva y se mordió el labio. Todo

apuntaba a que su lista de tareas no iba a tener nada de estereotipado. Pero no había contado con que incluyera tener que dar su opinión sobre el trabajo de uno de los escritores más famosos del mundo. Haría todo lo posible, se dijo. Y podía terminar siendo un reto interesante.

Alex se giró, tomó una gran agenda y se la tendió.

—Ésta es una parte esencial de mi vida, Sabrina —señaló él—. Y, a partir de ahora, tú serás encargada de ella. Necesito que me recuerdes con frecuencia las citas que tengo y con quién. Suelo ser muy olvidadizo —añadió—. Ah. Y prefiero que te encargues tú de responder el teléfono. Sólo tienes que decir a quien llame que espere un momento, mientras yo decido si quiero ponerme o no. Si es así, me pondré en mi teléfono. Si no, te haré una seña para que te inventes cualquier excusa.

Durante la siguiente hora, Alexander le estuvo explicando cómo tenía que hacer las cosas.

—Si recoges demasiado, no sabré dónde encontrar lo que busco —indicó él.

Sabrina sonrió para sus adentros, diciéndose que había tenido razón al pensar que a María no se le permitía entrar allí.

—Al menos, ¿puedo limpiar el polvo de mi mesa y la tuya? —preguntó ella—. Creo que les vendría bien.

Alex se encogió de hombros, como si nunca se le hubiera pasado por la cabeza el problema del polvo.

—Como quieras.

Por último, su jefe le tendió una pila de folios garabateados a mano.

—Pasa esto a máquina e imprímelo, por favor. A ver si entiendes mi letra.

Sabrina respiró hondo. Sabía que podía hacer ese trabajo. Y lo necesitaba. Además, Alexander McDonald le producía cierta ternura.

Estaban bastante juntos, mirando las hojas manuscritas que él le había entregado. Su alta figura le hacía a Sabrina sentir pequeña e insignificante. Cuando él pasó una página, sus manos se rozaron y ella se estremeció al sentir el contacto de sus largos y cálidos dedos.

Apartándose de él un poco, Sabrina intentó mantener a raya sus pensamientos y procedió a encender el ordenador, pensando que la letra no era imposible de entender, aunque le llevaría tiempo descifrar las tachaduras y anotaciones al margen que poblaban cada centímetro de papel. Lo peor del trabajo no iba a ser eso, reflexionó, mordiéndose el labio, sino tener que estar tan cerca de su jefe todo el tiempo. Preferiría tener un despacho separado, donde pudiera sentirse libre de aquellos intensos ojos. Esperaba que, al menos, él saliera de vez en cuando y la dejara a solas.

—Me voy al gimnasio dentro de un par de horas —comentó él, como si, de nuevo, hubiera leído sus pensamientos—. Pero, primero, haré café.

Sabrina se puso en pie. Hacer café sonaba como una de las tareas de una asistente personal, ¿no?

—Yo lo haré. María me ha indicado dónde está la cocina.

Alexander asintió y la miró.

—De acuerdo. Aprovecharé para enseñarte algunos detalles domésticos. Es posible que tengamos que hacernos algo de comer al final del día.

Sabrina lo siguió a la cocina, recordando que el día

anterior él le había advertido de que podían quedarse a trabajar hasta tarde. Entonces, pensando en el mal aspecto que había tenido Melly esa mañana, se encogió un poco.

La cocina era grande y acogedora. Estaba todo inmaculado y los electrodomésticos eran de última tecnología. No como su pequeña cocina, pensó Sabrina, que necesitaba una buena reforma.

Alexander abrió uno de los armarios.

—Aquí encontrarás lo que quieras. O en la nevera —dijo él y la miró—. María me hace la compra y se asegura de que no me falte nada... aunque suelo comer fuera a menudo —añadió e hizo una pausa—. En casa, preparo huevos revueltos y poco más.

Sabrina esbozó una educada sonrisa y se fue a llenar la cafetera.

—Me cambiaré y volveré en un momento a por mi café. Por cierto, me gusta solo —informó él—. Tú puedes tomar lo que quieras de la cocina, tanto si estoy yo en casa como si no.

Sabrina puso el café molido en la cafetera y, justo cuando iba a tomar dos tazas del armario, sonó el teléfono. Ella frunció el ceño. Era un móvil que había sobre la mesa. Lo vio y respondió.

—¿Alexander? —dijo una estridente voz de mujer al otro lado, antes de que Sabrina tuviera tiempo de abrir la boca—. No me has devuelto mis llamadas. ¡Estoy muy enfadada!

—Disculpe —repuso Sabrina—. Un momento, veré si el señor McDonald está en casa.

Hubo una pausa de un segundo.

—¿Eres Janet?

–No, soy la nueva secretaria del señor McDonald. Janet ya no trabaja para él.

–¿De veras? No me ha dicho nada de una nueva secretaria –replicó la otra mujer con tono resentido–. Bueno. Quiero hablar con él, por favor.

–Veré si está en casa –repitió Sabrina–. ¿Puedo preguntar quién llama?

–Soy Lydia –afirmó la otra mujer, un tanto indignada, como si fuera obvio quién era.

–Un momento.

Sabrina dejó el teléfono sobre la mesa y corrió escaleras arriba. Alexander estaba saliendo de una de las habitaciones con una camiseta blanca y pantalones cortos. Tenía un aspecto tan seductor que casi olvidó lo que tenía que decirle.

–Tienes una llamada... Te habías dejado el móvil en la cocina –señaló ella.

–Vaya. Siempre me voy dejando por ahí el maldito aparato –replicó él–. ¿Quién es?

–Lydia –respondió ella y se giró para bajar las escaleras.

Sin decir más, Alexander la siguió y tomó el teléfono.

–Buenos días, Lydia –saludó él.

–¿Por qué no has respondido mis llamadas? Estoy bastante furiosa, Alexander –dijo Lydia al otro lado del auricular, a voz en grito.

–Lo siento, Lydia. Es que he estado muy ocupado porque Janet se ha ido y he tenido que buscar otra secretaria.

–Sí, me acabo de enterar de eso –continuó Lydia–. Tu problema es que trabajas demasiado, Alexander.

Bueno, lo que quería preguntarte es si estás libre para el domingo.

Mientras servía el café, Sabrina no pudo evitar escuchar la conversación que estaba teniendo lugar a su espalda. ¿Quién sería Lydia?, se preguntó. Era obvio que alguien familiar para Alexander, quien por cierto no parecía muy interesado en ella, por la expresión de su cara.

–¿El domingo?

–Sí –repuso la otra mujer–. Mira, esta vez no aceptaré un no por respuesta, Alexander. Habrá mucha gente allí que tú conoces.

–No me gustan las fiestas, Lydia. Y tú lo sabes.

–¡Antes sí te gustaban!

–Eso era hace mucho tiempo, Lydia. Podríamos decir que he dejado atrás esa fase –contestó él–. Las fiestas ya no me divierten.

–Bueno, pues te prometo que en ésta vas a divertirte –insistió Lydia–. ¿Vendrás?

Alexander miró a Sabrina con las cejas arqueadas y gesto de exasperación.

–De acuerdo, está bien. Haré lo que pueda, Lydia.

–¡Estupendo! Por cierto, Lucinda ha vuelto a Londres y estará en la fiesta –informó Lydia e hizo una larga pausa–. Me preguntó si ibas a venir y dijo algo sobre saldar una vieja deuda.

–Dudo que Lucinda y yo nos reconozcamos después de tanto tiempo –comentó él con expresión de amargura.

–Yo no lo dudo –replicó Lydia con una risita–. Estabais muy unidos, ¿no es así?

–Pero ha pasado mucho tiempo, Lydia –repitió

Alexander, irritado–. Bueno, me tengo que ir. Gracias por llamar.

–No lo olvides... el domingo diecisiete. ¡No llegues tarde!

Tras colgar, Alexander tomó su taza, mirando a Sabrina.

–¿Podrías organizarte para acompañarme el domingo diecisiete a esta fiesta de la que, al parecer, no puedo librarme? –preguntó él tras una pausa–. Puede serme útil que estés allí –explicó y se aclaró la garganta–. Siento que sea un domingo, no te lo pediría si no fuera importante que vinieras.

Sabrina frunció el ceño. No había contado con trabajar los fines de semana, pero lo haría si era necesario.

–Cuando llegue a mi casa, comprobaré si estoy libre –respondió ella–. Pero creo que sí.

–Genial. Gracias –dijo él, se tomó el café y se dio media vuelta–. No suelo ver mucho a mi madre y, de vez en cuando, tengo que acceder a sus deseos.

–¿Tu madre?

–Sí. Lydia es mi madre –señaló Alexander y salió de la cocina.

A MEDIADOS de la semana siguiente, Sabrina empezaba a acostumbrarse a sus tareas, que sobre todo consistían en revisar el correo que llegaba a montones cada mañana y en encargarse de las llamadas, la mayoría de las cuales Alexander se negaba a responder.

–Siempre quieren que vaya a sitios, que asista a fiestas –gruñó él en una ocasión–. No les hagas ni caso.

Después de que Alexander saliera para el gimnasio el jueves, Sabrina intentó concentrarse en su terrible caligrafía. Poco a poco, había aprendido a descifrar el significado de su prosa sutil y sofisticada. Se sentía, incluso, privilegiada de ser la primera en leer el producto de su ilustre mente de escritor.

Sin embargo, de pronto, se sorprendió a sí misma tocando con la punta del dedo las palabras escritas, como si así estuviera más cerca de tocarlo a él. ¿Cómo podía estar pensando en algo así?, se reprendió a sí misma. Pero no podía negar que Alexander McDonald estaba despertando en ella peligrosos sentimientos que había creído desaparecidos para siempre.

El viernes por la tarde, Sabrina le entregó las hojas impresas y él pareció complacido con el resultado.

–Muchas gracias –dijo Alexander tras examinar cada hoja con cuidado–. Ha quedado muy bien –añadió y le lanzó una mirada a su secretaria, pensando que había cumplido con el encargo más rápido de lo que había esperado.

Por suerte para Sabrina, Alexander se iba al gimnasio todos los martes y jueves por la mañana y, en ese tiempo, no tenía que estar pegada a él. También había salido en un par de ocasiones para reunirse con su agente. Era mucho más fácil concentrarse cuando estaba sola, sobre todo, después de que lo hubiera sorprendido dos veces mirándola con gesto pensativo. Ella se había sonrojado de inmediato, recorrida por un mar de sensaciones.

–Estaba admirando la velocidad a la que tecleas, Sabrina –había explicado él enseguida, notando su incomodidad–. Yo sólo escribo con un dedo.

–Bueno, yo sólo me encargo de la parte fácil. Quiero decir que no soy yo quien lo escribe en realidad –había replicado ella–. ¿Cómo consigues componer un trabajo tan hermoso e intrincado?

–Con mucha dificultad, casi siempre –había asegurado él–. Alguien dijo una vez que escribir es como esculpir bloques de granito... y es lo que me parece a mí muchas veces.

–Bueno, pues al leerlo no lo parece –había contestado ella con sinceridad–. Todas estas palabras que he mecanografiado parecen estar a punto de escaparse del papel.

Alexander se había mostrado satisfecho con esa observación.

–¿Quieres decir que igual algún día lees un libro mío? –había preguntado él, sonriendo.

En el poco tiempo que lo conocía, Sabrina tenía que admitir que era un jefe mucho menos exigente de lo que había esperado. No había tenido ocasión de verlo malhumorado, como le había advertido él en la entrevista. Pero quizá fuera la calma que precedía a la tempestad, pensó.

Lo que sí temía Sabrina era la fiesta de Lydia. Temía tener que estar entre desconocidos durante horas. Tampoco le entusiasmaba la idea de estar junto a su atractivo jefe en un ambiente festivo. ¿Por qué le había pedido él que lo acompañara? ¿Qué esperaba de ella?, se preguntó y se encogió de hombros. De todos modos, sólo duraría unas horas y el excelente salario que Alexander le pagaba lo compensaría con creces.

En aquel momento, Sabrina miró a su jefe, que estaba sentado detrás del escritorio, escribiendo a toda velocidad. A ella se le aceleró un poco el corazón, estremeciéndose al contemplarlo. Todo su cuerpo exudaba sensualidad. No era sólo su aspecto físico, sino algo indefinible que irradiaba de su interior.

Alexander McDonald debería llevar una señal de peligro pegada en la frente, pensó ella. Era obvio que él no tenía intención de atarse a ninguna mujer, si no, se habría comprometido ya. Sin embargo, era uno de los solteros más codiciados de la ciudad.

Mientras seguía observándolo con atención, Sabrina se dijo que había empezado a comprenderlo un poco. Sin duda, él estaba casado con su trabajo y vivía su vida a través de sus personajes. Con eso le bastaba.

–¿Puedes hacer té? –pidió él, levantando la vista.

Un poco avergonzada, Sabrina se preguntó si se habría dado cuenta de que había estado contemplándolo.

–Sí. Eso iba a hacer –repuso ella, se levantó y salió.

En la cocina, cuando estaba llenando la tetera, sonó el móvil de Sabrina. Se lo sacó del bolsillo, frunciendo el ceño, pensando que sólo podía ser Melly.

–¡Sabrina! –exclamó su hermana al otro lado del auricular–. ¿A que no lo adivinas? ¿Recuerdas que sustituí a una chica para dar sus clases de baile? Bueno, me han pedido que vuelva a dar clases, ¡pero esta vez para algo mucho más excitante!

–Cuéntame –dijo Sabrina con paciencia.

–¡Me han ofrecido ir a España! Para enseñar en una escuela de verano. Es un contrato de dos semanas que incluye clases de aerobic, danza y creo que también canto. Ya se ha apuntado mucha gente de todo el mundo. Sólo necesito mi pasaporte y preparar la maleta. Bueno, y algo de dinero, claro... ¡El avión sale el domingo por la mañana!

Melly apenas paró para tomar aliento.

–Es una oportunidad excelente, Sabrina... y conozco a dos de los monitores. Ellos ya lo han hecho antes y dicen que es genial y muy divertido. Son como vacaciones pagadas... ¡y nos darán un sustancioso cheque al final! ¿Qué te parece?

–Trae a casa toda la información para que la vea, Melly –pidió Sabrina–. Pero me parece bien. ¡Aunque serán unas vacaciones un poco cansadas para ti! –añadió y se mordió el labio, rezando porque su hermana no sufriera ninguna crisis depresiva durante el trabajo.

–Ya lo sé. Tendré que dar varias clases al día, pero

también tendré mis descansos –informó Melly e hizo una pausa–. Lo que pasa es que no tengo mucho dinero... ¿podrías dejarme algo? Te lo devolveré cuando vuelva.

–No te preocupes por eso, yo me ocuparé –repuso Sabrina, pensando que aquella oportunidad podía ser estimulante para Melly y ayudarle a tener mejor autoestima.

El domingo por la mañana temprano, Sabrina despidió a su hermana en el minibus que la llevaría al aeropuerto. Aquélla iba a ser la primera vez en mucho tiempo que Melly se separaba de ella y de su casa.

Suspirando, caminó hasta donde había aparcado el coche. Melly tenía veintiséis años, ya era mayor. De todos modos, era su hermana pequeña, frágil y vulnerable ante los imprevistos de la vida. Ella esperaba que todo saliera bien en su viaje y que no tuviera complicaciones.

Por otra parte, se sentía aliviada por haber conocido al jefe de la excursión, un hombre joven llamado Sam que le había asegurado que todo el mundo estaba en buenas manos y que el evento estaba muy bien organizado.

Conduciendo despacio de vuelta a casa, Sabrina pensó en la fiesta de esa misma noche. No le había gustado el sonido de la voz de Lydia. Además, era extraño que Alexander llamara a su madre por su nombre. Quizá, eso era lo que hacía la gente de la alta sociedad, caviló.

De pronto, otro pensamiento la asaltó. ¿Qué iba a

ponerse? Alexander no le había dado ninguna pista.
Sólo le había dicho que estuviera lista a las siete en
punto, hora a la que pasaría a recogerla.

Tendría que recurrir una vez más a su vestido negro, se dijo Sabrina mientras aparcaba delante de su
modesta casa. Era de buena calidad y, con él, siempre
se sentía segura de sí misma. Si no le añadía ningún
complemento ni se ponía joyas, sería perfecto para su
papel como secretaria de Alexander McDonald. Aunque lo más probable era que él ni se diera cuenta de qué
llevaba puesto, pensó.

Esa noche había mucho tráfico y no llegaron a la
mansión de los padres de Alexander, en la campiña de
Surrey, hasta más de las ocho.

Al ver la enorme casa con todas las luces encendi-
das y escuchar el sonido de voces y risas dentro, Sabrina sintió la urgencia de saltar del coche y salir corriendo. Pero, al recordar con quién se encontraba,
desechó la idea y se propuso actuar como la perfecta
asistente personal.

Una criada uniformada abrió la enorme puerta de
roble y los invitó a entrar en un salón inmenso. Había
allí más de cien personas, calculó Sabrina.

Tras recorrer la sala con la mirada, Alexander supo
que no se había equivocado al no querer ir. Era una de
las típicas fiestas de su madre, a las que invitaba a
todo el mundo que conocía, sobre todo a mujeres que
hablaban demasiado alto y bebían más de la cuenta.
Algunas de ellas eran muy ricas.

Posando la mano en el brazo de Sabrina, la guió
hacia la mesa donde estaban las bebidas. Antes de que
pudieran servirse nada, la inconfundible aguda voz de

Lydia se acercó a ellos por detrás. La madre de Alexander era una mujer muy bella, con un vestido color púrpura brillantes y los labios pintados de rojo pasión. Con cuidado de que no se le estropeara el maquillaje, abrazó a su hijo y le ofreció la mejilla para un beso.

—¡Alexander! ¡Cariño! ¡Temía que no aparecieras!

Sí, Alexander conocía esa sensación, pero no dijo nada, recordando las incontables veces en que se había sentido abandonado por su madre, cuando no había asistido a las exhibiciones y eventos para padres del colegio privado. En todas aquellas ocasiones, él la había esperado siempre hasta el último minuto. Pero, sin duda, Lydia debió de sentir que sus obligaciones maternales habían terminado cuando su hijo se había ido a vivir fuera de casa, a la tierna edad de siete años.

Él no había olvidado las palabras de su madre el día en que se había ido al colegio interno.

—Recuerda, Alexander, ya no eres un niño. Debes aceptar tus responsabilidades —le había dicho ella—. Y, a partir de ahora, quiero que me llames Lydia, no mamá, ¿entiendes? Eso es sólo para niños pequeños y tontos.

—¿Y cuando te escriba no puedo poner «querida mamá»? —había preguntado Alexander con desasosiego.

—Claro que no —había respondido su madre—. Alguien podría verlo. Pon «querida Lydia», ése es mi nombre.

Mirando a su madre en ese momento, Alexander se dio cuenta de que su hermano mayor Bruno y él no habían discutido ni cuestionado los deseos de Lydia. Al menos, su padre, nunca les había pedido tal cosa y siempre lo habían llamado «papá». Al parecer, Angus no estaba en la fiesta esa noche, pensó, pero eso no era nada nuevo. Sus padres llevaban años viviendo vidas separadas.

–Sí... había mucho tráfico –dijo Alexander, respondiendo al comentario de su madre.

–Lo que importa es que ya estás aquí. Bruno tenía un compromiso, nada nuevo –comentó Lydia con un fingido puchero–. Al parecer, tenía una reunión de trabajo. De todas maneras, hay muchos amigos tuyos aquí esta noche, todos quieren verte. ¡Hacía mucho que no salías! ¡Algunos creían que habías desaparecido de la faz de la Tierra!

–Bueno, espero que cuando me vean, sabrán que no es así –repuso Alexander con tono seco. Miró a Sabrina–. Como sé que eres flexible con tu lista de invitados, he traído a mi asistente personal conmigo. Se llama Sabrina.

La madre de Alexander no había reparado en ella o, si lo había hecho, había preferido ignorarla.

–Ah, sí –dijo Lydia, lanzándole una rápida ojeada–. Recuerdo haber hablado contigo por teléfono. ¿Qué tal estás? –añadió sin esperar respuesta. Al instante, agarró a su hijo del brazo–. Ven. La cena se servirá dentro de media hora, así que tienes tiempo de ponerte al día con tus amigos.

Alexander apretó los labios, apartándose del contacto.

–Todo a su tiempo. Sabrina y yo queremos tomar algo primero.

–Bueno, no tardes –contestó Lydia, saludando a alguien en la otra punta de la sala–. Allí está Danielle. Tengo que ir a hablar con ella... –señaló y se alejó.

Saludando con la mano a varias personas que intentaban ganarse su atención, Alexander sirvió dos vasos de vino blanco y le tendió uno a Sabrina. Sus ojos se encontraron un segundo. Él la observó con atención, fijándose por primera vez en lo que llevaba puesto. El vestido negro se ajustaba a sus curvas a la perfección y llevaba el pelo elegantemente recogido. Le daba un aspecto distinguido y destacaba aquellos ojos verdes y brillantes. No llevaba ni una joya ni maquillaje, al menos, a simple vista. ¿Pero para qué? No lo necesitaba: sus atributos naturales eran más que suficientes.

Irritado por sus propios pensamientos, Alexander apartó la vista y le dio un trago a su vaso. Ya no estaba interesado en las mujeres, se recordó a sí mismo. Los días de vino y rosas habían pasado, sobre todo, cuando la vida le había enseñado a apartarse de la clase de féminas que intentaban cazarlo. Solían ser mujeres vanas e interesadas, casi todas promiscuas.

Por su experiencia, había llegado a la conclusión de que no le caían bien las mujeres. Admiraba su físico, por puro instinto masculino, pero no había conocido a ninguna capaz de comprometerse y ser fiel a alguien como él, forzado a trabajar durante horas en soledad y poco amigo de la vida social.

De una cosa estaba seguro: no repetiría el error de su padre, casándose con una mujer que sólo había buscado su dinero. Estar solo le resultaba cómodo, aunque no siempre satisfactorio del todo, reconoció para sus adentros, frunciendo el ceño.

Solucionar la vida de sus personajes ya era bastante difícil como para tener una mujer real con la que lidiar.

Hacía mucho tiempo que había decidido mantenerse alejado de ellas.

Al notar que él la miraba, Sabrina se sonrojó.

–¿Estará aquí tu agente? –preguntó ella, para romper el silencio–. ¿O alguien de tu editorial? –añadió, dudando cuál era su papel allí.

–Cielo santo, espero que no –contestó él–. No, ésta es una de las estúpidas fiestas de mi madre y no quería venir solo, eso es todo.

Ésa era la verdad, pensó Alexander. Se había dejado llevar por un impulso al pedirle a Sabrina que lo acompañara, intuyendo que, por alguna razón, eso haría la noche más soportable. Y a ella no había parecido importarle.

Entonces, de pronto, tres mujeres se acercaron a Alexander como un terremoto, hablando todas a la vez y abrazándolo de forma efusiva. A él casi se le cayó el vaso.

–¡Alex! –exclamaron las tres a coro–. ¿Dónde te habías metido?

Alexander dejó el vaso en la mesa y las miró.

–He estado trabajando. ¿Qué tal estáis? Aparte de guapas como siempre, claro.

Las tres sonrieron encantadas por el cumplido y comenzaron a hablar, cada una más alto que la anterior, intentando acaparar su atención. Sabrina se quedó observándolas, fascinada por sus exagerados modales y por cómo Alexander respondía a sus preguntas con encanto y calma. Era obvio que estaban hipnotizadas por el famoso, atractivo y huraño Alexander McDonald.

Sabrina apartó la vista, sintiéndose de pronto como

una *voyeur*. Pero se dio cuenta de que ninguna de las tres damas, que tenían a Alexander rodeado, se había percatado de su presencia. Bueno, una de las cualidades de una buena secretaria era saber hacerse invisible, pensó.

Tras unos minutos, Alexander se apartó de ellas y tomó a Sabrina del brazo.

–Sally, Debbie, Samantha... os presento a mi secretaria, Sabrina –dijo él y, por primera vez, las mujeres se dignaron a mirarla.

En ese instante, una cuarta mujer se unió al grupo y rodeó a Alexander con sus brazos.

–Alex –musitó la recién llegada–. Al fin...

–Hola, Lucinda –saludó él, soltándose de su abrazo–. Estás tan bonita como siempre –comentó y atrajo a Sabrina a su lado–. Te presento a mi nueva secretaria, Sabrina.

Lucinda era alta, de pelo negro y llevaba un ajustado vestido rojo con escote que no dejaba nada a la imaginación. Miró a Sabrina con gesto de curiosidad.

–Ah. ¿Y qué ha pasado con la pequeña y vieja Janet? –preguntó Lucinda a Alexander–. ¿Murió en silencio sobre su escritorio?

–La pequeña y vieja Janet, como tú la llamas, decidió que estaba harta y que quería pasar más tiempo con su familia –replicó él.

Sabrina se percató de que el comentario de Lucinda había enfurecido a su jefe.

–¿Entonces tú eres la mecanógrafa ahora? –inquirió Lucinda, posando los ojos en Sabrina–. Tengo curiosidad por saber cómo podrás manejarte con el gran *genio*.

–No he tenido problemas hasta ahora –contestó Sabrina, incómoda por estar con esas compañías.

Lucinda se encogió de hombros.

–Es difícil encontrar buenas mecanógrafas –observó Lucinda–. Lo sé por propia experiencia. Aunque me temo que cualquier trabajo de secretaria es muy aburrido. Yo lo veo sólo como algo temporal antes de encontrar una ocupación más satisfactoria, ¿no crees? Yo tengo mi propia empresa de marketing –puntualizó con aire de importancia–. Y paso la mayor parte del tiempo fuera del país. Mi secretaria tiene que ocuparse de todo en la central de Londres, ¡pero es tan inútil y vaga!

–Está claro que has perdido tu capacidad de ver con claridad, Lucinda –interrumpió Alexander con calma–. Yo no tengo esos problemas. Janet fue una mujer buena, leal y trabajadora. Y estuvo conmigo quince años –añadió e hizo una pausa, mirando a Sabrina–. Y espero que Sabrina rompa ese récord –afirmó, aunque sospechaba que no era probable y que su secretaria querría retomar su profesión en algún momento.

Lucinda tomó a Alexander del brazo.

–Oh, no perdamos el tiempo hablando de trabajo. Dime, Alex, ¿recuerdas nuestro trato?

–¿Qué trato?

–No me puedo creer que lo hayas olvidado.

–Mala suerte, Lucinda –se mofaron las otras tres mujeres–. Ya te dijimos que lo habría olvidado.

–Pues yo te lo recordaré, Alex –insistió Lucinda–. Acordamos que, cuando yo volviera a Inglaterra, nos *reencontraríamos*. ¿Ahora te acuerdas?

–Eso fue hace mucho tiempo, Lucinda –contestó él

con calma, pensando que sólo había aceptado el trato para quitársela de encima.

–Bueno, pues Lydia no lo ha olvidado. Tu madre ha preparado el ala oeste para quien quiera quedarse a dormir esta noche, Alex –dijo Lucinda con voz sugerente, mirándolo a los ojos–. Así, podremos hablar con calma, a solas.

Sabrina se sintió avergonzada ante aquella conversación con tintes tan íntimos. No por ella misma, sino por Alexander. Sin embargo, él se limitó a encogerse de hombros, como si Lucinda hubiera hablado sólo del pronóstico del tiempo.

–Me temo que no puede ser –señaló él con naturalidad–. Siempre madrugo los lunes, tengo mucho trabajo por hacer.

En ese momento, Lydia se acercó a ellos con una amplia sonrisa al ver a su hijo rodeado por encantadoras féminas.

–¡Qué maravilla! ¡No hay nada como reunirse con los viejos amigos! –exclamó Lydia, ignorando a Sabrina por completo, y se miró el reloj de oro que llevaba en la muñeca–. La cena está lista, venid. ¡La noche es joven!

Sabrina se sintió furiosa por encontrarse en esa situación, en la que la anfitriona estaba dejando claro que no la aceptaba como invitada. Después de todo, Alexander no había avisado a su madre se que iba a llevarla. Ella no podía estar más incómoda, como pez fuera del agua.

Entonces, aunque el ruido que había en el comedor era ensordecedor, no impidió a Sabrina escuchar lo que Lydia le decía a su hijo mientras entraban.

–¿Cómo diablos se te ha ocurrido traer a esa mujer contigo esta noche, Alexander? –se quejó Lydia.

–¿Por qué? ¿Tienes algún problema?

–Sí. Te he sentado con la gente que conoces. No tenía ni idea de que ibas a traer a alguien contigo, así que tu secretaria tendrá que sentarse al otro lado de la mesa. ¿Te parece bien?

Alexander esperó unos momentos antes de responder.

–No, me temo que no, Lydia. Por muchas razones.

–Por favor, no seas difícil –replicó su madre enfadada. Sin molestarse en bajar el tono de voz, continuó–: Esa mujer es tu secretaria. No es una de los nuestros, ¿o sí? ¿No querrá incluirse en nuestro círculo más íntimo de amigos?

«No, si tiene dos dedos de frente», pensó Alexander. Se acercó a Sabrina quien, entre toda aquella gente, le pareció la más deseable de las diosas.

De pronto, llevada por un impulso, Sabrina habló alto y claro, mirando a Lydia de frente.

–No es necesario que se preocupen por mí –dijo Sabrina–. La verdad es que no tengo hambre. Pero acepte mis disculpas, en nombre de Alexander, por haber venido y por no haberle informado con antelación. Los huéspedes no bienvenidos son una desagradable molestia –señaló, con las mejillas sonrojadas por la rabia.

A pesar de las reticencias iniciales de Lydia, enseguida encontró un lugar para Sabrina junto a Alexander. La cena comenzó a servirse.

Lydia estaba sentada a tres puestos de Sabrina y su alta voz podía oírse en un amplio radio de distancia, mientras cotorreaba con las mujeres que había a su lado.

–No puedo comprender por qué la ha traído –señaló Lydia y le dio un trago a su bebida–. ¡Fijaos qué vestido! ¡Debía de creer que esto era una reunión de trabajo y no una fiesta!

–Es obvio que no sabe vestirse, Lydia –replicó Lucinda sin molestarse en bajar el tono de voz–. A mí me parece que tiene aspecto más bien de ratón de biblioteca –añadió con una risita–. ¡Espero que tengas mucho queso preparado para ella!

Las mujeres rieron a carcajadas. Sabrina se sentía tan abrumada que estaba a punto de romper a llorar. No debía haber ido. Y no perdonaría a Alexander por haberla llevado.

De repente, incapaz de seguir tolerando aquello, Alexander se puso en pie y tomó a Sabrina de la mano. Ella lo miró con los ojos llenos de lágrimas.

–Creo que es buen momento para que todo el mundo conozca nuestro pequeño secreto –indicó él en voz alta, tras aclararse la garganta–. ¿No crees, Sabrina?

–¿Qué secreto? ¿Qué te traes entre manos, Alexander? –preguntó Lydia con voz estridente.

–Bueno, para empezar, no podemos quedarnos a cenar.

–¿Por qué no? –inquirió Lydia.

Alexander esperó un segundo, mirando a Sabrina a los ojos y dándole un suave apretón en la mano.

–Me temo que... tu fiesta ha coincidido con un acontecimiento más importante en mi vida, Lydia –repuso él–. De hecho, tenemos que irnos enseguida

–añadió, atrayendo a Sabrina a su lado–. Tenemos que celebrar algo a solas, ¿verdad, Sabrina?

Con los ojos como platos ante el inesperado cambio de planes, pero consciente de que Alexander estaba buscando una excusa para irse, Sabrina lo miró con calma.

–Claro –dijo ella–. No quería meterte prisa, pero tenemos la reserva para las nueve y media y ya es casi la hora –señaló e hizo una pausa–. No podemos llegar tarde.

Lydia parecía a punto de explotar de rabia.

–¿Qué diablos es tan importante para que te vayas así?

Alexander hizo una pausa dramática antes de responder. Posó la mirada en su madre y en las otras mujeres, con una suave sonrisa.

–Esta noche, Sabrina y yo vamos a celebrar que le he pedido que sea mi esposa –afirmó él y miró a los ojos a su secretaria–. Y ella ha aceptado concederme ese honor.

Capítulo 4

CON EL BRAZO sobre los hombros de Sabrina, Alexander la guió fuera de la casa. Ninguno de los dos dijo palabra mientras caminaban hacia el coche.

Alexander apenas podía creer que su madre hubiera sido tan grosera y mal educada. Aunque, si lo pensaba bien, Lydia nunca había tenido en cuenta los sentimientos de los demás y los años, al parecer, no habían hecho más que empeorar su egocentrismo.

En cuanto a Lucinda... prefería no pensar en lo que había dicho de Sabrina. Por lo que a él respectaba, esa mujer no era nada más que un insignificante punto en su pasado.

Al abrirle la puerta a Sabrina para que entrara en el coche, se dio cuenta de que ella estaba furiosa con él.

–Lo siento –se disculpó Alexander cuando se sentó a su lado–. Ha sido la única excusa que se me ha ocurrido.

–¿Para escaparte de una fiesta a la que no querías venir? –le espetó ella–. ¿O será que te has refugiado detrás de mí para darles a tus amiguitas una lección? –añadió. No sólo estaba furiosa, sino que la invadía la ansiedad. ¿Cómo diablos iba a afectar aquello a su trabajo? ¿Cómo iba a poder seguir trabajando con su jefe después de lo que había pasado?

Ella sabía muy bien lo que tenía que hacer: dimitir en ese instante. ¿Pero podía permitirse prescindir del generoso salario?

Intentando calmar su mente sin conseguirlo, Sabrina estaba cada vez más enfadada. Alexander se había aprovechado de ella y de la situación, diciendo la primera estupidez que se había pasado por la mente.

—Alexander —dijo ella, tratando de sonar calmada—. Prometí ser tu secretaria y hacer todo lo que pudiera para ayudarte con tu trabajo. No esperaba tener que formar parte de una mentira así.

—Sí. Me has ayudado mucho —replicó él—. Lo de la reserva para cenar sonó muy convincente —comentó y la miró, percibiendo su enfado—. La verdad es que tengo hambre.

Sabrina se dio cuenta de que se estaba riendo de ella y tuvo ganas de golpearlo.

—No tiene ninguna gracia —le reprendió ella—. Seguro que el anuncio que has hecho saltará a la prensa, eres un hombre famoso. ¿En qué estabas pensando?

—Estaba pensando en ti —contestó él tras unos momentos—. Y en cómo debías de estar sintiéndose. Estaba tan furioso por el comportamiento de mi madre que decidí darles una buena lección —señaló y miró a Sabrina un momento, pensando en su aspecto vulnerable e indefenso y, al mismo tiempo, tan deseable—. Por otra parte, te aseguro que no me refugio en nadie. Si esto salta a la prensa, lo negaremos, eso es todo. El rumor no se sostendrá mucho tiempo —aseguró y arrancó el motor–. Y no te preocupes. Estás a salvo conmigo. No tengo la intención de casarme con nadie, nunca.

En su mansión, Lydia miró a su alrededor, rodeada por un grupo de invitadas que había presenciado el sorprendente anuncio de Alexander. Decida a no dejar que aquello estropeara la fiesta, intentó quitarle hierro al asunto.

–¡Qué tontería! Claro que no se van a casar. Mi hijo es escritor. ¡Siempre está inventando cosas! ¡Se gana la vida con eso! –exclamó Lydia y miró a sus invitadas con gesto de advertencia–. No quiero que ni una palabra de esto salga de aquí. Ni una. Espero haber sido clara.

Las cinco o seis mujeres aludidas no tuvieron otra opción que aceptar no hablar de ello.

Sentada junto a Alexander en el coche, Sabrina empezó a calmarse un poco. Aunque le había parecido algo muy impetuoso por su parte, entendía que él lo había hecho para defenderla. Sin embargo, una mentira así no era algo que a ella le interesara. Respirando hondo, dejó escapar un largo suspiro y decidió ofrecerle una tregua.

–Yo también tengo hambre.

–Estupendo. Ya sé dónde podemos ir –contestó él con una amplia sonrisa.

Veinte minutos después, Alexander tomó un desvío de la autopista. Enseguida, llegaron a un lugar con un cartel de madera que rezaba The Woodcutter.

–Espero que te guste –dijo él, mirándola tras aparcar–. No vengo a menudo, pero es uno de mis sitios favoritos para comer.

Sabrina posó los ojos en el edificio de madera, rodeado de árboles y arbustos. Las ventanas estaban iluminadas con una luz de tonos rosados. Tenía un aspecto muy acogedor.

–Bueno, a primera vista, parece agradable. Está bastante alejado. ¿Cómo lo conociste?

Alexander sonrió, sintiéndose alegre y optimista, no sólo porque se habían escapado de la fiesta de su madre, sino porque estaba allí con Sabrina. Se dio cuenta, sorprendido, de lo rápido que se estaba acostumbrando a su compañía y era perfecta para el puesto de asistente personal. Tenía mucha suerte de haberla encontrado, pensó.

–Lo encontré por casualidad hace años después de hacerles una visita a mis padres. Hace mucho que no vengo, pero el chef, si no ha cambiado, es buenísimo.

Sabrina esperó a que él le abriera la puerta para salir del coche, decidiendo relajarse y disfrutar de la velada. Lo cierto era que estaba muerta de hambre.

Mientras caminaban hacia la entrada, el sonido de conversaciones tranquilas y risas llegó a sus oídos. Sabrina se alegró mucho de estar allí y no en la fiesta de Lydia. De una pesadilla al paraíso, se dijo.

Al verlos entrar, el hombre que había detrás de la barra sonrió.

–¡Hola, Alex! –llamó el hombre–. ¿Dónde te has metido?

Alexander se acercó a la barra, guiando a Sabrina con él.

–Hola, Grant. Sí, lo siento. He estado fuera de la circulación durante un tiempo –explicó y miró a su acompañante–. He traído conmigo a Sabrina, mi secretaria. Tenemos mucha hambre. ¿Te queda alguna mesa?

Grant asintió. Terminó de servir una cerveza para un hombre en la barra y salió para reunirse con Alexander y Sabrina.

–Sentaos aquí, junto a la ventana, diez minutos. Enviaré a alguien para que os tome nota de las bebidas. A las nueve y media se queda libre una mesa en el comedor, ¿de acuerdo?

Sabrina y Alexander intercambiaron sonrisas.

–Nos viene muy bien, ¿verdad, Sabrina? Gracias, Grant.

Ella se sentó, mirando a su alrededor encantada. Tenía que admitir que era un placer estar allí, además con un hombre tan atractivo como él. Se relajaría y disfrutaría, se dijo a sí misma, notando como él la observaba con atención.

A la luz de la vela que había en la mesa, Alexander intuyó que Sabrina no era una mujer corriente. Tenía cierta profundidad de carácter que lo invitaba a sumergirse en sus misterios.

Entonces, recordó que ella le había contado que tenía una hermana.

–¿Cómo está tu hermana? Creo que mencionaste que no gozaba de muy buena salud.

Saliendo de golpe de sus ensoñaciones, Sabrina dejó el vaso y lo miró.

–Espero que Melly esté bien –contestó ella e hizo una pausa–. Se ha ido a España esta mañana, para dar clases durante dos semanas. Espero que le haga bien el cambio, que la alegre –señaló y le dio un trago a su bebida–. Es para una escuela de baile y canto –explicó–. Me ha mandado un mensaje de texto para decirme que han llegado bien.

Alexander no podía quitarle los ojos de encima a su acompañante, embelesado por su sencilla belleza.

–¿Es más joven que tú? –preguntó él, después de advertir, por su comentario, que Sabrina se sentía protectora con su hermana.

–Sólo un par de años –repuso ella–. Pero, a veces, es demasiado vulnerable y yo tengo que apoyarla –añadió y apartó la vista. Melly estaba muy lejos y no conseguiría nada preocupándose, se dijo.

Sin embargo, ella estaba sentada delante de uno de los hombres más atractivos del mundo, ¡el mismo que acababa de anunciar que iban a casarse! Sin poder evitarlo, se sonrojó al recordar el incidente. Se aclaró la garganta, pensando que no podía dejarlo pasar sin más.

–Sé que le has quitado importancia a lo que pasó en la fiesta de Lydia. Pero yo no tengo tanta confianza en que no haya consecuencias –afirmó ella con cautela, bajando el tono de voz–. Todavía me cuesta creer que dijeras eso –confesó–. Casi me caigo muerta al suelo.

–Bueno, pues lo disimulaste muy bien –observó él de buen humor–. Nadie habría adivinado que no lo supieras o no estuvieras de acuerdo –continuó con una sonrisa arrebatadora–. Olvídalo, Sabrina. Ha sido una salida improvisada, nada más. Y nada ha cambiado entre nosotros –aseguró y se inclinó hacia ella–. Eres mi secretaria y yo soy un jefe que espera que estés a la altura de cualquier situación. Y has satisfecho mis expectativas a la perfección –afirmó y se recostó en la silla, dando el tema por zanjado–. Ah, aquí viene la cena.

Sabrina no tuvo problemas en comerse las deliciosas viandas que les sirvieron, a pesar de estar todavía un poco traumatizada por lo que había pasado en la fiesta.

De todas maneras, Alexander tenía razón. Tenían que olvidarse del incidente y seguir adelante con su relación profesional. ¿Pero sería ella capaz de sentirse cómoda cuando fuera al trabajo al día siguiente por la mañana?

Su jefe parecía por completo ajeno a esas preocupaciones, mientras le hincaba el diente a su filete.

—¿No comes? —preguntó él.

Sabrina sonrió y tomó su tenedor. El primer pedazo de cordero que probó resultó tan delicioso como parecía.

—Estaba pensando.

—¿Y no puedes comer y pensar a la vez? —preguntó él, tomando la mostaza.

Sabrina no se molestó en contestarle.

—¿Por qué llamas a tu madre por su nombre de pila?

—Porque nos dijo que lo hiciéramos cuando éramos niños —contestó él, sin levantar la vista. Le dio un trago a su vino—. A Lydia no le gustó nunca la maternidad, me temo. Supongo que, si no la llamamos mamá, le cuesta menos olvidar que lo es —añadió y se quedó pensativo un momento—. Poco después de que yo naciera, se hizo esterilizar para no tener más descendencia —explicó, apretando los labios—. No sé por qué quiso tenernos a mi hermano y a mí.

Sabrina mantuvo la vista baja mientras lo escuchaba.

—¿Y tu padre? —quiso saber ella, intentando no sonar demasiado interesada.

—Mi padre es distinto. Aunque Lydia nos pidió que

lo llamáramos Angus. Pero a él no le gustaba, así que le llamamos papá.

–¿Estaba en la fiesta esta noche? –preguntó ella con inocencia, consciente de que su lado profesional la estaba animando a ahondar en el aspecto psicológico de la familia McDonald.

–Yo no lo he visto –replicó Alexander–. Aunque nunca le han gustado las fiestas de mi madre. Y, como trabaja en un banco internacional, rara vez está en casa. Tiene la excusa perfecta.

La buena comida y el vino estaban envolviendo a Sabrina en una agradable sensación de calidez, ayudándole a olvidar lo mal que lo había pasado hacía unas horas. Tal vez, la noticia que su jefe había anunciado no saldría de allí, esperó. Así, todos podrían olvidarlo, incluida ella misma.

–Estás pensando otra vez –le acusó Alexander de buen humor.

Ella sonrió y, bajo la luz de las velas, sus ojos verdes le resultaron irresistibles a Alexander, que se quedó embobado mirándola.

–Lo siento. Lo hago mucho. Es parte de mi entrenamiento, me temo.

–¿Hay algún hombre en tu vida, Sabrina?

Titubeando ante la inesperada pregunta, ella sonrió.

–Ya, no.

Hubo una larga pausa, en la que ninguno de los dos habló.

–Stephen, mi prometido, murió en un trágico accidente hace dieciocho meses.

–Lo siento.

Sabrina se encogió de hombros.

–El tiempo pasa. Hay que aceptar lo que la vida nos depara –señaló ella y se apuró su copa–. No pienso casarme. Mi hermana es mi prioridad. Además... –indicó y guardó silencio un instante–. No quiero ponerme a merced del destino nunca más. No merece la pena. El sufrimiento es demasiado.

Horas después, tras haber dejado a Sabrina en su casa, Alexander se sentó en su despacho, con las piernas sobre la mesa, sosteniendo pensativo un vaso de whisky. Había sido una noche muy larga. Y no había salido tan mal como había esperado.

Con sorpresa, tuvo que admitir que había disfrutado de veras de salir un rato con Sabrina Gold. Su secretaria no era como la clase de mujeres a las que estaba acostumbrado.

¿Y qué? ¿Qué era lo que no le estaba dejando dormir?, se preguntó Alexander, frunciendo el ceño. ¿Por qué una mujer tan interesante y hermosa había renunciado al amor para el resto de su vida?

Era la una de la madrugada. Alexander se terminó su bebida y se puso en pie. ¿Qué diablos le estaba pasando? Debería concentrarse en su trabajo, ésa era su única prioridad.

Pero Alexander McDonald sabía muy bien qué le estaba pasando. Por alguna razón, se sentía emocionalmente vulnerable en lo que concernía a su secretaria. ¿Por qué? Tenía que cambiar eso cuanto antes. Y así lo haría. Al día siguiente por la mañana, el cuento de hadas habría terminado... ¡y su relación con Cenicienta sería sólo profesional!

Capítulo 5

SABRINA consiguió mantener la tranquilidad cuando llegó al trabajo al día siguiente, aunque apenas había podido conciliar el sueño.

De nuevo, se encontró con María en la puerta.

–Hola, tesoro –saludó María–. Vaya, estás muy guapa. Me gusta el color de tu blusa.

–Gracias –contestó Sabrina, pensando que ella no se sentía especialmente bien esa mañana. Se había puesto lo primero que había encontrado en el armario.

–Voy a comprarle el periódico al señor McDonald –informó María, pasando delante de ella–. Los dejaré en la cocina, como siempre. El señor está ya en su despacho, trabajando.

Al oír mencionar los periódicos, Sabrina se puso un poco pálida, temiendo que la prensa mencionara el anuncio que Alexander había hecho la noche anterior. No era posible, ¿o sí?

Sabrina llamó a la puerta antes de entrar. Alexander levantó la vista, furioso por estar tan contento de verla, sobre todo, después de la reprimenda que se había dado a sí mismo la noche anterior. Su inesperado interés en su nueva secretaria era algo muy poco típico de él y temía que interfiriera en sus proyectos de trabajo.

–Me gustaría que pasaras a máquina esto cuanto antes –pidió él–. Y, luego, quiero que me lo leas en voz alta –añadió y suspiró–. Creo que estoy consiguiendo llegar adonde quería con la novela, al fin.

Sabrina tomó la gruesa pila de papeles que le tendía. Como habían hablado la noche anterior, su relación seguía siendo estrictamente profesional. Él era su jefe y ella su secretaria. Aunque sólo habían pasado unas horas desde que habían estado sentados uno frente al otro, tomando una copa de vino, contándose su vida...

Ella evitó mirarlo y se puso manos a la obra de inmediato. Enseguida, se concentró de lleno en lo que estaba escribiendo. Era un excelente escritor. Por los capítulos sueltos que había leído, su trabajo la tenía por completo cautivada. No era de extrañar que, en ocasiones, él pareciera inmerso en otro mundo, pensó.

Eran casi las doce cuando Sabrina terminó de pasar todo a máquina y lo imprimió. Estiró los brazos y los hombros. No había cruzado palabra con su jefe durante casi tres horas, ni habían sido interrumpidos por el sonido del teléfono. Se dio cuenta, también, de que no había preparado café y se sintió un poco culpable.

Miró a Alexander, que estaba sentado de espaldas a ella, con la mirada pensativa en el techo. Se aclaró la garganta.

–Lo siento. Estaba tan concentrada que se me olvidó hacer café –se disculpó ella.

–No importa –repuso él, girando la cabeza hacia ella–. De todas maneras, ¿no crees que es hora de que comamos?

De pronto, sonó el teléfono y Sabrina se apresuró

a contestar. Se sonrojó al oír la voz de Lydia al otro lado del auricular.

–¿Hola? Soy Lydia. ¿Alexander? Llevo todo el día intentando localizarte en el móvil, pero lo tienes apagado.

–Eh... un momento, veré si el señor McDonald se puede poner –contestó Sabrina, intentando camuflar su pánico–. Es Lydia –le dijo a Alexander en voz baja.

Arqueando las cejas, él tomó el teléfono que había en su mesa.

–Buenos días, Lydia.

–¿Por qué demonios no respondes el móvil, Alexander? No me gusta llamar a tu secretaria para tener que hablar contigo.

–Hay momentos en que no estoy disponible para nadie, Lydia –explicó él e hizo una pausa–. Dime, ¿qué querías? ¿Todo va bien?

–Claro que sí –afirmó ella y suspiró–. He llamado para ver cómo estabas tú. Me pareció rara la forma en que te fuiste de mi casa anoche. Apenas tuve tiempo de hablar contigo. Supongo que habrás vuelto al trabajo.

Alexander sonrió y le lanzó una mirada a Sabrina. Era obvio que su madre estaba tratando de recabar información. También, adivinó que Lydia iba a fingir que el anuncio de su compromiso con Sabrina nunca había tenido lugar.

–Para mí, el trabajo es lo primero, Lydia, ya lo sabes. De hecho, sólo me quedan cuatro semanas para entregar mi última novela y todavía no he terminado el penúltimo capítulo. Como puedes imaginarte, mi tiempo es precioso.

–Bueno, si estás bien, me alegro, Alexander –dijo

su madre tras un silencio–. Sólo me preguntaba si anoche, tal vez por el estrés, habías exagerado un poco...
o si habías perdido la noción de la realidad –añadió,
apretando los labios.

Alexander no pudo contener una sonrisa.

–¿Qué te ha hecho pensar algo así, Lydia? No, te
aseguro que estoy bien y en plena posesión de mis fa-
cultades. No debes preocuparte por mí –repuso él, disfrutando de la confusión que adivinaba en su madre–.
Bueno, si no quieres nada más, Lydia, tengo que irme
–se despidió–. Mi encantadora secretaria está a punto
de prepararme un sándwich antes de la reunión que
tengo con mi editor.

Alexander colgó y miró a Sabrina.

–A mi madre siempre se le ha dado muy bien intentar ignorar lo que no le gusta –comentó él y se levantó–. Por eso, no ha mencionado nuestra excitante
noticia –señaló y sonrió–. Estoy seguro de que quiere
que le dé más información, que lo niegue o lo con-
firme. Y he disfrutado mucho no haciendo ninguna de
las dos cosas. Así que ya está, Sabrina, cuanto menos
se hable del tema, antes se olvidará.

Sabrina lo miró con gesto dubitativo.

–¿Y qué pasa con Lucinda... y las demás?

–Seguro que mi madre les ha dado instrucciones
precisas de que cierren la boca... De todas maneras,
apuesto a que todas estaban borrachas y hoy ya no se
acuerdan de nada.

Aunque ella no estaba muy convencida, se dio
cuenta de que Alexander debía de tener razón. Él conocía a su madre y sus amigas. Tal vez, no era la primera vez que había hecho algo así, caviló.

Los dos bajaron a la cocina. María había comprado mucha comida y Sabrina preparó unos suculentos sándwiches en un santiamén, con jamón y queso fundido.

Tras hacer café, Alexander se sentó en una de las sillas de la mesa de la cocina y la miró.

—Te he hablado de mis padres —señaló él—. ¿Qué me dices de los tuyos?

—Philippa, mi madre, se mudó a Australia hace diez años con su nuevo marido —respondió Sabrina—. Mi padre nos abandonó cuando yo tenía siete años. Apenas lo recuerdo. Mi hermana sólo tenía cinco años y mi madre tenía que irse a trabajar, por lo que yo me quedaba a cargo de la casa y cuidaba de Melly —explicó e hizo una pausa, tomando su taza de café—. Cuando tenía dieciséis años, mi madre conoció a David, un australiano. Se casaron y se fueron a vivir a Sídney —comentó y le dio un trago al café—. De vez en cuando, tenemos noticias suyas.

—Imagino que creciste antes de la cuenta, Sabrina, con la responsabilidad de cuidar a tu hermana —observó él tras un momento de silencio.

—Yo nunca lo he visto así. Pero sí, supongo que crecí de la noche a la mañana. De todos modos, Melly y yo siempre nos llevamos bien, así que no me costó mucho ocuparme de ella.

—¿Vas a menudo a Australia a ver a tu madre?

—Hemos ido dos veces —contestó ella y titubeó—. El tiempo y la distancia suelen alejar a las personas. Mi madre tiene una vida nueva, nuevos amigos. Es feliz sin tener que preocuparse por nosotras —opinó y torció la boca un momento—. Siempre tuve la impresión de que fue un alivio para ella dejarnos atrás.

Alexander puso gesto solemne durante un momento. Un sentimiento de compasión lo invadió. Sabrina no había tenido una vida fácil, sin embargo, no demostraba ni un ápice de lástima de sí misma.

De pronto, Sabrina esbozó una radiante sonrisa.

–Pero la buena noticia es que mi hermana está en las nubes ahora mismo. Me ha llamado esta mañana y la he escuchado muy contenta. Dice que sus compañeros son amables y divertidos y que le encanta el lugar. Estaba más feliz de lo que ha estado en mucho tiempo.

–Debe de ser un alivio para ti –comentó él, alegrándose por ella.

Entonces, Alexander pensó en su propio hermano, con el que siempre había tenido una relación muy competitiva. Por suerte, ambos habían tenido éxito en diferentes campos profesionales. Pero no disfrutaban de la amistad y la intimidad que, al parecer, compartían Sabrina y su hermana. Miró por la ventana, pensativo, dándole un sorbo a su café. Trató de imaginar cómo se sentiría al ser amado de forma desinteresada, sin expectativas ni condiciones.

Sabrina se levantó.

–¿Más café?

–No, gracias, estoy bien –repuso él y se miró el reloj–. Voy a llevarle a mi editor lo que has impreso. En la mesa, te he dejado los últimos manuscritos, para que los descifres –indicó e hizo una pausa–. Volveré sobre las cinco y media, te avisaré si veo que voy a retrasarme.

–Bien –dijo Sabrina, mientras enjuagaba los platos en el fregadero. Si el jefe estaba fuera, aprovecharía para quitarle un poco el polvo a su despacho, pensó.

Justo cuando iba a salir de la cocina, el teléfono móvil de Alexander sonó.

–¡Hola, Bruno! –respondió él.

Sin duda, era el otro famoso McDonald, el hermano de Alexander, se dijo Sabrina.

–Estoy demasiado ocupado con mis cosas, Bruno, no tengo tiempo –se quejó Alexander, haciendo una mueca. Tras un par de minutos, añadió–: De acuerdo, de acuerdo. Mira, envíame el guión y veré cuándo puedo sacar algo de tiempo para leerlo. Podemos intentar quedar el domingo a la hora de comer para hablar de ello –sugirió–. Hace mucho que no nos vemos, Bruno. Podía ser una buena oportunidad.

Sorprendido por su propia propuesta, Alexander se dio cuenta de que, sin duda, le había influido lo que Sabrina le había contado de Melly. Quizá, su hermano y él también deberían buscar huecos para verse de vez en cuando. Ninguno de los dos lo había hecho hasta entonces, pero nunca era tarde para cambiar las cosas.

Hubo otra pausa mientras escuchaba a su hermano.

–De acuerdo, bien –dijo Alexander–. Si no estoy yo, puedes dejárselo a mi secretaria. ¿Qué? No, no es Janet. Ahora tengo una asistente nueva. Sabrina. Sí, Sabrina. Sí, sí –repitió, haciendo una mueca–. Sí, Bruno, sí... Y es competente también –aseguró con tono seco.

Cuando colgó, Alexander miró a Sabrina antes de salir.

–Alguien se pasará por aquí para dejar un sobre en algún momento... tal vez, esta semana o la siguiente –informó él–. Nos vemos luego.

Eso era lo malo de Bruno, caviló Alexander mientras salía de la casa. Sólo pensaba en las mujeres como potenciales conquistas. Lo primero que le había preguntado su hermano había sido si Sabrina era guapa...

¿Cómo podía describir a Sabrina a alguien que no la conociera?, reflexionó Alexander. Era una mujer de estatura pequeña, con manos y pies pequeños, rostro en forma de corazón y labios carnosos y atractivos. Tenía el pelo largo casi hasta la cintura y siempre lo llevaba impecable. Pero lo más llamativo eran sus mágicos ojos verdes... Eran del color del océano profundo. Además... no llevaba maquillaje, ni laca de uñas, ni perfume. Era una belleza sin pretensiones. Nada que ver con la clase de chicas que le gustaban a Bruno, caviló con cierta satisfacción.

Poco más tarde, armada con un paño, limpiador y plumeros, Sabrina subió al despacho. En un armario de la entrada había visto escobas y una aspiradora. Bien. Eso bastaría para poner en orden aquel caos.

Lo primero que hizo fue abrir todas las ventanas del estudio para que entrara aire fresco. Luego, se fue a la *chaise longue*, agarró todos los cojines y los sacudió con fuerza junto a la ventana. El polvo le hizo estornudar varias veces.

Luego, empezó a barrer el suelo. Había pelusas llenas de polvo en las esquinas y junto a los muebles. A continuación, tomó la aspiradora y la enchufó.

Mientras pasaba el aparato por la alfombra persa, empezó a verse mejor el colorido dibujo oculto tras la suciedad. Debía de costar una fortuna, pensó. Acto seguido, se arrodilló con un trapo y cera para suelos y comenzó a frotar la madera hasta que quedó reluciente. Cuando consideró que el lugar tenía un aspecto aceptable, se puso en pie y se quedó mirándolo con ojo crítico. No había quedado mal.

Durante las dos horas siguientes, sacó y limpió el polvo de todos los libros de las estanterías, pasó el paño por los armarios y una esponja húmeda por los marcos de las ventanas.

Decidió dejar el escritorio de Alexander para el final y, entonces, se dio cuenta de que se había olvidado de la gran chimenea de granito, casi oculta tras dos sillas de respaldo alto. Con suma eficiencia, retiró todos los adornos que había sobre la chimenea: viejas postales, una linterna que no funcionaba, una caja de cerillas, un sacacorchos, una caja de pañuelos de papel, otra de tiritas y otra de caramelos para la tos.

«¿Cómo puede este hombre vivir con tanto desorden?», se preguntó, meneando la cabeza. Sin embargo, él no se daba cuenta. Sólo tenía ojos para su trabajo.

Delante de la chimenea había un enorme jarrón con flores secas, tan viejas que estaban a punto de convertirse en polvo. Sabrina pensó en tirarlas y reemplazarlas con flores frescas del jardín.

Cuando, al fin, llegó la hora de limpiar el escritorio, Sabrina se dijo que allí debía ser más cautelosa. Era el territorio de Alexander y quería que él lo encontrara todo donde lo había dejado.

Sentándose en la silla un momento, Sabrina se sintió emocionada mientras miraba lo que tenía delante. Había incontables lápices y bolígrafos, casi todos mordisqueados en la punta, gomas de borrar, cinta adhesiva y libros de referencia. No mucha gente tenía la oportunidad de sentarse allí, donde la imaginación y el talento de Alexander se derramaba sobre el papel, dando lugar a libros millonarios. Casi con reverencia, limpió el polvo de cada esquina de la mesa, pasó un paño por el ordenador y el teléfono y le quitó el polvo a los libros, dejando todo luego como lo había encontrado.

De pronto, una pequeña foto se cayó al suelo. Sin duda, había estado dentro de alguno de los libros. Sabrina la tomó y vio que la imagen mostraba a Alexander más joven en una playa, bronceado y en bañador, rodeando con sus brazos a una mujer morena en biquini. Ella lo estaba mirando con gesto de adoración. La escena mostraba, sin lugar a equívocos, a dos personas enamoradas.

Sabrina volvió a dejarla en uno de los libros, preguntándose quién habría sido esa chica. Alguien especial para Alexander, pensó.

Luego, se encogió de hombros. ¿A ella qué más le daba? Era lógico que Alexander tuviera fotos posando con otras mujeres. Eso no era de su incumbencia, se repitió, intentando convencerse.

Con decisión, Sabrina terminó lo que estaba haciendo, guardó los utensilios de limpieza y salió al jardín para recoger unas flores que poner en el jarrón. Después, observó el fruto de su trabajo con satisfacción. El despacho tenía un aspecto agradable, incluso habitable.

Al mirar el reloj, se dio cuenta de que eran las cinco y media. ¡No había pasado a máquina lo que su jefe le había encargado! ¡Cielos! Alexander debía de estar a punto de regresar en cualquier momento, pues no había llamado para decir que se retrasaría.

Sintiéndose agotada, Sabrina se acercó a la *chaise longue* y se dejó caer en ella. Apoyó la cabeza y cerró los ojos. Sólo sería un momento, lo justo para recuperar fuerzas, se dijo.

Alexander observó el rostro dormido de su secretaria y recorrió la habitación con la mirada. El suelo relucía, la alfombra estaba impecable, los libros ya no tenían polvo, olía a limpio y a aire fresco y había un elegante ramo de flores junto a la chimenea. Esbozó una lenta sonrisa, sin moverse del sitio.

Sabrina le había pedido permiso para limpiar y él había aceptado. Y no podía negar una inesperada sensación de bienestar al mirar a su alrededor. Era muy agradable ver su despacho tan bien cuidado.

Entonces, al posar los ojos de nuevo en Sabrina, se le enterneció el corazón. Incluso con manchas de suciedad en la cara, estaba preciosa.

Justo cuando él se giró para irse, ella abrió los ojos y se incorporó de forma abrupta.

—¡Cielos! ¿Qué hora es? —preguntó ella—. Sólo quería descansar un momento. Me he quedado dormida...

—Bueno, por lo que veo a mi alrededor, no me sorprende —comentó él, tendiéndole la mano para ayudarla a levantarse—. Son las seis. He tardado un poco más de la cuenta en regresar —indicó e hizo una pausa—. Sabrina, has transformado el despacho. Gracias... muchas gracias.

—He disfrutado haciéndolo —confesó ella y sonrió—.

Pero no me ha dado tiempo de pasar a máquina lo que me encargaste...

Él posó una mano en su hombro.

–Puedes hacerlo mañana. Ahora voy a llevarte a casa. Ha sido un día muy, muy largo.

Capítulo 6

DOS SEMANAS después, Sabrina se sentía tan involucrada en el trabajo y forma de vida de Alexander McDonald que tenía la sensación de conocerlo de toda la vida. Había conectado tan bien con él que el miedo que había tenido al principio de no poder satisfacer sus exigencias se había disipado por completo. Por otra parte, sabía que sus conocimientos profesionales le habían sido de ayuda, facilitándole adelantarse a sus necesidades. Además, consideraba un honor que él le pidiera su opinión sobre algo que había escrito. Al parecer, incluso los escritores más brillantes necesitaban que los animaran y les dieran confianza a cada momento.

Para su alivio, el penúltimo capítulo de la novela había sido aprobado por el editor y estaban en los momentos finales, en el desenlace de la historia, algo que a ella le parecía lo más complicado.

Mientras pasaba a máquina el primer borrador del último capítulo, Sabrina estaba por completo metida en la trama. Se prometió comprarse todos los libros porque, además, tenía un interés personal en todo lo que tuviera que ver con Alexander McDonald.

Con el tiempo, había aprendido a descifrar con rapidez la escritura a mano de su jefe. Y él parecía encantado con la velocidad con que lo pasaba todo a ordenador.

La experiencia de Melly en España también contribuía a que Sabrina estuviera tan animada. Sólo habían hablado tres veces desde que su hermana se había ido y siempre se había mostrado encantada y pasándolo genial. Por primera vez en mucho tiempo, Melly había dejado de lado su pesimismo, su ansiedad y su depresión. Esa misma mañana, le había enviado un mensaje de texto informándole de que habían prorrogado el tour durante dos o tres semanas más.

Alrededor del mediodía, sonó el timbre de la puerta principal. Sabrina levantó la vista del ordenador, sorprendida. No solían tener visitantes.

En el piso de abajo, Sabrina abrió la puerta y se encontró con el inconfundible Bruno McDonald allí parado, con unos pantalones negros de sport y una camiseta azul. Era alto y de anchas espaldas y se parecía mucho a su hermano. Sin embargo, Bruno no tenía los espectaculares ojos negros de Alexander, ni su cautivadora expresión interesante...

Bruno la miró con una sonrisa.

–Debes de ser la nueva secretaria... la encantadora Sabrina –comentó él y le recorrió el cuerpo con la mirada.

Ella se sintió como si estuviera desnuda.

–Sí, soy Sabrina, la secretaria del señor McDonald –repuso ella, titubeando–. Me temo que su hermano no está. Los jueves va al gimnasio.

–Sí, lo sé, pensé que no estaría en casa. Pero estaba por la zona y he decidido pasarme –señaló él tras una pausa–. Quiero hablar con él de algo que me está buscando –informó y sonrió despacio–. Le esperaré dentro.

Sabrina se hizo a un lado.

–Por supuesto. ¿Quiere café?

–Sí, Sabrina, muchas gracias –respondió él.

Por alguna razón, su tono de voz hizo sentir muy incómoda a Sabrina. Esperó que Alexander no tardara. Bruno la siguió por el pasillo a la cocina, donde se quedó de pie apoyado en la pared, con las manos en los bolsillos, observándola mientras ella preparaba la cafetera.

–Bueno y... ¿cuánto tiempo llevas trabajando para mi hermano, Sabrina?

–Sólo unas semanas –replicó ella, sin querer mirarlo a los ojos–. ¿Y qué tal es como jefe? La otra mujer, Janet, estuvo años con él y debía de estar acostumbrada a sus modales. Pero... supongo que Alexander puede ser un poco... difícil en ocasiones.

Sabrina se giró y, en esa ocasión, sí lo miró a los ojos.

–Al contrario. El señor McDonald siempre ha sido muy correcto y profesional conmigo.

Qué sensación tan desagradable, pensó Sabrina. No le gustaba hablar de Alexander en su propia casa con un extraño, aunque fuera miembro de la familia de él. El hombre que tenía delante estaba empezando a no gustarle nada. No se parecía en nada a Alexander. Desde el principio, ella siempre se había sentido cómoda y relajada con su jefe, nada que ver con lo que sentía en ese momento.

–Bueno, tal vez tú seas una buena influencia para

él –comentó Bruno con desinterés–. Tal vez, una cara nueva... un cuerpo bonito... sea lo que él necesitaba.

Sabrina estaba cada vez más irritada. Intuyó que, en cualquier momento, Bruno McDonald iba a intentar un acercamiento hacia ella.

–Está siendo un verano muy largo, ¿no cree? –señaló ella con tono distante–. Hace un día muy caluroso para ser octubre.

–Estoy de acuerdo –replicó él–. Y a mí me encanta que haga buen tiempo porque así todas las chicas guapas os vestís con poca ropa –añadió e hizo una pausa, observándola de nuevo.

Sabrina se encogió, deseando no haberse puesto una blusa con escote esa mañana. Pero lo había hecho para no pasar tanto calor, porque en el despacho solía siempre haber más temperatura que en el resto de la casa.

–En invierno, insistís en cubriros con ropa y más ropa, lo que es un castigo para los hombres que ardemos en deseos de deleitarnos con vuestro cuerpo.

Sabrina estuvo a punto de mandarle al infierno, pero se contuvo.

Cuando abrió el armario y se puso de puntillas para alcanzar una caja de galletas, Bruno se acercó a ella de inmediato, cubriéndole la espalda. Pasando el brazo por delante, tomó la caja de la balda. A unos milímetros de su cara, la miró con intensidad. Ella podía percibir su aliento cargado de alcohol.

–Ay, Sabrina, si hubieras comido más verdura de niña, ahora serías más alta –comentó él, fingiendo desaprobación.

Entonces, Bruno dejó caer el brazo y posó la mano

en el pecho de ella. Al instante, Sabrina le dio un codazo en el plexo solar, empujándolo hacia atrás.

—¡Ay! —protestó él.

Durante unos segundos, Sabrina se quedó allí parada, lanzándole puñales con la mirada. Por suerte, Alexander entró por la puerta en ese momento. Posó los ojos en Sabrina y, luego, en Bruno. Y en Sabrina de nuevo... Y adivinó que algo no andaba bien. Nunca antes había visto esa expresión en el rostro de su secretaria.

—¿Qué pasa, Sabrina? —preguntó Alexander, todavía vestido con los pantalones cortos y la camiseta sudada del gimnasio.

—Oh... todo está bien... Nada, de verdad... —balbuceó ella.

Su respuesta confirmó la sospecha de Alexander y tuvo que contenerse para no darle un puñetazo a su hermano. ¡Maldito Bruno!

—¡Alex, hermanito! —exclamó Bruno, ignorando su expresión de furia—. Pensé que igual tenía el honor de que me concedieras media hora —añadió y miró a Sabrina—. Tu deliciosa secretaria me iba a preparar café.

Pero Alexander McDonald no se dejaba engañar por nadie y conocía muy bien a su hermano. Se colocó entre los dos. Posó la mano sobre el hombro de Sabrina y se dio cuenta de que estaba temblando.

—Vete, Bruno —rugió Alexander—. Estoy ocupado.

—Pero quería enseñarte mi último descubrimiento —replicó Bruno—. Esperaba contar con tu... opinión, Alex.

—Una vez más, vete —repitió Alexander, esforzándose en mantener la calma—. Y, por favor, no vuelvas a pasarte por mi casa sin avisarme primero.

Durante unos segundos, Sabrina creyó estar a punto de desmayarse. ¿Dónde se había metido? Aunque era obvio que Alexander había adivinado que su hermano se había comportado de manera incorrecta, ¿cómo afectaría eso a su trabajo con él? Bruno podía acusarla de haberlo provocado, pensó y se estremeció de repugnancia al recordar su contacto.

Sin embargo, con la mano protectora de Alexander sobre el hombro, Sabrina supo que podía relajarse y que su jefe la creería. Ella nunca le contaría lo que había pasado. Tampoco había sido tan grave, aunque la había tomado por sorpresa y de lo único que tenía ganas era de salir corriendo y encerrarse en su propia casa.

Alexander atravesó la habitación y abrió la puerta.

—Permíteme que te acompañe a la salida, Bruno —insistió Alexander—. Y te advierto que la próxima vez tengas la cortesía de informarme de tu visita. Es lo menos que se puede pedir.

Bruno levantó los brazos con gesto de impotencia, como si no supiera por qué, de pronto, su hermano lo estaba echando de casa.

—Oh, pobre de mí —dijo Bruno con tono burlón—. Parece que he tocado el punto de débil de alguien esta mañana, ¿no es así? —indicó y miró a Sabrina, que se había puesto pálida como la leche—. Debes entender, Sabrina, que las personas creativas a veces somos un poco malhumoradas. Es obvio que hoy es uno de esos días. Mi hermano no parece un chico muy feliz, ¿no te parece? —añadió y, antes de salir, volvió la cara hacia ella—. Te deseo mucha suerte, querida. Que tengas un buen día.

Cuando Bruno se hubo ido, Alexander volvió junto a Sabrina, que seguía clavada en el sitio.

–No te voy a pedir que me expliques nada, Sabrina –dijo él–. Sólo quiero disculparme por cualquier inconveniencia que te haya causado mi hermano en mi ausencia. Porque está claro que te ha molestado.

Sabrina consiguió esbozar una débil sonrisa.

–No quiero hablar de ello, Alexander... Como te he dicho, no ha sido... nada. Sólo un hombre sin modales comportándose como un bruto. Por desgracia, no es la primera vez que me pasa y no será la última.

Sin embargo, sabía que Alexander nunca se comportaría así con ella. Siempre se había sentido a salvo y cómoda con su jefe. ¿Cómo podían dos hermanos ser tan distintos?, se preguntó, prometiéndose que, si Bruno volvía a intentar algo con ella, lo golpearía en otra parte más vulnerable de su anatomía.

–Bueno, no estropeemos el día pensando más en mi hermano –sugirió Alexander, sin disimular su irritación. Hizo una pausa–. ¿Te apetece hacer unos sándwiches mientras me doy una ducha rápida? Tenemos mucho trabajo que hacer esta tarde.

–A la orden –repuso ella, llevándose la mano a la frente con gesto de saludo militar y con una sonrisa.

Mientras preparaba la comida para los dos, Sabrina pensó en su hermana. Parecía que había pasado una eternidad desde que se había ido a España... ¡y no parecía tener prisa en volver! Aunque ella la echaba de menos, al mismo tiempo tenía una sensación de libertad que no había experimentado en años. Era mejor que lo disfrutara, se dijo, porque cuando regresara, lo más probable era que Melly cayera en depresión por haber dejado atrás sus días de felicidad.

Pero no debía pensar en ello, caviló Sabrina. Estaba deseando que llegara el momento de leerle en voz alta a Alexander el capítulo final que había pasado a ordenador. Estaba tan metida en la historia, que sabía perfectamente qué tono emplear al leer a cada uno de los personajes.

Poco después, con pantalones oscuros y una camiseta gris claro, Alexander se sentó ante la ventana de su despacho, listo para escuchar a Sabrina. Con voz firme y modulada, ella empezó a leer su prosa maestra, sintiéndose honrada por poder hacerlo. Ella era la primera, a parte del autor, en conocer la novela. Era como dar los primeros pasos sobre la nieve recién caída.

Álexander la escuchó con atención, sin interrumpirla. En un par de ocasiones, anotó algo en un cuaderno.

Sabrina se sentía tan sumergida en la trama que, cuando llegó a un punto de inflexión en que los dos protagonistas tenían una terrible discusión, reprodujo sus voces con la misma angustia que los personajes experimentaban. ¿Cómo podían decirse unas cosas tan horribles el uno al otro?, pensó. Además, cuando parecía imposible que el conflicto se resolviera, la impotencia la invadió, quebrándosele la voz en medio del diálogo.

Tardó más de media hora en leer aquella prosa mágica, llena de sentimiento.

Cuando terminó, Sabrina se quedó sin aliento, inmóvil, mirando las hojas, incapaz de romper el he-

chizo en que Alexander McDonald la había sumido.
El último pasaje que había leído estaba tan lleno de
pasión que se había quedado físicamente exhausta.
Entonces, levantó la vista hacia su jefe y se lo encontró observándola con una extraña expresión.

–Gracias, Sabrina –dijo él, derritiéndose al ver la
lágrima que rodaba por la mejilla de su secretaria. Era
una mujer muy sensible y había comprendido a la perfección los sentimientos que él había querido transmi-
tir en su novela, reflexionó.

Hubo una larga pausa.

–Me gustaría que todo el mundo que leyera mis libros, o los de cualquier escritor, se implicara tanto en
la lectura como tú –comentó él–. Muchas personas
sólo leen lo superficial, no comprenden toda la sangre,
sudor y lágrimas que yacen tras la ficción. Pero tú, Sabrina... le has dado vida a lo que leías... –señaló y sonrió–. De hecho, me he dado cuenta de nuevos aspectos
de mis personajes al escucharte –añadió y titubeó un
momento–. ¿Alguna vez has... actuado en un escenario?

Sabrina meneó la cabeza, avergonzada por no haber podido contener las lágrimas.

–Eso no es lo mío –respondió ella, sonándose la
nariz–. Mi hermana sí se dedica a eso.

Alexander se aclaró la garganta.

–Me gustaría comentar contigo un par de detalles.

Durante las dos horas siguientes, hablaron de un
par de pasajes e intercambiaron ideas. Sabrina nunca
habría soñado con que a un gran autor como él le interesara su opinión. Él parecía tener en cuenta todas
sus sugerencias.

Al fin, Sabrina se levantó.

–Necesito una taza de té, Alexander.

–Creo que los dos necesitamos un descanso –repuso él–. Ha sido todo un maratón. Pero tus aportaciones han sido muy útiles.

Cuando Sabrina se hubo ido a la cocina, Alexander se quedó sentado ante su escritorio un rato más, recordando la dulce voz de su secretaria. De pronto, se apoderó de él un sentimiento de desasosiego, al pensar que se había hecho tan indispensable que no podía imaginar seguir trabajando sin ella. Tenía todo lo que se podía soñar de una asistente: era pulcra y flexible, con deseos de complacer, de trabajar y siempre tenía una sonrisa en el rostro. Sin embargo, algún día, Sabrina se iría. Con sus estudios, era obvio que querría retomar su profesión antes o después y él no intentaría disuadirla. No sería justo.

Alexander suspiró. Le deprimía pensar que algún día ella no estaría allí. Y hacía tiempo que la depresión no había hecho mella en él... Diablos, no podía rendirse a esas oscuras elucubraciones. Sabrina todavía no había dimitido y todavía quedaba más de un año para que la situación económica del país mejorara. Hasta entonces, se quedaría con él, adivinó. Le daba un buen sueldo y le pagaría más si era necesario, para mantenerla a su lado.

Más tarde, los dos tomaban té en silencio, cada uno sumido en sus pensamientos.

–Creo que podemos dar por terminado el día, Sabrina. Los dos estamos cansados.

Alexander la miró y se dio cuenta de que se le habían escapado unos mechones de pelo de la cinta que llevaba y que le caían a ambos lados de la cara, dándole un aspecto infantil, adorable. Deseó tener el valor para colocárselos en su sitio, para rozarle las mejillas en un gesto familiar de enamorado.

–Te llevaré a casa –ofreció él, apartando la vista.

–No es necesario, Alexander, de verdad. Sólo tardo una hora en volver.

–Es que tengo un plan. Si te llevo ahora, así podrás refrescarte un poco antes de que te invite a cenar –propuso él e hizo una pausa–. Creo que te mereces una buena comilona y la otra noche, cuando te llevé, me pareció ver un atractivo restaurante italiano cerca.

–Oh, sí, Casa Marco –repuso Sabrina–. Es bueno. Melly y yo, a veces, vamos allí. Si te apetece, en la cena, podemos hablar sobre algunos puntos del capítulo cuarenta –sugirió.

–Sí, podemos –afirmó él–. O, mejor, no. Ya hemos trabajado bastante por hoy. Además, tengo otra propuesta que hacerte. Si encaja con tus planes personales –añadió con una sonrisa enigmática.

Capítulo 7

SABRINA tenía que admitir que ir a casa en el elegante coche de Alexander era mucho más cómodo que caminar y dejarse apretujar en el metro. Como siempre, había mucho tráfico y no llegaron a su casa hasta las seis. Él aparcó junto al coche de ella.

–¿Es necesario que hagamos una reserva? –preguntó él.

–No lo creo. Es jueves. Los fines de semana sí está más lleno.

Antes de que Alexander tuviera tiempo de bajarse del coche, Sabrina salió y comenzó a caminar hacia la entrada de su casa.

–¿Quieres que te ponga la tele mientras me ducho? –ofreció ella cuando hubieron entrado.

–No te preocupes por mí –respondió él, siguiéndola al salón–. Además, no hay prisa, ¿verdad?

Sabrina se detuvo junto a la puerta.

–¿Quieres algo de beber? –invitó ella y, al instante, pensó que tampoco tenía una gran variedad de bebidas que ofrecer.

–No, estoy bien, gracias. ¿Pero qué te parece si preparo té mientras tú te duchas?

–De acuerdo. Te mostraré la cocina.

Aunque Alexander la había llevado a casa un par

de veces, ella nunca antes lo había invitado a entrar. Mientras atravesaban el pasillo, no le sorprendió comprobar lo bien ordenado y limpio que estaba todo.

—Necesita una reforma —indicó Sabrina, mirando a su alrededor en la cocina, un poco avergonzada.

—A mí me gusta así. Es perfecta para dos personas —comentó él, se acercó a la puerta trasera y miró hacia el patio—. ¿Quién cuida el jardín? —preguntó, observando el césped recién cortado y los bonitos arbustos floridos.

—Lo hacemos nosotras. Pero no nos lleva mucho tiempo, es muy pequeño —respondió ella y sacó dos bolsas de té del armario.

A continuación, Sabrina se fue arriba, pensando en qué se iba a poner. Sería un vestido especial, decidió, uno que le sentaba muy bien. Era color crema, con una falda vaporosa hasta la rodilla y estampado dorado.

Bajo la ducha, se relajó, dejando que el agua caliente la recorriera de la cabeza a los pies. Entonces, recordó lo que Alexander le había dicho a cerca de una proposición. Él no le había explicado nada más. Pero esperaba que fuera algo factible para ella. Melly volvería a casa pronto. De todas maneras, quería complacer a su jefe en todo lo posible, porque era el trabajo mejor pagado que había tenido jamás. Además, estaba acostumbrándose a ver a Alexander todos los días.

Sabrina se mordió el labio, recordando que, en todas sus conversaciones telefónicas, Melly no le había preguntado ni una vez cómo le iba con su nuevo empleo. Sólo habían hablado sobre su hermana y lo bien que lo estaba pasando. Lo cierto era que Melly siempre había sido así, admitió, mientras salía de la ducha.

Abajo, Alexander estaba sentado viendo las noticias con la taza en la mano. De repente, oyó un tremendo golpe en el piso de arriba, seguido por un grito de Sabrina. Sin titubear, dejó la taza y corrió escaleras arriba, preguntándose qué habría pasado. Ella estaba allí parada, envuelta en una toalla blanca, muy disgustada.

—¿Qué pasa? ¿Estás bien, Sabrina?

Alexander tragó saliva. A ella le goteaba el pelo sobre los hombros, dándole el aspecto de una ninfa que acabara de salir del lago. Además, sabía que estaba desnuda bajo esa toalla. Durante una fracción de segundo, tuvo que contenerse para no tomarla entre sus brazos y hacerle el amor allí mismo, en el suelo...

—¿Qué ha pasado, Sabrina?

Sin decir una palabra, ella se dio media vuelta. Él la siguió al baño, donde vio que el espejo se había caído y estaba roto, en el suelo.

Alexander se agachó para examinar la parte trasera del espejo.

—Se ha partido la cuerda que lo sujetaba —observó él y la miró—. Me temo que tendrás que comprar otro espejo, Sabrina.

—Son siete años de mala suerte, ¿no? —comentó ella, apretando los dientes, acongojada.

—Tonterías —aseguró él—. ¿No creerás en esas cosas?

—No sé —contestó ella dubitativa, pensando que ni Melly ni ella necesitaban más sorpresas desagradables. Sonrió con gesto de disculpa—. Siento haberte asustado, Alexander. ¡Creí que se me caía el tejado encima!

—Ha sido un ruido terrible —señaló él, arqueando una ceja—. Yo también me asusté.

En ese momento, al percatarse de su situación, Sabrina se sonrojó. Ya era bastante inusual que su jefe estuviera en su modesta casa, como para que la estuviera viendo en el baño, con nada puesto aparte de la toalla.

Él se agachó y agarró el espejo para llevarlo fuera.

—Ya está tu té. Se te va a quedar frío.

En su dormitorio, Sabrina se secó a toda velocidad. Nunca se le había ocurrido comprobar las cuerdas que sujetaban los espejos y cuadros de su casa, pensó, irritada por lo que había pasado. Le molestaba, sobre todo, que la única vez que su jefe había ido a su casa hubiera tenido que presenciar algo tan patético.

Bueno, ya no había solución, se dijo ella. Se puso la ropa interior, enchufó el secador y comenzó a cepillarse el pelo. No tenía tiempo para secárselo del todo, pues no quería hacer esperar más a Alexander. Por eso, se lo dejó suelto, para que se secara solo. Luego, se puso crema en la cara y el cuello, sombra de ojos y un poco de colorete.

Alexander estaba descansando en el sofá, con las piernas estiradas delante de él. Al oírla llegar, giró la cabeza y se quedó de piedra.

—Estás preciosa —dijo él al fin con toda sinceridad.

Parecía una diosa, pensó Alexander. Aquel vestido le sentaba como un guante y el pelo, todavía húmedo y suelto, le daba un toque sumamente seductor.

—¿No tienes frío? —preguntó él al salir de la casa, admirando el color cremoso de sus brazos desnudos, su cuello y su escote—. Lo más probable es que dentro de poco refresque.

—No, Casa Marco está aquí al lado —negó ella—. Y

allí siempre hace buena temperatura –añadió. Era tan agradable que un hombre tan guapo y educado como Alexander McDonald se preocupara por ella de esa manera... Entonces, se dio cuenta de lo entusiasmada que se sentía y lo mucho que había echado de menos salir con un hombre. Aunque aquello no era una cita, se recordó a sí misma, sino la manera en que su jefe quería darle las gracias por su ayuda.

De todas maneras, Sabrina estaba disfrutando de su empleo más de lo que había podido imaginar. Y no le parecía que su jefe estuviera a disgusto, tampoco. Las cosas habrían sido muy distintas si hubiera resultado ser un cretino como su hermano. Bueno, si ése hubiera sido el caso, ella habría dimitido al momento. Por suerte, sin embargo, ambos hermanos no podían ser más diferentes.

Cuando entraron en el restaurante, el joven encargado se acercó a ellos.

–¡Hola, *signorina* Sabrina! –exclamó el hombre con efusión–. ¡La hemos echado de menos!

–Hola, Antonio. Éste es Alexander, un amigo –presentó ella.

–*Signor* –murmuró Antonio, inclinando la cabeza en gesto de saludo.

–*Buona sera* –saludó Alexander.

Antonio los guió a una mesa iluminada por velas que había junto a la ventana.

–¿Así que éste es tu restaurante favorito, Sabrina? –preguntó Alexander, mirando a su alrededor.

Ella sonrió.

–No venimos tan a menudo –admitió Sabrina–. Tal vez, una vez cada dos meses o algo así. Pero siempre son muy amables con nosotras.

Alexander estuvo a punto de comentar que, con lo guapa que estaba esa noche, no era de extrañar que Antonio se mostrara tan atento. Pero se contuvo.

–Voy a elegir algo bueno para celebrar que ya casi hemos terminado el capítulo cuarenta –informó Alexander, leyendo la lista de vinos–. Creo que, con un poco de suerte, podré tenerlo terminado todo antes de que acabe el mes. Eso espera mi editor.

Sabrina bajó la vista un momento. ¿Había dicho «hemos terminado»? ¿Sólo quería ser amable con ella? ¿O de veras la consideraba tan importante? En cualquier caso, le resultó emocionante oírselo decir.

No tardaron mucho en elegir sus platos del menú. Sabrina dejó que su jefe tomara la iniciativa pues, después de todo, él era quien iba a pagar.

Alexander seleccionó ensalada para empezar, seguida por escalope de ternera al vino de Marsala, con jamón y huevos.

–¿Te parece bien? –preguntó él.

–Perfecto –contestó Sabrina, que siempre solía pedir pizza o lasaña, pues eran los platos más asequibles.

Mientras empezaban el segundo plato, Sabrina miró a su acompañante, invadida de pronto por una oleada de timidez. Era un hombre muy guapo, con un rostro perfecto, seductor... Pero lo que más le atraía eran sus ojos. No sólo por su color y su intensidad, sino por la forma en que solía mirarla y el halo de misterio que escondían.

Con un suspiro, ella tomó el tenedor de nuevo. No era de extrañar que él estuviera acostumbrado a ser acosado por las mujeres. Podía permitirse el lujo de elegir. Entonces, sintió un poco de compasión por él.

Tener tanto donde elegir implicaba no elegir al final. ¿Y qué habría pasado con la bonita chica de la fotografía, a la que él había estado abrazando con tanta ternura? ¿Qué habría sido de ella? Sin duda, no había satisfecho las expectativas de Alexander, caviló, preguntándose si habría alguna mujer en el mundo con la que él querría comprometerse.

Ella lo dudó, recordando lo que su jefe le había dicho en la fiesta de su madre: que planeaba permanecer soltero para siempre.

Dando rienda suelta a sus pensamientos, Sabrina se metió otro pedazo de carne en la boca. No pudo evitar recordar la terrible noche de la fiesta y compararla con cómo se sentía en ese momento: feliz y segura con su jefe, disfrutando de cada segundo de su compañía. Además, él parecía más relajado de lo que lo había visto nunca. Después de todo, había sido idea suya invitarla a cenar.

–Tengo curiosidad por algo –señaló él, tomando su copa de vino.

–¿Qué?

–Eres la primera mujer que conozco que nunca lleva joyas. Bueno, yo no te he visto con ninguna joya.

Sabrina esbozó una rápida sonrisa.

–Tengo alguna joya. Y solía usarlas. Pero decidí no volver a hacerlo mientras estuviera trabajando... en mi otra profesión –explicó ella–. Cuando estoy con mis pacientes, me parece más adecuado no ser ostentosa, ser lo más anónima posible, no ofrecer distracciones. Creo que la única persona en quien hay que fijarse en la sesión es en el paciente.

Alexander asintió despacio.

–Lo entiendo –afirmó él y se dijo que le convenía cambiar de tema cuanto antes. No quería que Sabrina pensara en su anterior profesión. Y tampoco quería confesarle que, desde niño, había desconfiado de las personas demasiado adornadas. Nunca le habían gustado las pulseras y collares de su madre, ni el sofocante perfume con que solía rociarse.

–¿Y el perfume? –inquirió él, pensando que Sabrina Gold olía lo bastante bien por sí misma como para tener que ponerse ningún aroma artificial–. ¿Entra en la misma categoría que las joyas?

–Así es –contestó ella, dejó el tenedor y se recostó en la silla.

La noche estaba oscura cuando salieron del restaurante. Mientras caminaban por la calle, les llegaron las notas de una música vibrante y alta.

–¿De dónde viene eso? –quiso saber él con curiosidad.

–Debe de ser de la feria. Está aquí al lado, en el parque municipal –informó ella–. Se me había olvidado que siempre la ponen ahí por estas fechas.

–Hace años que no voy a ninguna feria –comentó él con cierto tono de nostalgia.

–Me sorprendería que te gustaran –observó ella.

–Pues te equivocas, me encantan –afirmó él–. ¿Por qué no vamos a echar un vistazo?

No tardaron en llegar y Alexander se transformó en un niño entusiasmado al caminar entre la multitud. Las atracciones estaban llenas de gente y el aire estaba impregnado de olor a algodón en dulce y palomitas.

–Espero que las ferias nunca pasen de moda –comentó él–. Son parte de nuestra historia.

Frente a ellos estaba la noria. Alexander tomó a Sabrina de la mano, emocionado.

–Vamos, ¿te atreves?

Sabrina apenas podía creerlo. Estaba sentada en la noria con su jefe. Y lo estaba pasando en grande. A juzgar por su aspecto, además, Alexander también estaba disfrutando como un niño.

Cuando llegaron al punto más alto, la rueda se paró para recibir más pasajeros. Desde donde estaban, se podían ver las luces de la ciudad a sus pies, como una alfombra de estrellas. Sabrina respiró hondo.

Entonces, cuando la rueda se puso en marcha de nuevo, una brisa repentina le levantó el vestido, haciéndola tiritar. Alexander la rodeó de inmediato con su brazo, apretándola contra él. Ella respondió de forma instintiva, acurrucándose contra su cuerpo, deseando algo más...

–Te dije que ibas a necesitar algo de más abrigo –gritó él por encima del sonido de la música, sin soltarla.

–¡No esperaba subir tan alto! –gritó ella, tratando de taparse las piernas con la falda que el viento levantaba. Sin embargo, no había podido evitar que él le viera los muslos desnudos y parte de su ropa interior, reconoció, mordiéndose el labio.

Cuando aterrizaron, siguieron paseando, en silencio.

Alexander la miró.

–¿Estás bien, Sabrina?

–Muy bien –le aseguró ella. Pero no era cierto. A pesar de haberlo pasado genial, se sentía culpable. Estaba disfrutando demasiado con su jefe y no podía negar que le había encantado tenerlo cerca, percibir su aroma masculino. ¡Y eso estaba muy mal! ¡No podía permitirse sentir algo así por su jefe! Podía ser un juego demasiado peligroso.

—Se me había olvidado comentarte algo, Sabrina —señaló él cuando comenzaron a caminar hacia casa de ella.

—¿Qué?

—Sí. Creo que ha llegado el momento de que me tome un descanso —explicó él—. Voy a ir a mi casa de Francia y quiero que vengas conmigo. Estoy empezando a darle vueltas a mi próximo proyecto y cambiar de aires puede ayudarme a inspirarme. Podríamos irnos a finales de este mes —continuó—. Está a un día de camino. Estaríamos fuera unas dos semanas... ¿Qué te parece?

Sabrina suspiró. Había ignorado que él tuviera una casa en Francia. Titubeó un momento antes de responder.

—No estoy segura de que pueda, Alexander —contestó ella—. Mi hermana volverá pronto.

Sin embargo, su reacción tenía poco que ver con Melly, reconoció Sabrina para sus adentros. No era más que una excusa. En realidad, no quería ir porque no quería estar a solas con Alexander en un entorno lejos de su puesto de trabajo. Y, menos aún, en la romántica Francia...

—Bueno, piénsatelo —sugirió él—. Yo voy a ir de todos modos. Y me encantaría que me acompañaras.

Capítulo 8

AL DÍA siguiente, Sabrina había tomado una decisión: no iría con él. Le preocupaba que, entonces, Alexander no necesitara sus servicios profesionales. Pero se convenció a sí misma de que podía serle útil quedándose en su casa de Londres para responder el teléfono y los correos electrónicos y realizar cualquier encargo que él le dejara.

Cuando llegó al número trece, Sabrina se sentía segura y decidida... aunque temía el momento de comunicarle a Alexander su decisión.

Esperó unos momentos a que alguien abriera la puerta. Era obvio que María no estaba y Alexander podía estar fuera también... ¡o dormido!

Tras sacar del bolso la copia de las llaves que él le había dado, entró en la casa.

Se sentía allí casi como en su propio hogar, pensó Sabrina mientras subía las escaleras. Aunque sólo conocía el baño, la cocina y el despacho. Se detuvo en el descansillo de la entreplanta, mirando a su alrededor. Había cuatro puertas allí que darían a cuatro habitaciones, el mismo número que había en la planta de arriba. ¡Qué casa tan grande para un hombre solo!, pensó.

Pero Alexander McDonald no era la clase de persona que se sentía sola, adivinó Sabrina. No necesitaba a nadie. La única razón por la que la había invitado a Francia era porque, como él mismo había dicho, podía serle útil allí. Todas sus necesidades eran egocéntricas y relacionadas con su trabajo de escritor.

Encogiéndose de hombros, se fue derecha al despacho y abrió las ventanas. Enseguida, se dio cuenta de que Alexander debía de haber estado trabajando hasta tarde la noche anterior, por los restos de comida que había sobre su escritorio. Encima de su propia mesa, encontró un cuaderno con algunas notas. Sin duda, sería la continuación del capítulo cuarenta, se dijo, entusiasmada por poder conocer el desenlace de la trama...

Sabrina estaba segura de que estaba sola en la casa. Alexander debía de haber salido muy temprano... tal vez, al gimnasio. Durante los siguientes veinte minutos, revisó el correo postal y electrónico. A pesar de que él apenas respondía ningún mensaje, era increíble lo interesados que estaban algunos amigos suyos en contactar con él, observó para sus adentros.

De pronto, Sabrina tuvo sed y bajó a la cocina para beber algo. Esa mañana, no había tenido ganas de desayunar antes de salir de casa, pero no tenía hambre. Lo que necesitaba era agua. Se bebió un vaso y, luego, otro.

Entonces, se dio cuenta de que algo raro le estaba pasando.

Se agarró al fregadero para no perder el equilibrio, notando que el corazón le latía a toda velocidad. Sintió que la cabeza le daba vueltas... Presa del pánico, intentó calmar su respiración para no ponerse a vomitar en la inmaculada cocina de Alexander...

Con piernas temblorosas, se sentó en una de las banquetas... pero, en cuestión de segundos, el mundo comenzó a desvanecerse a su alrededor. Apoyó la cabeza en la mesa de granito, aliviada por poder descansar.

–¡Sabrina! ¿Qué pasa? –llamó Alexander al abrir la puerta.

Ella levantó la cabeza con dificultad y lo vio acercándose.

Sin embargo, justo antes de que él pudiera alcanzarla, Sabrina perdió la conciencia y se deslizó hacia el suelo. A toda velocidad, Alexander la sostuvo con sus fuertes brazos.

Cuando, al fin, recuperó el sentido, Sabrina estaba tumbada de espaldas, mirando a un techo desconocido. Tardó unos segundos en caer en la cuenta de lo que había pasado y de dónde estaba.

Estaba en una cama de matrimonio y Alexander estaba inclinado sobre ella, con gesto de preocupación. Cuando abrió los ojos, él esbozó una sonrisa de alivio.

–Menos mal. Has decidido volver al mundo de los vivos.

–¿Qué diablos...? ¿Qué diablos me ha pasado? –dijo Sabrina e intentó incorporarse.

–Quédate quieta. No pasa nada –la calmó él, impidiéndole levantarse. Le tocó la frente un momento–. Creo que ya te está bajando un poco la fiebre –señaló y la miró con aire solemne–. ¿Te pasa esto a menudo?

–¿Pasarme qué? Yo sólo... recuerdo que me serví un vaso de agua y... no recuerdo más.

–Bueno, pues te has caído redonda, eso es lo que ha pasado –informó él y meneó la cabeza–. Llegué a tiempo para sostenerte. Me has dado un susto de muerte.

–¿Por qué? ¿Temías que me muriera antes de terminar de pasar tu libro al ordenador? –bromeó ella, intentando sonreír.

–¿Por qué has venido esta mañana, si no te encontrabas bien?

–¡Sí me encontraba bien! –protestó ella–. No me pasaba nada. Y creo que es la primera vez que me desmayo en mi vida –añadió y tragó saliva. Cada vez le dolía más la cabeza–. Tal vez, ha sido porque no he desayunado esta mañana, eso es todo. En el despacho, arriba, empecé a sentir mucha sed... y el resto ya lo sabes.

Lo que Sabrina quería saber, en realidad, era cómo había llegado allí arriba. Alexander pareció leerle el pensamiento.

–Estuviste a punto de recuperar la conciencia un par de veces en la cocina, pero al final decidí que era mejor traerte aquí para que te tumbaras.

–¿Y cómo...?

–Te he traído en brazos, claro. Tú no estabas en condiciones de andar –puntualizó él.

Sabrina pensó en ello un momento. No era una persona gorda, pero sabía que tampoco habría sido fácil para Alexander llevar su cuerpo inerte escaleras arriba. O, quizá, eso no fuera problema para alguien tan fuerte, con esas anchas espaldas y musculosos brazos...

–Voy a llevarte a casa ahora mismo –indicó él–. Y no quiero que vuelvas a trabajar hasta que no estés bien del todo.

–Pero ya estoy bien –protestó ella. Odiaba estar enferma, era algo a lo que no estaba acostumbrada, pues siempre había tenido que ocuparse de cuidar a los demás y, en especial, a su hermana.

Alexander la miró pensativo un momento.

–Espero... espero no haberte presionado demasiado, Sabrina. Tal vez, el trabajo ha sido excesivo.
Yo puedo estar horas sin tomarme un descanso y, a veces, olvido que los demás pueden necesitar ir a un ritmo
más relajado. Lo siento, pero debes avisarme siempre
que estés cansada –pidió él y titubeó un momento–. No
quiero convertirme en un capataz de esclavos...

Sabrina sonrió.

–No es culpa tuya, Alexander. Y no me siento es-
clavizada, te lo puedo asegurar.

Tras un minuto o dos, Sabrina intentó incorporarse
de nuevo. Entonces, empezó a tener la terrible sospecha de que se encontraba peor de lo que creía. Los
ganglios del cuello le dolían y notaba un sabor extraño
en la boca.

–Oh, cielos. No me siento bien, Alexander.

–No, no tienes buen aspecto –señaló él y la observó
unos instantes, sin poder evitar sentirse invadido de
ternura. Y tomó una decisión.

–No voy a llevarte a casa. No quiero dejarte sola
allí todo el fin de semana.

Sabrina abrió la boca para llevarle la contraria,
pero Alexander la interrumpió.

–Todo el mundo habla de un virus que se está ex-
tendiendo por todas partes. Y, aunque no soy médico,
me da la sensación de que eso es lo que te pasa –opinó
él y le tocó la base del cuello–. ¿Te duele aquí?

Sabrina suspiró.

–Mucho –admitió ella–. Pero de verdad, Alexander, es mejor que me vaya a mi casa. Estoy acostumbrada a cuidar de mí misma y aquí sólo voy a ser una
molestia.

Todo lo contrario, pensó él.

–¿Qué vas a hacer en una casa vacía? –preguntó él–. Tu hermana no está, así que no tienes que ocuparte de ella. ¿Por qué no aprovechas la oportunidad de que alguien te cuide a ti, para variar? Puedo traerte a la cama bebidas calientes, incluso huevos revueltos.

Sin embargo, Alexander sabía que no estaba pensando sólo en ella. Quería cuidarla. Era una sensación que nunca había experimentado hacia ninguna mujer antes.

A pesar de que no quería aceptar, Sabrina no pudo evitar sentirse tentada por el plan. Estaba claro que algún virus había hecho presa en ella. Lo miró, pálida y sin fuerzas.

–¿Y no temes que te contagie? –inquirió ella.

Alexander sonrió, presintiendo que iba a salirse con la suya.

–Nada de eso. Por alguna razón, soy inmune a las enfermedades –repuso él, contento. Aunque no era inmune a los encantos de su preciosa secretaria, reconoció para sus adentros.

Sabrina se mordió el labio. No tenía ropa de cambio, ni camisón, ni cepillo de dientes. Una vez más, Alexander se le adelantó.

–Siento no tener ninguna indumentaria femenina que ofrecerte –comentó él–. Pero puedes usar mis camisetas... que supongo que te llegarán por las rodillas. Y tengo un paquete de cepillos de dientes en el baño. Aquí tengo de todo.

La idea de no tener que volver a casa le parecía a Sabrina cada vez más atractiva. Suspiró, esbozando una fugaz sonrisa.

–Bueno, si estás seguro de que no voy a molestarte ni interrumpirte en tu trabajo, Alexander...

–Olvidemos mi trabajo durante cinco minutos –replicó él con firmeza–. Pensemos en ti nada más, para variar.

Las veinticuatro horas siguientes fueron agotadoras para Sabrina, con ataques de tos que le hacían doler el pecho y un sueño incómodo e inquieto. Le subía la temperatura y le daban escalofríos. En su estado febril, se daba cuenta de vez en cuando de que Alexander entraba y salía de la habitación, para dejarle agua en la mesilla y acompañarla.

Alexander había decidido no sacarla de su cama, por lo que él se había mudado a uno de los cuartos de invitados. Había estado tan preocupado por ella, que apenas había dormido y, por la noche, había ido a comprobar varias veces cómo estaba.

A las tres de la madrugada el domingo por la mañana, se la encontró sentada en la cama, murmurando cosas incoherentes, con la cara sonrojada y el pelo empapado en sudor. Entonces, Alexander se enfureció consigo mismo por no haber llamado al médico. ¿Qué pasaba si lo que tenía era más grave de lo que habían pensado? ¿Y si era la temida meningitis o algo peor? Nunca se perdonaría a sí mismo si algo le pasara a Sabrina... por no haberle ofrecido apoyo médico.

Sin decir palabra, Alexander tomó el vaso de agua y la animó a darle unos tragos. Luego, la ayudó a tumbarse y se fue al baño para mojar un paño y ponérselo en la frente. Al verse de pasada en el espejo, se dio cuenta de que él tampoco tenía muy buen aspecto. Parecía cansado y preocupado. Aquélla era la primera vez que cuidaba a un enfermo, se dijo. Nunca había experimentado antes esos sentimientos de intimidad, de compasión. Deseaba tener una varita mágica para poder curarla.

Al menos, se alegraba de haber podido convencer a Sabrina de que se quedara en su casa. Si hubiera estado sola...

Regresando a su lado con el paño húmedo, Alexander se lo puso en la frente y esperó unos momentos. Se dio cuenta de que ella parecía respirar más despacio y que empezaba a relajarse. Tal vez, se estaba asustando por nada, pensó. Sus síntomas eran típicos del virus que estaba causando estragos en la ciudad. Si seguía su curso normal, a la mañana siguiente habría pasado lo peor.

Al parecer, su predicción se estaba cumpliendo porque, cuando volvió a verla, Sabrina estaba durmiendo y respiraba con normalidad. Había dejado de toser.

Notando que no estaba sola, ella abrió los ojos y le sonrió. Alexander observó aliviado que estaba mucho mejor. Incluso tuvo ganas de abrazarla. Saber que alguien que le importaba ya no estaba en peligro era la mejor sensación del mundo.

Él se sentó en el borde de la cama y le dio la mano.

–Hola, Sabrina.

–Oh, Alexander. ¿Dónde estoy? ¿Qué día es?

–Es domingo. Son las ocho de la mañana. Has estado muy enferma. Pero ya estás mejor –afirmó él y le apretó la mano.

Sabrina se incorporó y apoyó la cabeza en el hombro de él. Al verla vestida con su camiseta, se llenó de ternura. ¿Cómo era posible que aquella mujer le hiciera experimentar tan fuertes sentimientos?, se preguntó.

Más tarde, después de haber desayunado una tostada con mermelada y té, Sabrina se sintió lo bastante recuperada como para darse una ducha y lavarse el pelo, que estaba todo enredado. Poco a poco, empezó a caer en la cuenta de la delicada situación en que se había puesto... aunque no había sido culpa suya.

Se había pasado el fin de semana en cama de su jefe y él se había pasado horas observándola. Le había llevado el desayuno y había esperado a su lado a que se terminara el último pedazo.

¿Cómo habían llegado a eso?, se preguntó a sí misma. ¿Cómo había podido dejarse convencer para estar dos noches allí? Le parecía extraño y excitante al mismo tiempo. Alexander McDonald la había cuidado cuando ella había sido incapaz de ponerse en pie... ¡ni en un millón de años ella hubiera soñado algo así!

La vida estaba llena de sorpresas, reflexionó Sabrina, meneando la cabeza. Algunas desagradables, otras emocionantes y placenteras. A pesar de que se había encontrado fatal durante dos días, el episodio que acababa de vivir sin duda pertenecía al segundo tipo. Ver a su jefe en bata, a su lado, preocupado por ella, había sido lo más inesperado. De todos modos, sabía que había tenido mucha suerte de que alguien hubiera estado allí con ella.

Sabrina se secó el pelo y se vistió. Aunque todavía estaba un poco mareada, sabía que estaba en fase de recuperación. También sabía que debía irse a su casa

cuanto antes. No le costaría habituarse a estar allí, en
el lujoso dormitorio de Alexander. Allí todo estaba
impecable, desde las lujosas cortinas de la ventana
hasta la alfombra color crema o los bonitos cuadros
de las paredes. Y el baño era un sueño, se dijo, comparándolo con el suyo.

Enderezando la espalda, Sabrina se reprendió a sí
misma. Debía estar contenta porque Melly y ella tenían un hogar. Y se tenían la una a la otra.

Bajó a la cocina, donde encontró a Alexander haciendo café. Él sonrió.

—Ahora tienes mejor aspecto —comentó él, mirándola con aprobación.

Sabrina se acercó.

—¿Te importa llevarme a casa, Alexander? —pidió
ella, sintiéndose recuperada.

—¿Por qué tanta prisa? —replicó él, sin mirarla—. Había pensado llevarte a dar un paseo al campo. Te ven-
drá bien un poco de aire fresco —sugirió—. A menos
que tengas asuntos urgentes de los que ocuparte, claro.

Sabrina sabía que no tenía ninguna obligación urgente esperándola en casa. Y, sin poder evitarlo, el
plan de Alexander le pareció irresistible.

—Bueno, la idea no suena mal, pero...

—Bien, entonces, ya está. Los periódicos están en
el salón, junto a mi dormitorio. Súbete el café y yo
prepararé huevos revueltos —indicó Alexander y sonrió, contento de que ella estuviera mejor... y de poder
tenerla para él un día más.

Sabrina obedeció. El salón era muy bonito, lujosa-
mente decorado y acogedor, observó, dejándose caer
en uno de los grandes sofás de color verde oscuro. Du-

rante los siguientes minutos, intentó leer el periódico, pero no pudo concentrarse lo suficiente. Tomó su taza de café y le dio un trago, pensativa.

¿Cuándo iba a reunir el valor necesario para decirle a Alexander que no iba a Francia con él? Después de lo amable que había sido con ella... Podía poner a Melly como excusa, explicarle que no podía dejarla sola. Pero no podía contarle la verdad. ¿Cómo iba a confesarle que había empezado a sentir algo por él, que estaba comenzando a necesitarlo demasiado? Quería detener aquello antes de que fuera demasiado tarde, pues sabía que no tardaría mucho en caer rendida a sus pies. No quería ser seducida por su jefe. Ni mezclar el trabajo y el placer. Además, ella había jurado no volver a entregarse a un hombre nunca más...

Se lo diría después, cuando la llevara a casa, se propuso Sabrina.

–¡El desayuno está listo! –llamó él desde la cocina.

Sonriendo, Sabrina bajó. Al llegar abajo, sonó el timbre de la puerta y, sin titubear, ella fue a abrir.

Al instante, la sonrisa de sus labios se desvaneció. Era Bruno quien estaba allí.

–Vaya, vaya, vaya –dijo Bruno–. No creía que trabajaras los domingos, Sabrina –observó y dio un paso adelante para entrar–. Ya te dije que mi hermano era un bruto exigente.

Al momento, Alexander se colocó tras ella.

–¿Acaso no fui lo bastante claro el otro día, Bruno? ¿No has comprendido que los visitantes inesperados no son bienvenidos aquí? –le espetó Alexander, sin disimular su enfado.

Bruno sonrió despacio, mirándolos a ambos.

–Ahora entiendo por qué. Y te aseguro que me has sorprendido, Alex, chico –comentó Bruno–. Es obvio que me he presentado en un momento muy poco adecuado.

–Así es. Íbamos a desayunar –afirmó Alexander, serio–. Lo siento, pero no me quedan más huevos para invitarte.

–No te preocupes por mí –repuso Bruno, impertérrito. Hizo una pausa–. ¿Lleváis toda la noche trabajando? Debe de haber sido una noche muy larga –añadió con retintín.

–Aunque te lo contara, no lo creerías –contestó Alexander–. Ha sido una noche muy larga, por eso, Sabrina y yo necesitamos recuperar energías. Siento tener que meterte prisa, pero no olvides avisarme la próxima vez que quieras venir, ¿de acuerdo?

Con una escueta despedida, Bruno se fue.

–Está claro lo que estaba insinuando –señaló Sabrina, siguiendo a Alexander a la cocina.

Él la miró con ojos brillantes y pícaros, haciéndola estremecer.

–¿Qué? ¿Que has pasado la noche en mi cama? Bueno, pues ha acertado, ¿no?

–Sí, pero ya sabes a lo que me refiero, Alexander. Va a pensar lo que no es.

–¿A quién le importa? –replicó él, arqueando una ceja–. Vamos a desayunar.

Capítulo 9

POR SUERTE, el virus que había atacado a Sabrina desapareció sin dejar rastro dos o tres días después, así que siguieron trabajando juntos en la novela de Alexander.

Él estaba muy concentrado en lograr un buen desenlace para su trama. Y ella se esforzaba en guardar silencio y no interrumpir sus pensamientos.

En una o dos ocasiones, al llegar por la mañana, Sabrina se había dado cuenta de que él se había pasado toda la noche despierto, garabateando cosas en su libreta y tachando muchas de ellas después. Todos los días, encontraba en su mesa unas cuantas hojas que pasar a ordenador e imprimir. Al ritmo que iban, Alexander parecía dispuesto a cumplir su promesa y terminar la novela antes de finales de octubre.

Mientras pasaba a ordenador los manuscritos, Sabrina iba descubriendo con entusiasmo el desenlace. Tenía que admitir que un giro inesperado en la trama había llevado a un desenlace excelente e increíble. Por eso, los libros de Alexander nunca dejaban de impresionar al público... y se vendían a miles.

Aquel día, cuando Sabrina le entregó las últimas páginas impresas, no pudo evitar expresarle lo que sentía.

—Alexander, es una novela excelente... y me ha en-

cantado el final. ¡Es genial! No tenía ni idea de cómo
iba a terminar. ¿Cómo se te ha ocurrido algo así?

Él se encogió de hombros.

—Gracias a miles de horas de práctica. Pero gracias
por el cumplido, Sabrina.

Él levantó la vista y, al posar los ojos en ella, recordó lo enferma que había estado hacía unos días y
lo poco que había protestado. Ni siquiera se había tomado una baja para recuperarse. Y él no había insistido. Porque la necesitaba... quería que estuviera a su
lado. Sabrina se había convertido en alguien indispensable para él. Cada día, lo que más deseaba era verla
llegar por las mañanas.

Alexander había decidido no volver a mencionar lo
de Francia hasta que hubiera terminado la novela. Sin
embargo, estaba seguro de que Sabrina lo acompaña-
ría, a pesar de las reservas iniciales que ella había
mostrado. A los dos les sentaría bien alejarse de la ciudad y cambiar de aires, pensó y se levantó.

—Te ha quedado muy bien, Sabrina —indicó él, señalando los papeles impresos que tenía en la mano—.
Voy a llevárselo a mi editor. Cuando vuelva, si quieres, podemos abrir una botella de champán.

Sabrina sonrió, contenta porque él estuviera satisfecho con su trabajo. Le alegraba verlo tan feliz.

—Por cierto, reserva billetes para Carcasona... ¿qué
te parece a principios de la semana que viene? —pidió
él—. ¿Te va bien?

Sabrina hizo una pausa antes de responder.

—Yo no he dicho que fuera a acompañarte, Alexander —repuso ella con cautela—. Aunque te agradezco
mucho la invitación.

–No lo hago por amabilidad –negó él, sin andarse por las ramas–. Es porque los dos necesitamos un respiro. Tú has estado trabajando tanto como yo y necesitas descansar, sobre todo, después de haber estado enferma.

Sabrina se levantó, colocándose un mechón de pelo detrás de la oreja.

–Mira, Alexander, mi hermana me ha mandado un mensaje diciéndome que vuelve el domingo... un poco antes de lo previsto. Tengo que quedarme unos días con ella.

–Está bien –dijo él–. Podemos irnos más tarde. El miércoles o el jueves de la semana que viene, si prefieres. Así, tendrás tres o cuatro días para estar con tu hermana, ¿te parece? La región de Languedoc también está preciosa en el mes de noviembre.

Sabrina levantó la vista hacia él.

–No puedo asegurarte que vaya –indicó ella–. Ya te he dicho que tengo que ocuparme de mi hermana.

–Bueno, parece que ella se las ha arreglado bien sin ti en España –le espetó él.

–Eso parece. Sin embargo, yo quiero estar con ella.

–Lo comprendo –repuso él, intentando sonar razonable, a pesar de que no entendía por qué una mujer de veintiséis años no se podía quedar en casa sola dos semanas, sin que su hermana mayor la estuviera cuidando–. Y estarás con ella unos días... para asegurarte de que todo esté bien –añadió e hizo una pausa–. Estoy seguro de que tu hermana querrá también que disfrutes un poco.

Sabrina lo miró, mordiéndose el labio. Aquella conversación parecía no llegar a ninguna parte, pensó.

Sobre todo, porque no podía decir a Alexander la verdadera razón por la que no quería ir a Francia.

—Bueno, Alexander, sólo puedo decirte que no creo que vaya. Pero lo pensaré —puntualizó ella, al ver que el atractivo rostro de él se entristecía—. Y, de todas maneras, te aseguro que estaré aquí cuando vuelvas. Mientras, me ocuparé de revisar el correo. ¡Incluso puede que limpie un poco aquí arriba! —sugirió, intentando quitarle hierro al asunto. Alexander McDonald estaba acostumbrado a conseguir sus propósitos y, por la cara que tenía, era obvio que no le gustaba nada que lo contradijeran.

—En mi opinión, deberías darle a tu hermana la oportunidad de arreglárselas sola por una vez —comentó él—. Parece que siempre estás ahí para que se apoye en ti, colaborando a que sea una persona dependiente. Por lo poco que me has contado de su viaje a España, no ha tenido ningún problema allí. A veces, el amor consiste en dejar que la otra persona viva su vida, Sabrina. ¿O esto tiene más que ver contigo que con ella?

Aquello dolió a Sabrina, que se había puesto furiosa. ¿Cómo se atrevía Alexander McDonald a juzgarla de esa manera? ¿Qué sabía él? ¡Después de aquello, ya no le cabía ninguna duda! ¡No iría con él ni a Francia ni a ninguna parte! ¿Quién diablos se creía que era? Era mejor que se ocupara de sus personajes ficticios y las dejara a Melly y a ella en paz.

—Tendré en cuenta tu opinión —señaló ella, esforzándose por sonar calmada—. Y tomaré mi decisión sobre Francia cuando lo crea apropiado. Serás en primero en saberlo.

Dicho aquello, Sabrina salió de la habitación, cerró la puerta de un portazo y bajó a prepararse un té.

Más tarde, sola en el despacho, se sintió un poco vacía después de haber terminado la novela. Alexander ya había comentado que había empezado a forjarse ideas para un nuevo título y ella sabía que, en poco tiempo, estarían sobre la brecha de nuevo.

Cuando estaba ordenando algunos papeles, sonó el teléfono. Era Alexander.

—Sabrina, me temo que voy a tardar, pues el editor todavía no se ha presentado —informó él—. Vete a casa y tómate el día de mañana libre. Así tendrás tiempo para prepararle a tu hermana una buena bienvenida.

—Muy bien —repuso ella—. Gracias.

—No, gracias a ti, Sabrina —contestó él—. El borrador final ha sido aprobado, así que tenemos motivos para estar contentos —señaló e hizo una pausa—. Siento lo del champán, lo guardaré para otra ocasión. Ah, acaban de llegar, te dejo. Nos vemos el lunes... Espero que tu hermana vuelva con buen ánimo.

Sabrina colgó, con el estómago un poco encogido. Los comentarios que Alexander le había hecho hacía unas horas le habían tocado un punto sensible. Y lo malo era que, tal vez, él tenía razón. ¿Acaso ella se equivocaba al pensar que su hermana no podía sobrevivir sola? ¿Habría estado utilizando a su hermana para sentirse necesaria, como si Melly fuera el bebé que ella nunca había tenido?

Aquella posibilidad impactó mucho a Sabrina. Para colmo, siendo ella psicóloga, ¿no debía haber pensado en eso antes? Sin embargo, la realidad no se veía con claridad cuando uno era parte interesada, pensó, acongojada.

Sin poder dejar de darle vueltas, Sabrina apoyó la cabeza entre las manos. ¿Por qué no se olvidaba de lo que Alexander le había dicho? Melly volvería dentro de tres días... ¿en qué estado? Era cierto que su hermana no había dado muestras de estar deprimida, pero ella temía que eso cambiara. Además, Melly era una excelente actriz. ¿Tal vez había estado fingiendo estar bien por teléfono, para no preocuparla? Las dos hermanas no se habían separado nunca tanto tiempo y a ella le sorprendía que Melly se hubiera desenvuelto tan bien sola.

Con un creciente dolor de cabeza, Sabrina se levantó. Alexander podía opinar todo lo que quisiera. Sin embargo, él no era quién para dar lecciones sobre la familia. No sabía nada de eso.

En el despacho de su editor, mientras descorchaban una botella de champán, Alexander no podía dejar de pensar en lo que había pasado. Deseó no haberle dicho esas cosas a Sabrina sobre su relación con su hermana. Ella había parecido dolida al escucharlas.

Además, Sabrina era una mujer inteligente y no necesitaba que él le dijera lo que tenía que hacer. Lo había hecho porque había estado enfadado con ella, porque se había sentido rechazado. Se había comportado de forma egoísta, injusta e infantil y daría lo que fuera por poder borrar aquella discusión. El mero pensamiento de haberla hecho daño se le hacía insoportable.

Lo único que sabía seguro era que Sabrina ya no

querría viajar con él. ¿Y qué pasaba si decidía no seguir trabajando como su secretaria? ¿Y si dimitía?

Con el corazón encogido, Alexander se dio cuenta de la intensidad de sus sentimientos y de que la vida sin Sabrina Gold le resultaba impensable.

El sábado por la mañana temprano, el teléfono sonó y Sabrina se sentó en la cama para responder, con ojos somnolientos. Era Melly.

–¿Sabrina? ¡Hola! ¡Oh, Sabrina, lo he pasado genial y tengo muchas cosas que contarte!

–¿No puedes esperar a mañana? –preguntó Sabrina, sonriendo de escuchar a su hermana tan feliz.

–No, no puedo.

–Bueno, pues adelante. ¡Cuenta!

Durante los siguientes cinco minutos, Melly le resumió todo lo que había pasado en el viaje, sin apenas parar para tomar aliento. Estaba tan contenta...

–Nunca lo había pasado tan bien en toda mi vida, Sabrina. Por eso, Sam y yo... ¿Recuerdas a Sam? No vamos a volver mañana con los demás. Nos quedaremos un par de semanas más.

Sabrina se incorporó, preocupada por aquel súbito cambio de planes.

–Explícate.

Melly suspiró.

–Sam y yo... Bueno, Sam ha sido maravilloso conmigo, Sabrina. Creo que estoy enamorada –afirmó Melly–. La verdad es que nunca me había sentido así. Nunca había conocido a nadie como él. Sé que vas a decirme que es romance de vacaciones sin ningún futuro, pero no es así. Sam tampoco lo piensa. Nos gustan las mismas cosas, nos reímos de lo mismo... ¡estamos en la misma onda! Y... espero que no te parezca una tontería, pero...

Sabrina se levantó de la mano, apretando el auricular con ansiedad. Sin duda, España había provocado un tremendo cambio en su hermana.

–No me parece nada –le aseguró Sabrina–. Tienes veintiséis años, Melly. Es hora de que interpretes tú misma lo que sientes, sin que yo te dé mi opinión todo el tiempo –señaló e hizo una pausa–. ¿Qué dice Sam, exactamente?

–Dice que quiere que nos conozcamos mejor y pasemos más tiempo juntos. Y no sólo eso... me ha garantizado un trabajo permanente con su equipo. Lo que pasa es que tiene que quedarse un poco más, tiene trabajo aquí. Y quiere que me quede con él. A su lado –explicó Melly–. Es un encanto, Sabrina, y nos queremos. A ti también te va a encantar, ya lo verás.

Durante unos instantes, Sabrina se sintió abrumada por la noticia. Melly había salido con un par de chicos antes, pero nunca había expresado sus sentimientos con tanta euforia.

–No creo que me esté comportando como una tonta, Sabrina, ¿y tú? –quiso saber Melly–. ¿Crees en el amor a primera vista? Sam, sí. Y creo que yo, también, porque no dejo de pensar en él. Sólo quiero estar con él.

Una oleada de envidia recorrió a Sabrina... sólo un segundo.

–No, no creo que esté siendo una tonta –aseguró Sabrina–. Y... sí creo en el amor a primera vez. Pero no creo que sea algo habitual y, cuando sucede, debe ser tratado con cierta... cautela.

–¡Es lo mismo que dice Sam! Dice que no quiere que nos apresuremos, que debemos disfrutar de cada día. Yo me he desenvuelto bien hasta ahora, he podido ir lavando mi ropa en la lavandería. Y también me he comprado un par de camisetas. Además, me ha pagado y no necesito pedirte más dinero. ¡Supongo que estarás orgullosa de mí!

De pronto, Sabrina reconoció el sentimiento que invadía a su hermana: Melly estaba enamorada. Sólo podía rezar porque sus expectativas no se vieran hechas pedazos. La vida podía ser muy injusta e impredecible. ¿Qué pasaría si Sam no era quien Melly creía? No era tan joven, tal vez, unos diez años mayor que su hermana. Lo más probable era que hubiera salido con muchas mujeres. Y era un hombre atractivo, caviló, temiendo tener que enfrentarse a la desilusión de Melly si las cosas no salían como esperaba.

Tras un largo silencio, Sabrina se preguntó cuándo su hermana iba a interesarse por cómo iban las cosas en casa o por cómo le iba con su empleo.

Al fin, Melly habló.

–¿Y tu vida, Sabrina? ¿Y el trabajo?

–Más o menos –replicó Sabrina con cautela–. Es algo temporal, hasta que pueda volver a mi profesión, ya lo sabes. No estoy segura de cuánto tiempo seguiré con él... pero el sueldo es más que suficiente para pagar la hipoteca y nuestras facturas.

–Bueno, yo creo que voy a ser capaz de ganar dinero también cuando vuelva, Sabrina. Sam me ha prometido mucho trabajo.

–Por cierto, Melly –dijo Sabrina, de pronto, dejándose llevar por un impulso–. Yo también voy a estar fuera un tiempo, por trabajo. Creo que nos vamos a Francia el jueves... y volveremos a mediados de noviembre. Así que puede que no esté aquí cuando vuelvas, ¿te importa?

–Claro que no. ¡Me alegro mucho por ti! Pásalo muy bien. Pero no trabajes demasiado –aconsejó Melly y soltó una risita–. Olvidé decirte algo. ¿Sabías que Sam vive sólo a un kilómetro de nuestra casa? Me ha dicho que el último año ha pasado por delante todas las mañanas, haciendo jogging. ¡Qué increíble es la vida!

–Sí, es increíble –repuso Sabrina con un suspiro.

Capítulo 10

ALEXANDER pagó al conductor del taxi que los había llevado al aeropuerto y Sabrina y él se dirigieron a la entrada con las maletas. Ella se había puesto un jersey de lana.

–Sí, hace frío hoy. Pero no te preocupes, allí el tiempo será mucho más cálido. Lo miré anoche en las noticias.

Guiando a Sabrina por las puertas giratorias, Alexander se sintió entusiasmado porque ella hubiera aceptado acompañarlo, casi en el último momento. A fin de cuentas, había prometido ser su asistente personal, su mano derecha, ¿no era así?

La verdad era que Alexander casi nunca invitaba a nadie a su casa en Francia, pues adoraba la paz y la soledad del lugar, lejos de todo y de todos.

Sin embargo, Sabrina era diferente. Era la única mujer que había conocido de la que no se había cansado al momento. Ella nunca le ponía nervioso. Tal vez, la culpa fuera suya, pues había salido siempre con mujeres parecidas a Lydia, charlatanas, egoístas y neuróticas. Tenía que haber otra clase de mujeres, que compartieran sus valores y su perspectiva sobre la vida. Como, por ejemplo, la dama que tenía a su lado...

Después de facturar, pasaron a la sala de espera. A

pesar de las reservas que Sabrina había sentido al principio, no podía evitar sentirse excitada. Le sentaría bien un cambio de aires. La última llamada de Melly había sido lo que le había impulsado a tomar la decisión. Su hermana había estado llena de euforia, aunque ella temía que, antes o después, su burbuja de felicidad estallara y su hermana cayera de golpe al suelo.

Por su parte, Alexander se había guardado mucho de mostrar asombro por la decisión de Sabrina o de darle a entender que lo había esperado.

–De acuerdo –había respondido él con gesto neutro–. Podemos irnos el viernes, si te parece. Y tómate el miércoles y el jueves libres, para que tengas tiempo para prepararte.

Sabrina le había informado de que su hermana había retrasado la vuelta a casa, lo que encajaba con los planes de él a la perfección.

En ese momento, mientras ocupaban sus puestos en el avión, Sabrina tuvo que admitir que Alexander era un hombre admirable. Exudaba poder y confianza y a ella le encantaba disfrutar de la compañía de alguien que parecía capaz de tomar el control de la situación. Lo único que ella tenía que hacer era relajarse y disfrutar.

Mientras el avión emprendía el vuelo, Alexander miró a su acompañante y sonrió, contento de tenerla a su lado. Iba vestida con pantalones negros ajustados y una blusa blanca. Con el pelo recogido hacia arriba en un moño, tenía un aspecto informal y elegante al mismo tiempo. Era la primera vez que la veía con tacones, lo que completaba su aspecto distinguido. ¿Cómo conseguía ella siempre estar perfecta para cada ocasión?, se preguntó. ¿Sería posible tomarla desprevenida alguna vez? Entonces, sonrió al recordar su reacción cuando el espejo del baño se había caído al suelo.

–¿Has viajado mucho? ¿Conoces Francia? –preguntó él.

Sabrina apartó la vista de la ventana y lo miró.

–Sí, he estado en París. Fui cinco días con Melly hace años. Y hemos estado en Bretaña un par de veces de niñas. Pero conozco mejor Inglaterra.

–Bueno, será un placer enseñarte mi parte de Francia preferida. Es el lugar ideal para descansar –señaló él y sonrió–. Tengo unos cuantos vecinos, pero ninguna tienda, me temo. Espero que no contaras con salir de compras.

–No me gustan demasiado las compras –comentó ella.

Sabrina no le contó que, hacía unos días, había salido al centro de Londres para comprarse algo para el viaje. No quería quedarse sin ropa durante su estancia en Francia.

El vuelo apenas duró dos horas, tiempo justo para que disfrutaran de una copa de vino y de una comida ligera.

–Llevo mi ordenador portátil en la maleta, por si acaso... –comenzó a decir ella.

–¿Por qué? Se supone que vamos de vacaciones.

–Pero... pensé que esto tenía que ver con tu nueva novela. Eso me dijiste, Alexander –replicó ella–. Dijiste que querías encontrar inspiración...

–¿De veras? Bueno, tal vez –afirmó él de buen humor–. Pretendo hacer el vago y beber mucho vino de calidad... y espero que tú quieras acompañarme –añadió, sonriendo–. Nos turnaremos para ir a por pan reciente hecho cada mañana, porque a las nueve y cuarto en punto Claudette llega en su pequeña furgoneta blanca con provisiones para los vecinos... y no se queda mucho tiempo. Toca tres veces el claxon y te da sólo un par de minutos antes de irse a la siguiente casa.

Imaginándose la escena, Sabrina sonrió.

–¿No hay tiendas de alimentación tampoco?

–No. El supermercado más cercano está a ocho kilómetros. Podemos ir comprar allí de vez en cuando. De todas maneras, los dos primeros días no tendremos problema, pues mis vecinos, Marcel y Nicole, nos han llenado la despensa. Son una pareja encantadora, te gustarán. Me cuidan la casa cuando no estoy.

–Qué bien. Tienes suerte de que sean amigos tuyos –señaló ella.

–Así es. Además, estoy seguro de que querrán invitarnos a cenar esta noche. Saben que vengo acompañado.

Sabrina apartó la vista. ¿Solía él llevar visitas a su refugio?, se preguntó, recordando la foto de la playa. ¿De cuándo sería? Por el aspecto juvenil de Alexander en la imagen, debía de haber sido tomada hacía muchos años.

Lo cierto era que Sabrina tenía curiosidad por la vida privada de su jefe. Aunque él afirmaba que pretendía seguir soltero, debía de haber salido con muchas mujeres. Alguien con su atractivo debía de tener muchas entre las que elegir. ¿Y qué mejor lugar para un nido de amor que una casa perdida en la campiña francesa? Allí no habría fotógrafos deseando captar una instantánea de su romance para enviarla a la prensa. ¿Era ésa la razón por la que él la había invitado? Si así era, se aseguraría de no caer en sus redes.

Perdida en sus elucubraciones, Sabrina se preguntó si habría cometido el mayor error de su vida yendo con él. Su razón para invitarla había sido que podía necesitarla para trabajar en un sitio tranquilo. Sin embargo, al parecer, él había cambiado de idea respecto a lo de trabajar.

Cuando el avión aterrizó, Sabrina contempló con fascinación la ciudad medieval de Carcasona.

Alexander le tocó el brazo.

–Pasaremos un día en la ciudad antes de regresar –propuso él–. Merece la pena.

En el aeropuerto, él había reservado un coche de alquiler. Los dos se subieron y se abrocharon el cinturón.

–Se tarda cuarenta y cinco minutos en llegar, así que recuéstate y disfruta del paisaje.

Las carreteras estaban desiertas y Alexander conducía con familiaridad, como si conociera cada curva como la palma de su mano.

–¿Dónde está todo el mundo? –preguntó Sabrina, mirando por la ventana.

–Ésa es la cuestión –repuso Alexander, riendo–. No hay nadie. Por eso me gusta este lugar –señaló y la miró–. Aunque eso no es del todo cierto. Vamos a atravesar algunos pueblos dentro de poco y, más allá, pasaremos por un gran supermercado.

En poco menos de cuarenta y cinco minutos, Sabrina vio varios edificios delante de ellos y, enseguida, llegaron a una pequeña aldea con alrededor de una docena de casas.

–Aquí es –informó Alexander.

Sabrina no pudo evitar sentirse admirada. Era la escena más inspiradora del mundo, pensó, observando las viejas puertas de madera y las paredes desconchadas de las casas que dejaban atrás. Sin duda, era un escenario que le encajaba a la perfección a Alexander McDonald.

Él paró el motor.

–Bienvenida.

Ante sus ojos, había un establo convertido en vivienda. La madera parecía recién barnizada. Mientras él le mostraba su interior, ella comprendió que era su segundo hogar.

Había un gran comedor con una mesa con espacio para, al menos, diez personas y una cocina perfectamente equipada. En la misma planta, había dos dormitorios y un baño y, en una esquina, una amplia zona para la televisión y el equipo de sonido.

Alexander condujo a su invitada por la escalera de roble y le mostró dos dormitorios más. En el rellano, había dos balcones que daban al jardín y a la piscina. En la distancia, se desplegaba un precioso paisaje de viñedos y olivos.

Casi sin palabras, Sabrina lo miró.

–Alexander, qué lugar tan maravilloso.

–Tenía la intuición de que te gustaría.

Entonces, bajaron a la planta inferior y atravesaron la sala de juegos, con una mesa de ping pong, para salir al jardín.

–Me gusta nadar todas las mañanas –comentó él–. Y, si hace calor, también durante el día –añadió, sonriendo–. Te dije que haría buen tiempo. Marcel me dijo anoche por teléfono que este año ha sido bastante cálido.

De pronto, todas las reservas que Sabrina había albergado se esfumaron. Era un sitio mágico. ¿Cómo no iba a ser feliz allí? En cuanto a sus miedos respecto a Alexander, ella sabría cómo manejar la situación, si hacía falta, se dijo.

—Es una sorpresa que Alex haya traído... a una amiga —señaló Simone, sirviéndole a Sabrina otro vaso de vino.

Alexander había tenido razón al pensar que los invitarían a cenar. También, Marcel y Simone eran tal y como él los había descrito. Era una pareja de unos cincuenta años. Él era moreno, de buen carácter y ella, una mujer entrada en carnes con cabello teñido de rubio e inteligentes ojos azules.

Su casa era una bonita granja con piscina, no tan grande como la de Alexander. Su mesa estaba repleta de deliciosos quesos, un suflé de langostinos y ensalada, además de pasteles caseros recién sacados del horno. Había un vino excelente y café aromático. Era la cena más deliciosa que Sabrina había probado en mucho tiempo.

Se estaba haciendo tarde y los dos hombres habían salido al jardín a charlar. Simone se inclinó hacia Sabrina con gesto de conspiración.

—Alex le ha dicho a Marcel por teléfono que iba a traer a alguien, pero no pensamos que fuera una hermosa mujer —comentó la francesa, mirándola sin titubeos–. Me alegro mucho y él parece distinto. No tan... triste como otras veces.

–¿Triste?

–Claro que sí, *chérie* –repuso Simone con énfasis–. Marcel y yo hemos hablado de ello muchas veces y siempre pensamos que tenía que ver con su profesión, que tenía la cabeza en otro mundo y no tenía tiempo de pensar en su propia vida.

Sabrina reflexionó sobre ello un momento.

–Su casa es muy grande para él, ¿no? –señaló Sabrina–. ¿Nunca trae a nadie con él?

–Nunca. Siempre viene solo –contestó Simone–. Una vez, se la prestó a una pareja de amigos suyos. Y su hermano vino con una mujer. Pero Alex siempre ha venido solo. Y a mí no me parece algo natural para un hombre –opinó y sonrió–. ¿Lo conoces desde hace mucho?

Sabrina sonrió también, sin molestarse por la pregunta. Era obvio que el interés y cariño de Simone por Alexander eran genuinos.

–Hace unas seis semanas –contestó Sabrina–. Soy su secretaria.

–¿Ah, sí? Su secretaria... –dijo Simone, meneando la cabeza despacio.

–Y sólo me ha invitado porque hemos tenido mucho trabajo en las últimas semanas. Alexander acaba de terminar su más reciente novela. Por eso, pensó que ambos necesitábamos un descanso. Y, por casualidad, mis circunstancias personales me han permitido aceptar su invitación.

–Tú... ¿tienes pareja? –inquirió Simone, frunciendo el ceño.

–No... por el momento, soy libre –repuso Sabrina con una sonrisa.

–Me alegro mucho –aseguró Simone y se levantó para servirse más café–. Espero que lo paséis bien aquí, Alex y tú. Se merece que alguien le enseñe un par de cosas.

–No estoy segura de a qué te refieres.

–Necesita aprender a vivir –opinó Simone con firmeza–. Y a abrir su corazón.

Sólo una francesa podía haber dicho algo así, pensó Sabrina, preguntándose hasta dónde aquella pareja de amigos conocerían el pasado de su jefe.

–No creo que debamos preocuparnos por Alexander –comentó Sabrina, quitándole importancia–. Debe de tener a muchas mujeres a su alrededor.

–¡Claro! ¡Sólo aventuras! Pero no amor –señaló Simone, mordisqueando una almendra–. Yo me refiero a la clase de amor que da ganas de comprometerse y tener una familia.

–Tengo la sensación de que Alexander no desea tener familia –apuntó Sabrina, sonriendo–. Estoy segura de que no le gustan los niños. Me temo que es un alma solitaria.

Simone le dio un trago a su vino.

–Te equivocas, Sabrina –afirmó la francesa y se inclinó hacia delante, apoyando los codos en la mesa–. Nuestra primera nieta nació hace un par de años y Alexander la conoció cuando tenía seis meses. Mi hija la trajo de visita y él la vio. Se quedó... ¿cómo lo diría? ¡Encantado con ella! ¡No podía quitarle los ojos de encima! Y, desde entonces, no ha dejado de traerle regalos. Es su padrino.

Sabrina apenas podía creerlo. ¿A Alexander le gustaban los niños?

–No puedo imaginármelo con un bebé.

–¡Pues la sostenía en brazos como un padre experto! ¡Ni siquiera dejaba que nadie más la tocara!

Sabrina estaba sorprendida hasta la médula. Pero, antes de que pudieran seguir hablando, entraron los dos hombres.

–Estoy cansado –comentó Alexander, sonriendo a Simone–. Muchas gracias por la deliciosa comida, Simone. Os devolveremos la invitación antes de irnos.

Simone se levantó y le puso las manos sobre los hombros.

–Sabes que nos encantan tus visitas, Alex. Nos gustaría que vinieras más a menudo. Y ha sido un placer poder hablar con una mujer en esta ocasión.

–Bueno, si quieres tener contentos a tus empleados, tienes que tratarlos bien –señaló Alexander, sonriendo a su secretaria–. Sabrina y yo hemos estado trabajando mucho últimamente.

Tras desearles las buenas noches, Alexander caminó con Sabrina hasta su finca.

Ella también estaba cansada.

–¿Por qué tienes casas tan grandes, Alexander? –preguntó ella al entrar–. Como ésta y como la de Londres.

Él hizo una pausa, quedándose pensativo un momento.

–Porque me gusta tener espacio, eso es todo –contestó Alexander–. Buenas noches, Sabrina. Que duermas bien.

Entonces, ella se metió en su dormitorio y él se dio media vuelta.

Metiéndose bajo el esponjoso edredón, Sabrina trató de imaginar en qué habitación estaría durmiendo Alexander. ¿Estaría justo encima de la suya? Todavía no se había hecho un buen plano mental de la casa.

Había sido un día largo y bonito, pensó ella, somnolienta. No tenía ni una queja. El viaje había sido agradable y Alexander se había comportado como un perfecto caballero, haciéndola sentir cómoda y segura. Y feliz. Sonriendo en la oscuridad, recordó lo que Simone le había contado. ¡Alexander McDonald sosteniendo un bebé en sus brazos! ¡Qué imagen tan sorprendente!, se dijo.

Y, antes de quedarse dormida, tuvo que admitir algo más. Si él hubiera querido seducirla, ella se lo habría puesto muy fácil.

En su habitación, Alexander se miró al espejo mientras se cepillaba los dientes. A pesar de la reticencia inicial de Sabrina de acompañarlo, sabía que ella estaba contenta de haber aceptado. Él también se sentía contento, más feliz que en mucho tiempo. Ella era la primera persona que había invitado allí, nunca antes había querido compartir su preciada soledad. Pero, por una vez, había querido hacerlo y sólo con Sabrina.

Capítulo 11

TRES llamadas de claxon sacaron a Sabrina de su sueño a la mañana siguiente. Por supuesto, debía de ser la furgoneta con el pan recién hecho para el desayuno. ¡No tenía tiempo de ir a comprarlo!, pensó. Esperó que Alexander se encargara de ello... aunque ella seguía siendo su secretaria.

Sin embargo, al momento siguiente, escuchó voces fuera, el sonido de la puerta de entrada y los pasos de Alexander hacia su habitación.

Sin molestarse en mirarse al espejo, Sabrina se puso la bata y abrió la puerta. Se encontró de frente con Alexander, que llevaba en la mano dos largas barras de pan y una bolsa de papel.

—Mañana te toca a ti —señaló él, sonriéndole.

La delgada bata que Sabrina llevaba puesta dejaba adivinar su excitante figura y su pelo, enredado y suelto alrededor del rostro somnoliento, le daba un aspecto de lo más seductor. Alexander tragó saliva.

—¿Has dormido bien? —preguntó él.

—Como una niña —replicó Sabrina y titubeó un momento—. Parece que llevas tiempo levantado.

Alexander estaba descalzo, llevaba pantalones cortos blancos y una camiseta azul marino. Tenía el pelo mojado y pegado a la cara, sin afeitar.

–He estado un rato nadando. Pero no he querido despertarte. Ayer fue un día muy largo –señaló él y se giró para irse–. Sólo venía para decirte que ya son las nueve y media y que el desayuno estará listo dentro de cinco minutos. No hace falta que te vistas ahora, puedes hacerlo después.

Haciendo lo que le decía, Sabrina se metió en su cuarto. Se lavó la cara y las manos y se cepilló el pelo antes de bajar a la cocina. El delicioso olor a café recién hecho la recibió.

Alexander había cortado el pan y lo había untado con mantequilla y miel. Además, había dos pasteles todavía calientes y a Sabrina se le hizo la boca agua al verlos.

–Después de la deliciosa cena de ayer, pensé que no iba a volver a tener hambre –comentó ella mientras se sentaba, contemplando cómo Alexander servía dos generosas tazas de café. Luego, le pasó el azúcar y la leche.

–Es por al aire del campo –opinó él–. Y también influye estar relajado y sin presiones.

Tenía razón, pensó Sabrina. Se sentía relajada, más que nunca en su vida. De pronto, le parecía que nada importaba realmente y estaba impresionada por lo bien que su jefe y ella se habían adaptado el uno al otro. Sentía como si se conocieran desde hacía años. Tal vez, tenía que ver con los tres días que había pasado enferma en su cama.

Más tarde, Sabrina se cambió. Eligió unos pantalones cortos y una blusa verdes.

–Había pensado enseñarte la zona esta mañana –propuso él, observándola un momento. Sabrina se había recogido el pelo en una larga coleta que hacía destacar sus misteriosos ojos verdes. Esos ojos que lo tenían fascinado desde el primer día que la había visto.

–Como quieras, me parece bien, Alexander –replicó ella y se acercó a la ventana para mirar el paisaje–. No estoy en posición de discutirte –añadió, sonriendo por lo mucho que estaba disfrutando allí.

–Tú siempre dices lo que piensas, Sabrina –comentó él y se acercó a su lado–. Pero, por hoy, estoy de acuerdo en tomar el control del día. Podrás quejarte después, si no te ha gustado.

El resto de la mañana lo pasaron conociendo el área local. Aunque había poca gente, pasaron junto a un par de casitas aisladas y algunos graneros.

–¿Nunca traes a amigos aquí? –preguntó Sabrina, sin mirarlo.

–Claro que no –repuso él, como si la respuesta hubiera sido obvia. Entonces, al recordar lo mucho que Lucinda había insistido en visitar su casa de Francia, apretó los dientes–. Acabo de acordarme de algo. Supongo que recuerdas a Lucinda –indicó con cierto tono sardónico–. Lucinda va a celebrar su cumpleaños. Hace un par de días, me mandó una pretenciosa invitación con bordes dorados. Va a ser una fiesta espectacular, de las suyas.

–Suena divertido –dijo ella, sin entusiasmo.

–O no. Pero, como no voy a ir, da lo mismo –señaló él–. Ya sé dónde te voy a invitar a comer. Es un lugar muy acogedor, en una aldea que tiene un castillo –propuso y sonrió–. Y la comida es muy buena.

Mientras paseaban, Sabrina comprendió por qué

Alexander amaba tanto esa zona. Estaba alejada de la civilización. Y el paisaje era hermoso, salpicado de olivos y viñas y recorrido por ocasionales arroyos.

En el coche, atravesaron una pequeña aldea que tenía una tienda. En el escaparate, había cuadros y varios artículos de artesanía. Al darse cuenta de que Sabrina miraba interesada, Alexander aminoró la velocidad.

–¿Quieres echar un vistazo? –ofreció él.

–Me encantaría –repuso ella de inmediato–. Supongo que un sitio como éste atrae a muchos artistas.

–Bueno, los franceses saben cómo sacarle partido a los turistas, ya sabes.

Alexander aparcó y se acercaron a la tienda.

–Tiene cosas muy interesantes –observó él desde el escaparate–. Entremos.

Al atravesar la puerta, fueron efusivamente recibidos por una joven.

–Buenos días, *monsieur*, *mademoiselle* –saludó la dueña, sonriendo.

–*Bonjour*, Colette –saludó Alexander y miró a Sabrina–. Sé que no te gusta ir de compras, pero puede que este lugar te haga cambiar de aficiones –sugirió, entrando al fondo de la galería.

Sabrina tuvo que admitir que tenía razón. Era un lugar fascinante, mucho más grande de lo que parecía desde fuera. Durante la media hora siguiente, disfrutó tocándolo todo y considerando si compraba eso o aquello...

Además de caras acuarelas, había varios pañuelos y chales tejidos a mano, una estantería con platos pintados a mano, jarrones y vasijas de distintos tamaños. Había una sección con jarras de miel, botes de ajo en aceite, mermelada de cerezas y galletas caseras. Y, en una esquina junto a la ventana, brillaba una atractiva colección de bisutería hecha a mano.

Sabrina había estado tan inmersa en su exploración que apenas se había dado cuenta de que Alexander estaba al fondo de la tienda, enfrascado en una conversación con la dueña. De pronto, él se acercó, sonriendo.

—¿Has hecho tu elección? —preguntó él.

Sabrina le entregó un pañuelo y una pulsera a la dueña.

—Sí, gracias —repuso Sabrina y lo miró—. ¿Tú te has comprado algo?

Él asintió.

—Sólo un pequeño regalo, pero abulta mucho, así que Colette me lo mandará a casa más tarde.

Sin duda, sería un regalo para el cumpleaños de Lucinda, adivinó Sabrina. Tal vez, él no pretendía ir a la fiesta, pero la anfitriona esperaría un presente decente por parte de alguien como Alexander McDonald.

Colette envolvió las compras de Sabrina y se las entregó.

—Tiene una tienda muy bonita —le felicitó Sabrina, pagándole.

—Gracias, *mademoiselle* —repuso la otra mujer con una sonrisa—. Vuelva pronto.

Volvieron al coche y, poco después de la una en punto, llegaron a otro pueblo. Alexander paró delante un restaurante que tenía unas cuantas mesas fuera, bajo unos árboles que se mecían con la brisa.

Al otro lado de la calle, un canal brillaba bajo el sol. Había un par de barcos flotando en él. El ambiente de quietud y tranquilidad impresionó a Sabrina. Allí, parecía no pasar el tiempo, pensó.

Se sentaron en una de las mesas fuera. Había ya un par de comensales comiendo. Enseguida llegó el camarero con la carta. Pronto, Alexander y Sabrina le estaban hincando el diente a las tortillas que habían pedido, con un buen vino y queso.

Recostándose en la silla, Alexander contempló a Sabrina y se sintió afortunado porque el destino hubiera colocado en su vida a una secretaria así. No le había encontrado ni una falta a su manera de trabajar, ni a su actitud. Pero lo mejor de todo era que le encantaba su compañía.

Cuando salieron del restaurante poco después, comenzaron a caminar hacia el castillo. Era una residencia noble renacentista, en ruinas, sobre la cima de una colina. De pronto, el sol se ocultó y una brisa de aire frío hizo que Sabrina se estremeciera. De inmediato, sacó del bolso el pañuelo.

–Creo que voy a usarlo antes de lo que pensaba –comentó ella, poniéndoselo alrededor del cuello.

–Bueno, estamos en noviembre, ya no es verano –repuso él–. Espero que hayas venido preparada también para el frío.

–Pues sí –afirmó ella, pensando en el grueso jersey que había metido en la maleta.

Había también en el castillo una excursión de niños y Alexander y Sabrina recorrieron con ellos las puertas y pasadizos entre las paredes de piedra. Al fin, decidieron regresar a la casa.

–Me apetece darme un baño en la piscina –comentó Sabrina al llegar.

–Te acompañaré –dijo él, sonriendo–. Pero primero voy a preparar té.

Más tarde, mientras se ponía el bañador en su dormitorio, Sabrina tuvo que admitir que estaba preocupada... por Alexander y por sí misma. Porque lo deseaba. Quería estar en sus brazos, hacer el amor con él... Y tenía que estar conteniéndose para no echarse a sus brazos. No quería ni debía meterse en ningún lío con él, ni con nadie.

Descalza, entró en el baño para tomar una toalla que llevar a la piscina, todavía dándole vueltas al mismo tema. Lo bueno era que Alexander se comportaba de manera impecable, como un caballero. Apenas se habían rozado ni habían tenido ningún contacto físico. Por eso, pensó que él no debía de estar interesado ni debía tener ningún interés oculto en haberla invitado.

Por desgracia, durante los días siguientes, el tiempo empeoró mucho. Alexander y Sabrina, sin embargo, siguieron disfrutando de su baño matutino en la piscina y de largos paseos. Él parecía decidido a mostrarle todos los recovecos de la campiña que tanto le gustaba. En ningún momento, hablaron sobre la próxima novela que tenía que escribir.

Llevaban allí más de una semana cuando sonó el móvil de Sabrina. Sólo podía ser Melly, pensó ella. Su hermana la había llamado hacía unos días para decirle que ya estaba de regreso en Londres.

Pero no era Melly. Era Emma, una de sus antiguas compañeras de trabajo, para decirle que había una vacante de psicología que era una gran oportunidad para ella.

—Es para una nueva empresa —explicó Emma—. Y esta vez tienen la financiación. Además, está muy cerca de tu casa, Sabrina. En cuanto nos enteramos, todo el mundo pensó en ti. Pero debes presentar la solicitud formal. ¿Quieres que te envíe los papeles a casa?

Sabrina tardó unos minutos en centrarse.

—Estoy de vacaciones en Francia ahora mismo, Emma —señaló ella—. Pero volveremos la semana que viene.

—¿Quiénes?

—Umm, estoy aquí con mi jefe... son una especie de vacaciones de trabajo —contestó Sabrina—. Mira, te agradecería mucho que me mandaras la solicitud para que la rellene.

—Claro que sí. El último día es el treinta y uno de diciembre —informó Emma e hizo una pausa—. Me alegro de que te hayas tomado un descanso —añadió. Conocía a Sabrina desde hacía años y estaba al tanto de los problemas de su hermana y del terrible accidente de Stephen.

Alexander la miró cuando colgó.

—Era una de mis antiguas compañeras de trabajo. Me ha dicho que ha salido un nuevo puesto —señaló ella, tomando de nuevo el libro que había estado leyendo.

Alexander dejó la revista que tenía entre las manos.

—Ah. ¿Vas a solicitar ese puesto? —inquirió él, como si no le importara lo más mínimo.

—No lo sabré hasta que no me informe de las con-

diciones –replicó ella–. ¿Quieres que hagamos los fi-
letes que compramos ayer para cenar?

–Sí –afirmó él, aunque se le había quitado el ape-
tito sólo de pensar que Sabrina pretendía dejarlo... Eso
significaría que irían por caminos separados y que, tal
vez, no volverían a verse.

Después de la cena, sentados en el jardín, Sabrina
lo miró.

–No quiero estropearte el descanso, Alexander,
pero ¿has pensado en el próximo libro? Ya sabes que
he venido preparada para trabajar, si hace falta.

–No lo he pensado –negó él. Sólo había estado disfrutando de su compañía, pensó.

–Bueno, creo que era mi deber mencionarlo.

Pasada la medianoche, entraron en la casa y, antes
de separarse para dormir, Alexander hizo una pausa.

–Sabrina, gracias por otro día maravilloso –dijo él
con suavidad.

–Alexander, gracias a ti. Me estás dando unos... recuerdos preciosos que llevarme a casa –aseguró ella
y sonrió–. Nunca olvidaré estas vacaciones.

El silencio se cernió sobre ellos como una pregunta
en busca de respuesta. Entonces, sin poder detenerse,
Alexander se acercó a ella despacio. Inclinó la cabeza
y la besó en la boca, dejándose invadir por una oleada
de ardiente pasión.

Sabrina cerró los ojos, abandonándose a la intensidad del momento, y sintió que sus sentidos explotaban
de deseo...

Entonces, con suavidad, él la soltó y, sin decir más,
se fue a su dormitorio. Ella oyó su puerta cerrarse.

Con el corazón latiéndole a toda velocidad, Sabrina

entró en su cuarto y se sentó en el borde de la cama. Las rodillas le temblaban sin control.

¡Lo que había pasado era horrible!, se dijo a sí misma, reprendiéndose por haberlo permitido. Su jefe la había besado... y de una manera arrebatadora... ¡Aquello era una locura! Su relación no podía ir a ninguna parte. ¿Cómo iban a seguir con su relación laboral después de ese beso?

Tras unos momentos, el corazón de Sabrina se calmó. Dejó de temblar y la resignación ocupó el lugar del pánico. Sabía que aquel instante de erotismo había echado a perder todas sus buenas intenciones, pero le había hecho abrir los ojos. No podía negar que había deseado con toda su alma que Alexander la rodeara con sus brazos... y, cuando lo había hecho, se había sentido en la gloria. Por eso, no podía continuar evitando lo inevitable. Llevaba demasiado tiempo huyendo de sus sentimientos.

Decidida, Sabrina se puso en pie y salió de su habitación, sin molestarse siquiera en cerrar la puerta. Subió al dormitorio de Alexander y entró, sin llamar.

Él estaba de pie junto a la ventana y, cuando la oyó entrar, se giró y sonrió con gesto seductor.

–Alexander –dijo ella con voz firme–. ¿Te importa ayudarme a quitarme el botón de la blusa?

Capítulo 12

EN COMPLETO silencio, Alexander se acercó a ella con los brazos extendidos. Sabrina se abrazó a él y apoyó la cabeza en su hombro, dejando escapar un largo suspiro. Se quedaron así parados, sin articular palabra, saboreando aquel íntimo acercamiento.

Con facilidad, Alexander tomó a Sabrina en sus brazos, la llevó a la cama y se sentó a su lado. Ella inclinó la cabeza hacia delante, dejando al descubierto el botón que su blusa tenía en la nuca. Al sentir la calidez de sus manos sobre la piel, el deseo la recorrió de arriba abajo.

Con infinita paciencia, él le quitó la blusa y le desabrochó el sujetador. Posó las manos sobre los pechos de ella, al mismo tiempo que la besaba en la nuca.

A continuación, muy despacio, empezó a desnudarla. Él también se quedó por completo desnudo.

Durante unos instantes mágicos, Alexander la contempló, deleitándose con la belleza de sus delicadas curvas y la cremosidad de su piel. Con los ojos muy abiertos y empañados por la emoción, ella lo miró también, invitándolo a poseerla...

Alexander se tumbó a su lado y, tomándose su tiempo, comenzó a explorar su cuerpo con dulces caricias, antes de viajar por él con su boca, desde los labios hasta el cuello, a los pechos, a su plano vientre... Sus corazones latían en sintonía, mientras sus cuerpos temblaban de anticipación.

El tiempo pareció haberse detenido para Sabrina, que se sintió transportada por el más puro éxtasis en brazos de Alexander. Entonces, se colocó sobre ella y, con irresistible gracia y seguridad, la penetró. Ella se aferró a él, a punto de explotar de la emoción.

Durante un largo rato, se quedaron abrazados en la cama, sin querer que aquella maravillosa experiencia terminara. Al fin, Alexander se tumbó a su lado, se colocó la cabeza de ella sobre el pecho y suspiró con satisfacción.

Mientras la blanca luna bañaba los cuerpos de los amantes, los dos cayeron en un dulce sueño, lleno de plenitud y color.

Cuando Sabrina se despertó, apenas había amanecido. Al darse cuenta de que estaba sola, se sentó en la cama, frotándose los ojos. Se envolvió con la manta y se levantó para mirar por la ventana. La había despertado el ruido de un chapoteo y sonrió al ver a Alexander haciendo largos en la piscina a toda velocidad y sin parar. Tal vez, necesitaba hacer todo aquel ejercicio para sustituir sus sesiones de gimnasio, pensó.

En un momento dado, Alexander se detuvo al llegar a uno de los extremos y, notando que estaba siendo observado, levantó la vista y sonrió. Saludó con la mano antes de seguir nadando.

Alexander había necesitado hacer un poco de ejercicio y, sobre todo, estar a solas consigo mismo para pensar en lo que había pasado la noche anterior. ¿Qué debía hacer a continuación?, se preguntó a sí mismo. Aunque no tenía dudas sobre que la atracción era mutua y Sabrina se lo había demostrado con toda su pasión, no tenía ni idea de cuál debía ser el siguiente paso. ¿Qué esperaba ella que hiciera? Cuando volvieran a Londres, ¿mantendrían una relación laboral como antes? Para él, sería imposible. No podría soportar estar a su lado y no poder abrazarla... ¡requeriría demasiada fuerza de voluntad!, se dijo, maldiciendo para sus adentros. ¿Tal vez él la había tomado por sorpresa con ese beso? ¿Estaría Sabrina arrepintiéndose por lo que había pasado?

¿Pensaría que se había aprovechado de ella?

Disminuyendo el ritmo de sus brazadas, Alexander frunció el ceño, recordando los hechos. Después de todo, había sido Sabrina quien había ido a su habitación la noche anterior. Sí, le había pedido que le desabrochara el botón de la blusa, pero ella podía haberlo hecho sola.

Al menos, él lo había tomado como una invitación y no había titubeado. Sólo les quedaba una semana antes de regresar a Londres. ¿Habría echado a perder el resto de sus vacaciones juntos?, se preguntó, sintiéndose tan inseguro como un adolescente en su primera cita. Todavía inmerso en sus pensamientos, salió de la piscina.

Desde la ventana, Sabrina observó cómo él entraba en el cambiador. No llevaba bañador y su cuerpo bronceado y musculoso brillaba bajo el sol.

De pronto, Sabrina se dio cuenta de que ella también estaba desnuda. Debía regresar a su propio dormitorio. Pero, antes de que pudiera hacerlo, Alexander abrió la puerta de la habitación. Se quedaron mirándose en silencio. Y, tras un instante de titubeo, él se acercó y la besó con suavidad en la boca.

–El agua estaba buenísima... deberías probarla –comentó él con tono superficial, como si lo de la noche anterior nunca hubiera tenido lugar.

Sabrina tragó saliva.

–¿Te importa si me llevo la manta un momento? –preguntó ella, cubriéndose.

–Como quieras –repuso él y se dirigió al baño para ducharse–. Yo me ocuparé de ir a por el pan esta mañana.

Tras recoger su ropa, Sabrina se dio media vuelta y se fue a su habitación, mareada por una mezcla de sentimientos contradictorios. No había sabido qué esperar de él esa mañana, pero una cosa estaba clara. Lo que había sucedido, para él, había sido de lo más normal. La había mirado con cierta indiferencia y la había besado sin intensidad, sólo como un mero recordatorio de que su relación era un poco más íntima que antes.

Mientras se duchaba y se vestía, Sabrina no podía haberse sentido más desanimada. La noche anterior había sido un milagro para ella pero, en ese momento, se sentía hundida. Y no le gustaba sentirse así.

Él sólo la necesitaba de forma superficial y no significaba nada para él. ¿De qué se sorprendía?, se reprendió a sí misma. A Alexander le gustaban las mujeres, pero sólo hasta cierto límite, tal y como él mismo había admitido hacía tiempo. Si ella lo sabía, ¿por qué se había permitido esperar otra cosa? Se había metido en ello con pleno conocimiento de causa. Había entrado en su dormitorio con la nada inocente petición de que le desabrochara la blusa. Había obtenido lo que había querido. Entonces, ¿dónde estaba el problema?

Sabrina sabía cuál era el problema. Ella no era especial para nadie. El hombre del que estaba enamorada sin remedio no la necesitaba. Y, al parecer, su hermana, tampoco.

Por primera vez, Melly parecía estar bien y no necesitar su apoyo y su sostén.

Sabrina salió de la ducha y se secó. Hizo una pausa delante del espejo y recordó las dolorosas palabras que Alexander le había dicho acerca de su relación con Melly. Tal vez, él había tenido razón y ella había creído ser indispensable para su hermana, cuando no era así. No sólo eso... era culpable de haber sido sobreprotectora con ella y de no haber dejado que Melly solucionara sus problemas sola en multitud de ocasiones.

Bueno, al fin, estaba empezando a ver las cosas más claras, se dijo Sabrina. Acerca de todo y de todos. Estaba aprendiendo, sobre todo, acerca de sí misma. Y no le quedaba más remedio que aceptarlo: no era indispensable para nadie en el mundo, en lo que refería a los asuntos del corazón. Todos podían arreglárselas sin ella.

Sumida en sus pensamientos, enderezó los hombros e intentó animarse. Saldría de ésa. El mundo tenía muchas oportunidades por explorar.

En cuanto a las necesidades profesionales de su jefe, Alexander encontraría a otra persona cuando llegara el momento. Por su parte, Sabrina pensaba dimitir en cuanto le dieran el nuevo puesto de psicóloga del que le había hablado su amiga, si es que tenía suerte y se lo daban.

En su última noche en Francia, Alexander invitó a Marcel y a Simone a cenar. Sabrina decidió el menú: prepararía cóctel de gambas, ternera con verduras y tarta de chocolate con salsa de cerezas y crema para postre. Alexander no era muy buen cocinero, así que se limitó a elegir los vinos.

Sabrina se alegró de tener que dedicarse a hacer la compra y la comida, pues se estaba empezando a poner nerviosa de tener tanto tiempo libre.

También, le parecía un alivio que se fueran a casa al día siguiente. Desde que habían hecho el amor, las cosas habían cambiado entre los dos. Él no había vuelto a rozarla y se cuidaba mucho de hacer ningún movimiento que pudiera interpretarse como algo íntimo. Ella no se había presentado más en su habitación. Era difícil definir la situación entre ellos. Su actitud era amable y correcta, pero actuaban como si aquella noche nunca hubiera tenido lugar.

Sí, era hora de irse a casa, pensó Sabrina mientras metía la mezcla de la tarta en el horno. ¿Pero qué iba a encontrarse cuando llegara? El nuevo novio de Melly estaba durmiendo bajo su tejado. ¿Cuánto tiempo duraría esa situación? ¿Se sentiría ella como una intrusa en su propia casa?

Mucho después, cuando hubieron terminado de cenar, Marcel y Simone se despidieron para irse a casa. Simone abrazó a Sabrina con fuerza.

–Ha sido un placer conocerte, *chérie* –dijo la francesa e hizo una pausa, lanzándole a Alexander una rápida mirada–. Volverás a traer a Sabrina pronto, ¿verdad, Alex? Nos encanta teneros como vecinos. ¿Por qué no venís en Navidad? Aquí se está muy a gusto en esas fechas. Todas las casas ponen luces, cantamos villancicos y comemos y bebemos más que nunca. Di que vendrás, *mon ami*.

Alexander sonrió a Simone.

–Lo pensaré, Simone. Pero no sé si Sabrina querrá venir conmigo. Tal vez, ella prefiera estar con su familia.

Sabrina apartó la vista, sin molestarse en responder. Desde luego, ella no pensaba pasar las fiestas con Melly y su novio. Dos eran compañía, tres multitud.

–Bueno, de todas maneras, antes de Navidad, Sabrina y yo tenemos que trabajar mucho –comentó Alexander–. Estas dos semanas han sido todo lo que me he podido permitir por el momento.

Cuando la pareja se hubo ido, Alexander y Sabrina recogieron y limpiaron la cocina juntos.

–Les has gustado mucho –indicó él–. Marcel no te quitaba los ojos de encima y está claro que también le has caído bien a Simone. Cada vez que les llame por teléfono, me van a insistir en que te traiga conmigo.

Sabrina sonrió, pero no dijo nada.

–Nunca he pasado las Navidades aquí –continuó él–. Pero, por lo que dicen Simone y Marcel, debe de estar bien. Tal vez me anime. Supongo que tú tendrás que quedarte en tu casa, preparando el pavo, ¿no es así?

–Tengo la sensación de que estas Navidades serán

diferentes. Pero no quiero pensar en ello todavía. Queda mucho tiempo.

–No tanto –repuso él–. Y, antes de eso, tengo que empezar mi siguiente novela. Los primeros capítulos siempre son los más difíciles, así que vas a tener que trabajar mucho –puntualizó, ignorando a propósito la llamada que Sabrina había recibido de su colega sobre un posible empleo.

–¿Entonces tengo que estar en mi puesto el lunes? –preguntó Sabrina, dándose cuenta de que, en ese caso, sólo iba a tener cuarenta y ocho horas para poner en orden sus pensamientos, lavar la ropa y enfrentarse a lo que la estuviera esperando en casa.

Alexander posó las manos en los hombros de ella y la miró a los ojos.

–Así es –afirmó él–. Y los días sucesivos, como es lógico.

Capítulo 13

MIENTRAS tomaban asiento en el avión en Carcasona, Sabrina no sabía si se alegraba o le entristecía dejar Francia.

Tenía que admitir que él se había esforzado en que se sintiera cómoda y en mostrarle la zona. Y ella había disfrutado mucho. Alexander había sido la escolta perfecta y... el amante perfecto. La única noche que habían pasado juntos estaba grabada a fuego en su memoria. Sin embargo, le dolía en extremo que, desde entonces, no hubiera hablado del tema. Él no le había expresado sus sentimientos. Ni le había dicho que la amara, como ella había esperado. Pero era una esperanza inútil, se dijo. Alexander McDonald no era de esa clase de hombres y nunca lo sería.

Sabrina suspiró. La incómoda conclusión a la que había llegado había sido que esa noche los dos se habían deseado y que el deseo de él había sido satisfecho. Por completo. Y ya no necesitaba más. En el momento, su relación se limitaba al trabajo y punto.

De todas maneras, aunque su encuentro amoroso hubiera sido una mera aventura para él, Sabrina no se arrepentía. ¿Cómo iba a arrepentirse de haber hecho el amor con alguien como Alexander McDonald, apasionado, tierno y considerado?

Entonces, Sabrina levantó la vista hacia él, que estaba colocando las bolsas de mano en el maletero, y se preguntó si él habría pensado en ello. Desde luego, nada indicaba que así hubiera sido.

Lo único que ella podía hacer era centrarse en la realidad. Guardaría aquella hermosa experiencia en su caja de los recuerdos y seguiría adelante con su vida. Había tenido unas vacaciones maravillosas, había conocido al matrimonio LeFevre y, por primera vez, pensaba que no iba a tener que continuar preocupándose por su hermana.

Cuando estaban esperando a que salieran sus maletas, sonó el teléfono móvil de Alexander. Él lo había tenido apagado durante casi todas sus vacaciones, pero lo acababa de encender por si llamaba su editor. Contestó, mirando a Sabrina.

Pero no era su editor, sino Lydia.

–¡Alex! ¡Oh, gracias a Dios! ¡Llevo dos días intentando localizarte!

–Lo siento, estaba descansando, Lydia. ¿Qué sucede? –preguntó él, presintiendo que algo andaba mal.

–Es Angus. Sufrió un ataque al corazón el jueves y está en la unidad de cuidados intensivos y...

–¿Dónde está? –inquirió él, conmocionado.

Durante unos instantes, Lydia habló sin parar con voz histérica.

–De acuerdo, Lydia. Estaré allí dentro de una hora --dijo él, mirándose el reloj. Iremos directos –informó e hizo una pausa–. Dile a papá... Dile que voy para allá.

Alexander colgó y sacó sus maletas del carrusel con un rápido movimiento. Miró a Sabrina.

–Mi padre ha sufrido un ataque al corazón. Tenemos que ir al hospital... ahora.

Por primera vez, Sabrina percibió en sus ojos una expresión de miedo y profunda preocupación.

Ella tuvo que esforzarse por seguir su paso mientras se dirigían a la salida.

–Me iré sola a casa, Alexander –indicó ella, cuando él paró un taxi.

–Nada de eso. Quiero que vengas conmigo... por favor –pidió él.

De acuerdo, tal vez, podía serle de ayuda, pensó Sabrina, aceptando.

Tardaron menos de una hora en llegar al hospital. De inmediato, subieron las escaleras hasta la planta donde estaba la habitación donde estaba Angus. Mientras corrían por los pasillos, Sabrina tenía el estómago encogido. Hacía mucho tiempo que no iba a un hospital...

Cuando entraron en la habitación, Sabrina se levantó de la silla. Su rostro era un cuadro de desesperación y angustia.

–Oh, Alexander... Me alegro tanto de verte... –balbuceó Lydia–. Bruno me acompañó cuando trajimos a tu padre, pero tiene gripe y los médicos le han dicho que es mejor que no esté aquí –añadió y se agarró a la cama, como si estuviera a punto de desmayarse–. No me he apartado del lado de Angus desde que llegamos, pero...

Alexander ayudó a su madre a sentarse de nuevo.

–Bueno, Lydia, empieza desde el principio –pidió Alexander con voz calmada.

Sintiéndose como una intrusa, Sabrina se quedó allí parada, oyendo lo que su madre le contaba.

Lydia informó de todos los detalles. Angus había vuelto de uno de sus viajes, no se había sentido muy bien durante la cena y se había desmayado.

–Pensé que se había muerto, Alexander –susurró Lydia–. No podía levantarlo del suelo y tenía un aspecto... horrible. Ha recuperado la conciencia un par de veces, Alexander. Pero no me reconoce. No me reconoce...

Lydia no pudo contener las lágrimas. Desde una esquina, Sabrina frunció el ceño, contemplando la escena. Por lo que Alexander le había contado, su matrimonio carecía de amor, sin embargo, su madre parecía destrozada ante la posibilidad de perder a su marido.

Alexander se acercó en silencio a la cama y, durante largos instantes, se quedó mirando la figura inconsciente de su madre. Luego, le tomó la mano y comenzó a acariciársela con suavidad.

–Hola, papá –musitó él–. Soy Alex... ¿Puedes oírme, papá?

Justo entonces, llegó una enfermera con un médico y, durante varios minutos, hablaron en voz baja con Alexander, mientras Lydia esperaba encogida en la silla, mirando al vacío. No había ni rastro de su extravagante maquillaje, ni de sus ropas ostentosas. Llevaba una falda azul sencilla y una rebeca y no parecía haberse dado cuenta de que Sabrina había acompañado a su hijo.

La enfermera y el médico salieron y Alexander hizo una seña a Sabrina para que se acercara a él y a su madre.

–Están esperando los resultados antes de que puedan darnos una idea del pronóstico –informó él en voz baja–. Debes irte a casa, Lydia, y descansar. Yo me quedaré esta noche y todo el tiempo que haga falta –aseguró y miró a Sabrina–. ¿Recuerdas a mi secretaria Sabrina?

Lydia posó sus ojos agotados en Sabrina.

–Sí... me acuerdo.

–Nosotros nos encargaremos. Te pediré un taxi... e intenta no preocuparte demasiado. Los médicos dicen que no está todo perdido.

Lydia se levantó despacio, aliviada porque alguien estuviera dispuesto a tomarle el relevo. Comenzó a llorar de nuevo. Su hijo la dejó desahogarse en sus brazos.

–Me siento tan hundida, Alexander... –gimió ella.

–Claro. Estás agotada. Y te has asustado mucho. Debes intentar descansar.

–No... no. Lo que quiero decir es que no he sido una buena esposa para Angus. Sé que soy egoísta y que siempre pienso en mí. Debí haber pensado más en él... y en vosotros, también, hijos.

Alexander apartó a su madre de su lado, con gesto de confusión y sorpresa. No parecía ser la misma...

–Le debo a Angus demasiadas cosas... Se lo debo todo. Él era el único que me entendía, lo comprendía todo sobre mí –susurró Lydia.

–¿Qué quieres decir, Lydia? –preguntó Alexander con suavidad.

Lydia calló unos segundos antes de continuar.

–Él es el único que sabe la verdad sobre mí... y sobre mi procedencia –respondió ella y tragó saliva. Respiró hondo y se secó los ojos–. Mis padres, tus abuelos, no murieron en un coche como os conté. Me

dieron en adopción a una pareja que, en realidad, no
quería niños. Pocos años después, cuando yo tenía
diez, se divorciaron. Mi madre adoptiva tuvo que
criarme sola. Aprendí de ella todo lo que sé... Aprendí
cómo hacer que los hombres se fijaran en mí, a pensar
siempre primero en mí misma, a no dejar que la familia se interpusiera en mi camino... A ocuparme de mí,
porque nadie más lo haría –confesó Lydia.

Lydia se había refugiado en los brazos de su hijo
de nuevo y Alexander apoyó la barbilla en la cabeza de
su madre, incapaz de creer lo que estaba oyendo.

–Yo era muy joven cuando conocí a Angus y, cuando
me pidió que me casara con él, no podía creer la suerte
que había tenido –prosiguió Lydia con voz calmada,
dejando fluir las palabras–. Él era todo lo que me habían enseñado que debía buscar en un hombre... guapo
y rico. Sin embargo, era mucho más que eso. Era amable y generoso, siempre me perdonaba mis faltas y me
prometía que nunca me dejaría. Y yo no podía soportar
imaginarme la vida sin él. Nos... nos entendíamos muy
bien. Aunque tiene sus defectos, siempre ha estado ahí
cuando lo he necesitado.

Lydia se quedó callada con gesto ausente un momento, como si estuviera en otro mundo.

–Si Angus se muere, yo también quiero morirme
–afirmó Lydia con voz apagada. Los ojos se le llenaron de lágrimas de nuevo–. No puedo imaginarme la
vida sin él.

Entonces, se sacó un pañuelo del bolsillo y miró a
su hijo.

–Y lo mejor que tu padre ha hecho por mí ha sido
darme dos hijos maravillosos... hijos de los que siem-

pre he estado orgullosa. Hijos que se merecían mucho más que una madre como yo –admitió Lydia con tristeza.

Esa noche, cuando Sabrina se acostó en la habitación privada que Alexander había reservado para ella en el hospital, se sintió como si estuviera formando parte de una especie de melodrama televisivo. Todo era tan surrealista, tan inesperado, pensó. Se suponía que ella debería estar en su casa, deshaciendo las maletas y hablando de sus vacaciones. En lugar de eso, se había convertido en parte del drama y, además, había conocido una faceta diferente de Alexander McDonald... su lado más tierno y compasivo. Su amor por su padre enfermo era conmovedor y evidente. Por otra parte, era obvio que su corazón se había derretido en lo relativo a su madre.

Después de haber acompañado a Lydia al taxi, Alexander y Sabrina había ido al restaurante del hospital para comer algo. Para ella, la situación había sido un poco embarazosa, sobre todo, por haber sido testigo de todo lo que Lydia había contado. De todos modos, él había necesitado hablar con alguien de la confesión de su madre.

–Hoy creo que he conocido a mi madre por primera vez –había comentado él, despacio, mientras tomaban café–. Nunca me había hablado así antes –había recordado y, tras una pausa, había añadido–: He descubierto una o dos cosas... Parece ser que es imposible adivinar lo que hace que la gente sea como es o haga lo que hace.

En ese momento, mientras se acurrucaba debajo de la manta, Sabrina se alegró porque, al menos, tenía allí su maleta y su ropa, pues habían ido directos desde el aeropuerto al hospital. Había podido lavarse los dientes con su cepillo y ponerse su camisón. Aunque dudaba mucho poder dormir... Prefería haberse quedado junto a la cama de Angus, con Alexander, para acompañarlo. Pero él había insistido en que se fuera a dormir.

—Estoy seguro de que te voy a necesitar fresca mañana –había explicado él, besándola con suavidad en la mejilla–. Que duermas bien. Te despertaré si hay algún cambio –había afirmado y, tras un momento de titubeo, la había abrazado–. Gracias por venir conmigo, Sabrina.

—Ojalá pudiera hacer algo para ayudar –había respondido ella con gesto de impotencia.

—Lo estás haciendo –había asegurado él en un susurro–. Al estar aquí.

Durante las siguientes treinta y seis horas, Angus permaneció igual.

Cuando Lydia volvió al hospital la mañana del lunes, se encontró con Sabrina sentada sola en la habitación, junto a la cama de su marido. Cuando la otra mujer entró, la joven se puso en pie de inmediato.

—Yo... he relevado a Alexander durante un par de horas, señora McDonald –explicó Sabrina–. Él está muy cansado, así que le sugerí que se fuera a descansar un poco.

Lydia sonrió, aunque todavía parecía cansada y angustiada.

—Es muy amable por tu parte, Sabrina. Gracias –dijo la madre de Alexander.

Vaya, otra sorpresa, pensó Sabrina. Había esperado que la mujer se enojara porque una extraña estuviera allí en un momento tan delicado para su familia. Sobre todo, porque era sólo la secretaria.

En ese momento, entró una enfermera y se acercó a la cama. Hizo una pequeña exclamación.

–Ah, señor McDonald, tiene usted mejor aspecto –dijo la enfermera con tono cariñoso–. Mire... su esposa ha venido a verlo. ¿Cómo se encuentra?

Tras unos segundos, Angus consiguió articular palabra.

–Yo... me siento... b-bien. Gracias.

A continuación, todo pasó a gran velocidad. Llamaron al médico con urgencia. Lydia se quedó junto a su marido, sosteniéndole la cabeza con las manos. Y Sabrina salió de la habitación para informar a Alexander.

Cuando entró en la habitación privada donde se suponía que él debía estar durmiendo, se lo encontró de pie junto a la ventana, con las manos en los bolsillos. Sabrina se acercó y lo tocó con suavidad.

–Te están buscando, Alexander –señaló ella–. Creo que debes ir.

Él se volvió de golpe.

–¿Mi padre...? ¿No se ha...? –preguntó él con tono fiero.

Sabrina sonrió.

–No. Acaba de decirle a todo el mundo que se encuentra bien –afirmó ella–. Estoy segura de que también tú querrás escucharlo.

Cuando Alexander se hubo ido, Sabrina empezó a hacer la maleta con las pocas cosas que había sacado durante su estancia en el hospital, preparándose para irse a casa.

–Quédate en casa hasta que me ponga en contacto contigo, Sabrina –le indicó Alexander cuando ella le dijo que se iba–. No sé cuándo volveré al trabajo... Me quedaré aquí todo el tiempo que haga falta. Pero, en cuanto la situación se aclare, te llamaré.

Mientras recogía las pocas cosas que le quedaban en el baño, Sabrina se detuvo un momento, pensativa. Nunca había hablado con Angus McDonald, pero le caía bien. Y, de veras, le deseaba lo mejor. Por el bien de Alexander y, también, por Lydia.

Una mañana, diez días después, Sabrina llegó a casa y se encontró con que Melly y Sam también estaban allí. Antes de que pudieran saludarse como era debido, alguien llamó a la puerta. De inmediato, ella se fue a abrir. Alexander estaba allí, con un paquete en la mano envuelto con papel marrón.

–¡Alexander! –exclamó Sabrina, sin molestarse en ocultar su alegría por volver a verlo–. ¿Qué...? ¿Por qué...? Quiero decir... disculpa, ¡entra!

Alexander sonrió y la siguió dentro de la casa.

–Bueno, pasaba por aquí... –comentó él.

Sin embargo, ambos sabían que no era cierto.

–Y se me ha ocurrido aprovechar el momento para traerte esto –continuó él.

Sabrina no sabía de qué estaba hablando, pero lo invitó a la cocina, donde Melly y Sam estaba tomando café.

–Alexander, te presento a mi hermana. Melly... éste

es mi... mi jefe, Alexander McDonald –dijo Sabrina–. Creo que ni siquiera te había mencionado su nombre.

Alexander dejó el paquete con cuidado apoyado en la pared y se acercó con la mano extendida.

–Hola, Melly –saludó él–. He oído hablar mucho de ti.

Melly sonrió ante aquel hombre tan apuesto, claramente impresionada por estar delante del famoso Alexander McDonald.

–Me alegro mucho de que tu padre esté recuperándose –dijo Melly por su parte, pensando que, si su hermana seguía hablándole de los problemas de su jefe, le estallaría la cabeza.

–Gracias. Sí, es un alivio para todos –replicó Alexander.

Melly miró a Sam.

–Y éste es mi novio, Sam Conway.

Los dos hombres se estrecharon la mano.

–¿Quieres café, Alexander? –ofreció Sabrina.

–Sí, gracias –contestó él.

Sabrina le tendió el café a su jefe. Mirando a Melly, se preguntó si estaría comparándolo con su hermano Bruno, a quien Melly había visto en un par de ocasiones. Bueno, no había ni punto de comparación, pensó ella. Ni en cuanto al aspecto, ni el estilo, ni los modales... no se parecían en nada.

Alexander se puso en pie.

–Bueno, tengo que arreglar algo arriba –señaló él, de pronto.

Sabrina se quedó mirándolo.

–¿Qué quieres decir?

–Tengo que llevar a cabo una pequeña tarea, eso es

todo –contestó él y sonrió–. Puedes venir conmigo y ayudarme, si quieres.

Juntos, los dos salieron de la cocina y, en el pasillo, Sabrina le ayudó a rasgar el papel del paquete. Cuando lo vio, soltó un grito de admiración.

–¡Alexander! ¿Esto es... esto es para nosotras? ¡No deberías haberte molestado! Es precioso... ¡Es una maravilla!

–Sabía que te gustaría –replicó él–. Le pedí a Colette que lo envolviera con todo el cuidado y el cariño del mundo –comentó y, agarrando el pesado y bonito espejo, comenzó a subir las escaleras.

Sabrina lo siguió.

–En cuanto lo vi, pensé que quedaría muy bien en el lugar del que se rompió –continuó él–. El problema es que quería mantenerlo en secreto para darte una sorpresa... por suerte, estabas demasiado ocupada con tus compras como para darte cuenta.

Alexander no pidió a Sabrina que volviera a trabajar hasta mediados de diciembre. Mientras ella caminaba por el vecindario de su jefe, hacia su casa, se alegró de poder recuperar su rutina. Tampoco había estado perdiendo el tiempo en su casa, pero cobrar por no trabajar le estaba empezando a hacer sentir una inútil.

Aquel tiempo le había servido a Sabrina para pensar. Al ver lo felices que eran Melly y Sam y la manera en que los dos se prodigaban muestras de cariño mutuo, ella no había podido sentir el aguijón de la envidia. Estaban tan enamorados... Sin duda, parecían hechos el uno para el otro.

Por una parte, Sabrina se alegraba y estaba entusiasmada por ellos. Por otra, otro sentimiento menos agradable la invadía. El cordón umbilical que la había unido a su hermana durante toda la vida había sido cortado para siempre.

Sin embargo, todo aquello no era nada comparado con el remolino de emociones que experimentaba acerca de su jefe. Su jefe. Alguien que la necesitaba. Oh, sí, la necesitaba... aunque sólo fuera por el momento. Eso le había dicho Alexander, en varias ocasiones. Ella había cumplido todas sus obligaciones como secretaria como mejor había sabido... se había quedado hasta tarde o había entrado a trabajar más temprano de la cuenta cada vez que él se lo había pedido, le había preparado cafés, desayunos y comidas... y alguna cena o dos. Y lo había acompañado a Francia, porque eso le había pedido. Había consentido hacer el amor, pues eso había necesitado él. Luego, le había rogado que lo consolara y lo acompañara en el hospital. Podía permitirse el lujo de hacerle todas esas peticiones. ¿Acaso no le estaba pagando un generoso salario para ello?, se dijo ella con ironía.

Sabrina aminoró el paso. Debía ser honesta, se reprendió a sí misma. Era posible que Alexander la necesitara, pero ella lo necesitaba a él también... porque daba la casualidad de que lo amaba con todo su corazón. Había luchado contra su corazón, sin querer arriesgarse a entregarse a la pasión, temiendo el sufrimiento que eso le acarrearía después. Sin embargo, era una causa perdida.

Su jefe no la amaba... no como ella ansiaba. Y dudaba que Alexander McDonald fuera capaz de ofrecerle su amor a ella... o a cualquier otra mujer. No estaba en su naturaleza.

Sabrina entró en la casa con su llave y subió al despacho. Le dio la sensación de que había pasado una eternidad desde la última vez que había estado allí. Habían pasado tantas cosas...

No parecía haber nadie por allí. Sin duda, María había salido y no había ni rastro de Alexander. Acercándose a su mesa, Sabrina vio de pronto un gran libro con pastas de cuero. Reconociendo de inmediato lo que era, lo tomó en sus manos con avidez. Era su novela. Su peso le hizo recordar todo el trabajo que habían invertido en él...

Con cuidado, casi con reverencia, Sabrina abrió la primera página de *Síntomas de traición*, de Alexander McDonald. Con manos temblorosas, lo contempló, con una sensación de orgullo personal. Ella había estado allí cuando el famoso escritor le había dado vida a todo aquello, lo había acompañado cuando se había enfrentado a las partes más difíciles de la novela, había compartido su alivio cuando había terminado el último capítulo...

Sin poder apartar los ojos de él, leyó las dos primeras páginas, que contenían una lista de las anteriores obras del autor. Luego, estaban los agradecimientos y había un apartado advirtiendo de que todos los personajes eran ficticios y, a continuación... Sin poder creer lo que veía, tuvo que sentarse un momento.

En la página inmediatamente anterior al capítulo primero había una dedicatoria. Eran sólo dos palabras, centradas:

Para Sabrina.

Eso era todo. Lo primero que sintió Sabrina fue sorpresa y incredulidad. Estaba emocionada. Nunca habían hablado de dedicatorias y, al ver su propio nombre allí, se quedó casi sin respiración.

Se recostó en la silla un instante, con la mirada puesta en aquella página. Bueno, sin duda, debía de ser su manera de expresar su gratitud, pensó. Una especie de palmadita en la espalda por su lealtad... o tal vez Alexander se había quedado sin amigos a quien dedicarle sus libros.

Fuera cual fuera la razón, Sabrina se sentía abrumada. Se esforzó por contener las lágrimas. Era un privilegio. Y un honor.

Al sacar un pañuelo del bolso, se le cayó un papel al suelo. Era el documento de solicitud para el nuevo trabajo del que le había hablado su amiga Emma. Sabrina había retrasado el momento de rellenarla pero, quizá, ya era hora, se dijo. Igual, su misión allí había terminado. La novela de Alexander había sido publicada, habían satisfecho su objetivo. Sin embargo, le gustaba tanto estar allí que estaba empezando a olvidar que era una experta psicóloga y que le esperaba un mundo de posibilidades fuera de allí, un mundo que no incluía a Alexander McDonald.

En el salón, junto al despacho, Alexander estaba sentado en silencio, mirando al vacío. Había oído entrar a Sabrina, pero había querido esperar a que viera el libro... su libro... antes de que se encontraran cara a cara esa mañana. Él había retrasado a propósito su regreso al trabajo, porque había necesitado pasar un tiempo sin ella, para comprobar si sería capaz de enfrentarse al futuro solo. Y para convencerse, de una forma u otra, de que Sabrina no era tan indispensable como había llegado a creer. Pero no lo había convencido. Desde hacía mucho, había sabido que la necesitaba.

De repente, Alexander se levantó, se acercó a la puerta del despacho con decisión y la abrió. Era el momento de la verdad, se dijo. No podía soportar más la espera, la incertidumbre...

Sabrina levantó la vista y sonrió, señalando la novela que tenía delante.

–Oh, Alexander. ¡Qué buena pinta tiene! ¡Es una maravilla poder ver el producto terminado! –exclamó ella–. Debes de estar muy orgulloso de tu creación.

Él se encogió de hombros.

–¿Y tú? –replicó él–. Si no recuerdo mal, los dos hemos trabajado en el proyecto.

Había acertado en su suposición, pensó Sabrina. Había tenido razón al adivinar que él le había dedicado el libro para pagarle el favor.

–Y muchas gracias por la dedicatoria –añadió ella y tragó saliva–. Apenas puedo creerlo.

Alexander caminó hasta ella y posó los ojos en la solicitud de trabajo que Sabrina había empezado a rellenar.

–¿Qué es eso? ¿Qué estás haciendo? –preguntó él, sin andarse por las ramas.

–Oh, es la solicitud para el puesto del que mi colega me habló cuando estábamos en Francia –respondió ella, como si no tuviera importancia–. Pero no te preocupes, aunque tenga éxito y me den el empleo, lo que no es seguro, no empezaría hasta finales de marzo, así que tenemos mucho tiempo para concentrarnos en tu próxima novela.

—¡No lo hagas! —ordenó él con tono áspero—. ¡No hagas esto! No quiero que te vayas.

Sabrina se encogió un poco. Sabía que él necesitaba una secretaria y era obvio que ella satisfacía los requisitos necesarios. Era comprensible que no quisiera que se fuera. ¿Qué otra cosa podía esperar?

Pero ella sabía que, en esa ocasión, debía pensar más en sí misma y menos en él. Y, al mirarlo a la cara, ese rostro tan atractivo con esos ojos que siempre parecían capaces de leerle el pensamiento, supo que debía ponerle fin a todo aquello. No podía soportar estar cerca de él... y que no la amara.

—Lo siento, Alexander —dijo ella—. Pero creo que es buena idea que nos despidamos pronto.

—¿Por qué? —preguntó él aspereza—. ¿Por qué es buena idea? Pensé que nos llevábamos bien, tú y yo, Sabrina. ¿Podríamos seguir haciéndolo, no crees?

—¿Qué quieres decir con eso exactamente?

—Bueno, lo que quiero decir es que quiero que estemos juntos... de la forma adecuada. Que nos comprometamos el uno con el otro —replicó él, meneando la cabeza con irritación—. Lo que quiero decir es que deseo que te cases conmigo. ¿Cuál es el problema?

Durante unos segundos, Sabrina estuvo a punto de reírse por la pregunta. Era el momento de decirle lo que pensaba.

—Tú eres el problema, Alexander —repuso ella, sorprendida por la frialdad de su propio tono.

—¿Por qué? ¡Explícate! —exigió él.

Sabrina lo miró de frente, con los ojos empañados.

—Es verdad que nos llevamos bien —afirmó ella. Era imposible que olvidara la apasionada noche que habían pasado juntos–. Aunque no creo que me comprendas, Alexander. Yo sí estoy al tanto de tus necesidades, de tus deseos, pero no siento que tú estés al tanto de los míos. No tienes ni idea –añadió en voz baja.

–Si me dejas, nunca descubriré cuáles son tus necesidades ni de qué estás hablando –señaló él, pasándose una mano por el pelo–. Si es porque quieres retomar tu profesión, te aseguro que lo entiendo sin problemas. Nunca me interpondría en tu camino. Puedes establecer tu propia consulta aquí, si quieres... hay sitio de sobra. Y podrías seguir trabajando para mí. Encontraríamos la manera. Pero no me dejes, Sabrina. Tienes que darme más tiempo... Es lo único que te pido... tiempo.

–No es tiempo lo que necesitas –opinó Sabrina despacio–. Lo que te falta, Alexander, es la capacidad de comprender lo único que yo o cualquier mujer esperaría oírte decir. Bueno, son tres cosas, en realidad.

–¿Qué cosas son ésas?

Sabrina se quedó un largo instante mirando al vacío.

–Quiero que me digas que deberíamos estar juntos y que deberíamos comprometernos el uno con el otro porque me amas... y por ninguna otra razón. Quiero que te obligues a decirlo... a decir «te amo».

Sabrina tragó saliva, sorprendida por su propia temeridad. ¡Le estaba dando órdenes a su jefe! ¿Cómo había tenido el valor de hacerlo? Sin embargo, le había obligado a dar una respuesta. Sólo pensaba darle esa oportunidad.

–Quiero que me digas que me amas, Alexander –repitió ella tras un momento–. ¿Tan difícil es para ti?

En completo silencio, los dos se quedaron inmóviles, como personajes de un drama que estaba a punto de alcanzar su clímax. La intensidad del momento casi podía palparse en la habitación.

Entonces, Alexander caminó despacio hasta la ventana, con las manos metidas en los bolsillos.

–Tal vez, debería explicarte algo –dijo él–. Sobre Angelica –añadió y se quedó callado unos segundos–. La conocí cuando yo estaba firmando libros. Ella estaba en la larga cola que los organizadores trataban de acelerar –recordó e hizo una pausa–. En esas ocasiones, siempre hay gente que quiere charlar y la cosa puede retrasarse un poco. Ese día en concreto, parecía interminable. Había cientos de personas allí.

Alexander esperó unos momentos antes de continuar.

–Yo levanté la vista en una o dos ocasiones y vi a una chica alta con el pelo moreno, muy hermosa... Bueno, me llamó mucho la atención. Al fin, le llegó el turno. Intercambiamos saludos y ella me dio el libro. Me pidió que, en la dedicatoria, le pusiera: *Para Angelica...* y *nunca te rindas*. En ese momento, me pareció un poco extraño –explicó.

Alexander posó los ojos en Sabrina un momento.

–Luego, cuando yo salía del edificio para ir al aparcamiento, la vi allí –continuó él. Había aparcado junto a mi coche... debía de haber ido allí muy temprano para hacerlo –añadió e hizo otra larga pausa–. Me preguntó si la podía invitar a tomar algo. La verdad era que había sido un día muy largo y, de pronto, la idea de pasar una hora en compañía de una mujer tan atractiva... me resultó muy tentadora. Así que la invité a cenar y no nos separamos hasta medianoche. Intercambiamos nuestros números de teléfono, a mí me había parecido una compañía agradable: era inteligente y sabía escuchar. Ella escuchaba con avidez cada una de mis palabras. Supongo que mi ego disfrutaba mucho con eso –reconoció y posó la mirada en la ventana de nuevo–. Sucedió hace mucho tiempo –se justificó, a la defensiva–. Durante los dos o tres meses siguientes, estuvimos viéndonos mucho... y yo empecé a preguntarme si era la mujer indicada para que me casara con ella y sentara la cabeza...

Alexander dio un respingo, resoplando.

En ese momento, Sabrina se levantó y se acercó, intuyendo que no era para él plato de buen gusto contarle aquello.

Él continuó.

–Una noche, me invitaron a ir con ella al cumpleaños de alguien. Era un bar de vinos en el centro, que estaba abarrotado. Había mucha gente joven, mucho ruido y mucha bebida. No era la clase de fiesta que más me gustaba, pero... –dijo él y meneó la cabeza–. Por desgracia, para Angelica y para mí, tengo muy buen oído. Más tarde, esa noche, la escuché hablando con dos amigas –prosiguió e hizo una mueca. Recordaba el incidente con toda claridad, como si hubiera sido el día anterior–. En resumen, su conversación delataba que el propósito con el cual Angélica se había acercado a mí era para llegar hasta Bruno, mi famoso hermano. Al parecer, tenía grandes ambiciones en el mundo del teatro... algo que no se había molestado en compartir conmigo, por cierto. En nuestras largas charlas, apenas habíamos mencionado nunca el nombre de mi hermano. Llegados a ese punto, lo comprendí todo. Sobre todo, cuando oí el comentario final de Angélica a sus amigas.

Alexander torció la boca al recordar.

—«En cuanto consiga meterme en su entorno familiar, ¿quién sabe hasta dónde podré llegar? Alexander será mi primer paso al éxito... ¡al estrellato! ¡Seré famosa en todo el mundo!». Eso fue lo que dijo —confesó Alexander—. No estaba interesada en mí en absoluto... era Bruno a quien perseguía, con la intención de progresar en su carrera. Y, al mirar atrás, tengo que reconocer que fue muy buena en su actuación. Me hizo sentir como si fuera el único hombre en el planeta para ella. Sin embargo, lo último que les dijo a sus amigas fue: «Haré lo haga falta... Ya me conocéis. La persistencia es una de mis cualidades... y nunca, nunca me rindo... sobre todo, cuando quiero algo de verdad». Entonces, me acordé de la dedicatoria que Angelica me había pedido que le escribiera y ya no me quedó ninguna duda sobre sus motivos para querer hablar conmigo.

Hubo unos minutos de silencio total, mientras Sabrina digería todo lo que Alexander acababa de contarle. Debía de haber sido terrible sentirse usado así, como herramienta para las ambiciones de otra persona... encima, para acercase a un pariente cercano. Qué doloroso y humillante debía de haberle resultado, adivinó. Sin duda, Alexander McDonald no había estado acostumbrado a que lo humillaran, pensó, y era algo que no estaba dispuesto a volver a tolerar.

—Así que nuestra «maravillosa» relación terminó esa noche... y no he vuelto a verla desde entonces —explicó Alexander–. Tampoco he visto el nombre de Angélica en los carteles de neón de los teatros.

Con ternura, Sabrina le rodeó la cintura con el brazo y apoyó la cabeza en el hombro de él.

–Siento que hayas tenido que contármelo, Alexander –dijo ella–. Pero me alegro de que lo hayas hecho, porque eso responde a mi pregunta. Es imperdonable que alguien te tratara así, bueno, yo no habría podido perdonárselo si me lo hubiera hecho a mí –reconoció con franqueza–. Por eso, entiendo tu reticencia a decirle a alguien, a una mujer, que la amas...

Al escuchar aquello, Alexander esbozó una lenta sonrisa. Con pasión, abrazó a Sabrina entre sus brazos, apretándola con fuerza.

–Sabrina –susurró él con los labios apoyados en su pelo y en su cuello–. Nunca le he dicho esas palabras a nadie porque, supongo que... bueno, porque... –balbuceó él y frunció el ceño un momento–. Nunca nadie me las ha dicho a mí. Son unas palabras que siempre me han parecido irreales, como si pertenecieran a otro mundo, lejos de mi alcance –apuntó y la miró a los ojos.

Sabrina se derritió de amor y de ternura.

–Pero, desde que te conozco, no he dejado de murmurar esas palabras para mis adentros, Sabrina. Y ahora voy a decirlas en voz alta. Por primera vez en mi vida, voy a decirle a una persona que la quiero. Te quiero, Sabrina Gold. Te amo. Con todo mi corazón, mi alma y mi mente.

Al pronunciar aquella frase, Alexander sintió que se desvanecía la tensión que lo había estado atenazando durante toda su vida. Sintió la indescriptible magia de entregarle su alma al desnudo a alguien que sabía que era digno de su confianza y a quien podía cuidar y adorar durante el resto de sus días... si ella lo aceptaba.

Sin querer dejarle lugar a dudas, Sabrina le rodeó el cuello con sus brazos, acercándolo todavía más a ella. Echó la cabeza hacia atrás, ofreciéndole la boca entreabierta, con el corazón lleno de felicidad y emoción. Sabía que Alexander había despertado esa parte de ella que había creído muerta para siempre. No iba a seguir huyendo.

Ese día era el principio del resto de su vida...

Y Sabrina sabía que iba a ser maravillosa.

BIANCA.

MICHELLE REID
LEGADO DE PASIONES

Anton estaba furioso. Como hijo adoptivo de Theo Kanellis, se suponía que iba a heredar su vasta fortuna. O al menos así lo creía todo el mundo, hasta que el patriarca descubrió que tenía una heredera legítima: la atractiva Zoe Ellis.

A Zoe, su origen griego le resultaba indiferente, pero lo quisiera o no, el destino iba a llamar a su puerta en la forma del atractivo Anton Pallis.

CAROL MARINELLI
CORAZÓN DEL DESIERTO

El príncipe Ibrahim se negaba a doblegarse a las normas que habían destruido a su familia. Por eso ocultaba sus emociones y rehuía sus responsabilidades.

Georgie era precisamente la clase de mujer que debía evitar según los dictados del deber. Mundana, atormentada y nada interesada en ser reina. Todo un reto para Ibrahim.

N.º 478

SUSANNE JAMES
ESCRITO EN EL ALMA

Cuando Sabrina Gold se ofreció como secretaria del encantador y famoso escritor Alexander McDonald, no esperaba sentirse tan atraída hacia su nuevo jefe. A pesar de ello, decidida a no perder su profesionalidad, se concentró en no dejar que nada la distrajera de sus tareas... Él se había jurado no mezclar los negocios y el placer, ¡pero las largas jornadas de trabajo con Sabrina le impulsaron a romper sus propias reglas!

¡YA EN TU PUNTO DE VENTA!

BIANCA

ABBY GREEN

LOS SECRETOS DEL OASIS

Cuando Jamilah Moreau se había entregado al jeque Salman en París, cinco años antes, había soñado con vestidos de novia y finales felices, mientras que él sólo había actuado movido por el deseo…

Ahora, Salman podía tener todo lo que deseara, y tal y como descubrió Jamilah cuando se la llevó a un oasis, ¡la seguía deseando a ella! No obstante, el tiempo los había cambiado y hacer el amor ya no era suficiente. Lo ocurrido en París había tenido consecuencias duraderas para ambos…

LA ELECCIÓN DEL SULTÁN

Elegida como esposa para el sultán, Samia no tenía otra opción que aceptar el matrimonio. Y, en contra de sus mejores intenciones, mientras su nuevo esposo la liberaba lentamente de sus galas de novia descubrió que sus inhibiciones desaparecían.

A Sadiq le sorprendió la naturaleza apasionada de su esposa. La había elegido por ser tímida y apropiada. Pero descubrió que Samia no lo era en absoluto… ¡Era decidida, exigente y desafiante!

N.º 479

¡YA EN TU PUNTO DE VENTA!

DESEO

SARA ORWIG
EL HIJO DE OTRO

David Sorrenson había sido militar, por lo que sabía mucho sobre el peligro y la seguridad, pero nada sobre niños. Marissa Wilder era su única solución. Aquella muchacha sensata y familiar sabía muy bien cómo cuidar a un niño y aceptó el trabajo de niñera… que la obligaría a vivir en el rancho de David.

LAURA WRIGHT
ENCERRADOS CON EL DESEO

Cuando Tara empezó a recibir amenazas, Clint supo que debía protegerla, pero ella parecía empeñada en no hacer caso de sus advertencias… y en hacerle hervir la sangre de deseo. Tara era una mujer independiente e irresponsable que no dejaba que nadie se acercara demasiado a ella. ¿Qué podía hacer un texano como él?

N.º 543

KATHIE DeNOSKY
EL RECUERDO DE UNA NOCHE

El día de Nochebuena, Travis Whelan llegó a Royal y se encontró frente a frente con Natalie Pérez, la única mujer a la que no había podido olvidar… y con un bebé cuya existencia desconocía. Había pasado casi un año desde aquella noche que Travis había pasado junto a Natalie, un año desde el día en que su orgullo había quedado herido para siempre. Sin embargo, el recuerdo de aquella noche seguía vivo.

DESEO
PEGGY MORELAND

CINCO HERMANOS Y UN PROBLEMA

Al ver a aquella mujer con un pequeño en sus brazos, Ace comenzó a preguntarse qué iban a hacer sus cuatro hermanos y él con una niña tan pequeña.

Lo único que había hecho Maggie había sido entregar una niña huérfana a la familia a la que pertenecía por derecho. Pero Ace le había pedido que viviera con ellos..., así que poco tiempo después el atractivo ranchero y ella comenzaron a compartir algo más que los biberones a media noche.

N.º 544

TÚ SERÁS MÍA

La familia Tanner estaba a punto de adoptar a una pequeña, solo quedaba que Woodrow Tanner se lo comunicara a la doctora Elizabeth Montgomery, la única familiar que podía reclamar también la custodia del bebé. Pero él sabía perfectamente cómo conseguir lo que deseaba de una mujer. Claro que no había contado con que desearía tanto de aquella mujer...

Elizabeth siempre había querido tener una verdadera familia y cuando aquel atractivo cowboy le dio noticias de la pequeña, pensó que aquello era más de lo que habría podido soñar.

MICHELLE WILLINGHAM

El silencio del vikingo

Caragh O'Brannon se había defendido valientemente ante la llegada del enemigo. Y, al final, se había encontrado a solas con un vikingo. Un vikingo furioso…

Styr Hardrata había navegado hasta Irlanda con la intención de comerciar, pero jamás se habría imaginado a sí mismo hecho cautivo y encadenado por una hermosa doncella irlandesa.

El salvaje y atractivo guerrero aterrorizaba y atraía a Caragh a partes iguales, pero le estaba totalmente prohibido. Era un enemigo, y además estaba casado. Aun así, Styr poseía muchos secretos por desvelar…

La tentación del vikingo

El guerrero vikingo Ragnar Olafsson había sido testigo de cómo su mejor amigo había reclamado a la mujer que más deseaba.

Solo había un modo de ahogar la profunda oscuridad que habitaba en su interior: convertirse en un despiadado guerrero.

Elena había sido hecha prisionera y Ragnar lo había arriesgado todo por salvarla. Aislados, sin nada más que su respectiva compañía, cada deseo, cada mirada, cada caricia se volvería de repente prohibida. Elena podría haber tentado a un santo, y el pecador Ragnar sabía que no iba a poder aguantar mucho tiempo…

No. 81

¡YA EN TU PUNTO DE VENTA!

JAZMÍN

JUDITH McWILLIAMS
ENAMORADA DE SU JEFE

Poco podía imaginar el director general de la empresa que aquella mujer que lo miraba con cara de amor no era otra que su secretaria, Jocelyn Stemic. Cuando empezó a recuperar la memoria, Lucas Forester se dio cuenta de que nada de lo que recordaba hacía pensar que Jocelyn fuera su esposa... Lo que sí sabía era que deseaba ser el marido de aquella encantadora dama por encima de todo.

REBECCA WINTERS
EL HÉROE DE SUS SUEÑOS

El millonario Payne Sterling estaba acostumbrado a ser famoso, pero no esperaba encontrarse su foto en la portada de varias novelas románticas. Jamás había posado para tal retrato y estaba empeñado en localizar a quien tanto lo había avergonzado. Rainey Bennett había visto la fotografía de Payne entre las que había tomado su hermano en las vacaciones; ahora aquel hombre quería llevarla a juicio... hasta que le propuso otra manera de compensarle por el daño.

N.º 575

CAROLINE ANDERSON
AMOR VERDADERO

Tras la muerte de su hermana, Claire Franklin se había quedado al cuidado de su pequeña sobrina y pensaba que Patrick Cameron era el padre de la niña, por mucho que él lo negara. Con la sospecha de que tal vez su difunto hermano fuera el padre, Patrick insistió en ayudar a Claire y a la pequeña Jess. A medida que iba formando parte de sus vidas, Patrick se dio cuenta de que la obligación se había convertido en devoción por Jess... y atracción hacia Claire.

STELLA BAGWELL
AMOR TRAIDOR

La periodista Juliet Madsen había sufrido varios desengaños amorosos y, de hecho, había huido de Dallas y se había instalado en un pueblecito de Texas huyendo del amor, pero no contaba con conocer al ganadero Matt Sánchez.

Matt era inteligente, sensual, leal a su familia y muy entregado a su hija adolescente, cualidades que ella siempre había buscado en un hombre.

El problema era que su jefe le había pedido que escribiera un artículo sacando a la luz ciertos trapos sucios de la familia de Matt y Juliet sabía que si él se enteraba, ella perdería lo que siempre había querido tener: una familia.

N.º 470

TERESA HILL
CARICIAS MUY ÍNTIMAS

Para Lily Tanner los hombres atractivos eran como los dulces. deliciosos, irresistibles y peligrosamente adictivos. Como Nick Malone, su nuevo vecino, toda una tentación para chuparse los dedos...

Sin embargo, después de un matrimonio horrible, Lily no quería saber nada más de los hombres. Aunque no le quedó más remedio que ayudar a Nick cuando éste se vio acosado por todas las mujeres del vecindario. El plan de Nick era muy simple: hacerse pasar por su pareja para contener a sus admiradoras. Pero sus métodos, a base de íntimas y profusas caricias, estaban causando estragos en la férrea determinación de Lily.

¡YA EN TU PUNTO DE VENTA!

Secretos de verano
Maureen Child

Esperando un hijo tuyo

El cirujano Sam Lonergan tenía una vida sin ningún tipo de ataduras… hasta que conoció a Maggie Collins, la joven y atractiva ama de llaves del rancho de su familia. Tuvieron un encuentro increíblemente apasionado, tras el cual Maggie descubrió que estaba embarazada.

Aunque se estaba enamorando, Maggie sabía que él no era de los que se casaban…

Seducida por el jefe

Harta de que el hombre del que llevaba años enamorada ni siquiera la viera, Kara Sloan decidió hacer las maletas y marcharse. Pero justo cuando estaba a punto de irse, Cooper Lonergan, su adorado jefe, la sorprendió con una noche de pasión.

No podía dejar que se le escapara la única mujer que ponía orden en su caos. El plan de Cooper era hacer todo lo que estuviera en sus manos para que Kara no saliera de su vida… incluyendo llevársela a la cama.

Ahora y siempre

No se habían vuelto a rozar desde aquella noche de hacía quince años, pero Donna Barreto aún reconocía el deseo en los ojos de Jake Lonergan. El deseo y la culpa. Tenía remordimientos por haber tratado de hacerla suya mientras ella era la novia de su primo. Aquel había sido su secreto… hasta que ella se había marchado de la ciudad con un secreto aún mayor.

Ahora Jake pretendía darle al hijo de Donna el apellido que merecía por derecho, el honor le obligaba a hacerlo. Pero era la pasión la que lo impulsaba a luchar por la mujer con la que solo había estado una vez.